Von Roxanne Carr ist außerdem lieferbar:
Der Harem des Khans (rororo 24150).

Roxanne Carr

Das Studio

Erotischer Roman

Deutsch von Beate Maske

Rowohlt Taschenbuch Verlag

Deutsche Erstausgabe
Veröffentlicht im Rowohlt Taschenbuch Verlag,
Reinbek bei Hamburg, November 2007
Copyright © 2007 by Rowohlt Verlag GmbH,
Reinbek bei Hamburg
Die Originalausgabe erschien 1993 unter dem Titel
«Black Orchid» bei Black Lace, London
«Black Orchid» Copyright © 1993 by Roxanne Carr
Published by Arrangement with Virgin Books, Ltd.
Umschlaggestaltung any.way, Cathrin Günther
(Foto: mauritius images/Eric Ausloos)
Satz aus der Sabon PostScript, InDesign,
bei Pinkuin Satz und Datentechnik, Berlin
Druck und Bindung Clausen & Bosse, Leck
Printed in Germany
ISBN 978 3 499 24590 9

Für Neil, Sue und Chris –
meine Recherche-Assistenten!
VIELEN DANK

Erstes Kapitel

Maggie spürte einen vertrauten Unmut in sich aufsteigen, als Richards Stimme zunehmend anklagend aus dem Telefon drang.

«Mags, es ist das dritte Mal diese Woche, dass du länger arbeiten musst. Ich dachte, wir gehen ins Kino, verbringen etwas Zeit miteinander …»

«Gestern Abend haben wir Zeit miteinander verbracht, Richard», unterbrach sie ihn bestimmt. «Heute Abend muss ich arbeiten.»

Sie hörte sich seine mauligen Beschwerden noch ein paar Minuten an, dann sagte sie ruhig: «Wenn du so darüber denkst, halte ich es für besser, einen Schlussstrich zu ziehen. Du nicht auch? Auf Wiedersehen, Richard.»

Sie legte den Hörer auf und unterdrückte einen Anflug von Bedauern bei der Erinnerung daran, wie sein starker, sehniger Körper den ihren letzte Nacht bedeckt und sein schlanker Schwanz sich eindringlich in ihr bewegt hatte.

Sie sah Janine entgegen, als ihre Kollegin ins Büro kam, und verzog das Gesicht. «Männer!»

Janine, die das letzte Ende des Gesprächs gerade noch mitgehört hatte, platzierte ihr knackiges Hinterteil auf der Ecke von Maggies Schreibtisch und grinste.

«Hast du dich von ihm getrennt?»

«Ich musste. Warum kann ich keinen Mann finden, der akzeptiert, dass mir meine Arbeit wichtig ist? Ich find's unerträglich, wenn sie jedes Mal, wenn ich länger arbeite, schmollen und beleidigt tun. Ehrlich gesagt habe ich weder die Zeit noch die Geduld, um auf Zehenspitzen das Ego irgendeines Mannes zu umkreisen.»

«Ich weiß, was du meinst.» Janine hob mitfühlend die Schultern.

«Trotzdem – für manche Sachen sind sie schon zu gebrauchen!», sagte Maggie wehmütig.

«Hmm. Was wir wirklich bräuchten, wäre ein männlicher Betthase – immer bereit für Sex, aber sonst anspruchslos!»

Maggie lachte bedauernd und öffnete eine Akte, die sie längst gelesen haben sollte.

«Ich für meinen Teil würde mich an One-Night-Stands halten, wenn es heutzutage nicht so riskant wäre.»

«Weißt du, früher ließen die besten Bordelle ihre Mädels regelmäßig von einem Arzt auf Krankheiten untersuchen. Das bräuchten wir berufstätigen Frauen jetzt. Gigolos, garantiert sicher, gebucht mit einer American-Express-Karte.»

«Ein Bordell für Frauen? Wenn's das bloß gäbe!» Maggie rollte ihre Augen und wandte ihre Aufmerksamkeit der Arbeit zu.

Später, als die meisten aus dem Büro schon nach Hause gegangen waren, kam Janine nochmal an Maggies Schreibtisch vorbei.

«Bald fertig?»

Maggie blickte zerstreut auf.

«Hmm?»

«Ich dachte bloß – du machtest vorhin den Eindruck, als könntest du eine kleine Aufmunterung gebrauchen. Ich mache mich in einer halben Stunde auf den Weg in meinen Health-Club. Dort gibt es einen guten Fitnessraum, den auch Gäste von Mitgliedern benutzen können. Hättest du Lust mitzukommen?»

Zuerst wollte Maggie ablehnen. Sie kannte Janine kaum, und es war ein langer Tag gewesen. Dann dachte sie an die stressmindernde Wirkung, die anstrengende körperliche Betätigung mit sich brachte, und fragte sich, warum eigentlich nicht.

«In einer halben Stunde, hast du gesagt?»

Janines Lächeln hatte etwas Katzenhaftes, als sie nickte und wegging.

Der Health-Club überraschte Maggie. Sie hatte ihn noch nie vorher bemerkt, er lag etwas außerhalb der Stadt, an der Lady's Lane. Und obwohl er hinter einem Gewirr anderer Gebäude versteckt war, war der umgebaute Fabrikkomplex zu groß, um vollkommen verdeckt zu sein. Sie durchliefen am Eingang einen ausgeklügelten Sicherheitscheck.

«Das muss aber ein ganz besonderer Health-Club sein!», witzelte sie, als Janines Mitgliedskarte elektronisch gescannt wurde.

«Man kann hier nur auf Empfehlung Mitglied werden. Überleg dir, was du davon hältst, und wenn du magst, befürworte ich deinen Antrag.»

Einmal durch die äußere Eingangstür und vorbei an dem äußerst gepflegten Empfangsherrn in der Lobby, traten sie durch schwere, doppelte Eichentüren.

«Wow!»

Maggie pfiff leise durch die Zähne, als sie die glänzenden Stilmöbel in der Diele und die von Wand zu Wand reichenden, deckenhohen Spiegel betrachtete, die den auf Hochglanz polierten Marmorfußboden widerspiegelten.

«Hier entlang.»

Maggies Absätze klackten laut auf dem Boden, als sie Janine in die Umkleideräume folgte. Janine entledigte sich schnell ihrer Arbeitskleidung und warf ihren schlanken, geschmeidigen Körper in enganliegendes gelbes Lycra. Sie bürstete ihr dickes blondes Haar zu einem glatten Vorhang und flocht daraus einen einzelnen Zopf, der über eine Schulter hing. Ihr schwerer, stumpf geschnittener Pony zog die Linie ihrer Augenbrauen nach und bildete einen Rahmen für ihre klaren veilchenblauen Augen.

Maggie zog sich langsamer an und sah sich dabei interessiert um. Ebenso wie in der Eingangshalle waren auch hier die Wände so verspiegelt, dass sie sich und Janine aus jedem Blickwinkel sehen konnte. Im Hintergrund spielte leise Vivaldi. Auf dem Waschtisch, der sich entlang einer verspiegelten Wand erstreckte, standen feine Porzellanschalen, die von duftendem Potpourri überquollen.

«Was hältst du davon?»

Maggie war sich bewusst, dass Janine ihre Reaktion genau beobachtete, und war sofort irritiert von der Intensität ihres Blickes.

«Es wirkt sehr … luxuriös», antwortete sie vorsichtig.

«Das ist es. Hier wird dir jeder Wunsch von den Lippen abgelesen.»

Maggie sah überrascht auf, weil sie meinte, eine Doppeldeutigkeit in der Stimme ihrer Kollegin herausgehört zu haben, aber Janine lächelte ihr nur unschuldig zu und winkte sie aus dem Raum.

Am Ende des Flures sah Maggie auf der rechten Seite noch eine doppelte Eichentür, fest verschlossen. Sie konnte laute, pulsierende Musik hören, gedämpft von den dicken Türen, aber unverkennbar.

«Was befindet sich dahinter?», fragte sie Janine, aber die schüttelte nur ihren Kopf.

«Nur für Mitglieder. Komm hier entlang.»

Sie ging quer durch den Flur auf die gegenüberliegenden Türen zu und wartete darauf, dass Maggie ihr folgte.

Maggie sah gedankenvoll den Flur hinab und holte sie dann ein.

Der Fitnessraum war riesig und besser ausgestattet als alles, was Maggie jemals gesehen hatte. Es gab das neueste elektronische Equipment, und reichlich flauschige Handtücher hingen über der Messingstange bereit, die an den Wänden entlanglief. Dazu die allgegenwärtigen Spiegel.

«Du kannst deinem eigenen Spiegelbild nicht entkommen!», sagte sie und wunderte sich über den unerklärlichen Schauer der Erregung, der sie durchzog.

Janine lachte.

«Daran gewöhnst du dich.»

«Janine! Wie schön, dich zu sehen!»

Maggie machte große Augen, als ein blonder Adonis auf sie zuschlenderte und Janine umarmte. Er war groß, mindestens 1,90, und sein Körper, der von makellosen weißen Shorts und einem ärmellosen T-Shirt vorteilhaft zur Geltung gebracht wurde, war muskulös, gut gebaut und strotzte vor Gesundheit.

«Antony! Lieber! Ich hab eine Freundin mitgebracht.» Janine stellte sich auf die Zehenspitzen, um ihm etwas ins Ohr zu flüstern, dann wandten sich beide an Maggie. «Maggie, das ist Antony, der Inhaber vom Black Orchid Club.»

«Black Orchid?»

«Ganz genau. Sehr erfreut, dich kennenzulernen.»

Antony schob Janine auf eine Seite, sodass sie von einem Arm gehalten wurde, während er Maggie mit dem anderen umschlang. Sie spürte seine Stärke um ihre Schultern und nahm einen schwachen, erotischen Duft von frischem männlichem Schweiß wahr.

Auf derartige Vertraulichkeiten nicht gefasst, flogen ihre Augen aufwärts – und trafen auf Antonys offenen, grauen Blick. Seine Augen verengten sich abschätzend, und sie runzelte die Stirn, während sie sich unter seinem prüfenden Zugriff wand. Sein Arm verengte sich um ihre Schultern, stellte sie ruhig. Endlich ließ er sie los, und Maggie seufzte, als ihr klar wurde, dass sie den Atem angehalten hatte.

«Komm», sagte er energisch, «wärm dich erst mal auf diesen Fahrrädern auf. Dann wird Tristan ein Programm für dich zusammenstellen. Tris!»

Ein athletisch gebauter junger Mann mit frischem Lächeln erschien an seiner Seite.

«Kümmere dich um diese beiden reizenden Damen, Tristan. Ich würde sagen, ein einstündiges Workout, gefolgt von einer entspannenden Massage und einer Sitzung im Dampfraum.»

Mit einem kleinen Stups ließ Antony sie in der Obhut des strahlenden Trainers zurück.

«Ist er immer so dominant?», schnaufte Maggie, als sie in die Pedale trat, verblüfft über Antonys selbstherrliche Planung für ihren Abend. «Was wäre, wenn ich gar keine Massage *will* und auch keinen Ausflug in seinen bescheuerten Dampfraum?»

Janine lachte.

«Entspann dich. Du brauchst hier keine Entscheidungen zu treffen. Du zahlst dein Geld, und jemand anders sagt dir, was du tun sollst. Du wirst die Massage lieben, das garantiere ich dir. Du hast Glück – normalerweise dürfen Gäste nur in den Fitnessraum und in die Duschen. Aber danach wirst du mit Sicherheit Lust auf den Dampfraum haben! Lass dich einfach treiben.»

Maggie sagte nichts, war zufrieden damit, sich umzuschauen. Der Fitnessraum war verwirrend, die Spiegelwände ließen ihn viel größer erscheinen, als er tatsächlich war. Etwa ein Dutzend Frauen arbeitete sorgfältig an ihren Übungen, wobei ihre Trainer sie genau beobachteten. Ungewöhnlich für ein Frauen-Fitnessstudio, schien dieser Job hier eine ausschließlich männliche Domäne zu sein. Jeder trug schwarze Shorts und ein ärmelloses T-Shirt. Diejenigen, die gerade nicht dabei waren, eine Kundin zu betreuen, nutzten die Maschinen selbst.

Einer zog Maggies Aufmerksamkeit besonders auf sich. Er arbeitete am anderen Ende des Raumes an der Beinpresse und war, wie alle anwesenden Männer, jung und gut entwickelt. Wenn er sich gegen die Gewichte stemmte, wölbten sich die Muskeln an seinen Oberschenkeln, wenn er sie wieder an seine Brust zog, traten sie zurück. Er wandte Maggie den Rücken zu, aber sie konnte sein Gesicht im Spiegel sehen.

Es war ein außergewöhnlich schönes Gesicht, gebräunt, mit einem markanten Kinn und symmetrischen Zügen. Selbst aus dieser Entfernung konnte Maggie sehen, dass seine Augen einen beunruhigenden Blauton hatten. Schweißtropfen glitzerten auf seinen gemeißelten Schultern, die der Rückenausschnitt seines schwarzen Muskelshirts frei ließ. Und sein blondes Haar glänzte vom Schweiß, während er sich zielstrebig gegen die Gewichte stemmte.

Maggie merkte, dass sie stärker strampelte, während sie ihn beobachtete. Sie genoss das Gefühl des geschmeidigen Leders, wenn sich der Sattel an ihrem lycrabedeckten Schambein rieb. Die Musik, die durch den Fitnessraum tönte, umspülte sie. Sie spürte nur noch den Rhythmus, zu dem sie in die Pedale trat, genoss dazu die angenehm anzuschauende Vorstellung auf der anderen Seite des Raumes und wie sich die Muskeln des jungen Mannes dehnten und wieder entspannten.

Sie ließ ihre Augen wieder hinauf zu der Reflexion seines Gesichts wandern und merkte plötzlich, dass er ihren Blick im Spiegel erwiderte. Als ihre Augen sich trafen, zwinkerte er.

Maggie schreckte schuldbewusst auf, als ein scharfes «Ping» auch schon signalisierte, dass sie genug geradelt hatte, und Tristan wie aus dem Nichts an ihrer Seite auftauchte. Er lächelte.

«Wie ich sehe, hast du unseren Alexander bemerkt», sagte er anerkennend.

Peinlich berührt wechselte Maggie das Thema. Von da an konzentrierte sie sich darauf, sich bis an die Grenze ihrer körperlichen Leistungsfähigkeit anzustrengen, genoss ihre eigene Stärke und Gelenkigkeit. Es tat gut, ihren Körper zu fordern, sich jedes einzelnen Muskels, jeder Sehne bewusst zu werden, während sie sich bewegte.

Langsam fing sie an, sich zu entspannen. Niemand störte sie. Janine konzentrierte sich auf ihr eigenes Programm. Tristan war da, um sie durch eine Geste oder ein Lächeln zu ermutigen, aber er versuchte nicht wieder, Maggie in ein Gespräch zu verwickeln. Die Musik beruhigte sie, es war angenehm, dass nirgends Geplapper zu hören war. So war sie in der Lage, sich ausschließlich auf ihren Körper zu konzentrieren und auf die Anforderungen, die er an sie stellte.

Sie fand es beinahe schade, als die Stunde um war, obwohl ihre Glieder von ihren Bemühungen schmerzten und sie in Schweiß gebadet war. Tristan reichte ihr zwei warme Handtücher für die Dusche.

Als sie über den Flur zum Umkleideraum gingen, wurden ihre Augen wieder von der Tür am Ende angezogen. Janine bemerkte ihr Interesse und lächelte.

«Vielleicht ein anderes Mal! Jetzt werden wir schon woanders erwartet.»

Maggie ließ sich in den Umkleideraum bugsieren. Ein heißer Wasserstrahl ergoss sich über ihre Haut, ließ sie prickeln und färbte sie rosa. Als sie rauskam und ihr langes dunkles Haar aus der Einwegduschhaube geschüttelt hatte, folgte Maggie Janines Beispiel und wickelte das trockene Handtuch wie einen Sarong um ihren nackten Körper, bevor sie sich auf den Weg in den Massageraum machten.

Der Raum, zu dem eine Tür auf der anderen Seite der Umkleide führte, war ziemlich klein und bot gerade Platz für zwei Liegen, die von den allgegenwärtigen Spiegeln reflektiert wurden. Janine warf ihr Handtuch ab und legte sich mit dem Gesicht nach unten auf die eine Liege. Maggie folgte ihrem Beispiel und schloss die Augen, während sie auf das Erscheinen der Masseurin wartete. Sie öffnete sie wieder, als die Tür sich leise schloss, und sah sich einer Aufmerksamkeit ausgesetzt, die nicht von der erwarteten weiblichen Fachkraft ausging, sondern von Alexanders lächelndem blauem Blick.

Maggie kam halb hoch, doch dann erinnerte sie sich, dass sie vollkommen nackt war, und ließ sich wieder sinken. Ihr Herz schlug unregelmäßig gegen die gepolsterte Liege, als sie beobachtete, wie Alexander quer durch den Raum zu einem Schränkchen ging und eine große Flasche Massageöl herausnahm. Als er den Deckel abschraubte, erfüllte der starke, berauschende Duft von Jasmin den Raum. Er hatte auch geduscht, und sie konnte sehen, wie feuchtes Haar sich in seiner zarten Nackenbeuge lockte.

Janines Masseur war schwarzhaarig und muskulös, seine Schultern teils von dunklen Haarbüscheln bedeckt. Maggie merkte, wie er Janines Augen im Spiegel suchte, und holte tief Luft angesichts des Blicks, den die beiden wechselten. Dennoch war kein Wort gefallen, seit die beiden Männer hereingekommen waren.

Maggie stöhnte unfreiwillig, als Alexanders Hände das erste Mal ihre Haut berührten. Seine Finger waren lang und geschickt, sie kneteten die verspannten Muskeln in ihrem Nacken und in den Schultern, wollten sie dazu bewegen loszulassen. Langsam, unter den beharrlichen Überzeugungsversuchen seiner Hände, fing sie an, sich zu entspannen, die Verkrampfung in ihren Armen und in ihren Hinterbacken zu lösen und sich ganz ihrem Gefühl zu überlassen.

Im Massageraum gab es keine Musik, nur den Rhythmus ihres eigenen Atems, der in ihren Ohren unnatürlich laut klang, und das gelegentliche Klatschen von Öl auf bloßer Haut.

Maggie schloss ihre Augen und verkniff sich ein lustvolles Stöhnen, als Alexanders Handballen mit langen, festen Strichen ihre Arme hinunter- und wieder hinaufglitten. Nach ein paar Augenblicken wandte er seine Aufmerksamkeit ihren Händen zu, einer nach der anderen, streichelte jeden Finger und knetete sanft jedes Gelenk.

Er war unendlich geduldig, achtete einzig und allein auf ihr Wohlbefinden, als er schließlich weiter an ihrem Körper hinabglitt, zum langen Bogen ihres schlanken Rückens und dem deutlichen Einschnitt ihrer Taille. Als seine Handflächen über ihre Schulterblätter wanderten und die Körperseiten nachzogen, spürte Maggie, wie ihre Brüste sich schwellend gegen den Tisch schmiegten und seine Berührung erwarteten. Sie war beinahe enttäuscht, als seine streichelnden Finger sie wiederholt ausließen und er sich stattdessen ihren Beinen zuwandte.

Ihre Waden und Oberschenkel erschauerten unter der zarten, liebevollen Fürsorge, mit der er systematisch die Spannung aus ihnen herausmassierte. Maggie hatte das Gefühl, dass ihre Beine, wenn sie in diesem Moment versuchen würde, sich hinzustellen, zu schwach wären, um ihr Gewicht zu tragen. Sie fühlten sich an wie verflüssigt.

Sie schnappte nach Luft, als er seine Aufmerksamkeit plötzlich, unerwartet, ihren nackten Pobacken zuwandte. Er knetete die Muskeln dort intensiv. Sie spürte, wie sie vor Scham rosarot anlief, als ihre widerstrebenden Backen einzeln von Alexanders großen Händen aufgenommen und sanft gedrückt wurden, bis sie merkte, wie sie zögerlich anfing loszulassen und die letzten Anzeichen von Widerstand sich verflüchtigten.

Ihr Atem ging flach und keuchend, und sie spürte, wie sich von ihrem Zentrum her eine wohlbekannte sexuelle Wärme in ihrem Körper ausbreitete. Die indirekte Stimulierung ihrer intimsten Stellen ließ sie feucht werden, die zarten Falten schwollen an, erahnten eine Berührung, die niemals stattfand.

Alexander verteilte seine Aufmerksamkeiten gewissenhaft, ließ keinen Quadratzentimeter ihres Hinterns aus, knetete und drückte, bis Maggie spürte, wie die Feuchtigkeit zwischen ihren Beinen in das weiche Handtuch unter ihren Hüften sickerte und sich mit dem warmen, glitschigen Öl vermischte, das großzügig auf ihrem kribbelnden Hintern verteilt worden war.

Sie öffnete ihre Augen ein kleines bisschen und beobachtete verstohlen Alexanders Gesicht im Spiegel, während er ihre Pobacken rhythmisch teilte und schloss. Mit halbgeschlossenen Lidern betrachtete er die Bewegung, die seine Hände erzeugten. Also war sie nicht die Einzige, die die Massage genoss!

Sie schloss ihre Augen wieder und versuchte sich in Alexander hineinzuversetzen, stellte sich vor, was er sehen konnte. Ohne eingebildet zu sein, wusste sie, dass ihr Körper gut war, die Haut glatt und makellos. Sie wusste, dass ihre Rückseite harmonisch geformt war, sie hatte gerade Schultern, ihre Taille war schmal, ihre Hüften sanft geschwungen.

Sie wusste, dass Alexander auf die Art, wie er sie jetzt behandelte, die dunkle, geheime Spalte zwischen ihren Pobacken mit ihrer kleinen runzligen Öffnung bloßlegte. Und wahrscheinlich auch die weichen, feuchten Locken am Punkt des Zusammentreffens ihrer Schenkel. Wenn Janine nicht auf dem Nebentisch liegen würde …

Sie schaute zu ihrer Kollegin hinüber. Janine lag träge da, ihr Gesicht zu Maggie gedreht, ein seliges Lächeln spielte um ihre weichen Lippen. Maggie wusste, dass der Ausdruck auf Janines Gesicht sich in ihrem widerspiegelte, und seufzte.

Mit geschlossenen Augen schwelgte sie in der seligen Mattigkeit, die von ihren Gliedern Besitz ergriffen hatte. Die Stille umhüllte sie, beruhigte ihren Geist, sodass sie nichts weiter wahrnahm als Alexanders starke, wissende Hände, die ihren Körper durchkneteten.

Erst als sie jegliche Verkrampfung ihrer Glieder aufgegeben hatte, fing Alexander an, sich wieder zu ihren Schultern hochzuarbeiten. Maggie wusste, dass er dieses Mal beim Kneten nichts mehr von dem Widerstand vorfand, der seinen Fingern vorhin begegnet war. Jetzt fühlte seine Berührung sich mehr wie eine Liebkosung an, und sie spürte einen Schauer ihren Rücken hinunterrieseln.

Er beugte sich jetzt über sie, nah genug, dass sie die Wärme seines Körpers spüren konnte. Sie wollte sich auf der Liege herumdrehen und ihre Arme ausstrecken, um ihn zu sich herabzuziehen.

Sie stöhnte auf, als sie seine Lippen sanft auf der zarten Stelle hinter ihrem linken Ohr spürte. Der Kuss war so flüchtig und federleicht, dass sie sich fragte, ob sie ihn sich in ihrem erregten Zustand vielleicht nur eingebildet hatte.

Während sie noch immer darüber nachdachte, ließ Alexander seine Handflächen an ihren Körperseiten hinuntergleiten, um ein letztes Mal die Haut glatt zu streichen. Maggie beobachtete mit schweren Lidern, wie er an ihr vorbeiging, um sich an dem winzigen Waschbecken in der Ecke das Öl von den Händen zu waschen. Sie lächelte, als sie die deutliche Beule in seinen Shorts bemerkte – sie hatte schon immer Männer bewundert, die ihre Arbeit genossen!

Trotzdem blieb bei ihr ein deutliches Gefühl von Enttäuschung zurück, während sie und Janine sich schweigend in ihre Handtücher hüllten und von den Liegen glitten. Ihre Beine fühlten sich wackelig an, als sie Janine ins Dampfbad folgte, und sie war froh, auf die harte Holzbank sinken zu können.

Der Dampf war dicht und duftend. So dicht, dass Maggie kaum Janines Gesichtszüge ausmachen konnte, als sie sich so neben sie setzte, dass ihre bloßen Schultern einander beinahe berührten.

Die Massage hatte sie schläfrig gemacht, also lehnte Maggie ihren Kopf an die kühlen Fliesen und schloss ihre Augen. Sie bildete sich ein, dass sie immer noch den zarten Hauch von Alexanders Lippen auf ihrer Haut spüren konnte, und sie hob ihre Hand, um die Stelle, auf die er sie geküsst hatte, mit den Fingerspitzen zu berühren. Merkwürdig, dass so ein kleiner Kuss sie erotisch derart unter Strom gesetzt hatte, und ihr wurde klar, dass sie ihn nicht vergessen konnte. Alexanders Anblick – beim Krafttraining im Fitnessstudio, beim Betreten des Massageraums, während er sie massierte – ging ihr durch den Kopf und verdrängte alles andere.

Was, wenn sie ihrem Bedürfnis nachgegeben und ihn berührt hätte ... Was hätte er dann getan? In Gedanken sah Maggie, wie sie ihn auf die Liege hinunterdrückte, damit sie diesen starken Körper so erkunden konnte, wie er es mit ihrem getan hatte. Sie bewegte sich auf der Bank hin und her, als sie sich vorstellte, wie sie ihren Mund über seinem schloss, ihn schmeckte, seine Zunge in ihren Mund zog, während sie ihn mit ihrem ganzen Körper umarmte.

Es dauerte einige Augenblicke, bis sie spürte, dass noch jemand in den Dampfraum gekommen war. Gefangen in ihrer harmlosen Phantasie, hatte sie kaum bemerkt, dass die Tür sich leise zischend geöffnet und wieder geschlossen hatte.

Ihre Augen flogen auf, als sie die feste, sichere Berührung männlicher Finger spürte, die sich von ihrem Knöchel aus ihre Wade hinaufbewegten. Der Dampf war jetzt so dicht, dass ihre Augen ihn nicht durchdringen konnten, obwohl sie den Kuss eines warmen Atems an ihrer Schulter spürte.

Ein kleiner Seufzer des Mädchens neben ihr sagte Maggie, dass Janine die gleiche Behandlung erfuhr, und sie drehte sich ebenfalls ein wenig auf der Bank, sodass sie Rücken an Rücken dasaßen und einander stützten.

Ihre anfängliche Unruhe verschwand bereits, als eine Hand ihr das Haar aus dem Nacken strich und es über ihre Schulter fallen ließ. Die Finger fühlten sich vertraut an, fast liebevoll, und Maggie lächelte, als sie Alexanders Berührung wiedererkannte.

Sie hielt den Atem an, als er sie einen langen, köstlichen Augenblick allein ließ. Sie hatte ihren Lidern gestattet, zuzufallen und ihre Augen zu verschließen, und war deshalb auf den plötzlichen, schockierenden Druck seiner Daumen auf ihre steifen Brustwarzen nicht vorbereitet.

Es war, als hätte ein Stromstoß sie durchzuckt. Als hätte er den Einschaltknopf für ihr Begehren gedrückt, indem er sie nirgends außer an der äußersten Spitze ihrer harten Nippel berührt hatte. Ihr Mund fühlte sich trocken an und ihr Hals wie zugeschnürt, im Gegensatz dazu schwollen die empfindlichen Zonen zwischen ihren Beinen an und wurden feucht.

Die bloße Haut von Janines schmalem Rücken lag feucht an ihrem. Maggie legte ihren Kopf zur Seite, um die gefliesste Wand als Stütze zu haben, und drückte ihre Brüste raus, die mehr wollten als nur diesen einen, kurzen, aufwühlenden Kontakt.

Alexanders Atem war warm an ihrem Ohr, während er seine Hände über die weiche Haut an der Innenseite ihrer Schenkel gleiten ließ. Sie leistete keinen Widerstand, als er ihre Beine öffnete und ihr Knie so beugte, dass ihr linker Fuß flach auf der Bank stand und der andere mit dem Zeh knapp den Boden berührte.

Maggie klammerte sich mit den Händen an der Wand und der Bank fest, als er anfing, kleine Kreise auf der empfindlichen Oberfläche ihrer inneren Oberschenkel zu beschreiben, und sich langsam ihren geschwollenen Schamlippen näherte. Das Warten war unerträglich, ihre Klitoris sehnte sich seinen liebkosenden Fingern entgegen, bebte voller Vorfreude auf seine Berührung.

Ihr ganzer Körper brannte in dem Bedürfnis nach Erlösung, geweckt durch die lange, sinnliche Massage und ihre davon ausgelösten Phantasien. Jetzt zählte einzig und allein die Befriedigung des Begehrens, das sie ergriffen hatte. Mit einer Stimme, die sie nicht als ihre eigene erkannte, hörte Maggie sich selbst flüstern: «Bitte ... ach bitte!»

Die Rückseite seiner Finger berührte ihre feuchten Locken beinahe liebevoll, und ein heiseres Stöhnen entschlüpfte ihrer Kehle. Das Atmen fiel in der dampfgeschwängerten Luft so schwer, dass sich ihr Mund im Ringen um Luft leicht öffnete. Er ließ sie noch ein paar Sekunden warten, bis er endlich und mit unerschütterlicher Genauigkeit ihre sprießende Lustknospe zwischen Zeigefinger und Daumen nahm und sanft daran zog.

Maggie spürte, wie die warme Welle durch ihren Körper raste, sich langsamer bis zu ihren Fingerspitzen ausbreitete, während er sanft das geschwollene Fleisch zwischen Finger und Daumen hin und her bewegte. Sein Atem war heiß in ihrem Ohr, als er flüsterte:

«Weiter auseinander!»

Maggie gehorchte automatisch, spreizte ihre Beine, so weit sie konnte. Sie keuchte, als er seine freie Hand nutzte, um ihr rechtes Bein noch weiter vom linken wegzudrücken, das immer noch gebeugt auf der Bank stand. Als er sicher war, dass sie die Position halten konnte, griff er nach ihrem linken Knöchel und streckte das Bein so weit, dass sie sich mit dem Fuß an der Wand abstützen konnte.

In dem Gefühl, die Spannung nicht mehr länger ertragen zu können, ohne zu zerbersten, schrie Maggie auf, als er plötzlich drei Finger in ihr hungriges Geschlecht steckte und aufwärtsbewegte, während er zur gleichen Zeit mit seinem Daumen auf ihre zitternde Knospe drückte. Maggie konnte sich nicht länger beherrschen. Während eine Zuckung nach der anderen von ihr Besitz ergriff, streckte sie ihre Beine hoch in die Luft, öffnete sich so weit, wie ihr Körper es ihr ermöglichte.

Gerade als sie dachte, jetzt müsse es vorbei sein, nahm Alexander seine Hände weg, und sie spürte, wie sich seine heißen, nassen Lippen auf ihre Klitoris legten, um ihr auch noch die letzten Nachbeben zu entlocken.

Als der Orgasmus schließlich verebbte, brach sie erschöpft an Janine zusammen, ihre Beine sanken hinab, ihr Körper war schweißgebadet. Janines Haut fühlte sich feucht an, und Maggie klammerte sich an ihr fest, als ihre Kollegin sich umdrehte und die Arme um sie legte. Maggie öffnete ihre Augen, bemerkte die Ekstase, die auf Janines Gesicht leuchtete, und lächelte.

Der Dampf löste sich jetzt langsam auf, und sie merkte, dass Alexander und der Mann, der mit Janine zusammen gewesen war, sich in Luft aufgelöst hatten. Sie spürte einen spitzen Stich der Enttäuschung, dass sie nicht die Gelegenheit gehabt hatte, Alexander die gleiche Aufmerksamkeit zu erweisen, die er ihr erwiesen hatte. Sie hätte große Lust darauf gehabt, ihn zu genauso einem fiebrigen Höhepunkt besinnungsloser Ekstase zu bringen, wie sie ihn erlebt hatte.

Allmählich bemerkte sie, wie Janine ihre kleinen Brüste so eindringlich gegen die ihren presste, dass sich die erigierten Spitzen hart an ihr rieben. Janines Finger zogen eine Spur um ihren Haaransatz, und einen Augenblick lang wusste Maggie nicht, was sie tun sollte.

Das Gesicht des anderen Mädchens war so dicht an ihrem, dass sie die Süße ihres Atems riechen konnte. Ihre geöffneten Lippen waren so nah, dass Maggie ihre feuchte, pinkfarbene Zungenspitze sehen konnte, die sich herausschlängelte und an den Schweißperlen auf dem weichen Flaum ihrer Oberlippe leckte.

Sie war noch nie von einer Frau geküsst worden und hielt den Atem an, als Janine ihre weichen Lippen über ihre bewegte, vor und zurück, sie überredete, ihren Mund zu öffnen. Maggies Augen flatterten zu, als die Zunge des anderen Mädchens ihre Zunge schmeckte, ihr süßer, warmer Mund sich über dem von Maggie schloss. Mit einer

Gewichtsverlagerung grätschte Janine sich so über Maggie auf die Bank, dass sie rittlings über ihrem Schoß saß, ihre Knie auf beiden Seiten von Maggies Beinen. Maggie konnte den nassen, offenen Mund ihrer Vulva auf ihren eigenen, sittsam geschlossenen Oberschenkeln spüren und versteifte sich. Es war kein unangenehmes Gefühl, aber Janines Weichheit fühlte sich ganz anders an als der männliche Körper, nach dem sie sich verzehrte. In diesem Augenblick wollte Maggie die harte, moschusduftende Stärke eines Mannes, und obwohl sie Janine nicht kränken wollte, zog sie sich sanft zurück.

Janines veilchenfarbene Augen starrten sie vorwurfsvoll an, und ohne zu überlegen, küsste Maggie sie auf die Nasenspitze. Janine lächelte und kletterte mit einem Schulterzucken von ihrem Schoß herunter.

«Fertig zum Aufbruch?», fragte sie mit Bedauern in der Stimme, und Maggie nickte.

Sie zogen sich schweigend an, und als sie auf die mittlerweile rabenschwarze Straße traten, war Janine wieder ganz die Alte.

«Und – was meinst du?», fragte sie Maggie, als sie beim Parkplatz angekommen waren.

«Es war … außergewöhnlich!»

«Und hättest du Lust, Mitglied zu werden?»

Maggie dachte an Alexanders rätselhaftes Lächeln und zögerte keine Sekunde.

«Was muss ich tun?»

«Du musst Antony überzeugen, dich aufzunehmen.»

Antony. Maggie erinnerte sich daran, wie er sie angesehen hatte, und spürte einen kleinen Schauer der Erregung ihren Rücken hinaufrasen. Sie blickte Janine über das Autodach hinweg in die Augen.

«Antony? Wie bewerbe ich mich?»

Janine lächelte ihr selbstbewusstes, katzenartiges Lächeln.

«Du bewirbst dich nicht. Ich vereinbare ein Vorstellungsgespräch.»

Maggie nickte, bevor sie in ihr Auto glitt und den Motor anließ. Sie hatte das Gefühl, dass Janine davon ausgehen würde, dass sie ihr einen Gefallen schulde, wenn sie Maggie in den Black Orchid Club hineinbrachte. Sie dachte an ihre offene Rechnung bei Alexander und lächelte in sich hinein. Das war eine andere Schuld, die sie noch begleichen musste.

Während sie nach Hause fuhr, fragte Maggie sich, wie lange es wohl dauern würde, bis Janine ihr das Interview organisiert hätte. Das Bild von Antonys glühendem, muskulösem Körper drängte sich in ihren Kopf, und sie zitterte vor Wonne.

Zweites Kapitel

Zwei zermürbende Wochen lang begegnete Janine Maggies Fragen nur mit einem Schulterzucken und einer immer gleichen Antwort.

«Es hängt alles davon ab, wann – und ob – Antony dich unterbringen kann.»

Die Erinnerung an Alexanders geschickte Hände verfolgte sie, und Maggie erwischte sich mitten in einem Arbeitstag beim Tagträumen, wie sie sich ihr nächstes Zusammentreffen ausmalte. Dennoch, das fiel ihr erst jetzt auf, hatten sie kein einziges Wort gewechselt. Sie war sowohl fasziniert als auch irgendwie beschämt angesichts der Tatsache, dass ein solch unpersönlicher Kontakt sie derart erregen konnte.

Gerade als sie begann, die Hoffnung aufzugeben, dass Antony sich jemals dazu herablassen würde, sie «unterzubringen», kam Janine um die Mittagszeit an ihrem Schreibtisch vorbei und erwähnte ziemlich beiläufig, dass das Gespräch für sieben Uhr an diesem Abend angesetzt worden sei.

«Heute Abend?» Maggie klappte der Unterkiefer runter, und Janine lachte.

«Ja – hast du keine Zeit?»

Maggie dachte an die langen, einsamen, zermürbenden Abende, die sie damit verbracht hatte, auf diesen Termin zu warten, und lachte beinahe laut auf.

«Ich werde da sein», versprach sie. Bevor sie ihre Absicht durchschaute, hatte Janine sich über den Tisch gebeugt und sie mitten auf den Mund geküsst.

Maggie war so verdattert, dass sie ihr beim Weggehen zusah, ohne ein Wort zu sagen. Sie konnte spüren, wie Bob am Nachbartisch sie vollkommen ungläubig ansah, aber als sie schließlich genug Mut zusammenhatte, um ihm in die Augen zu sehen, guckte er eilig weg und fing an, auf seinem Schreibtisch in irgendetwas herumzukramen.

«Was für ein Sinn für Humor!», sagte Maggie unsicher, und Bob lachte höflich, ohne aufzublicken.

Der Zwischenfall warf Maggie derart aus der Bahn, dass sie nicht mehr länger in der Lage war, sich zu konzentrieren. Also machte sie früher Schluss und beeilte sich, nach Hause zu kommen. So hatte sie Zeit für ein ausgiebiges heißes Bad, sie schwelgte förmlich im duftenden Wasser. Sie schloss ihre Augen, ließ ihre Hände über ihre glitschige Haut gleiten und stellte sich vor, es wären Alexanders. Oder Antonys.

Wie konnte es sein, dass es egal schien, wessen Hände es waren? Sie runzelte die Stirn, als ihr klar wurde, wie sehr sie sich wünschte, als Mitglied im Black Orchid Club aufgenommen zu werden. Sie konnte sich nicht daran erinnern, dass sie jemals etwas anderes so sehr gewollt hatte. Sie wollte das Recht haben zu sehen, was hinter den schweren Eichentüren am Ende des Korridors vorging.

Sie hatte das Gefühl, dass Antonys Auswahlprozedur zu nichts nütze wäre, wenn es sich dabei nicht um etwas sehr Besonderes handeln würde, und dass deshalb das ihr bevorstehende Gespräch hart werden könne. Sie konnte sich nicht daran erinnern, jemals so nervös wegen einer Sache gewesen zu sein, nicht einmal als sie sich um ihren jetzigen Job beworben hatte.

Nach dem Bad cremte und puderte sie ihre Haut, bevor sie in ein Korselett aus reiner Seide schlüpfte, das ein Exfreund ihr mal zu Weihnachten geschenkt hatte. Bis jetzt war es ungetragen hinten in einer Schublade verkümmert. Es hatte irgendwie nie die richtige Gelegenheit gegeben, um es anzuziehen, und als sie die Strapse auf die richtige Länge brachte, war Maggie froh, dass sie es aufbewahrt hatte.

Darüber trug sie ein einfaches marineblaues Etuikleid, sodass sie sich zumindest von außen mit ihrer normalen, businessmäßigen Persönlichkeit präsentierte. In ihrem Innern jedoch zitterte sie, als sie sich dem Club näherte. Sie atmete ein paarmal tief und beruhigend durch, parkte das Auto auf dem privaten Parkplatz und kontrollierte ihr Make-up im Rückspiegel, bevor sie hineinging.

Antony beobachtete aus dem Fenster seines Apartments im dritten Stock, wie Maggie über den Parkplatz schlenderte. Sie sah cool aus, voller Selbstbeherrschung, ihre eleganten Gesichtszüge waren ruhig. Er stellte sich vor, wie dieselben Gesichtszüge leidenschaftlich verzerrt aussehen müssten, und spürte, wie sich etwas in seinen Lenden regte.

«Ist sie da?»

Er drehte sich vom Fenster weg, als Alexander in schwarzen Shorts mit noch müden Augen durch den Raum wankte, ein Glas in der Hand. Antony runzelte die Stirn.

«Champagner zum Frühstück?», fragte er mit hochgezogener Augenbraue.

Alexander lächelte, kein bisschen gekränkt.

«Aber natürlich. Zum Frühstück, zum Abendbrot und zum Tee. Meine Schicht beginnt in ungefähr einer halben Stunde, sodass ich erst morgen und tagsüber wieder zum Schlafen komme. Bis später – amüsier dich!»

Antony beobachtete, wie er sein Muskelshirt überzog,

quer durchs Zimmer sprang und aus dem Hinterausgang glitt. Er schüttelte nachsichtig den Kopf. Niemand konnte Alexander lange böse sein, er am allerwenigsten. Alexander war einfach einer dieser seltenen Menschen, die es liebten zu geben. Er hatte kein Bedürfnis nach Exklusivität, wenn es um seine sexuellen Gewohnheiten ging, und er gab jedem, der seine Gesellschaft wünschte, gleichermaßen willig. Weshalb er auch so unglaublich beliebt war, wie Antony sich wieder einmal vergegenwärtigte und dann seine Aufmerksamkeit wieder der Sache zuwandte, die als Nächstes anstand.

Er lächelte, als die Tür aufging und Maggie hereingeführt wurde.

«Hallo!», sagte er und kam ihr gleich entgegen, um ihre Hand mit beiden Händen zu greifen.

Sie zitterte leicht in seinem Griff und verriet damit ihre innere Aufregung. Also war sie doch nicht so selbstbeherrscht, wie sie auftrat. Alexander hatte recht – er würde es genießen, diese hier in den Club einzuführen. Er lächelte.

«Ich freue mich, dass du kommen konntest. Einen Drink?»

«Ja, gern. Einen trockenen Martini, bitte.»

Er mixte ihr einen Martini und nahm sich selbst Champagner, den er in das Glas schenkte, welches Alexander auf dem Couchtisch stehengelassen hatte. Maggie setzte sich vorsichtig auf das weiße Ledersofa. Als sie darauf niedersank, rutschte ihr Kleid an den Oberschenkeln hoch und bot Antony einen reizvollen Blick auf das feste weiße Fleisch oberhalb ihrer Strümpfe. Er erlaubte seinen Augen, dort zu verweilen und das Schauspiel zu genießen, bis sie verlegen ihren Rock bis zur Mitte der Oberschenkel hinunterstrich.

«Also – Sie möchten gerne Mitglied im Black Orchid Club werden?»

Er beobachtete, wie sie ihre Kehle mit dem Martini anfeuchtete, bevor sie antwortete.

«Ich weiß es noch nicht sicher», ließ sie ihn in geschäftsmäßigem Ton wissen. «Janine hat Sie empfohlen und, da mir mein erster Besuch vor zwei Wochen gefallen hat, dachte ich, ich würde gern mehr erfahren.»

Antony beobachtete sie, dehnte die Stille zwischen ihnen aus. Er erinnerte sich an den Besuch, den sie erwähnte, und fragte sich, was sie wohl sagen würde, wenn sie wüsste, dass er von allem gehört hatte, was sich im Dampfraum zugetragen hatte. Sie versuchte so cool zu klingen, so locker, doch Antony sah den Wunsch, dem Club beizutreten, in den Tiefen ihrer haselnussbraunen Augen brennen.

Sehr langsam legte er seinen Arm auf die Rücklehne des Sofas und fuhr mit seinen Fingerspitzen über ihr nacktes Schlüsselbein. Ihre Haut war kühl, fühlte sich weich an. Er spürte, dass sie zitterte, und wusste, dass er, wenn er es jetzt darauf anlegte, nicht zurückgewiesen würde.

Es kostete ihn Mühe, sich zurückzuhalten. Er begehrte sie, aber er hatte gelernt zu warten, bis er sicher war, dass eine potenzielle Kundin genau wusste, welche Art von Dienstleistung der Black Orchid Club bot. Abgesehen davon würde es sich bei dem, was er mit Maggie vorhatte, nicht auszahlen, wenn er die Sache zu schnell anging.

Er nahm seine Hand weg und stellte sein Glas ab.

«Also gut. Dann werde ich Ihnen mehr vom Club erzählen, während wir herumlaufen.»

* * *

Maggie folgte Antony durch den Flur und in den Fahrstuhl am Ende. Sie war sich sicher gewesen, dass er vor ein paar Minuten drauf und dran gewesen war, sich an sie heranzumachen, und es verwirrte sie, dass er dann davon abgelassen hatte. Sie wollte ihre Hand ausstrecken und ihn berühren, aber war nicht sicher, welche Etikette an diesem merkwürdigen Ort galt.

Er trug an diesem Abend eine legere graubraune Hose und ein kurzärmeliges Hemd, sodass seine sexuelle Ausstrahlung gedämpfter war als beim ersten Mal, als sie ihn in Shorts und Muskelshirt gesehen hatte. Nichtsdestoweniger konnte sie in der Enge des Fahrstuhls die Hitze seines Körpers durch den dünnen Stoff seines Baumwollhemdes hindurch fühlen.

Sie hatte sich nie als eine kleine Frau gefühlt, doch Antony schien sie wie ein Turm zu überragen, gab ihr das Gefühl, winzig zu sein, verletzlich. Die lange Phase des Wartens, die diesem Vorstellungsgespräch vorausgegangen war, hatte sie nervös werden lassen, und die zweiwöchige Pause in ihrem Sexleben hatte sie ungeduldig gemacht. Vielleicht hatte sie sich geirrt – vielleicht waren die Signale, die sie von Janine aufgenommen hatte, und Alexanders unerhörtes Benehmen gar kein Vorgeschmack auf das gewesen, was der Black Orchid Club zu bieten hatte?

Als ob er ihren verwirrten Blick auf sich gespürt hätte, drehte Antony sich um und sah sie mit einem rätselhaften Ausdruck an. Als der Fahrstuhl sanft anhielt, ließ er seine Augen sehr langsam an ihrem Körper hinunter- und wieder heraufwandern, taxierte sie ganz offen und ohne dabei zu lächeln. Maggie stockte der Atem.

Seine Augen verengten sich kaum merklich, als er die plötzliche Farbe bemerkte, die ihre Wangen überzog, doch er fuhr im Plauderton fort.

«Die Umkleideräume und das Fitnessstudio haben Sie ja bereits gesehen», sagte er, als sie aus dem Fahrstuhl traten.

Maggie nickte, als er die doppelten Türen des verspiegelten Fitnessraums öffnete, und blickte sich um. Alexander half einer Kundin, mit der Beinpresse zurechtzukommen. Er blickte auf, als die Türen sich öffneten, und lächelte sie kurz an, bevor er seine Aufmerksamkeit wieder der Frau auf der Bank zuwandte. Sie war jünger als Maggie, aber sie hatte harte Gesichtszüge, und ihre Bemühungen an der Bank waren halbherzig, während sie sich an Alexanders kräftigen Körper lehnte. Würde sie hinterher mit einer Massage verwöhnt werden?, fragte Maggie sich. Sie drehte sich um zu Antony und sah, dass er sie wissend anlächelte.

In diesem Augenblick wusste sie sicher, dass sie sich nicht getäuscht hatte. Eine merkwürdige Spannung ergriff ihren Magen, als Antony ohne Vorwarnung seine Hand ausstreckte und mit seinem Daumen über ihre leicht geöffneten Lippen fuhr. Der Kontakt war kurz, doch er schickte eine geballte erotische Ladung durch Maggies Körper. Sie biss sich auf die Unterlippe, wo er sie berührt hatte, als er sich umdrehte und sie den Fitnessraum verließen.

«Warum haben Sie diesen Ort geschaffen?», fragte sie ihn in dem Versuch, ihr Gleichgewicht wiederherzustellen.

«Ich sah den Bedarf. Eine alte Freundin von mir beschwerte sich, dass Männer niemals Spielchen spielen müssten, wenn sie Sex wollten – schon immer gab es für sie einen Ort, wo sie hingehen können, wo keine Bedingungen gestellt werden. Aber Frauen sind von Natur aus vorsichtiger als Männer.»

«Das müssen wir auch», antwortete sie scharf.

«Selbstverständlich. Deshalb kam mir die Idee, eine kontrollierte Umgebung mit sorgfältig ausgewähltem Personal zur Verfügung zu stellen – und ebenso sorgfältig ausgewählten Kunden. Hier entlang.»

Er öffnete die Doppeltür am Ende des Korridors, die Maggie bei ihrem vorigen Besuch so fasziniert hatte. Sie sah sich gründlich um und entdeckte, dass sie einen großen, loungeartigen Raum mit einer halbkreisförmigen Bar am Ende und einer kleinen, erhöhten Bühne in der Mitte betreten hatten. Die Beleuchtung war schummrig, aber nicht zu sehr, und die Gestaltung und die üppigen Polstermöbel waren äußerst luxuriös. Große, bequeme Sofas waren mit dem gleichen Stoff bezogen, mit dem die vom Boden bis zur Decke reichenden Fenster auf der einen Seite geschlossen wurden. Der Vorhangstoff selbst war großzügig gerafft und floss mit arrangierter Nachlässigkeit in extravaganten, kostbaren Falten auf den Boden.

Auf den Sofas und rund um die zahlreichen Tische saßen ein paar Dutzend Frauen, allein oder in kleinen Gruppen, bei einem Drink, beim Kartenspielen, beim Plaudern und einfach Entspannen. Aus ihrer Kleidung und aus ihrem Verhalten zu schließen, waren die meisten direkt aus dem Büro gekommen und erholten sich nach einem harten Tag. Ein oder zwei sprachen mit dem einen oder anderen der anwesenden jungen Männer. Vermutlich warteten sie darauf, irgendwo gebraucht zu werden.

Die Atmosphäre war entspannt und freundlich. Die zahlenmäßige Überlegenheit von Frauen ließ Maggie an die besseren Seiten der wenigen übriggebliebenen Gentleman's Clubs denken. So wie dort machte jede hier den Eindruck, als ob sie sich hierher gehörend fühlte und den Club als ein Zuhause außerhalb des eigenen Zuhauses nutzte.

Antony wurde von allen anwesenden Frauen begrüßt und küsste jede der Reihe nach auf die Wange, wie ein wohlwollender Nachtclubbesitzer, hier und da ein paar Worte wechselnd. Maggie lächelte überall zurück und lehnte, weil Antony sie zum Weitergehen drängte, den von einer Frau angebotenen Drink ab.

«Ist jemand im Exhibition Room, Liz?», fragte er die Frau.

«Ich glaube, Tina hat sie gebucht – sie ist mit Judd in diese Richtung verschwunden.»

Maggie warf Antony einen fragenden Blick zu, und er nahm sie bei der Hand.

«Es gibt noch viel mehr zu sehen», murmelte er dicht an ihrem Ohr. «Aber ich glaube, das hier wirst du unterhaltsam finden. Ich weiß jedenfalls, dass es mir so gehen wird.»

Neugierig folgte Maggie ihm in den nächsten Flur. Von ihm gingen mehrere Türen ab, und bei manchen von ihnen hingen «Besetzt»-Schilder an den Türgriffen. Antony öffnete die erste freie Tür und schloss sie hinter ihnen.

Maggie sah sich interessiert um. Der Raum war klein, eigentlich nicht mehr als ein Kabuff, der Platz reichte gerade für eine große, mit Kissen übersäte Couch an der Wand gegenüber der Tür und zwei Sessel mit einem Couchtisch dazwischen. Auf dem Couchtisch stand ein silberner Sektkühler mit einer Flasche und zwei Gläsern bereit.

Die Stühle waren auf die Wand am anderen Ende des Zimmers ausgerichtet, die ganz und gar verglast war und durch die man einen größeren, rundum verspiegelten Raum sehen konnte.

«Hinter jedem Spiegel liegt genauso eine Kabine wie diese hier», erklärte Antony ihr, als sie sich setzten.

«Von der Rückseite durchsichtige Spiegel?»

Er nickte. Dann öffnete er die Sektflasche mit einem diskreten «Plopp» und reichte ihr ein volles Glas.

«Schau hin.»

Der Raum vor ihnen war leer bis auf ein riesiges, ungemachtes Bett. Die lakenlose Matratze war mit einem schmuddeligen, gestreiften Stoff bezogen, und mehrere nicht zusammenpassende Kissen stapelten sich am abblätternden Kopfteil. Ein einziges Licht hing von der Decke, die rote Glühbirne warf einen rötlichen Schein auf die Szene, sodass sie beinahe surreal wirkte, wie das Bühnenbild eines heruntergekommenen Hotelzimmers.

Die Ecken des Raumes lagen im Schatten. Als Maggie weiter hinsah, öffnete sich eine Tür auf der anderen Seite des Raumes, und ein Mann und eine Frau traten ein.

Der Mann war mindestens 1,95 groß und kräftig gebaut. Sein dunkles Haar war um die Ohren herum aggressiv geschnitten und im Nacken rasiert. Dunkle Stoppeln dominierten seine untere Gesichtshälfte und krochen über die Wangenknochen in seinen Nacken. Maggie sah die Muskeln seiner Oberschenkel unter seinen ölverschmierten Jeans spielen, als er ins Zimmer schlenderte, seine Lederjacke auszog und aufs Bett schmiss. Sein schweres Jeanshemd trug er offen, sodass ein paar schwarze Haare zwischen seinen Schlüsselbeinknochen zu sehen waren.

«Komm rein hier!»

Maggie stockte der Atem, als er die kleine gutgekleidete Frau anknurrte, die, wie sie jetzt bemerkte, zögernd in der Tür stand. Sie drehte sich leicht beunruhigt zu Antony um, doch er lächelte ihr zu.

«Alles in Ordnung. Das ist Tinas Phantasie. Judd weiß genau, was er zu tun hat.»

Maggie sah zu, wie Tina langsam ins Zimmer ging, leicht schwankend auf ihren schicken, hochhackigen Pumps. Sie trug ein gutgeschnittenes graues Wollkostüm, eine Bluse in Dunkelrosa, die züchtig bis oben zugeknöpft und mit einer silbernen Brosche geschlossen war.

Als sie das Bett erreichte, setzte sie schweigend ihre Handtasche ab und stand abwartend knapp außerhalb des Lichtkreises, der das Bett umgab. Sie zeigte Anzeichen von Furcht, als Judd sich aufs Bett warf, hinten an die Kissen lehnte, die Hände hinter dem Kopf verschränkte und einen seiner in Stiefeln steckenden Füße über den anderen legte. Die metallbeschlagenen Schuhspitzen glitzerten bedrohlich in dem rötlichen Licht und wirkten auf der bloßen Matratze deplatziert.

Ein paar Sekunden herrschte vollkommene Stille, während Judd Tina warten ließ. Spannung war zwischen den beiden Beteiligten spürbar, selbst durch den doppelten Spiegel, und Maggie merkte, wie sich ihr Hals verengte. Sie nahm einen Schluck von ihrem Sekt, als Judd Tina einen leichten Schlag mit dem Handgelenk versetzte, was sie dazu brachte, ein wenig vorzurücken, bis sie im Lichtkegel stand, wo sie begann, sich auszuziehen.

Er beobachtete durch halbgeschlossene Lider, wie sie langsam die Brosche an ihrer Kehle öffnete und vorsichtig in ihre Tasche legte, bevor sie ihre Jacke und ihre Bluse auszog, die sie einfach zu ihren Füßen auf einen Haufen fallen ließ. Ihre Bewegungen waren graziös, beinahe verführerisch, als sie langsam den Knopf an der Seite ihres Bündchens aus dem Knopfloch gleiten ließ und den Reißverschluss öffnete.

Maggie beobachtete gebannt, wie die fremde Frau den Rock über ihre schmalen Hüften rutschen ließ. Sie trug ein langes weißes Unterkleid und stand ruhig und ergeben vor dem zynischen Blick des Mannes auf dem Bett, als warte sie auf seinen Befehl.

Maggie schätzte sie auf Anfang vierzig, obwohl ihr Körper immer noch straff und fest war, gut gepflegt. Sie war zart und schmal gebaut, ihr kurzes, gutgeschnittenes braunes Haar ließ den Nacken frei. Ihre Haut bekam vom Schein der roten Glühlampe einen blassen Rosaton, sodass sie verletzlich aussah, beinahe durchsichtig.

«Hübsch ist sie, nicht wahr?» Antony atmete in ihr Ohr.

Maggie nickte, vollkommen fasziniert. Sie fühlte sich unangenehm voyeuristisch, während sie das Bild vor sich beobachtete. Dennoch konnte sie ihre Augen nicht abwenden. Ihr stockte der Atem, als Judd die Frau plötzlich so anfauchte, dass sie zusammenzuckte.

«Worauf wartest du?»

Er steckte sich eine Zigarette zwischen die Zähne und zündete ein Streichholz an. Die flackernde Flamme schien Tina zu faszinieren, da sie aufsprang, als Judd mit dem Streichholz wedelte und die Flamme ausging.

«Zieh es aus», knurrte er und blies ihr eine dicke Rauchwolke zu.

Sehr langsam schob Tina nacheinander die Träger von ihren Schultern und ließ das Unterkleid als seidige Pfütze zu ihren Füßen fallen. Maggie hielt den Atem an. Unter den eleganten, normalen Kleidern trug Tina einen knallroten Push-up-BH, der ihre kleinen Brüste zusammenhielt und nach vorne drückte. Ihre reifen Nippel lugten mit ihren roten Spitzen obszön daraus hervor, als böte sie sie dem Mann auf dem Bett an.

Ein billiger Strumpfbandhalter aus schwarzer Spitze lag um ihre schlanke Taille und hielt ihre schlichten schwarzen Strümpfe. Sie trug immer noch die hochhackigen schwarzen Pumps, und Maggies Augen wurden von den schlanken, langen Beinen angezogen, von den Knöcheln bis zum oberen Ende der Strümpfe und darüber hinaus, wo die sanft gerundeten Kugeln ihrer Pobacken sich in einem leuchtend roten Satinhöschen präsentierten, das mit kratziger roter Spitze eingefasst war.

«Hure!», zischte Judd, und Tina ließ ihren Kopf hängen.

«Dreh dich um.»

Tina gehorchte sofort, und Maggie zog sich unwillkürlich tiefer in ihren Sessel zurück, obwohl sie wusste, dass sie durch den Spiegel hindurch nicht gesehen werden konnte. Sie sah jetzt Tinas Gesicht und verstand sofort den konzentrierten Ausdruck in ihren Augen. Tinas Lippen öffneten sich leicht, als sie sich wieder von Maggie abwandte und sich in der Taille abknickend hinabbeugte. Maggie war unerwartet schockiert, dass das rote Höschen im Schritt offen war.

In der Position, die Tina unwillkürlich eingenommen hatte – gerade Beine, Oberschenkel geschlossen, die Brüste aus der unzureichenden Umhüllung herausquellend –, konnte Maggie deutlich den Schatten zwischen ihren Pobacken sehen und das zarte rosalippige Dreieck aus bloßer Haut darunter. Das dunkle Schamhaar schützte ihre geheimen Stellen sehr kokett, lockte sich vorsichtig um ihre äußeren Lippen.

Judd öffnete eine Bierdose. Der scharfe Knacklaut, gefolgt vom Kohlensäurezischen, klang unnatürlich laut. Er nahm einen Schluck, bevor er vom Bett herunterhechtete und um sie herumschlenderte, wobei er sie von oben bis unten übertrieben bedrohlich musterte.

«Beine auseinander», herrschte er sie an, und sein Gesichtsausdruck verfinsterte sich noch mehr, als Tina kaum merklich den Kopf schüttelte und ihre Wange an ihre Schulter drückte. «Müssen wir das jedes Mal durchmachen?», fragte er übertrieben geduldig.

Er setzte sich so vor Tina aufs Bett, dass sie ihn sehen konnte, obwohl sie sich nicht bewegte. Als das Schweigen andauerte, sah Maggie ein kaum wahrnehmbares Zittern in Tinas Schultern. Judd wartete noch ein paar Minuten, bevor er aus voller Kehle fluchte und plötzlich auf die Füße sprang.

«Na schön. Dabei sehe ich wirklich nicht ein, warum du nicht das machst, was man dir sagt, obwohl du weißt, dass du es doch tun wirst – zu guter Letzt. Was glaubst du denn, warum du hier bist?»

Maggie fühlte, wie sich ihr Magen vor Anspannung zusammenzog, als Judd langsam und überlegt die Schnalle seines Gürtels öffnete. Er war aus dickem, schwerem Leder, der Riemen flach und breit. Die Schnalle war groß und wirkte schwer. Er ließ sich Zeit, ihn durch die steifen Schlaufen seiner Jeans zu ziehen, bevor er ihn laut gegen seinen Oberschenkel knallte.

Tina zitterte jetzt ganz offen, und Maggie rutschte in ihrem Sessel hin und her, drückte sich dichter an Antony. Sie hielt die Luft an, als Judd sich das Ende mit der Schnalle um die Hand wickelte und das andere Ende ohne Vorwarnung auf die Rückseite von Tinas bestrumpften Oberschenkeln niedergehen ließ. Tina wimmerte, hielt aber ihre Beine fest zusammengepresst.

Judd wartete noch ein paar Sekunden, bevor er vorsichtig einen zweiten Schlag platzierte, parallel zum ersten. Dieses Mal schrie Tina auf, und langsam, widerstrebend, schien es Maggie, änderte sie ihre Haltung so, dass ihre Füße schulterbreit auseinanderstanden. Ihre nackten Schamlippen waren jetzt exponiert. Das rosafarbene Fleisch, umrahmt von dem billigen schwarz-roten Höschen mit Genitalausschnitt, glänzte feucht, und Maggie spürte, wie sich bei ihr als Reaktion ebenfalls Feuchtigkeit zwischen den Oberschenkeln sammelte.

Judd streckte die Hand aus und tätschelte Tinas Hintern anerkennend, beinahe liebevoll.

«Auf die Knie», befahl er, und Tina gehorchte sofort, presste ihre Lippen inbrünstig auf seine Stiefel, den Hintern hoch in der Luft.

Maggie spürte Antonys warmen Atem auf sich, als er erklärte: «Tina ist Bankerin – ungefähr so hoch angesiedelt, wie man überhaupt kommen kann. Den ganzen Tag muss sie alles unter Kontrolle haben, Entscheidungen treffen, stark sein. Sie kommt her, um loszulassen.»

Judd überschüttete sie jetzt mit verächtlichen Bemerkungen und Beschimpfungen, erniedrigte sie durch gröbste Beleidigungen, die Maggie teilweise regelrecht zusammenzucken ließen. Doch Tina schien sie begierig aufzusaugen.

Auf sein Kommando begann Tina im Zimmer herumzukriechen, ihre kleinen Brüste hingen herab, die geröteten Spitzen streiften den groben Teppich auf dem Boden, ihr feuchtglänzendes Geschlecht für alle Beobachter zur Schau gestellt. Der zarte Stoff ihrer Strümpfe war zerrissen, die Laufmaschen liefen ihre Beine entlang.

Gegen ihren Willen spürte Maggie, wie ihr warm wurde, und sie presste ihre eigenen Oberschenkel fest zusammen. Judd folgte Tina durch das Zimmer, Bierdose in der Hand, Zigarette zwischen den Zähnen, er lachte sie aus und beschimpfte sie.

«Wenn die dir bei der Arbeit untergebenen Männer dich jetzt sehen könnten! Die große Chefin! Du liebst das, nicht wahr?» Er lachte barsch und zog ihr den Gürtel über den schwankenden Hintern.

Plötzlich beugte er sich vor und riss ihr das Höschen

runter, warf es voller Abscheu auf die Seite. Jetzt, wo ihr nackter weißer Hintern zur Schau gestellt war, wirkte Tina sogar noch verwundbarer. Maggie beobachtete die Szene, die Faszination siegte über das anfängliche Entsetzen, als Judd Tina mehrmals mit dem Ledergürtel auf die Pobacken schlug und die zarte Haut rosa gestreift wurde.

Tina keuchte inzwischen, krabbelte verzweifelt durch das Zimmer, als versuche sie, dem Brennen des Gürtels zu entkommen. Vergeblich änderte sie die Richtung, versuchte hierhin und dorthin auszuweichen, krümmte sich, wenn er sie erwischte. Judd machte sich über ihre Bemühungen lustig, ließ den Gürtel so zwischen ihren Beinen landen, dass die zarte Haut ihres Damms von der mitleidlosen Spitze getroffen wurde, das flache Leder die enge, bloßgelegte Öffnung am Po quälte.

Das Klatschen des Gürtels hallte durch den Raum, jedes einzelne sandte ein Zittern durch Maggie, wenn sie sich vorstellte, sie wäre an Tinas Stelle. Endlich hörte Judd auf, packte Tina an den Ellbogen und zerrte sie hoch auf die Knie. Tina winselte hörbar, als er sein Gesicht dicht an ihres brachte und knurrte: «Was willst du, Hure?»

Als Reaktion warf Tina einfach nur ihren Kopf von einer Seite zur anderen, und Judd schüttelte sie heftig.

«Was willst du? Sag's mir!»

Maggie hielt den Atem an, als Tina mit kläglicher, atemloser Stimme antwortete: «Ich will, dass du mich fickst.»

Maggies Hand flog zu ihrem Mund, als Judd sie wieder schüttelte.

«Sag bitte!», höhnte er.

«Bitte», winselte sie. «Oh, bitte!»

Judd zerrte sie auf die Beine und trug sie mit einem Arm hinüber zum Bett, als hätte sie gar kein Gewicht. Er drückte seine Zigarette auf der Bierdose aus, warf sie weg, setzte sich schwer aufs Bett und legte Tina übers Knie. Sie lag mit dem Gesicht nach unten, schlaff und hilflos wie eine Stoffpuppe. Kopf und Beine baumelten seitlich von seinem Schoß.

Sie schrie auf, als er anfing, sie zu schlagen, seine große, schwielige Hand versohlte mitleidlos ihren bereits empfindlichen Hintern. Ihr Gesicht war in die schmutzige Matratze gepresst, und Maggie konnte sich den faden, schweißigen Geruch vorstellen, vermischt mit dem beißenden Gestank von Judds öliger Jeans. Zwischen den roten Streifen, die der Gürtel hervorgerufen hatte, verfärbte Tinas weiße Haut sich rosa von den Hieben, als Judd immer wieder zuschlug.

Tina bettelte mit ihrer von der Matratze gedämpften Stimme darum, dass er aufhören möge, aber Judd lachte bloß, ließ seine Hand nur noch schneller und heftiger niedersausen. Maggie spürte ihren eigenen Hintern vor Mitleid prickeln, und sie rutschte in ihrem Sitz hin und her.

Sie genoss die Berührung von Antonys kühler Hand, als er ihren Nacken massierte, der vor Anspannung steif war. Sie schluckte, als sie spürte, wie seine heiße, nasse Zunge die äußeren Windungen ihres Ohrs zu erkunden begann. Sie wollte sich umdrehen und seinen Mund mit ihrem suchen, aber die Szene, die sich vor ihren Augen abspielte, lähmte sie.

Tina konnte doch bestimmt nicht viel mehr ertragen? In dem Moment, als Maggie dachte, jetzt wäre er zu weit gegangen, schubste Judd sie plötzlich von seinem Schoß, ließ sie zu einem würdelosen Haufen zusammenfallen. Dann stupste er sie so mit seiner Fußspitze an, dass sie auf den Rücken rollte und zu ihm aufstarrte, während er sich bedrohlich über ihr aufbaute. Tinas Blick war eine Mischung aus Bewunderung und Furcht.

Maggies Augen glitten von Tinas Gesicht zu Judd. Sie konnte die Augen nicht von der Bewegung seiner Finger losreißen, als er den Reißverschluss seiner Jeans öffnete und seinen enormen Penis befreite.

«Du lieber Himmel!», flüsterte Maggie. «Guck dir *das an*!»

Wie der Mann, so war auch sein Schwanz überlebensgroß, ragte stolz aus seinem geöffneten Reißverschluss hervor. Maggie konnte die roten Adern sehen, die aus der glatten weißen Haut vorstanden. Eine feuchte Perle glitzerte an der Spitze, und sie fuhr sich unbewusst mit der Zunge über die Lippen. Antony folgte der Bewegung mit einem Finger, und ohne darüber nachzudenken, sog sie seine Fingerspitze in ihren Mund und umkreiste sie mit ihrer Zunge. Sie war erfüllt von flüssiger Wärme, ihre Sinne gefangen von dem Drama, das vor ihr aufgeführt wurde.

Inzwischen hatte Judd ein Kondom aus der rückwärtigen Hosentasche genommen und rollte es langsam über seinen steinharten Schwanz. Ohne sich die Mühe zu machen, seine Kleider abzulegen, hob er Tina vom Boden auf und warf sie achtlos mit dem Gesicht nach unten aufs Bett. Er schob mehrere Kissen unter ihre Hüften, sodass ihr glühender Hintern hoch in die Luft ragte, zog ihre Backen auseinander und drang von hinten in sie ein.

Maggie konnte Tinas Gesicht sehen, die Augen glänzten, es wirkte wie eine Mischung aus Schmerz und Ekstase, als er in sie hineinstieß und sich wieder zurückzog. Sie rutschte in ihrem Sessel hin und her und bemerkte, dass Antony sie mit hungrigen Augen beobachtete.

Ohne ein Wort stand Maggie auf, stellte sich vor ihn hin und zog sich das Kleid über den Kopf.

Drittes Kapitel

Antony lächelte langsam, als sie in ihrer weinroten Seidenkorsage vor ihm stand. Ohne seine Augen von ihr abzuwenden, zog er die Couch näher an den Spiegel, damit Maggie immer noch Judd und Tina sehen konnte, als er sie nach vorne manövriert hatte.

Maggie hielt den Atem an, als Antony vor ihr auf die Knie sank und vorsichtig jeden einzelnen der Halter öffnete. Mit quälender Langsamkeit rollte er einen Strumpf runter, drückte auf dem ganzen Weg bis zu ihrem Knöchel kleine, trockene Küsse auf die Innenseite ihres Beins. Er küsste nacheinander jeden Zeh, während er das zarte Nylon abschälte, kitzelte mit seiner Zunge die empfindliche Haut zwischen den Zehen. Er ließ sich Zeit, bevor er die gleiche Prozedur beim anderen Bein wiederholte.

Sie stand absolut still und beobachtete ihn dabei, wie er ihr nasses Höschen runterrollte und kurz an die Lippen hob, bevor er es wegwarf. Sein Gesicht war auf gleicher Höhe mit den feuchten Locken zwischen ihren Beinen, und Maggie spürte, wie ihre Beine nachgaben, als er seine Nase sanft an ihrer bebenden Mündung rieb und ihren Duft einatmete.

Seine starken Hände kamen hoch und umfassten ihre Pobacken, drückten sie an ihn heran, während seine Zunge sich in der glitzernden Falte zwischen ihren Beinen entlangschlängelte. Sie war bereit für ihn, ihr zartes Fleisch geschwollen vor Leidenschaft, gebadet in ihren weiblichen Säften. Sie veränderte ihre Position ein wenig, um ihm leichteren Zugang zu gewähren, und stöhnte leise, als seine forschende Zunge die kleine Lustknospe fand, die erwartungsvoll zwischen ihren Schamlippen spross.

Maggies Lider waren schwer, als sie die Augen öffnete und durch das Fenster in das andere Zimmer sah. Judd hatte Tina die Erleichterung eines Orgasmus verwehrt und sie an Handgelenken und Fesseln festgebunden. Sie lag ausgestreckt auf dem Bett, das Gesicht nach oben, während er über ihrer Taille kniete, sein riesiger Schwanz, mittlerweile nackt, drohend über ihr thronte.

Maggies Beine fingen an zu zittern, als Antonys Zunge mit festem Strich vor und zurück über ihre gereizte Klitoris fuhr. Judd holte sich jetzt selbst einen runter, melkte dieses unglaubliche Organ, sodass, als er kam, die dicke, cremige Flüssigkeit über Tinas verzücktes Gesicht und ihre Brüste spritzte.

Als eine üppige Menge des Safts auf Tinas erschauernde Haut klatschte, verlor Maggie die Kontrolle. Sie schrie auf, als ihr eigener Orgasmus aus ihr hervorbrach, während sie ihren Kopf zurückwarf und sich langsam auf die Knie sinken ließ.

Sie fand Antonys Mund mit ihrem. Sie konnte sich selbst auf seinen Lippen schmecken, eine süße, klebrige Wärme, und sie hieß das Eindringen seiner Zunge in ihren Mund willkommen, saugte sie auf. Als er sie küsste, schob er die Träger ihres Korsetts über die Schultern und befreite eine sehnsuchtsvolle Brust.

Er küsste sie immer noch intensiv und rollte gleichzeitig ihren geschwollenen Nippel in seiner warmen Handfläche, bis er sich zu einer prallen Spitze verhärtet hatte. Sie sehnte sich danach, dass das harte Knöpfchen von seinem Mund umschlossen würde, aber Antony hatte eigene Pläne. Er löste sich weit genug von ihr, um sie hochzuheben, legte sie vorsichtig auf die Couch und sah mit schweren Augen auf sie hinab, während er sich schnell seiner eigenen Kleider entledigte.

Sein Körper war stark und seine Haut weich, die Schultern breit und wohlgeformt. Maggie ließ ihre Handfläche darüber und über seine leicht behaarte Brust gleiten. Er senkte sich auf sie nieder und ließ sie sein Gewicht auf der vollen Länge ihres Körpers spüren, als er sie küsste. Dann knabberte er an der sensiblen Innenhaut ihrer Unterlippe, um sie gleich darauf mit seiner Zunge zu besänftigen – Maggie stöhnte.

Sie war sich sicher, dass sie dieses lange, langsame Vorspiel zu jeder anderen Zeit begrüßt hätte, aber die Szenen im Exhibition Room, die sie gerade beobachtet hatte, machten ihre Begierde drängender. Sie war wirklich dort in dem Raum mit Judd und Tina gewesen. *Sie* war Tina.

Ihr gerade eben erlebter Orgasmus war abgeebbt, und sie war scharf auf mehr, ihre übersensibilisierte Haut zitterte voller Vorfreude. Sie konnte die Härte zwischen Antonys Beinen an ihrem Bauchnabel knabbern spüren, und sie murmelte ruhelos. Die Erinnerung daran, wie Judd seinen Samen über Tina gespritzt hatte, schob sich in den Vordergrund von Maggies Gehirn, und sie war erfüllt von Wärme.

Als ob er ihre Gedanken las, verlagerte Antony sein Gewicht auf seine Hände, die zu beiden Seiten ihres Kopfes aufgestützt waren, und erhob sich von ihr. Sein Schwanz sprang von ihrer Brust weg und schwebte über ihrem Kinn. Er war lang und dick, die beschnittene, leicht lila gefärbte Spitze bereits mit einem kleinen Tropfen benetzt.

Maggie bog ihren Hals, sodass sie den Tropfen mit ihrer Zunge erreichen konnte, schmeckte den salzigen Geschmack, als sie um den samthäutigen Helm herumleckte.

Antony rollte sich neben sie auf den Rücken, beobachtete sie mit zusammengekniffenen Augen, während sie langsam die gesamte Länge seines Schaftes in den Mund nahm. Zentimeter um Zentimeter führte sie ihn vorsichtig bis zum Kehlkopf in sich ein. Sie entspannte die dortigen Muskeln und ließ ihre Zunge an der Unterseite hin und her schnellen, als er hineinglitt. Zu guter Letzt küsste ihre Unterlippe das Gewicht seiner Eier.

Sein gierig verschlungenes Fleisch, glitschig von ihrem Speichel, füllte ihren Mund, stieß gegen die Rückseite ihrer Kehle. Sie runzelte protestierend die Stirn, als er sich unerwartet zurückzog.

«Nein», flüsterte er eindringlich, zog sie auf die Couch hinauf in seine Arme, «noch nicht. Zuerst möchte ich in dir kommen – hier.»

Maggie keuchte, als er plötzlich, ohne Vorwarnung, zwei Finger in sie einführte und unfehlbar die geheime, sensible Stelle fand, die die Macht hatte, jeden vernünftigen Gedanken aus ihrem Kopf zu vertreiben. Ihr ganzes Wesen schien um diese paar Falten zu kreisen, und ihre Muskeln zogen sich zusammen.

Maggie wand sich, an seine Schultern geklammert, aufgespießt auf seine bohrenden Finger. Ein Kaleidoskop von Farben tanzte auf ihren geschlossenen Augenlidern, während er sie rieb, ihr ganzer Körper löste sich in Empfindsamkeit auf, als sein Daumen auf ihre bloße Klitoris drückte.

Schnell rollte er sie auf den Rücken und tauchte so in sie ein, dass diese Gefühle in einer Reihe nicht enden wollender Wellen ihren Körper durchzogen, immer und immer wieder, bis er sich dazugesellte, einen triumphierenden Schrei ausstieß, als sein Sperma aus ihm herausschoss.

Einige Minuten lagen sie schweißgebadet und erschöpft

da, hielten einander eng umschlungen. Als Antony seinen Kopf hob und auf sie hinunterlächelte, brauchte sie all ihre Kraft, um ein paar Worte hervorzubringen.

«Hab ich den Test bestanden?»

«Hmm?» Er drückte seine Nase sanft in ihre Halsbeuge, schickte kleine Schauder durch sie hindurch.

«Das Vorstellungsgespräch – werde ich in den Black Orchid Club aufgenommen?»

Er lachte, sein nunmehr schlaffer Penis rutschte aus ihr heraus, als sie mitlachte.

«Maggie, ich glaube, du wirst eine Bereicherung für den Club sein.»

Maggie lächelte und streckte die Hand nach ihm aus. Zufrieden stellte sie fest, dass er unter ihrer Hand schon wieder hart wurde.

«Darauf kannst du wetten», murmelte sie und rutschte auf der Couch hinunter.

Antony spürte, wie die letzten Reste der Anspannungen des Tages von ihm wichen, als Maggie ihn in ihren geschickten Mund nahm. Für die meisten Frauen, die er kannte, war Oralsex eher ein Lippenbekenntnis – Maggie dagegen hatte daraus eine Kunstform entwickelt. Noch besser war, dass sie selbst es wirklich zu genießen schien, ihre Augen waren geschlossen, ihr langes dunkles Haar umhüllte ihn mit einem duftenden, kitzelnden Vorhang.

Er legte sich zurück in die Kissen und seufzte, als sie seine Eier mit ihren kühlen, eleganten Fingern umhüllte. Ihre Zunge fegte sanft seinen Schaft hinauf und drehte eine fachmännische Runde auf seiner Spitze, bevor sie wieder hinunter zu seinen Hoden wanderte.

Sie hatte sich so gedreht, dass ihr Körper rechtwinklig zu seinem auf der Couch war, ihre langen, schlanken Beine unter sich zusammengefaltet. Während ihre Zunge sich gemächlich um seinen Schwanz herumarbeitete, schlang Antony seine Finger um einen ihrer Fußknöchel und zog sie sanft zu sich. Sie veränderte ihre Position leicht, sodass ihr Körper bald der Länge nach auf seinem lag, ihr warmes, blassrosa Geschlecht Zentimeter von seinem Gesicht.

Als er sanft ihre Lippen teilte, konnte er die Überreste ihrer vereinten Säfte sehen, und er leckte mit seiner Zunge an der klebrigen Mixtur, atmete den Moschusduft tief ein. Langsam glitten seine Fingerspitzen um die feuchten, fleischigen Blätter, und er befeuchtete sie gründlich, bevor sie über die Linie ihres Damms und weiter hinaufwanderten, wo die Haut sich um die enge kleine Öffnung ihres Anus herum in Falten legte.

Er spürte, wie ihre leckende Zunge kurz stockte, als er anfing, immer tiefergehende Kreise darum herum zu ziehen. Sobald sie ihren Rhythmus wieder gefunden hatte, tauchte er wieder in ihr Geschlecht ein und nutzte die Feuchtigkeit von dort, um die widerstrebende Öffnung zu befeuchten. Eintauchen, anfeuchten in stetem Wechsel, bis er endlich die Spitze eines Fingers einführen konnte. Ihre Muskeln verhärteten sich um ihn, stießen den Eindringling zurück, und er wartete, bis sie sich entspannt hatten, bevor er sich weiter vorarbeitete.

Er züngelte leicht an ihrer Klitoris und sah voller Genugtuung, dass ihre Säfte schneller zu fließen begannen. Sein Finger war jetzt bis zum zweiten Glied drin. Mit den Fingern seiner anderen Hand spreizte er ihre inneren Lippen, leckte mit seiner Zunge an der pulsierenden Öffnung, bevor er mit drei Fingern in diesen heißen, schmelzenden Eingang tauchte.

Durch die dünne Membran, die die beiden Bereiche trennt, konnte er seinen Finger in ihrem Hintern spüren, und er rieb die Finger seiner beiden Hände langsam aneinander. Dann fand er mit seiner Zunge wieder ihre harte Knospe und leckte schnell vor und zurück.

Ein flatterndes Gefühl in seinen Eiern warnte ihn, dass er sich nicht viel länger beherrschen konnte. Maggie lutschte ihn jetzt heftiger, als ihr eigener Körper außer Kontrolle geriet. Er spürte, wie ihre Klitoris unter seiner Zunge zuckte. Er knabberte an ihr, sehr sanft.

Als sie kam, blieb Maggie still über seinem Gesicht stehen, umarmte ihn beinahe mit ihrem erhitzten Fleisch, als er die triefenden Flüssigkeiten aufleckte, die an seinen Fingern entlangflossen, und arbeitete seinen Finger schneller in ihren Hintern hinein. Als die letzte Welle ihres Orgasmus verebbte, zog Antony schnell seinen Schwanz aus ihrem Mund und warf sie auf den Rücken. Sie blickte mit weiten, schweren Augen auf ihn, als er ihren Mund offen hielt und wieder in sie hineinglitt. Er stützte sich mit den Händen an der Wand ab, um die Balance nicht zu verlieren, während er in ihren willigen Mund stieß. Er wollte ihr Gesicht beobachten, wenn sie sein Sperma schluckte. Seine Augen waren glasig, als er spürte, wie es anfing. Jeder Muskel in seinem Körper krampfte sich zusammen, als sein Orgasmus in Maggies heißen Mund brandete, über ihre Wangen spritzte und den Hals hinunterlief, als er sich noch vor dem Ende zurückzog.

Maggie schluckte und versuchte, die Tropfen auf ihrem Kinn mit der Zunge zu erwischen. Antony starrte auf sie hinunter, sein Atem kam in keuchenden kleinen Zügen. Das schöne, intelligente Gesicht, verschmiert mit Sperma, ihr dunkles Haar wild zerzaust über die Kissen gebreitet, ihr Körper in vollkommener Hingabe offen für ihn. Es war einer der bewegendsten, erotischsten Anblicke, die er je gesehen hatte.

Er beugte seinen Kopf hinunter, küsste sie, kostete die salzigen Reste auf ihrer Zunge. Dann begann er, sehr langsam an der klebrigen Flüssigkeit zu lecken, die jetzt auf ihrem Gesicht und ihrem Hals trocknete. Er spürte, wie sie zitterte, wie ihre weiche Haut sich zu einer Gänsehaut zusammenzog, als er seine Zunge auf der Mittellinie ihres Körpers entlangzog und bei ihrem Nabel verweilte.

Ihre Oberschenkel verspannten sich in halbherzigem Protest, als er sie wieder teilte. Er lächelte in sich hinein, als er das angeschwollene, befriedigte Fleisch sah, das in den Falten ruhte. Langsam leckte er mit seiner Zungenspitze die Furchen zu beiden Seiten ihrer zarten Klitoris, lockte sie unter ihrer schützenden Hülle hervor, sodass sie stolz dastand, ihn zu einem Kuss einlud.

Maggie stöhnte leise, als er sie mit seiner Zunge umkreiste, sie Runde um Runde um die Knospe rollte, bis sie wieder zitternd zum Leben erwachte. Er ignorierte ihren gedämpften Protest und leckte mit langen, langsamen, mitleidslosen Strichen, bis ihre Oberschenkel sich anspannten und sich um seinen Nacken wanden. Als er sein Gesicht an sie drückte, spürte er den starken, pulsierenden Strom ihres Orgasmus. Er war sanfter dieses Mal, weniger intensiv, aber länger anhaltend.

Maggies Finger zwirbelten sich in sein Haar, und sie zog ihn hoch, weg von ihr.

«Nicht mehr!», bat sie, halb lachend. «Bitte – es reicht!»

Antony überlegte kurz, ob er sie ignorieren sollte. Er hatte das Bedürfnis, sie über die Grenze zum Schmerz hinweg bis zu einer anderen Ebene von Lust zu tragen, aber etwas sagte ihm, dass das zu weit gehen würde. Für dieses Mal.

Er küsste ihre Augenlider, als sie sie schloss, und legte

seinen Kopf auf die Kissen, beobachtete sie, als sie in einen leichten Schlummer fiel.

Maggie stand unter dem Strom von Wasser und ließ es lange Zeit einfach so über ihre empfindliche Haut rinnen, bevor sie die Seife nahm und sich wusch. Sie hatte schwere Glieder und fühlte sich müde, doch aufgekratzt.

Die zarte Haut ihrer Schamlippen war noch wund und geschwollen, die inneren Lippen ragten hervor, sodass sie sich an ihrem Höschen rieben. Beim Anziehen hatte sie das Gefühl, sich wieder in sich selbst zu verwandeln, so als ob diese laszive, unersättliche Kreatur, die sie mit Antony gewesen war, gar nicht wirklich existierte. Und dennoch, jeder Schritt, den sie machte, erinnerte sie an diese andere Maggie – durch die sanfte Mischung aus Lust und Schmerz, die die Reibung zwischen Stoff und zarter Haut hervorrief.

Er lächelte, als sie sich in der Bar zu ihm gesellte. Ein Glas Mineralwasser wartete auf sie, und sie nahm es dankbar an, froh, ihren Durst stillen zu können. Als sie sich umsah, war sie nicht überrascht zu sehen, dass die Lounge halb leer war. Es war spät, nach Mitternacht, und die meisten der Frauen würden am nächsten Morgen arbeiten müssen. Genauso wie sie, hatte sie sich in Erinnerung zu rufen. Irgendwie schien diese andere, alltägliche Welt sehr weit weg.

Etwas später in der Bar stellte Antony ihr Judd vor.

«Guten Abend.» Maggie spürte, wie sie rot wurde, als sie sich an die Szene erinnerte, deren Zeugin sie im Exhibition Room geworden war, und ihr klar wurde, dass Judd erraten konnte, wozu sie geführt hatte.

Er lächelte jedoch nur freundlich zurück und schüttelte ihre Hand. Er hatte seine bedrohliche Lederjacke ausgezogen und trug die schwarze Hose und das weiße Hemd, die anscheinend eine Art Uniform für alle Mitarbeiter waren, wenn sie sich nicht gerade im Fitnessraum aufhielten. Außerhalb der Kulisse des Exhibition Room erschien er ziemlich normal, geradezu bodenständig, und Maggie konnte ein Schmunzeln nicht unterdrücken, als sie ihre Drinks zu einem Tisch in einer Ecke mitnahmen.

«Was ist los?» Antony grinste sie an.

«Dieser Ort ist so bizarr. Deine Männer. Bezahlst du sie gut für das alles?»

Antony antwortete mit einem ernsten Gesicht auf diese leichthin gestellte Frage.

«Sehr gut. Und sie verdienen jeden Penny davon, das kannst du mir glauben. Sie unterschreiben einen Dreimonatsvertrag. In der Zeit müssen sie hier leben, in diesem Gebäude. Sie dürfen während ihrer dreimonatigen Schicht außerhalb des Clubs keine sexuellen Kontakte haben, sie dürfen keinerlei Drogen nehmen oder sich auf irgendwelche sexuellen Handlungen untereinander einlassen. Jeder, der die Regeln verletzt, ist draußen.»

Maggie war geschockt.

«Kann ich davon ausgehen, dass ihnen das, was sie hier tun, gefallen darf?»

«Klar. Manche von ihnen schließen einen Vertrag nach dem anderen ab. Und alle haben die Möglichkeit, die Teilnahme an irgendetwas, bei dem sie persönlich sich nicht wohlfühlen würden, zu verweigern. Denn wir kriegen manchmal ziemlich merkwürdige Anfragen hier.»

«Das kann ich mir vorstellen! Aber warum so streng?»

«Hauptsächlich bin ich meinen Kundinnen gegenüber in der Verantwortung. Sämtliche Mitarbeiter sind auf Krankheiten und innere Haltung geprüft – ich will hier keine Frauenhasser haben. Sie müssen alle jung, fit, hingebungsvoll sein, und, das Wichtigste von allem, sie müssen Frauen lieben.»

«Und Judd», Maggie sah hinüber, wo dieser sich auf den Tresen lehnte und mit dem Barmann plauderte, «liebt er Frauen?»

«Warum buchst du ihn nicht und findest es heraus?»

Maggie schaute überrascht zu Antony hinüber, nicht darauf gefasst, einen solchen Vorschlag von jemandem zu bekommen, mit dem sie gerade im Bett gewesen war. Er lächelte sie an, und sie war sicher, dass er ihre Gedanken lesen konnte. Als sie wieder zu Judd hinübersah, erinnerte sie sich an den Anblick, wie sein langer, harter Schwanz aus seiner Jeans hervorsprang, und spürte trotz ihrer nicht lange zurückliegenden Anstrengungen, wie sich etwas in ihrem Unterleib rührte.

«Vielleicht mach ich das», murmelte sie.

«Gut.» Antony war plötzlich geschäftsmäßig. «Sobald deine Anmeldung abgeschlossen ist, gehört er ganz dir.»

Maggie war verwirrt.

«Wie lange wird das dauern?»

Antony schmunzelte und nahm ihr Kinn in eine Hand.

«Geduld ist eine Tugend, meine Liebe. Ein paar Wochen Enthaltsamkeit werden dir guttun.»

«Ein paar Wochen?»

Antony lachte ob ihrer Bestürzung.

«Es wird rechtzeitig zur Partynacht nächsten Monat sein. Ich buche Judd als Begleitung für dich, wenn du möchtest.»

«Partynacht?»

«Genau. Nächsten Monat tritt *The Body Beautiful* hier bei uns auf.»

«Die australische Glamour-Show? Ich dachte, sie touren gerade durch das ganze Land.»

«Ebendrum – und die Shows sind an jedem Veranstaltungsort ausverkauft. Allerdings sieht sonst keiner die Version, die sie uns hier zeigen werden. Entschuldige, Judd ist gerade dabei, für heute Abend Schluss zu machen. Ich will ihn noch schnell erwischen, bevor er weggeht.»

Maggie konzentrierte sich auf ihren Drink und beobachtete dabei durch ihre Wimpern, wie Antony hinüberging und mit Judd an der Bar sprach. Sie spürte Hitze in ihre Wangen kriechen, als die beiden Männer zu ihr hinüberguckten und sie das Interesse in Judds Gesicht aufblitzen sah.

Er nickte mehrmals, während er Antony zuhörte, und Maggie war froh, dass sie nicht verstand, was über sie gesagt wurde. Sie war nicht sicher, ob ihr die Art, wie Antony lächelte, gefiel, als er wieder zu ihr zurückkam.

«Und?»

«Abgemacht. Judd ist dein Mann am Zwölften.»

«Oh. Weißt du, mir fällt gerade ein – Judd und Tina – so etwas würde ich nicht wollen.»

Antonys Augen glühten, als er sie ansah.

«Nein? Nun, du wirst merken, dass Judd sehr schnell herausfindet, was du willst.»

Er zog eine Augenbraue hoch und hob sein Glas zu einem stillen Toast, bevor er es an seine Lippen führte. Maggies Mund fühlte sich unerklärlich trocken an, und sie nahm hastig einen Schluck von ihrem Drink.

«Ich sollte jetzt besser aufbrechen. Werde ich dich am Zwölften auf dieser Party sehen?»

«Könnte sein.»

«Und Alexander? Ich … ich würde gerne mal etwas Zeit mit ihm verbringen.»

Antony schien sich plötzlich zurückzuziehen.

«Das wirst du schon, meine Liebe. Verlass dich drauf.»

Seine Lippen verzogen sich leicht zu einem Lächeln, das Maggie bitter zu sein schien. Sie beobachtete ihn, wie er sein Glas austrank, bevor sie sagte: «Nun ja, wie gesagt, ich werd dann lieber mal gehen. Es ist sehr spät.»

Antony streckte plötzlich seine Hand aus und legte sie auf eine ihrer züchtig bedeckten Brüste. Er schien ihr Gewicht zu wiegen und sie eingehend zu studieren, strich mit dem Daumen über die Spitze und beobachtete zufrieden, wie der Nippel unter dem Stoff in Habtachtstellung sprang. Er drückte sanft zu und suchte ihren Blick.

Maggie fühlte sich nicht in der Lage, sich zu bewegen, da sie gebannt war von seiner neugierig inquisitorischen Beobachtung. Ihre Lippen teilten sich für ein leises Keuchen, als er, ohne seine Augen von ihr zu nehmen, den Druck seiner Finger erhöhte, bis es schmerzhaft wurde. Er verfolgte ihre Reaktion mit ausdruckslosem Gesicht, bis er sie plötzlich losließ.

«Gute Nacht, Maggie», sagte er leise.

Sie stand auf und suchte ihre Sachen zusammen, bevor sie sich umdrehte und mit weichen Knien davonging.

Viertes Kapitel

Sie war in einem kleinen, engen, quadratischen Raum, der von Kerzen erleuchtet wurde, deren flackerndes Licht auf dem tiefen Samtrot der Wände tanzte. Der süße, schwere Duft von Räucherstäbchen hing in der Luft. Endlos tönte leise Musik aus einer verborgenen Musikanlage, und ein Paar tanzte eng beieinander in der Mitte des Zimmers. Alexander und Janine.

Janines kurzes weißes Kleid legte sich zärtlich an jede Kurve ihres schlanken Körpers, der sich in voller Länge an Alexanders schmiegte, als ob sie miteinander verschmolzen wären. Ihr blonder Kopf ruhte leicht auf dem Muskelkissen seiner Schulter, und sie schwebten langsam und verführerisch dahin, im Takt mit der Musik, die Bewegungen ohne Eile und in vollkommener Harmonie.

Maggie beobachtete sie eifersüchtig aus dem Schatten einer Zimmerecke. Sie drehte sich um, als sie eine leichte Berührung an der Schulter spürte, und fand sich gefangen von amüsierten haselnussbraunen Augen.

«Arme Maggie!», murmelte Judd. «Hier – ich hab dir noch einen Drink mitgebracht.»

Er war so nah, dass sie den schweren Moschusduft seiner Haut riechen konnte und spürte, wie sein warmer Atem ihre Wangen streichelte. Sie streckte ihre Hand nach ihm aus, um ihn zu berühren, und er schien sich leise lachend aufzulösen. Enttäuscht wandte Maggie ihre Augen wieder der Tanzfläche zu, und das Paar, das seine Umgebung gar nicht wahrnahm, küsste sich jetzt innig.

Janines Rock war ihre Oberschenkel hinaufgewandert

und enthüllte weiße, spitzenbesetzte Strumpfbänder und Strapse, die ihren nackten Po einrahmten. Alexanders große Hände wirkten beeindruckend dunkel auf Janines weißer Haut, als er sie über ihre Pobacken legte und das gefügige Fleisch drückte.

Der ganze Raum war mit luxuriösem rotem Plüschteppich ausgelegt, dessen Flor so hoch war, dass das Paar in der Mitte bis zu den Knöcheln darin versank. Als sie sich im Zimmer umsah, merkte Maggie, dass dort noch eine Reihe kleiner Tische im Halbkreis aufgestellt waren. Alle waren besetzt, aber außer ihr war keine andere Frau allein.

Jedes der Paare an den Tischen schien in verschiedene Verführungsrituale versunken zu sein. Zu ihrer Linken fütterte ein schöner junger Mann mit ebenholzfarbener Haut einen zerzausten Rotschopf mit Erdbeeren und Sahne. Die Frau hatte ihre Augen geschlossen, eine kleine konzentrierte Falte grub sich zwischen ihre Augenbrauen, als sie noch einen Mundvoll der verführerischen Mischung nahm. Maggie beobachtete neidisch, wie sich die Muskeln in ihrer Kehle zusammenzogen, und stellte sich vor, wie es wäre, wenn sie die Sahne ihre Kehle hinuntergleiten spürte.

Sie riss ihre Augen davon los und blinzelte, als sie merkte, dass direkt ihr gegenüber ein Paar fieberhaft erregt auf dem weichen Teppich unter dem Tisch kopulierte.

«Einsam, Maggie?»

Sie sprang auf, als Antony plötzlich an ihrer Seite auftauchte.

«Oh! Antony, lass mich bitte nicht allein …»

Er schüttelte bedauernd den Kopf.

«Members only, Maggie. Du kennst die Regeln.»

«Aber …»

Er verschwand, und sie nippte erbost an ihrem Martini. Sie fühlte sich merkwürdig losgelöst von den Szenen, die sich um sie herum abspielten, als ob sie durch einen Wasserschleier hindurchsähe. Sie konnte sehen, aber sie konnte nichts anfassen, konnte mit niemandem sprechen.

Alexander ließ sich vor Janine, die sich immer noch langsam zur Musik bewegte, auf die Knie sinken. Seine großen Hände umfassten ihre zarte Taille, während er seinen Kopf unter ihrem Rock begrub und ihn hoch bis über ihre Hüften schob. Die Haut auf den perfekten weißen Kugeln von Janines Hintern wirkte im Kerzenlicht durchscheinend, und Maggie juckte es in den Fingern, ihren Arm auszustrecken und ihre Fingerspitzen über die sanft rollende Landschaft dieser Zwillingshügel gleiten zu lassen.

Janine warf ihren Kopf zurück, ihre weichen Lippen formten ein stilles, ekstatisches «O», als Alexanders lange Zunge zwischen ihre Lippen schnellte und mit langsamen, köstlichen Zügen vor und zurück leckte. Maggie spürte, wie sich Feuchtigkeit zwischen ihren eigenen Schenkeln sammelte, und presste sie eng zusammen.

Sie schloss ihre Augen, als starke Finger anfingen, ihre angespannten Muskeln an Nacken und Schultern zu kneten. Wer auch immer es war, so wusste er genau, wie viel Druck er anwenden musste, um ihre Glieder geschmeidig, schwer und entspannt werden zu lassen. Sie wagte nicht, sich umzusehen, wem die magischen Finger gehörten, aus Angst, dass er verschwinden könne, genauso wie Judd und Antony es getan hatten.

Als sie ihre Augen öffnete, hatte Alexander Janine rücklings auf den Teppich gelegt. Sie war jetzt nackt, bis auf ihre weißen Spitzenstrümpfe, den Strumpfhalter und ihre weißen Stilettos, die vorher im dicken Teppichflor verborgen gewesen waren. Alexander spielte gerade mit den flaumigen blonden Locken zwischen ihren Beinen, neckte und kitzelte sie so, dass sie leise stöhnte. Seine andere Hand umfasste ihre Brust, zupfte an ihrem blassrosa Nippel, bis er sich stolz aufrichtete.

Maggie war mit einem Mal überwältigt von dem unwiderstehlichen Bedürfnis, sich zu den beiden zu gesellen, dieses harte, verlockende Knöpfchen mit ihren Lippen zu umschließen. Sie schüttelte die massierenden Finger ab, stand auf und fing an, auf die beiden zuzugehen. Sie konnten nicht mehr als sechs oder sieben Schritte entfernt sein, doch sie fühlte sich, als wate sie durch Sirup. Ihre Absätze verfingen sich in dem dicken Teppichflor, zogen sie zu Boden. Als sie sich geschlagen gab und auf die Knie sank, wurde sie von starken Händen aufgefangen und zurück zu ihrem Tisch gezogen.

Sie schüttelte den Kopf, strampelte protestierend und strebte ins Zentrum des Raumes. Vor Überraschung blieb ihr der Mund offen stehen, als ihr klar wurde, dass Janine und Alexander nicht mehr da waren. Die anderen Tische waren jetzt leer – sie war allein in dem von Kerzen erleuchteten Zimmer, und unsichtbare Hände drückten sie sanft, aber beharrlich auf ihren Rücken.

Sie sank in den weichen, tiefen Teppich ein, gab ein ergebenes Jammern von sich und protestierte nicht, als man ihr vorsichtig die Kleider auszog. Viele Kerzen brannten bereits aus, ihr schwaches Licht flackerte launenhaft. Wie sehr sie auch versuchte, die samtige Dunkelheit zu durchdringen, sie konnte nicht erkennen, zu wem diese wissenden, streunenden Hände gehörten.

Es waren drei Paar, so viel wusste sie, zwei davon mit Sicherheit männlich, und das andere Paar ... sie stöhnte, halb im Protest, aber mehr zur Ermutigung. Weiche, kleine weibliche Hände flatterten über ihre Oberschenkel, schoben sie auseinander. Maggie schloss ihre Augen und ließ sich öffnen, ihre Beine wurden langsam auseinandergezogen und ihre Arme über den Kopf gehoben. Es war eine merkwürdig angenehme Gefangennahme, und sie hieß die weiche, nasse Berührung unmissverständlich weiblicher Lippen auf ihren Brüsten willkommen. Kleine Zähne knabberten, eine heiße Zunge schnellte heraus und umkreiste den geschwollenen Nippel.

Maggie war noch nie so intim mit einer Frau gewesen, und sie war überrascht, wie lustvoll sich das anfühlte. Sie murmelte, wollte die unbekannte Frau ermutigen fortzufahren, aber ihre Worte kamen nur als unartikuliertes Stöhnen heraus. Eine Zunge drängte sich zwischen ihre Lippen und brachte diese dazu, sich zu öffnen. Offensichtlich männlich, tauchte dieser Lustgeber in ihren heißen Mund und saugte an ihrer Zunge, zog sie in seinen eigenen, leicht nach Minze schmeckenden Mund.

Ihre Beine, an den Knöcheln von starken Fingern festgehalten, zitterten erwartungsvoll, als die dritte Person einen Pfad aus Küssen die Innenseite ihrer Schenkel hinauf brannte, die Zärtlichkeiten abwechselnd auf beide Seiten verteilend. Die Lippen hielten inne, als sie den Scheitelpunkt erreichten, platzierten kleine, neckende Küsse um den Rand ihrer feuchten Schamhaare.

Die Münder machten sie wahnsinnig, ihr gesamter Körper bebte vom Kopf bis zu ihren gefangen gehaltenen Füßen dem bevorstehenden Orgasmus entgegen. Sie wusste, dass sie explodieren würde, sobald jemand den geschwollen Lustknopf küsste, der heftig zwischen ihren Beinen pochte.

Es musste bald sein, sie konnte nicht viel länger warten … Sie keuchte, als sich die drei namenlosen Münder gleichzeitig zurückzogen.

«Nein! O nein!», schrie sie gequält auf.

Sie hörte ein leises Lachen und dann Antonys Stimme nah an ihrem Ohr.

«Geduld, Maggie, nur noch ein kleines bisschen ...»

Die plötzliche, stille Kälte des Zimmers sagte ihr, dass sie allein war, bevor sie die Augen öffnete. Die Kerzen waren alle ausgebrannt, und sie zwinkerte, als ein grelles, elektrisches Licht plötzlich den Raum füllte. Ihre Klitoris pulsierte vergeblich, und sie versuchte, sich selbst zu berühren, um sich von dem quälenden Druck zu befreien, doch sie konnte ihre Arme nicht bewegen.

«Nein!»

Maggie setzte sich im Bett auf und fegte den Wecker vom Nachttisch, als sie mit den Armen um sich schlug. Ihre Bettdecke lag auf dem Boden, ihre Laken waren zerwühlt, doch ihr war heiß, als ob ein Fieber in ihr brannte. Schon wieder dieser Traum! Nacht für Nacht dieselbe lange, quälend langsame Verführung, gefolgt von der grausamen Zurückweisung in dem Moment, wo sie unmittelbar vorm Höhepunkt stand.

Sie sank zurück in die Kissen und wischte sich das verschwitzte feuchte Haar aus den Augen. Sie strich mit ihren Fingern zart über ihre vernachlässigte Klitoris und zitterte als Reaktion auf die Gefühle, die sie durchströmten. Langsam fing sie an, ihren Mittelfinger vor und zurück gleiten zu lassen, sein Pfad war glitschig von den warmen Säften, die ihre Hand badeten.

Mit schamhaftem Schaudern erinnerte sie sich an die Lust, die sie in ihrem Traum für Janine empfunden hatte, und sah erneut den verführerisch süßen Körper des Mädchens, der wie Seide im Licht der duftenden Kerzen glänzte. Sie spürte wieder die nassen, saugenden weiblichen Lippen, die über ihren Körper gereist waren.

Sie zog ihre Knie hoch, als sie kam, und presste ihre Schenkel zusammen, während das Pulsieren andauerte und andauerte, bis sie schließlich erschöpft zurück in die Kissen sank. Sie zog ihre Bettdecke vom Fußboden hoch, wickelte sich darin ein und fiel sofort in einen tiefen, traumlosen Schlaf.

Himmel, sah sie kaputt aus! Maggie starrte sich am nächsten Morgen in ihrem beleuchteten Badezimmerspiegel an und zog eine Grimasse. Dieser verdammte Antony und sein Black Orchid Club! Vorher hatte sie noch nie diese müden braunen Schatten unter ihren Augen bemerkt, genauso wenig wie die schwachen Falten, die an ihren Mundwinkeln zu sehen waren. Da zeigte sich die Belastung des Wartens darauf zu erfahren, ob sie nun in den Black Orchid Club aufgenommen würde oder nicht, verbunden mit der unwillkommenen, erzwungenen Enthaltsamkeit der letzten sechs Wochen. Und ihrer Träume, natürlich.

Ununterbrochen, Nacht für Nacht, störten sie ihren Schlaf, tagsüber verfolgten sie sie pausenlos mit einem erotischen Bild nach dem anderen. Sie konnte sich auf nichts mehr länger als ein paar Augenblicke konzentrieren. Sie war sprunghaft, gereizt. Jedes Mal, wenn das Telefon auf ihrem Schreibtisch klingelte, blieb ihr beinahe das Herz stehen. Und all das bloß, weil dieser verdammte Antony sich Zeit ließ, ihr mitzuteilen, ob sie aufgenommen war.

«Was muss ich denn noch tun?», murrte sie in sich hinein, während sie kochendes Wasser über löslichen Kaffee goss. Sie hatte sich der medizinischen Untersuchung unterworfen, hatte länger auf Sex verzichtet, als sie es jemals getan hatte, seit sie ungefähr sechzehn Jahre alt war. Zum Teufel, sie fühlte sich wie eine wiedergeborene Jungfrau!

Und sie hatte das Gefühl, dass dieses ganze Masturbieren ihrer Seele nicht guttat.

Sie hielt plötzlich inne. Was tat sie da eigentlich gerade? Da war sie, eine erwachsene, kultivierte Frau mit einem kleinen schwarzen Buch, das sich vor lauter Adressen schon ausbeulte, und sie wartete gehorsam und keusch wie ein liebeskranker Teenager. Und all das auf Befehl irgendeines dominanten Männchens.

Genug war genug. Wenn Antony sich heute nicht bei ihr meldete, würde sie am Abend ausgehen. Die selbstauf-erlegte Ausgangssperre wäre vorbei, und Antony konnte sich seinen verdammten Club in seinen selbstgerechten Arsch stecken.

Als diese Entscheidung getroffen war, ging Maggie unter die Dusche und zog sich für die Arbeit an – sie fühlte sich glücklicher, als sie sich seit geraumer Zeit gefühlt hatte.

Janine wartete auf sie, als sie in ihr Büro kam.

«Maggie – ich habe eine Nachricht für dich. Sie ist von –»

«Einen Augenblick.» Maggie bemerkte Bobs gierigen Blick vom Nachbarschreibtisch und zog die Glasschie-betür zu, die sie trennte. Seitdem Janine sie vor Wochen überschwänglich geküsst hatte, ließ Bob sie nicht aus den Augen, studierte Maggies Gesicht, wenn er dachte, sie bemerke es nicht, als versuche er, ein spannendes Rätsel zu lösen.

Maggie verspürte nicht den Wunsch, seine Mutma-ßungen über sie noch stärker anzuheizen. Er konnte sie natürlich immer noch sehen, und da sie Janine mit ihrem Sinn für hintersinnige Späße nicht über den Weg traute, ging sie um ihren Schreibtisch herum und setzte sich so hin, dass er zwischen ihnen war.

«Setz dich», bot sie kühl an, in der Hoffnung, ihre Aufregung würde sich nicht zeigen.

Janine ließ sich Zeit, sank langsam in den ausgeformten Plastikstuhl und kreuzte ein wohlgeformtes Bein über das andere. Maggies Mund wurde trocken, als sie bemerkte, dass sie weiße Spitzenstrümpfe trug. Der Anblick von Janine, wie sie vollkommen hingebungsvoll unter Alexander lag, auf einem dicken roten Teppich, legte sich über das Bild der selbstbeherrschten jungen Frau in ihrem schicken Businesskostüm, die Maggie jetzt gegenübersaß.

Sie spürte, wie ihr die Hitze in die Wangen stieg, als sie sich an das heftige Begehren erinnerte, diesen festen, weichen Körper zu besitzen, welches sie in ihrem Traum verspürte hatte. Und sie war abgestoßen von der Feuchtigkeit, die sich bei der Erinnerung daran zwischen ihren Schenkeln sammelte.

«Ist was nicht in Ordnung?», fragte Janine.

Maggies Kopf schoss hoch, und ihr Blick traf Janines klare veilchenblaue Augen. In ihnen lag ein selbstgefälliger, wissender Ausdruck, bei dem sich ihre Nackenhaare sträubten. Es fiel ihr schwer, sich zusammenzureißen, und sie setzte sich in ihrem Stuhl bequemer hin.

«Natürlich nicht.»

«Du siehst nur etwas müde aus.»

«Wirklich? Ich … ich habe in letzter Zeit nicht so gut geschlafen», gab sie widerwillig zu.

Janine lächelte nur, und Maggie hatte irgendwie den Eindruck, dass sie den Grund ihrer schlaflosen Nächte kannte. Dass sie heute weiße Spitzenstrümpfe trug, hatte Maggie schon beinahe davon überzeugt, dass Janine den Inhalt ihrer Träume kannte, sie ebenfalls geträumt hatte. Sie ermahnte sich selbst, nicht solche Lächerlichkeiten zu denken, und fuhr fort.

«Egal. Was wolltest du mir eigentlich sagen?»

Janine griff in ihre schwarze Ledermappe und zog einen purpurfarbenen Umschlag heraus. Maggies Herz schlug schneller, als sie ihn entgegennahm und die große schwarze Orchidee sah, die links unten in die Ecke gedruckt war.

«Deine Karte», sagte Janine, als sie den Umschlag nicht sofort öffnete. «Morgen Nacht ist Partynacht.»

«Heißt das, dass ich drin bin?»

Janine grinste, als sie aufstand.

«Klar. Wir sehen uns dort.»

Maggie wartete, bis Janine aus ihrem Büro herausstolziert und um die Ecke gebogen war, bevor sie den Umschlag aufriss und die mit Goldschnitt versehene Einladung herauszog. Judd würde an dem Abend ihr Begleiter sein, genau wie Antony es ihr versprochen hatte, und *The Body Beautiful* würden eine ganz besondere Privatvorstellung geben.

Sie hob die Einladung an ihre Lippen und hauchte einen verzückten Kuss auf den Rand. Dann, sie spürte Bobs neugierige Blicke durch die Glastrennwand auf sich, ließ sie sie in ihre Schreibtischschublade gleiten und nahm die erste Akte des Tages heraus.

Maggie hatte sich so angezogen, dass sie Eindruck machen würde. Sie trug eine schwarze Chiffonbluse mit passendem Rock, der verführerisch um ihre Knöchel spielte. Unter der halbtransparenten Bluse trug sie eine rote Korsage mit Stäbchen und Bügel-BH, die ihre üppigen Brüste zusammendrückte und anhob. Sie hatte sich die Zeit genommen, ihre Finger- und Zehennägel scharlachrot zu lackieren, und ihren großen Mund zierte passender Lippenstift. Sie fühlte sich rundum phantastisch, als sie vor dem Club parkte.

Antony, wahnsinnig gut aussehend in seinem Abendanzug, begrüßte sie an der Rezeption.

«Schön, dich zu sehen, meine Liebe – willkommen im Black Orchid Club.»

«Zu guter Letzt», murmelte Maggie säuerlich, aber er lachte nur und legte lässig einen Arm um ihre Schultern, während er sie hineinführte.

«Alles kommt zu der, die es versteht zu warten», murmelte er beim Gehen in ihr Haar, und Maggie spürte einen Schauer ihren Rücken hinunterrieseln.

Sie war noch immer wütend auf ihn, weil er sie so lange hatte warten lassen, und ihre Stimme klang selbst in ihren Ohren zickig, als sie sagte: «Ich dachte, Judd wäre mein Begleiter für den Abend?»

Antony lachte wieder, wirklich amüsiert. Es schien, als könne nichts ihn beleidigen, und Maggie spürte, wie ihre schlechte Laune gegen ihren Willen verebbte. Als sie in die Lounge kamen, erschien Judd an ihrer Seite, als hätte er nach ihr Ausschau gehalten.

«Viel Spaß», flüsterte Antony in ihr Ohr, bevor er sie beide allein ließ.

Maggie musterte Judd anerkennend von oben bis unten. Wie Antony trug auch er einen schwarzen Smoking und ein makelloses weißes Hemd. Seine Fliege und der Kummerbund waren aus dem gleichen rot-blauen Liberty-Druck, und seine schwarzen Anzugschuhe glänzten matt, wie nur die mit Liebe polierten glänzen können. Sein Haar war sauber und glatt zurückgekämmt, und er roch schwach nach Patchouli-Öl. Man konnte keine Spur des rohen, unrasierten Bikers entdecken, der Tina im Exhibition Room missbraucht hatte, als Maggie das letzte Mal hier gewesen war.

«Mal wieder ganz das Chamäleon heute, nicht wahr?», sagte sie lächelnd, als er ihr seinen Arm bot.

Sie bestellte Weißwein an der Bar und warf Judd einen fragenden Blick zu, als er sich ein Mineralwasser holte.

«Ich behalte gern einen klaren Kopf», erklärte er, und Maggie lachte.

«Ich nicht!»

Sie mochte die Art, wie sich kleine Fältchen um seine haselnussbraunen Augen bildeten, wenn er lächelte. Sie fühlte sich wohl mit ihm und lehnte sich an die Bar, um sich im Raum umzusehen, während sie an ihrem Drink nippte.

Die Beleuchtung war gedämpft, und in der Mitte war eine große Fläche zum Tanzen freigeräumt worden. Die erhobene Bühne am Ende war so verlängert worden, dass sie wie ein Laufsteg bis zur Tanzfläche reichte. An der Decke waren in den Ecken Trauben von Ballons befestigt, in mattschwarz und samtweiß, und die australische Flagge hing über der Bühne. Die ganze Dekoration erinnerte Maggie an eine etwas dekadente Version der amerikanischen Highschool-Bälle aus den fünfziger Jahren, die sie in Filmen gesehen hatte.

Die Leute allerdings sahen nicht so aus, als gehörten sie in irgendeine Schule. Alle Männer waren ähnlich gekleidet wie Judd. Maggie erhaschte einen Blick auf Alexander in einer Ecke, der, in seinem Smoking umwerfend wie immer, seinen blonden Kopf aufmerksam einer brünetten Frau mit harten Gesichtszügen zugewandt hatte. Alle Frauen hatten sich dem Anlass entsprechend angezogen, und es lag ein Hauch unterschwelliger Aufregung in der Luft, während sie tranken und tanzten und darauf warteten, dass die Show begann.

Maggie war nicht sicher, was sie erwartete. Sie war von ihrer letzten Arbeit aus mal mit einer Gruppe von Frauen zu einer Männer-Stripshow gegangen, und es hatte alles ziemlich zahm gewirkt. *The Body Beautiful* waren im britischen Fernsehen in verschiedenen Talkshows aufgetreten, um ihre Show zu promoten, und soweit sie beurteilen konnte, waren sie einfach eine australische Kopie der berühmteren amerikanischen *Chippendales*.

Als die Hintergrundmusik, die die ganze Zeit lief, ausgeblendet wurde, führte Judd Maggie dichter an die Bühne heran, sodass sie an einer Seitenwand standen. Er legte seine Arme locker von hinten so um ihre Taille, dass sie mit dem Rücken zu ihm stand, während er sich an die Wand lehnte. Die Lichter gingen aus, und es wurde langsam ruhiger.

Maggie sah sich um und merkte, dass alle Blicke auf die abgedunkelte Bühne gerichtet waren. Die Luft knisterte vor erwartungsvoller Spannung, die Gespräche waren nur mehr ein leises Murmeln, bis auch das schließlich verebbte.

Als ob sie auf den Augenblick der absoluten Stille gewartet hätte, war die Bühne plötzlich lichtüberflutet. Musik mit einem harten, peitschenden Rhythmus dröhnte aus dem Soundsystem, und plötzlich wurden sechs junge Männer aus dem Nichts auf die Bühne katapultiert und fingen an zu tanzen.

Sie trugen alle enganliegende Jeans und frische weiße Hemden, am Hals offen. Alle waren jung, aber nicht zu jung, in den Zwanzigern, schätzte Maggie. Ihre Bewegungen waren schnell und wild, voller Energie, dennoch waren alle perfekt aufeinander abgestimmt.

Maggie ließ ihre Augen über sie wandern und lächelte spöttisch. Sie wirkten wie einer australischen Seifenoper entflohen, alle mit sonnengebleichtem Haar und perfekten weißen Zähnen, entblößt von einem Beinahe-Dauerlächeln. Die Frauen im Publikum, gefangen von der hämmernden Musik und dem Schauspiel von sechs starken, jungen Körpern, die sich mit solch beneidenswerter Energie bewegten, drehten durch, klatschten und tanzten. Die Begleiter schienen die Sache ruhiger angehen zu lassen, traten in den Hintergrund, bis sie gebraucht wurden, um einen Drink zu holen, oder zum Tanzen aufgefordert wurden.

Judd drückte seine warmen Lippen auf Maggies Nacken.

«Nicht dein Ding?»

«Kann ich nicht sagen. Vielleicht nach einem Martini oder zweien», antwortete sie.

Er verstand den Hinweis und verschwand in Richtung Bar. Maggie bemerkte, dass Antony auf der gegenüberliegenden Seite stand. *Er* schien die Sache zu genießen, obwohl er mit ausdrucksloser Miene zuschaute. Die erste Nummer war vorbei, und das Publikum brach in einen Applaus aus, als fünf Männer die Bühne verließen und den sechsten zurückließen, der einen langsamen, verlockenden Striptease zu den Klängen von Carly Simons alter Standardnummer «You're so vain» hinlegte.

Während sie zuschaute, sah sie, wie Alexander auf Antony zukam, sich zu ihm beugte und ihm etwas ins Ohr flüsterte. Die beiden gaben ein auffallendes Paar ab, wie sie so dicht beieinanderstanden. Beide blond, annähernd gleich groß und auf dem Höhepunkt körperlicher Fitness. Sie kannte Antonys Körper bereits gut genug, um zu wissen, dass sie ihn mochte, und Alexander kannte ihren Körper beinahe ebenso gut … Maggie spürte einen Anfall von Begehren, für alle beide gleichermaßen. Antony lächelte, während Alexander sprach, und sie verspürte das unwiderstehliche Bedürfnis, hinüberzugehen und sich zu ihnen zu gesellen.

Sie machte gerade einen Schritt in ihre Richtung, als Judd mit ihren Drinks zurückkam. Sie lächelte ein Dankeschön und guckte wieder hinüber zu Antony und Alexander, die sie gerade noch durch die Tür verschwinden sah.

Alexander hatte Antonys Hose schon geöffnet, bevor der Fahrstuhl zum privaten Wohnbereich losgefahren war.

«Immer mit der Ruhe!» Antony lachte, doch sein Lachen wurde zu einem Stöhnen, als sein gieriger Schaft aus seinen Boxershorts in die Freiheit sprang und von Alexanders kühler, kenntnisreicher Hand umschlossen wurde.

Als der Fahrstuhl auf der obersten Etage anhielt und die automatischen Türen sich öffneten, führte Alex Antony zu dem weißen Ledersofa daneben, ohne ein Wort zu sagen. Er bugsierte ihn sanft so, dass sein Kreuz im Sitzen gegen die weichen Lederkissen gedrückt wurde. Alex kniete sich zwischen seine ausgestreckten Schenkel und nahm ihn in seinen Mund.

Antony legte seinen Kopf zurück und schloss seine Augen, gab sich den wohlbekannten, lustvollen Gefühlen hin, die Alexanders geschickte Lippen hervorriefen. Himmel, er liebte es, wenn Alexander ihn so zum Sex aufforderte, in einem Moment auf ihn zukam, in dem er es am allerwenigsten erwartete, und ihn von dem, womit auch immer er gerade beschäftigt war, mit seinen schmutzigen, so liebevoll formulierten Worten loseiste.

Er wusste genau, wie viel Druck er ausüben musste, wann er saugen und wann er lecken und … Antony stöhnte, als er zu kommen anfing, dicke, kurze Spritzer in die Tiefe von Alexanders Kehle. Alexander melkte ihn trocken, schluckte jeden Tropfen, bis er in seinem Mund weich geworden war. Dann zog er seinen Kopf zurück und grinste durch seine Wimpern hindurch nach oben zu Antony.

«Wir hatten's wohl etwas eilig, oder?»

«Du kleiner Bastard», antwortete Antony liebevoll mit heiserer Stimme, «du weißt genau, wie du das von mir bekommst, was du willst, nicht wahr?»

Alexander legte seinen Kopf auf die Seite und betrachtete ihn schelmisch. «Heißt das, du beugst dich jetzt über die Lehne von diesem Sofa und lässt mich dein köstliches kleines Arschloch ficken?», fragte er leichthin, in einem Tonfall, mit dem andere darum bitten würden, einen Drink nachzuschenken.

Antony sagte nichts, sondern stand nur auf und ließ seine Hose und die Shorts auf die Knöchel fallen. Die Beule in Alexanders Hose war Anreiz genug für Antony, der jetzt um die Sofaecke herumging und sich über der Lehne in Position brachte, seinen Hintern dem schönen jungen Mann präsentierte, der ihn so flehentlich dabei beobachtete, dass er beim bloßen Gedanken daran schon wieder hart wurde.

Er drückte sein Gesicht in das weiche, intensiv riechende Leder, während Alex die Spitze von seinem Glied befeuchtete und es in Position brachte. Es gab einen kurzen, exquisiten Widerstand, als er weiterdrückte, dann füllte er ihn ganz aus, schraubte ihn auf seinen heißen, pulsierenden Schaft. Er packte Antony um die Taille und fuhr rhythmisch rein und raus, zog sich langsam ein Stück aus ihm zurück, um dann die volle Länge seiner Härte wieder hineinzustoßen, bevor er sich langsam wieder hinausgleiten ließ.

Antony war heiß, sein eigener Penis rieb sich rhythmisch und beinahe schmerzhaft an dem weichen Leder der Sofalehne. Er hatte das Gefühl, er könne nicht viel mehr aushalten, doch Alexander machte immer weiter, immer schneller, bis Antonys rückwärtiger Eingang brannte und pochte.

Alexander war rücksichtslos und ignorierte Antonys zunehmend gequältes Keuchen, während er sich seinem eigenen Höhepunkt näherte. Und als es schließlich so weit war, kam er mit einem Triumphschrei. Sekunden später explodierte Antony über dem Sofa, ließ sich von Alexander auf den weichen Teppichflor ziehen, während sein Sperma auf dem weichen Leder zu einer Pfütze zusammenlief.

Alex' Mund war heiß, als er seinen suchte, und er legte seine Arme um ihn, hielt ihn eng an sich gedrückt, als sie sich küssten.

«O Gott, ich liebe dich!», flüsterte er inbrünstig.

Alexander strich mit seinen Händen beruhigend über sein Gesicht.

«Ich weiß», antwortete er und wiederholte beinahe mitfühlend, «ich weiß.»

Fünftes Kapitel

Maggie beobachtete, wie die Frauen sich nach vorne drängten, um Geld in den winzigen goldenen Tanga zu stecken, in dem der Stripper posierte. Sie fühlte sich merkwürdig entrückt von der Szene, als ob das Ganze nicht wirklich etwas mit ihr zu tun hätte.

Eine Sache, der sie sich sicher war, war jedoch die Tatsache, dass nach sechs Wochen erzwungener Enthaltsamkeit die unmittelbare Nähe zu Judds männlichem, gesundem Körper sie langsam wild machte. Nachdem er ihr einen weiteren Drink gebracht hatte, hatte er wieder seine Position hinter ihr eingenommen und hielt sie sanft an die feste Säule seines Körpers gedrückt. Sie wackelte ein wenig mit dem Hintern und lächelte, als sie die verräterische Schwellung in seiner Hose spürte.

Sie konnte die Show auf der Bühne angucken oder nicht, der wirkliche, warme, willige Mann hinter ihr war genau das, was sie brauchte. Sie war drauf und dran, ihren Kopf zu drehen und Judd vorzuschlagen, dass sie sich einen Ort mit etwas mehr Privatsphäre suchen sollten, als der Jüngling mit dem goldenen Tanga, der inzwischen mit Beute vollgestopft war, hinter den Kulissen verschwand und die Bühne mit wirbelndem blauem Rauch gefüllt wurde.

Gegen ihren Willen war Maggie fasziniert, beobachtete mit wachsender Erregung, wie das schönste Mannsbild, das sie je gesehen hatte, aus dem Rauch zum Vorschein kam. Maggie hielt still, während ihre Augen die Vision vor ihr in sich aufnahmen.

Er war sehr groß, barfuß mindestens 1,90, und die Breite seiner Schultern passte zu seiner Höhe. Sie waren stark, mächtig, die Muskeln gut definiert, kurz vor den Extremen eines echten Gewichthebers. Selbst von da, wo sie stand, konnte Maggie durch seine Weste hindurch die harten, sorgfältig ausgearbeiteten Ebenen seiner Brustmuskeln erkennen. Er spannte sie an und nahm eine Bodybuilderpose ein, wobei sein Bizeps unglaublich groß hervortrat, als er seine Arme beugte. Von der Taille an aufwärts war er nackt bis auf die knopflose leuchtend blaue Lederweste, die von zwei Lederschlaufen zusammengehalten wurde.

Das Schweigen, das sich bei seinem Erscheinen über den Raum gelegt hatte, machte jetzt einem tumultartigen Applaus Platz, als er dem Publikum den Rücken zuwandte und seine Hüften im Rhythmus der Musik kreisen ließ. Alle Augen hingen an dem festen, knackigen Hintern in der leuchtend blauen Lederhose, die so eng war, dass sie sich liebevoll an jede männliche Kurve und Spalte schmiegte.

Maggie spürte, wie eine Welle purer Lust sie überrollte, und sie drückte sich unbewusst gegen Judds entgegenkommenden Körper. Sie konnte ihre Augen nicht von dem Mann auf der Bühne losreißen. Sein langes, glattes schwarzes Haar war in seinem Nacken lose mit einem blauen Lederband zusammengebunden. Es juckte sie in den Fingern, es zu lösen, damit sie das rabenschwarze Haar locker über seinen gebräunten Rücken fließen sehen könnte.

In diesem Augenblick blickte er über seine Schulter, und sie hielt den Atem an, da er sie direkt ansah, als ob er ihren heißen Blick durch alle anderen hindurch spüren konnte. Sein Profil war genauso stark wie der Rest seines Körpers, die Knochen seiner Nase und seines Kiefers klar umrissen, beinahe adlerartig aus diesem Winkel. Als er sich langsam herumdrehte und das Licht zum ersten Mal voll auf sein Gesicht schien, sah Maggie, dass seine Wangenknochen hoch waren und hervorstanden. Mit seinem glänzenden, langen schwarzen Haar ließen sie ihn beinahe aussehen wie einen nordamerikanischen Indianer, was sie schon immer äußerst erotisch gefunden hatte.

Einen Augenblick lang dachte sie, sie hätte sich nur eingebildet, dass er sie direkt angesehen hatte, dann suchte er sie wieder, und sie war wie durchbohrt von seinem Blick aus Augen, die in dem dunklen Gesicht von einem überraschenden Blau waren. Als er mit seiner Vorstellung begann, schien er für sie und nur für sie zu tanzen, und Maggie konnte ihre Augen nicht von ihm abwenden.

Als er sich geschmeidig den Laufsteg entlang auf sie zubewegte, spürte Maggie, wie ihre Beine anfingen zu zittern und ihr Geschlecht, schon ganz feucht und glitschig, in ihrem engen Höschen unangenehm anschwoll. Der Mann hielt am Ende des Catwalks an, nur ein paar Meter entfernt von dort, wo Judd und sie standen, so nah, dass sie den schwachen Schweißglanz auf seinen nackten Schultern sehen konnte.

Plötzlich ließ er sich auf ein Knie fallen und beugte sich nach vorne, sodass er mit dem Kopf beinahe den Boden berührte. In diesem Augenblick löste er den dünnen Lederstreifen, der sein Haar hielt, und warf ihn zur Seite. Sein Haar fiel wie ein Wasserfall um ihn herum, fegte über den Boden. Maggie hatte noch nie so schwarzes, glänzendes Haar bei einem Mann gesehen. Im selben Augenblick fragte sie sich, wie es sich ausgebreitet über ihren nackten Körper anfühlen würde ... Sie keuchte, als der Mann seinen Kopf zurückwarf und aufsprang, das Tempo seines Tanzes erhöhte, sein Haar wild um sein Gesicht und seine Schultern fliegen ließ.

Maggie rieb ihre Hüften an Judd, in dem verzweifelten

Versuch, das sich zwischen ihren Beinen aufbauende Ziehen zu lindern. Sie seufzte und fiel matt gegen ihn, als er seine Hand vorsichtig zwischen ihre beiden Körper und an der Rückseite ihres Rocks hinaufschob und anfing, sie rhythmisch durch ihren Slip zu reiben. Es reichte nicht.

Judd spürte ihr Bedürfnis, öffnete ihr Höschen an den Seiten und zog es vor und zurück fast schmerzhaft durch ihren Schritt. Er küsste ihren Nacken und massierte die runden Kugeln ihrer Pobacken, spannte sie auf die Folter, ließ sie auf die kühle Berührung seiner Finger auf ihrem Geschlecht warten. Maggie stöhnte leise, jenseits davon, sich Gedanken darüber zu machen, dass sie in einem Raum voller klatschender, lachender Frauen waren. Die intime, rauchig blaue Dunkelheit des Raumes reichte, um sie vor neugierigen Blicken zu schützen, sollte jemand seine Aufmerksamkeit von der Bühne abwenden.

Es tat keiner, denn der Mann auf der Bühne hatte sie alle gefesselt. Das Tempo war jetzt erneut langsamer geworden, und wieder einmal suchte er Maggies Blick und hielt ihn fest, als er mit ernstem Ausdruck tanzte. Maggie spürte, wie ihre Wangen warm wurden, und kämpfte darum, nicht zu reagieren, als Judds Finger endlich mit ihren heißen, feuchten Schamlippen spielten. Sie war sicher, dass der Mann auf der Bühne nicht sehen konnte, was hinter ihrem Rücken vor sich ging, dennoch hatte sie das merkwürdige Gefühl, dass er es trotzdem wusste.

Mit einem unheimlichen Timing schlängelte er seine Zunge heraus und glitt mit der Spitze langsam über die Innenseite seiner Oberlippe, genau in dem Augenblick, in dem Judd zwei Finger in ihr hungriges Geschlecht eintauchte. Die Musik schwebte in ihren Ohren, während sie fasziniert zusah, wie der Tänzer seine Hüften kreisen ließ, bevor er sie geschmeidig vor und zurück stieß, mit einer offen sexuellen Geste, welche die Bewegungen von Judds stoßenden Fingern spiegelte.

Als Judd sich mit seinem Zeigefinger bis zu ihrer Klitoris vorarbeitete, wurden die Bewegungen des Tänzers immer fieberhafter, bis er plötzlich seinen Kopf zurückwarf und erschauerte, sein Gesicht verzerrt in simulierter Ekstase, als ob er den Höhepunkt erreicht hätte, bevor er seinen Körper streckte wie eine geschmeidige, zufriedene Katze. Maggie kam sofort, lehnte ihr ganzes Gewicht an Judd, als sie krampfte, um nicht umzufallen.

Als sie wieder zu sich kam, sah sie hoch zu dem Mann auf der Bühne, und er lächelte ihr wölfisch zu. Er wusste es! Maggie wusste nicht, ob ihr das, was sie gerade erlebt hatte, peinlich sein, ob sie sich deswegen schämen oder ob sie es erregend finden sollte. Sie entschied sich für Letzteres.

Sie vergaß Judd, nachdem er so effizient auf ihr erstes, drängendes Bedürfnis eingegangen war, und ging zum Bühnenrand, wobei ihre Augen den Mann, der auf der Bühne tanzte, niemals losließen. Sie lehnte sich so an den Rand des Catwalks, dass ihr Gesicht auf einer Ebene mit seinen starken braunen Füßen war, und sah zu ihm auf, wobei sie alle um sich herum vergaß. Sie erwartete beinahe, dass er sich in sichere Entfernung zurückziehen würde, aber er hielt seine Stellung und begann mit seinem langsamen Striptease.

Die leuchtend blauen Augen starrten Maggie direkt an, während er anfing, die Schleife an seiner Weste aufzumachen und sie etwas Goldenes aufblitzen sah, als die Seiten für einen Augenblick aufgingen. Sie runzelte ein wenig die Stirn, und er tanzte von ihr weg, vollführte einen perfekten Salto rückwärts, bevor er sich am Ende des Laufstegs auf die Knie fallen ließ.

Sein ausgebeulter, lederbedeckter Schritt war auf gleicher Höhe mit ihrem Gesicht, und sie konnte ihre Augen nur schwer davon lösen, um ihm dabei zuzusehen, wie er sich aus der winzigen blauen Weste schälte. Ihre Augen gingen vor Überraschung weit auf, als sie sah, dass seine beiden Nippel mit schmalen Goldringen gepierct und mit einer feinen Goldkette verbunden waren. In der Mitte der Kette, die vor seiner glatten, braunen, unbehaarten Brust glitzerte, war ein größeres Verbindungsstück, an dem eine zweite Kette befestigt war. Diese hing locker, folgte der Mittellinie seines Körpers und verschwand in der engen Lederhose.

Maggie riss ihre Augen mit Mühe davon los und merkte, dass er sie wieder direkt anschaute, als wolle er ihre Reaktion einschätzen. Maggie war sich nur vage der Pfiffe und des Klatschens um sie herum bewusst, die sich mit der schweren, dröhnenden Musik vermischten. Sie fragte sich, was er tun würde, wenn sie die Hand ausstreckte und an dem mittleren Verbindungsglied mit dem feinen Goldkettchen ziehen würde …

Er leistete kaum Widerstand, als sie ihn langsam zu sich herunterzog. Maggie konnte ihre Augen nicht davon losreißen, wie seine harten braunen Nippel lang gezogen wurden und sich unter der leichten Anspannung verhärteten. Sie befeuchtete ihre Lippen mit der Zungenspitze in der Vorstellung, wie es sich wohl anfühlen würde, im Gegensatz zu der Wärme eines der perfekten, schwellenden Nippel kaltes Metall an ihren Lippen zu spüren.

Das Pochen zwischen ihren Beinen wurde heftiger, als er plötzlich mit einer Hand ihren Unterarm packte und ihr hartnäckiges Ziehen stoppte. Sie sah schuldbewusst zu ihm hoch und hielt den Atem an, als er seine Lippen bis auf wenige Zentimeter an ihre heranbrachte. Leise, sodass kein anderer es hören konnte, hauchte er: «Später.»

Maggie hatte noch nie so ein aufregendes, verheißungs-volles Wort gehört. Später. Widerstrebend ließ sie ihn los, und er wandte sich dem restlichen Publikum zu, das, wie ihr jetzt klar wurde, bereits begonnen hatte, unruhig zu werden. Sie drehten durch, als er sich in den Schritt pack-te und seine Hüften primitiv kreisen ließ.

Er weiß genau, was sie wollen, dachte Maggie bewun-dernd, als sie zurücktrat und ihm beim Tanzen zusah. Wäh-rend die Menge sich zu friedlicher Ekstase aufgepeitscht hatte, entledigte der Mann sich seiner Lederhose und posierte noch einmal, ließ ihnen Zeit, den Eindruck seines goldenen, muskelbepackten Körpers auf sich wirken zu lassen, der nur von einem unzureichenden G-String aus einem schwarzen Netzstoff bedeckt war.

Maggies Augen hefteten sich an seinen kaum gebän-digten Penis, der in den überdehnten String gequetscht war. Die goldene Kette verschwand darin, und sie sah ein Stückchen von einem dritten Goldring. Hitze stieg in ihr auf, als ihr klar wurde, dass seine Vorhaut genauso ge-piert war wie seine Nippel und dass die drei Zentren der Lust durch diese einfache Anbringung von feinen Gold-kettchen miteinander verbunden waren.

Die Musik steigerte sich zu mehreren immer intensiver werdenden Höhepunkten, während er sich in den Hinter-grund der Bühne tanzte und wirbelte, wobei er geschickt den Händen auswich, die sich den ganzen Catwalk ent-lang nach ihm ausstreckten. Die Menge drehte durch, als er sich auf halber Strecke auf den Bauch fallen ließ und mehrere mühelose Liegestütze machte, offensichtliche Simulation eines Geschlechtsakts.

Maggie spürte, wie sie schwach wurde, als sie sich vorstellte, sie läge selbst unter diesem festen, stoßenden Körper, das dicke schwarze Haar würde über ihr Gesicht fallen, während er in sie eindrang. Sie hätte ihre Augen nicht von ihm losreißen können, selbst wenn sie es gewollt hätte, als er herumrollte, mit Leichtigkeit auf die Füße sprang und sich ans Ende der Bühne zurückzog.

Als er am hinteren Vorhang angekommen war, sammelte der blaue Rauch sich um seine Füße und stieg langsam höher. Die Musik schwoll zu einem Crescendo an, während er im perfekten Timing seinen engen G-String die Beine hinabstreifte und sein angeleinter Schwanz in die Höhe schnellte, in Spannung gehalten von der Kette, die ihn mit seinen Nippeln verband.

Ein kollektives Keuchen stieg aus dem Publikum auf, als er anschwoll und wuchs, ein wunderschönes Tier, das allzu schnell von dem wirbelnden blauen Rauch verborgen wurde, der aufstieg und ihn unsichtbar werden ließ. Bis der Rauch sich verzogen hatte, war er weg.

Maggie blieb nicht dort, um den energiegeladenen jungen Schönlingen zuzusehen, die auf die Bühne stoben, sobald die Musik des Solotänzers verklungen war. Das Bild dieses riesigen, harten Schwanzes hatte sich unauslöschlich in ihr Gedächtnis gebrannt. «Später» wäre schon zu spät – sie wollte den Mann in Blau, und sie wollte ihn *jetzt*!

Er war leicht zu finden. An dem Flur, der hinter der Bühne lag, befanden sich drei Türen. Zwei davon standen offen, und ein erster Blick verriet, dass die Inhaber dieser Garderoben gerade jetzt auf der Bühne zeigten, was sie zu bieten hatten. Kostüme hingen ordentlich auf ihren Bügeln, in der Reihenfolge, in der sie getragen würden. Alltagskleider lagen planlos in Haufen über den Stühlen und auf dem Boden. Ein großer Bierkasten stand halb leer in einer Ecke, und in einem der Räume hing abgestandener Zigarettenqualm in der Luft.

Die dritte Tür war fest verschlossen. Ein handgeschriebenes Schild hing mit einem Stern aus Pappe am Türknauf. Darauf hatte jemand in einer schwungvollen, schrägen Schrift in schwarzer Tinte «Electric Blue» geschrieben. Maggie zögerte kurz, bevor sie, ohne anzuklopfen, den Griff herunterdrückte.

Er stand gerade vor einem Spiegel und trocknete sich das schweißnasse Gesicht und den Hals mit einem dicken weißen Handtuch ab. Er drehte sich nicht um, als sie durch die Tür schlüpfte und über den Spiegel Augenkontakt mit ihm aufnahm. Wortlos trocknete er seine Brust und die Achseln ab. Maggie konnte den schweren Moschusduft seines Körpers riechen. Sie leckte sich nervös die Lippen.

Auf der Bühne, im Rampenlicht, hatte er nahbar ausgesehen, harmlos. Hier, in diesem engbegrenzten Raum, wo die Musik nur gedämpft zu hören war, schien er das Zimmer auszufüllen, den Raum mit seiner nervösen Energie zu beherrschen, wobei er wie ein wildes Tier wirkte, ein Panther, der auf eine Chance wartete loszuspringen.

Als sie auf der Suche nach ihm gewesen war, hatte sie das unklare Gefühl im Hinterkopf gehabt, dass er locker wäre, dass sie bei ihrem Zusammentreffen alles unter Kontrolle haben würde. Jetzt allerdings, als er langsam sein Handtuch auf den Tisch legte und sich zu ihr umdrehte, wusste sie, dass sie sich geirrt hatte.

Electric Blue war kein Sexspielzeug. Er hatte alles unter Kontrolle, und etwas sagte ihr, dass es gefährlich sein könnte, ihn zu kennen.

Maggie ging um ihn herum zur Couch. Seine Augen folgten ihr, ohne zu zwinkern, ohne zu lächeln, sodass sie umeinanderkreisten wie zwei misstrauische Boxer vor einem Kampf. Jeder wartete darauf, dass der andere zuerst etwas sagte. Schließlich brach er das angespannte, sexuell aufgeladene Schweigen.

«Wie bezahlst du?»

Maggie merkte, wie ihr der Unterkiefer bei der unerwarteten Frage runterklappte, und sie machte schnell den Mund zu.

«Bezahlen?», fragte sie stirnrunzelnd, denn sie traute ihren Ohren nicht.

Electric Blue musterte sie kurz mit einem spöttischen Blick, der ihr Begehren irgendwie noch mehr entfachte.

«Ich gebe keine kostenlosen Privatshows.»

Seine Stimme war tief, kehlig, und ein paar Sekunden lang genoss Maggie ihren Klang mehr, als dass sie die Worte verstand. Als sie zu ihr durchgedrungen waren, kämpfte die Wut sich schließlich langsam durch den Nebel der Lust, der sie seit dem Augenblick eingehüllt hatte, als sie ihn das erste Mal gesehen hatte.

«Du willst, dass ich bezahle?», fragte sie ungläubig. «Das meinst du nicht ernst, oder?»

«Todernst. Es ist die Sache wert.»

Sie lachte und dachte einen Augenblick, dass er einen Witz machte, obwohl sein Gesicht ausdruckslos war. Seine nächsten Worte nahmen ihr jeden Zweifel, dass er es allerdings todernst meinte.

«Ich nehme Bargeld, Visa und American Express. Keine Schecks.»

«Ich habe eine Goldkarte – ist das akzeptabel?», erkundigte sie sich mit vor Sarkasmus triefender Stimme.

«Sehr sogar», antwortete er und streckte seine Hand aus.

Maggie starrte ihn an, sie glaubte nicht, was sie hörte. Diese … Person erwartete tatsächlich von ihr, dass sie für Sex mit ihm bezahlte? Er war scharf, aber das war sie auch, an einem guten Tag. Sie war mit Sicherheit nicht so verzweifelt, dass sie dazu übergehen musste, dafür zu bezahlen!

Sie war drauf und dran, aus der Garderobe herauszumarschieren, als ihr das Gespräch wieder einfiel, das sie vor all diesen Wochen mit Janine geführt hatte. «*Das bräuchten wir berufstätigen Frauen jetzt*», hatte die junge Frau gesagt. «*Gigolos, garantiert sicher, gebucht mit einer American-Express-Karte.*»

Electric Blue wartete immer noch geduldig und mit ausgestreckter Hand auf das von ihr geforderte Stückchen Plastik. Ihr kam in den Sinn, dass er, wenn sie ihn für seine Dienste bezahlte, alles tun würde, was sie von ihm wollte – alles, was ihr Herz, oder genauer gesagt, ihr Körper begehrte. Und er war sehr schön. Wenn er im Bett genauso eine Granate war wie auf der Bühne, könnte die Sache es sehr gut wert sein. Sie lächelte.

«Wie viel?»

Er nannte eine Summe, die ihr Herz für einen Schlag aussetzen ließ. Sie sah ihn mit zusammengekniffenen Augen an.

«Aber ich erwarte eine Rückerstattung, wenn die Sache ihr Geld nicht wert ist», merkte sie spitz an.

«Beschwerden nimmt das Management entgegen», antwortete er, ohne eine Miene zu verziehen.

Maggie griff in ihre Tasche und holte ihr Portemonnaie heraus. Sie sah zu, wie er die Plastikkarte durch die Maschine zog, die er aus einer Schublade im Tisch hervorholte, und gab ihr den Bon zum Unterschreiben.

«Hättest du gerne eine Quittung?»

«Eine Quittung?»

«Deklarier es als Ausgabe. Ich könnte ein Hotelzimmer sein oder ein Essen mit einem Kunden.»

Maggie schüttelte den Kopf.

«Keiner würde jemals glauben, dass ich so viel Guacamole essen könnte.»

Er zuckte mit den Schultern und legte den Kreditkartenabroller zur Seite. Dann schlenderte er zur Tür und schloss ab.

Maggie wunderte sich, warum sie nicht nervös war. Für seine Zeit zu bezahlen gab ihr das Gefühl, stark und mächtig zu sein. Ist das vielleicht der Grund, warum manche Männer zu Prostituierten gehen?, fragte sie sich. Die Person, die bezahlt, ist die Person, die sagt, wo es langgeht?

Electric Blue sah sie fragend an.

«Ich geh kurz unter die Dusche.»

«Nein!»

Sie hielt ihn mit einer gut manikürten Hand auf seinem scharfen Bizeps auf. Er könnte eine Dusche gebrauchen, bemerkte sie, und rümpfte ein bisschen die Nase, als der starke Geruch von trocknendem männlichem Schweiß ihre Nasenlöcher beleidigte.

«Ich will dich jetzt. So, wie du bist.»

Sie spürte einen Machtkick durch sich hindurchrauschen, als er sich gehorsam umdrehte, ohne zu protestieren, und den Reißverschluss seiner Jeans öffnete. Maggie sah sich flüchtig in dem spartanisch möblierten, etwa zweieinhalb mal drei Meter großen fensterlosen Zimmer um. Sie entdeckte die Couch an der hinteren Wand und ging hinüber, um sich daraufzusetzen. Er wartete, bis sie es sich auf den harten, ordinären Kissen gemütlich gemacht und ihm kaum merklich zugenickt hatte, dass er weitermachen solle.

Er sah überhaupt nicht mehr glamourös aus, als er seine Kleider unter dem grellen elektrischen Licht auf dem kalten Linoleumboden auszog. Seiner Schönheit tat die Umgebung allerdings keinen Abbruch. Maggie spürte, wie die Feuchtigkeit in ihr Kleid sickerte, als sein enormer Penis, an seine Nippel gefesselt, ins Blickfeld kam. Er war hart, sein Erregungszustand strafte seine coole, spöttische Art Lügen.

«Öffne dein Haar», flüsterte sie heiser.

Sie beobachtete, wie die wunderschönen schwarzen Strähnen in Schwaden über seine Schultern fielen. Sie stand langsam auf und stellte sich vor ihn hin.

«Zieh mich aus.»

Maggie stand vollkommen still, während er die Knöpfe ihrer Bluse öffnete und sie von ihren Schultern schob. Er hielt ihre Augen mit seinem Blick fest, als er hinuntergriff und das Bündchen ihres Rocks über ihre Schenkel rutschen und an ihren Füßen zu einem hauchzarten Haufen zusammenfließen ließ. Etwas in der Tiefe seiner lebhaften blauen Augen sagte ihr, dass er nur so tat, als würde er sich unterordnen, dass er diese Rolle nur so lange spielen würde, wie es ihm Spaß machte. Danach würde er sich einen feuchten Kehricht darum scheren, wer hier wen bezahlte. Sie zitterte.

Fachmännisch öffnete er die Haken und Ösen ihres engen roten Korsetts, warf es weg und sah zu, wie ihre Brüste in die Freiheit sprangen. Als sie an sich hinuntersah, sah Maggie, dass ihre kleinen dunklen Nippel bereits in der Erwartung seiner Berührung angeschwollen waren. Sie war jetzt nackt bis auf ihre Schuhe und die halterlosen Strümpfe, die mit einem breiten Spitzenband abschlossen. Ihr Höschen hatte Judd ja bereits vor einiger Zeit ausgezogen.

Sie spielte mit der Idee, die Sachen anzulassen. Aber nein, dies hier geschah zu ihrem Vergnügen und nicht zu seinem, und sie wollte nackt sein. Sanft, aber beharrlich wickelte sie sich die Nippel-Kette um die Finger und zog ihn nach unten.

«Die Strümpfe auch», flüsterte sie.

Er sank gehorsam auf die Knie und rollte sie langsam hinunter, einen nach dem anderen. Sein warmer Atem spielte auf ihrer Scham und fächelte Luft über das pulsierende Pochen, das von Minute zu Minute stärker wurde. Maggie sah hinunter auf seinen dunklen Kopf, den er in einer flehentlichen Geste vor ihr gebeugt hatte, und fühlte einen Machtkick.

Sie verlagerte ihr Gewicht ein wenig, stellte sich breitbeinig hin und präsentierte seinem stolzen Gesicht ihr glühendes Tal. Sie brauchte ihm nicht zu sagen, was sie wollte. Seine lange Zunge schoss hervor und glitt vorsichtig an der bedürftigen Spalte entlang und umkreiste ihre erigierte Klitoris, bevor sie in die heiße, nasse Höhle darunter eintauchte.

Es hatte etwas wunderbar Verruchtes, dass sein erster Kuss dieser allerintimsten Stelle galt. Dass sie vorher keinen Kuss auf den Mund oder auch nur die unpersönlichste Zärtlichkeit ausgetauscht hatten, machte diesen Akt für sie schockierend, wunderbar gefährlich.

Maggie bog ihren Rücken und drückte ihm ihr Becken entgegen, ließ ihre Knie an seinen starken Schultern ruhen. Sie griff mit den Fingern in seine Haare und zog sein Gesicht dichter an sich heran. Sie konnte nicht anders, als ihre Klitoris seiner stoßenden Zunge entgegenzustemmen, während er sie quälend langsam vor und zurück bewegte. Er baute ihre Gefühle Schicht um Schicht auf, bis die Hitze sie vollkommen überflutete und sie wusste, dass, wenn sie es zuließ, ihr Orgasmus aus ihr herausbrechen würde, bevor sie Zeit zum Luftholen hätte.

Im Hinterkopf wollte sie alldem Einhalt gebieten, bis

zum allerletzten Augenblick die Kontrolle behalten. Mit einer enormen Willensanstrengung sank sie so auf die Knie, dass sie auf einer Ebene waren, lehnte sich schwer an ihn, da ihre Beine anfingen zu zittern. Sie blieb still, die Augen konzentriert geschlossen, da sie weiterhin an der Schwelle zum Orgasmus schwebte.

Als das Gefühl endlich langsam verebbte, erlaubte sie ihm, sie auf den harten Linoleumboden zu legen. Sie wurde schwach, als er an ihren Brüsten saugte, jeden Nippel nacheinander mit seiner geschickten Zunge bearbeitete. Sein langes Haar lag wie eine warme, kitzelige Decke auf ihrer Brust und der saubere, duftige Geruch zog sie in seinen Bann.

Als ihre Kraft wiederhergestellt war, bugsierte sie ihn auf den Rücken und blickte auf ihn hinunter.

«Still liegen», befahl sie mit wachsendem Selbstbewusstsein.

Sie wollte ihn überall untersuchen, mit ihren forschenden Fingern über jeden Quadratzentimeter seines starken, gesunden Körpers streichen. Zuerst nahm sie seine linke Faust hoch und legte sie über seinen Kopf. Er erlaubte ihr, ihn zu manipulieren, lag ruhig und gefügig da, mit wachsamen Augen. Sie legte auch den anderen Arm über seinen Kopf und strich mit ihren Fingern an seiner Innenseite von der Faust bis zur Achsel entlang.

Sein wundervolles Haar lag ausgebreitet um seinen Kopf herum, und Maggie gab dem Bedürfnis nach, es zu streicheln. Es fühlte sich so weich und dick an, wie sie es sich vorgestellt hatte, wie ein Strang von einem seidenen Seil. Sie nahm eine Strähne hoch und zog sie nach oben, um zu sehen, ob sie lang genug war, um seine Fäuste zu erreichen. Es war mehrere Zentimeter länger als nötig, und sie lächelte durchtrieben.

Sie beobachtete sein Gesicht, als sie sein Haar hochnahm und einzelne Strähnen so um ihre Finger wickelte, dass sie einer Kordel ähnelten. Dann schlang sie sie locker um seine Handgelenke, band sie damit über seinem Kopf zusammen. Wenn er wollte, konnte er sich einfach befreien, aber machte keine Anstalten dazu.

Maggie setzte sich auf, um ihre Arbeit zu bewundern. Er bot einen der erotischsten Anblicke, die sie jemals gesehen hatte. Seine Hilflosigkeit tat seiner Männlichkeit merkwürdigerweise keinen Abbruch. Er war Stärke, die von Weichheit gefangen gehalten wurde, harte Muskeln, gefesselt von weichem Haar.

Maggie zog ihre Fingernägel leicht an seiner einen Körperseite hinunter und hinüber zu einem gepiercten Nippel. Fasziniert untersuchte sie den Ring. Er war durch ein perfektes Loch gezogen, als gehöre er dorthin. Sie reizte seine Vorhöfe mit ihrem Fingernagel, drückte leicht auf die Spitze, die sich unter ihrem Druck verhärtete, bevor sie der Kettenlinie zum anderen Nippel folgte, dem sie die gleiche Behandlung zuteil werden ließ.

Sie wollte ihn fragen, warum, welchen Zweck es hatte, sich selbst derart zu traktieren. Aber sie wollte den Zauber des Schweigens nicht durchbrechen, der sie einhüllte. Sie nahm die Kette hoch, die an seiner Mitte entlang hinabführte, zupfte sanft daran und setzte so beide Nippel und den Penis unter Spannung. Sie beobachtete sein Gesicht genau, ob sich dort irgendwelche Anzeichen dafür zeigten, dass es ihm unangenehm war. Aber er blieb undurchschaubar, betrachtete sie mit sardonischem Blick, während sie mit ihrer Erkundung fortfuhr.

Das Ende dieser Kette war an einem etwas größeren Goldring befestigt als jenen, die durch die Nippel führten. Er durchstach seine Vorhaut, deren rosiger Glanz vorteilhaft die pinkfarbene Eichel zur Schau stellte, die verführerisch aus ihr herausragte. Obwohl der Rest seines Körpers vollkommen entspannt war, bemerkte Maggie zufrieden, dass er halb steif war, der lange, dicke Schaft wuchs hinauf zu seinem Bauch.

Als sie sein verschlossenes Gesicht sah, verspürte sie plötzlich das Bedürfnis zu sehen, wie sich sein Ausdruck von Gleichgültigkeit in Begehren verwandelte. Es reichte ihr nicht mehr, dass er einfach nur das mit ihr tat, was sie von ihm wollte, sie wollte ihn auch an den Rand des Wahnsinns bringen, seine Reserviertheit durchbrechen, bis das unbeteiligte Gesicht von Leidenschaft gezeichnet wäre, so wie er es auf der Bühne gespielt hatte.

Sie wandte ihre Aufmerksamkeit wieder dem schlummernden Tier zwischen seinen Beinen zu, ließ ihre Finger vorsichtig von der Wurzel bis zur Spitze wandern, genoss das Kräuseln der losen Haut unter ihrer Fingerspitze. Sehr langsam umkreiste sie die Kugel am Ende und hakte den Finger in den goldenen Ring ein. Sein Penis zuckte als Antwort. Sie schaute zu ihm hoch und lächelte schlau.

«Du magst das, oder?», fragte sie im Plauderton und beobachtete sein Gesicht, während sie noch einmal zupfte.

Ein schwaches Erröten war in seine Wangen gestiegen, und als sie den Druck auf den Ring erhöhte, zuckte ein Krampf über sein glattes, ausdrucksloses Gesicht. Er war in Sekundenschnelle vorbei, sobald er die Beherrschung über seine Gesichtszüge zurückerlangt hatte. Maggie lächelte in sich hinein. Sie würde es genießen, diese Beherrschung zu durchbrechen.

Sie begab sich in eine bequemere Position, umfasste mit der anderen Hand seine Eier, die sich wegen der Haare leicht rau anfühlten, prüfte ihr Gewicht und drückte sie sanft. Der Stamm wuchs direkt vor ihren Augen, die Kette, die ihn mittig hielt, wurde schlaff, als die beringte Spitze weiter an seinem Körper emporwuchs. Die harten, gemeißelten Muskeln seiner Oberschenkel spannten sich an, als sie ihren Kopf vorbeugte und sanft an der zarten Hautpartie knabberte, die den Schwanz mit den Eiern verbindet.

Sie sammelte Speichel in ihrem Mund an und leckte einen gut angefeuchteten Pfad an der Unterseite seines Penis hinauf bis dorthin, wo der Ring glitzerte, stumpfes Gold vor dem nunmehr wütenden Purpur seiner Eichel. Sie leckte darum herum, probierte seine salzige Hitze, bevor sie ihre Zunge durch den Ring steckte und ihn benutzte, um die Vorhaut zurückzuziehen.

Die rundliche Spitze glänzte, die kleine Öffnung in der Mitte schmollte und entließ langsam eine Perle aus zäher, cremiger Flüssigkeit. Maggie formte mit den Fingern der einen Hand einen Ring und hielt damit die Vorhaut zurück, sodass sie darum herumlecken konnte, als wäre es ein besonders köstliches Eis, Häagen Dazs am Stiel. Sie bewahrte sich das Zentrum als Letztes auf und presste ihre Zungenspitze sanft in ihn hinein, während sie sein Sekret aufsaugte.

Er atmete jetzt schwer, und Maggie spürte, wie ihr eigenes Geschlecht vor Erregung pulsierte, weil er unwillig keuchte, als sie die Spitze seines Schaftes mit ihren Lippen umschloss. Der Ring fühlte sich kalt an, fremd, legte sich zwischen das heiße Fleisch seiner Eichel und ihren Mund. Er rieb an ihrer Zunge, als sie auf den Schwanz hinabsank und ihn bis zur Hälfte in den Mund nahm, bevor sie sich wieder bis zur Spitze zurückzog.

Es stand jetzt außer Frage, dass er erregt war, sein Glied war hart, gab dem Druck ihrer Lippen und Zunge nicht nach. Seine Hüften strebten instinktiv aufwärts, luden sie ein, mehr von ihm in sich aufzunehmen. Die seidige Haut glitt vor und zurück, verursachte eine kitzlige Reibung auf der empfindlichen Haut ihrer Lippen und an den Seiten von ihrem Mund.

Maggie spürte, dass ihm seine eiserne Beherrschung langsam entglitt. Er stöhnte, als sie seine Eier in ihrer Hand quetschte. In diesem Augenblick beschloss sie, sich zurückzuziehen.

Sie nahm die Kette zwischen ihre Zähne und machte sich an seinem Körper entlang langsam auf den Weg nach oben, sodass sie sein Gesicht sehen konnte. Er starrte sie beinahe missmutig an, nur der leicht glasige Ausdruck seiner Augen verriet die Tatsache, dass er gerade vom Rand eines Orgasmus zurückgekehrt war. Seine Arme waren immer noch lose von seinem Haar gebunden, obwohl sie sah, dass seine Hände zu Fäusten geworden waren, als er um seine Beherrschung gerungen hatte.

Sie lächelte durchtrieben zu ihm hinunter, setzte sich rittlings über ihn und fing an, an seinem Körper entlangzugleiten, ein Knie auf jeder Seite. Sie hielt inne, als ihr Geschlecht auf gleicher Höhe mit seinem Gesicht war, und machte sich daran, seine Fesseln aufzuknoten. Sein warmer Atem kitzelte die heißen Spalten ihrer inneren Haut, und sie spürte den plötzlichen Schwall Feuchtigkeit, als seine Zunge mit einem Mal herausschnellte und vorsichtig an den blütenblattweichen Falten entlangschleckte.

Sie sackte etwas ab, und ihre ungeschützte Klitoris berührte seine Adlernase. Die Wirkung war elektrisierend, schickte einen Rausch von Lust durch ihren ganzen Körper, so stark, dass sie sich rein instinktiv bewegte. Sie verschränkte ihre Finger mit seinen, die ausgestreckt über seinem Kopf lagen, und begann, ihre Hüften zu bewegen, ihre Lustknospe an seiner Nase zu reiben, während seine heiße Zunge immer tiefer in ihre honigsüßen Tiefen tauchte.

Sie schloss ihre Augen vor dem bloßen, grauen Linoleum und öffnete sich noch mehr, spreizte ihre Knie, sodass er ungehindert Zugang zu ihrer pulsierenden Scheide hatte. Plötzlich drang er mit seiner Zunge tief in sie ein. Sie drückte sich ihm entgegen, rieb ihre Klitoris an seiner Nasenspitze. Seine Zunge war lang und steif, ein Miniaturschwanz, der in sie rein- und wieder rausglitt.

Es fing an, Welle auf Welle eines heißen, weichmachenden Gefühls, das tief in ihrem Bauch begann und über sie hinweg ausstrahlte, bis es sie verzehrte.

«O Gott! O Gott!!», schrie sie, als seine Lippen sich um ihre bebende Knospe schlossen und er sie an ihr rieb, ihren Höhepunkt verlängerte, bis sie erschöpft zusammenbrach, sein Gesicht noch immer vergraben in ihrem triefenden Geschlecht.

Sechstes Kapitel

Electric Blue ließ Maggie kaum Zeit zum Luftholen, bevor er sich plötzlich aufbäumte, sie mit einem Schwung auf den Rücken drehte und ihre Knie so hochdrückte, dass sie zu beiden Seiten ihren Oberkörper berührten.

Er hielt sie so, vollkommen offen für ihn. Sie konnte die kühle Luft auf ihrer exponierten Haut spüren. Sie öffnete die Augen und sah in sein konzentriertes Gesicht. Er hatte jetzt nichts Unterwürfiges mehr, nichts auch nur entfernt Gefügiges.

«Das Spielchen ist vorbei», sagte er, und in seinem Lächeln lag eine grausame Note, die sie panisch machte und sich gegen ihn wehren ließ.

Er lachte und öffnete sie weiter, tauchte seinen Kopf zwischen ihre Beine und zog seine Zunge grob von ihrem Damm bis zu dem Punkt, wo ihre verausgabte Klitoris immer noch pulsierte. Er hob den Kopf und leckte hemmungslos seine Lippen, als hätte er gerade den besten Wein genossen.

Maggie fühlte sich nicht mehr bedroht, da sie spürte, dass seine Gewalttätigkeit gezügelt war, unpersönlich. Sie hielt unterwürfig ihre Beine gespreizt und sah zu, wie er eines davon losließ und nach seinem geschwollenen Schaft griff. Er hielt ihn locker in einer seiner großen Hände und schob die Vorhaut vor und zurück, bis eine kleine flüssige Träne aus dem einzelnen Auge seiner Eichel zum Vorschein kam.

Beinahe zeremoniell hielt er inne, um die Kette von dem Ring in seiner Vorhaut zu lösen. Nicht mehr angeleint, schien er sogar noch größer zu werden, und Maggie schluckte krampfhaft.

Die Bewegungen, mit denen er sich am Tor zu ihrem offenen Geschlecht in Stellung brachte, waren quälend langsam. Er drückte ihre Knie noch weiter zurück, sodass sie dachte, der Druck müsse sie zerbersten lassen. Dabei betrachtete er konzentriert ihr Gesicht. Sein langes schwarzes Haar hatte sich wie ein dichter, duftender Vorhang um sie gelegt, streifte erotisch ihre Wangen, als er seinen Kopf beugte, um mit der Zungenspitze leicht über ihre zitternden Lippen zu fahren.

Ihre Augen trafen sich, und die ihren weiteten sich geschockt, als er plötzlich in sie eindrang, mit dem ersten, kraftvollen Stoß bis zum Heft hineinstieß. Er blieb dort, sodass sie das kalte Metall des Rings an ihrem Gebärmutterhals spüren konnte, bevor er sich zurückzog und wiederum eintauchte.

Maggie schlang ihre Beine um seine Schultern und klammerte sich an ihm fest, während er sie ritt. Sein Gesicht war angespannt und ernst, als er den Rhythmus beschleunigte und Maggie sich an ihre Entschlossenheit vorhin erinnerte, seine coole Fassade zu durchbrechen, hinter der er sich die ganze Zeit versteckte.

Sie fasste mit der Hand nach unten, tastete nach der Verbindung zwischen ihren beiden Körpern, spürte seine nasse Härte, während er sich abwechselnd herauszog und in sie hineinstieß. Ihre eigenen Säfte flossen über auf das harte Linoleum unter ihr, und sie rieb ihren Zeigefinger über ihren gewölbten Damm, bis er tropfnass von ihrem Honig war.

Sie ließ sich Zeit und wartete, bis er kurz vor dem Orgasmus war. Dann griff sie um ihn herum und arbeitete sich mit ihrem eingeölten Finger in seinen engen kleinen

Anus hinein. Der Schließmuskel widerstand kurz, aber sie blieb hartnäckig, ließ ihren Finger sanft um den Rand kreisen, bis die verbotene Öffnung sich gerade genug öffnete, um ihre Fingerspitze einzulassen. Sobald sie drin war, stieß sie mit ihrem Finger tiefer, passte ihren Rhythmus dem seines stoßenden Beckens an und ignorierte seine Versuche, ihren Finger wieder herauszudrücken.

Seine Augen öffneten sich weit. Ein Anflug von Wut huschte über sein Gesicht, als ihm klar wurde, dass sie ihn überrumpelt hatte. Dann warf er seinen Kopf zurück und brüllte wie ein Tier, als sein heißer Saft sich flutartig aus ihm und in ihre krampfende Vulva ergoss. Sie umklammerte seinen Schaft fest mit ihren Beckenbodenmuskeln und melkte ihn trocken, während sie sich selbst zum Orgasmus brachte, indem sie ihre übersensibilisierte Knospe an ihm rieb.

Sie brachen erschöpft in einem Chaos verknoteter Glieder zusammen und lagen schweißgebadet mehrere Minuten einfach nur schweratmend da. Ein Hämmern an der Tür brachte sie wieder zur Besinnung.

«Hey, warum ist die Tür abgeschlossen?», rief eine gereizte männliche Stimme. «Hör auf, Unsinn zu machen, Kumpel – du bist in fünf Minuten dran.»

«Okay.»

Seine Stimme kratzte an Maggies gespannten Nerven. Er klang so, wie sie sich fühlte – vollkommen fertig. Er vermied, ihr in die Augen zu sehen, als er sich von ihr herunterhievte und im Badezimmer verschwand. Als sie die Dusche rauschen hörte, wünschte sie, dass auch sie davon Gebrauch machen könnte. Sie fühlte sich heiß und verschwitzt, streng riechend, mit dem Abdruck seines heißen männlichen Körpers noch auf ihrem.

Als sie aufstand, tropfte das Gemisch ihrer beider Flüssigkeiten aus ihr heraus und lief an der Innenseite ihrer Schenkel herab. Sie schnappte sich das Handtuch, das er vorhin benutzt hatte, und säuberte sich damit, so gut es ging, bevor sie sich die Kleider anzog.

Er kam aus der Dusche, immer noch nackt, als sie gerade auf dem Weg zur Tür war. Jetzt hatte er sich wieder voll unter Kontrolle und musterte sie, in der Tür stehend, von oben bis unten. Unerwartet grinste er.

«Willst du immer noch dein Geld zurück?»

Maggie lächelte zurück und schüttelte den Kopf. Das leicht schmutzige Gefühl, das sich in ihr breitgemacht hatte, verzog sich schnell wieder, und sie fühlte sich gut mit dem, was sie getan hatte. Ihre Augen ruhten auf seinem talentierten Penis. Er hing jetzt ganz ruhig zwischen seinen Beinen, die goldene Kette wieder fest eingehakt.

«Bei dir bekommt man was für sein Geld», gab sie zu.

Er öffnete eine Schublade und holte eine Karte heraus. Sie fuhr mit ihrem Daumen zerstreut darüber und merkte, dass sie geprägt war, nicht gedruckt. Edel. Als sie sie ansah, las sie, dass darauf sein Bühnenname *Electric Blue* und eine Telefonnummer aus dem Londoner Umland stand.

«Dann bist du ja gar kein Australier», sagte sie erstaunt.

«Nur Mittwoch- und Samstagabend. Ich kann sein, was auch immer du von mir willst. Ruf mich mal wieder an.»

Er drehte sich um und fing an, sich für seinen nächsten Auftritt anzuziehen. Arrogantes kleines Arschloch! Vor ein paar Minuten war er nicht so cool gewesen! Maggie lächelte in sich hinein. Sie wusste, dass sie ihn nicht anrufen würde, aber sie legte die Karte trotzdem in ihre Tasche. Sie gab sich nicht die Mühe, auf Wiedersehen zu sagen, als sie hinausging.

Janine fand sie eine halbe Stunde später in der Lounge Bar.

«Hey! Wohin bist du denn verschwunden? Hast du den zweiten Auftritt von dem Typen im blauen Leder verpasst?»

Sie rollte ihre Augen himmelwärts, um sie wissen zu lassen, was sie darüber dachte, und erklomm den Barhocker neben Maggie. Maggie nahm einen Schluck Martini und betrachtete Janine durch den sanften, vom Alkohol verursachten Nebel, der sie eingehüllt hatte.

«Von *dem* habe ich alles gesehen, was ich überhaupt nur sehen wollte», sagte sie bestimmt. «Er hat mich allerdings den ganzen Bonus vom letzten Monat gekostet.»

Janines feine Augenbrauen bogen sich nach oben.

«Wirklich? Und, war er's wert?»

Das Bild von ihm, gefesselt mit seinem eigenen Haar unter ihr liegend, während sie seinen erotischen, gepiercten Körper erkundete, ließ Maggie lächeln.

«In jenem Augenblick fand ich das schon», sagte sie reumütig.

Janine sah sie eine Weile fragend an und runzelte leicht die Stirn, als Maggie ihren Drink hinunterstürzte.

«Komm mit – wir haben morgen beide 'ne Menge Arbeit. Ich fahr dich nach Hause.»

«Mein Auto ist hier –»

«In deinem Zustand solltest du nicht fahren. Ich hol dich morgen früh ab und bring dich in der Mittagspause hier rüber, nach dem Meeting mit der Jefferson Corporation. Daran hast du doch gedacht, oder?»

«Natürlich», log Maggie und runzelte bei der Erwähnung ihres wichtigsten Kunden die Stirn. Wie konnte sie so ein entscheidendes Meeting vergessen?

Sie ließ sich von Janine zur Tür bugsieren und zurück

in ihre Wohnung fahren, jeglicher Gedanke an Electric Blue und seine unbestreitbaren Anziehungskräfte zogen sich in ihren Hinterkopf zurück.

Am nächsten Nachmittag wirkte Janine ruhig, als sie losfuhren, um das Auto abzuholen. Maggie war erleichtert. Sie hatte höllische Kopfschmerzen, und das Meeting mit Jefferson war nicht der Erfolg geworden, der es hätte werden sollen. Als sie auf den Parkplatz fuhren, sagte Janine: «Übrigens, Antony hat mich gestern Abend gefragt, ob ich das mit deinem Abzeichen organisiere. Ich habe für Samstagvormittag einen Termin gemacht. Passt dir das?»

Maggie hatte in ihrer Tasche nach den Schlüsseln gegraben und nicht mitbekommen, was Janine gesagt hatte.

«Wie bitte?», fragte sie zerstreut.

«Ich hol dich Samstag um zehn Uhr dreißig ab. Vormittags. Ist das in Ordnung?»

Maggie nickte. «Klar, wann auch immer. Danke fürs Herbringen.»

«Keine Ursache.»

Janine gab Gas und brauste mit quietschenden Reifen davon. Maggie fand ihr Auto und schloss es auf. Abzeichen? Keiner hatte ihr irgendwas davon gesagt, dass ein Abzeichen getragen werden müsse. Sie guckte hinüber zum Club und überlegte kurz, Antony selber zu fragen. Vielleicht konnte sie sich Alexander für eine Massage schnappen. Aber nein, sie hatte 'ne Menge zu tun, wenn sie ihren Ruf nach diesem tranigen Auftritt heute Morgen retten wollte. Samstag würde schnell genug kommen, und sie würde dann schon herausfinden, worum es dabei ging.

«Ich geh da *nicht* rein! Auf keinen Fall!»

Maggie blieb vor dem Laden mit dem leeren Schaufenster stehen und sah Janine entsetzt an. Das Mädchen war den ganzen Weg hierher sehr schweigsam gewesen, und jetzt wusste Maggie, warum.

«Warum sollte ich in ein Tätowierstudio gehen?»

«Komm runter von der Straße», sagte Janine geduldig, «dann zeig ich's dir.»

«Du machst Witze!»

«Komm jetzt, Maggie – wir erregen hier schon Aufsehen.»

Maggie blickte über ihre Schulter und sah, dass eine kleine Gruppe Jugendlicher sie von der anderen Straßenseite aus neugierig beobachtete. Sie dachte, wie unpassend sie wirken mussten, bei einem heruntergekommenen Tätowierstudio in Janines strahlend weißem Ferrari vorzufahren.

«Na gut», murmelte sie ungnädig und folgte Janine hinein.

Sie hatte erwartet, das Innere dunkel und schmuddelig vorzufinden, und war überrascht, in einen Raum einzutreten, der dem Empfang eines Schönheitssalons ähnelte. Janine bemerkte ihre Überraschung und flüsterte: «Was hast du denn erwartet? Dass du hier knietief in Matrosen waten würdest und der Boden mit Sägespänen eingestreut ist?»

Sie läutete die Klingel auf der gebleichten Holztheke, und eine schlanke, attraktive Frau in einem weißen Overall kam heraus.

«Hallo. Sie müssen Maggie sein – ich bin Phoebe», stellte sie sich vor.

Maggie schüttelte die sorgfältig manikürte Hand, die ihr entgegengestreckt wurde, und folgte ihr in den hinteren Teil des Ladens. Phoebe nahm ihren Mantel ab und hängte ihn zusammen mit Janines auf einen Ständer im Flur. Mit einem kühlen, professionellen Lächeln geleitete sie sie in einen kleinen, peinlich sauberen Raum, der gut beleuchtet und geschmackvoll eingerichtet war. In der Mitte des Zimmers stand eine gepolsterte Liege, wie sie auch von Kosmetikerinnen benutzt wird, und dorthin führte sie Maggie.

«Sie möchten das Übliche?», fragte Phoebe.

«Ja», antwortete Janine, bevor Maggie sagen konnte, dass sie keine Ahnung davon hatte, was hier überhaupt vor sich ging.

Phoebe lächelte.

«Sind Sie schon mal tätowiert worden? Nein?» Sie lachte über Maggies ängstlichen Gesichtsausdruck. «Keine Angst, es ist wirklich nichts dabei. Nicht schlimmer als ein Besuch beim Zahnarzt. Vielleicht möchten Sie, dass Ihre Freundin dabeibleibt?»

Maggie nickte und biss sich auf die Lippe, um nicht zu sagen, dass sie Zahnärzte wie die Pest mied. Janine schenkte ihr eines ihrer katzenhaften Lächeln, und sie hatte das unangenehme Gefühl, dass sie ihre Gedanken gelesen hatte. Phoebe hatte sich die Hände geschrubbt und zog sich gerade sterile Handschuhe über.

«Äh ... tut es weh?», fragte sie matt.

«Nur ein kleines bisschen. Aber Sie wissen, dass ein Tattoo eine dauerhafte Sache ist, oder?»

«Mmm, ja. Natürlich.»

«Gut. Darüber muss man sich einfach im Klaren sein. Auch wenn es außer Ihren engsten Freunden kaum jemals jemand sehen wird!»

Sie lächelte Janine kurz spitzbübisch zu, und Maggie spürte einen Augenblick lang Panik. Was zum Teufel wollten sie ihr hier bloß antun?

Es dauerte nicht lange, bis sie das herausfand. Als sie

sich nackt ausgezogen hatte, wurde sie gebeten, sich auf die Couch zu legen. Sie hielt die Luft an, als ihre Pobacken sanft auseinandergezogen wurden und ein kalter, antiseptischer Tupfer die zarte Haut abwischte. Man wollte sie doch wohl nicht *dort* tätowieren?

Sie wollte schon protestieren, aber Janine war am Ende der Liege so in die Hocke gegangen, dass sie mit ihr auf Augenhöhe war.

«Es dauert nicht lange», sagte sie beruhigend. «Sobald du dein Abzeichen hast, kann jeder, der Bescheid weiß über uns, dich als Mitglied unseres Clubs identifizieren. Schschsch! Halt dich an mir fest», flüsterte sie, als Maggie aufschrie.

Die erste Berührung der Nadel mit ihrer Haut war erschreckend schmerzhaft, und Maggie war dankbar, dass sie an Janines schlanken Händen Halt finden konnte. Die Augen des Mädchens wirkten erstaunlich munter, während sie jede Reaktion von Maggie verfolgte.

Maggie spürte, wie Phoebes latexbedeckte Finger leicht gegen ihren Anus drückten, während sie sie mit der einen Hand geöffnet hielt und mit der anderen Hand arbeitete. Das Latex fühlte sich fremd auf ihrer Haut an, aber nicht feuchtkalt oder unangenehm, wie sie erwartet hatte. Sie konnte die Wärme von Phoebes Fingern spüren, ihre zarte Berührung ein beinahe erotischer Gegensatz zu den mitleidslosen Edelstahlinstrumenten, die sie offensichtlich meisterhaft zu führen verstand.

«Die Haut wird durchstochen», erklärte Janine leise, «dabei kommt ein bisschen Blut und vermischt sich mit der Tinte. Würdest du das gerne sehen, Maggie? Möchtest du sehen, wie es im Endergebnis aussieht?»

Maggie starrte sie nur an, biss die Zähne aufeinander, um gegen das stechende Gefühl zwischen ihren Pobacken anzugehen. Sie traute sich nicht zu sprechen, falls ein beschämender Schluchzer über ihre Lippen käme. Janine stellte sich vor sie hin, zog ihr Kleid hoch und rollte langsam ihre Strumpfhose runter. Sie trug ein weißes Spitzenhöschen, das ihren Schamhügel mehr betonte, als dass es ihn verbarg.

Phoebe schien den Striptease in ihrem Behandlungszimmer gar nicht zu bemerken, sie arbeitete weiter, während Maggie ihre Augen ungläubig aufriss. Janine zog ihr Höschen langsam herunter und ließ es auf den Boden fallen, bevor sie aus ihm herausstieg. Sie lächelte Maggie an, ein wissendes, intimes Lächeln.

Maggie konnte ihre Augen nicht von Janine losreißen, als diese sich langsam umdrehte und von der Taille an herunterbeugte. Sie bot ihr einen ungehinderten Blick auf die perfekt symmetrischen Kugeln ihres Hinterns. Das Unbehagen, das von Phoebes sorgfältig arbeitenden Fingern in ihrer Pospalte herrührte, trat in den Hintergrund, als sie das Bild vor sich betrachtete. Mit einer Geste, die vulgär gewesen wäre, wenn sie nicht eine so kraftvoll erotische Ausstrahlung gehabt hätte, wölbte Janine ihren Rücken, schob ihre Hüften zurück, bis sie dicht an Maggies Gesicht war. Dann fasste sie nach hinten und öffnete sich.

Maggie holte tief Luft. Auf die Innenseite von Janines linker Hinterbacke war das Abbild einer perfekt geformten schwarzen Orchidee tätowiert. Sie war ungefähr zweieinhalb Zentimeter lang und etwas mehr als einen Zentimeter breit und eingefasst mit einer roten Umrandung. Gelbe Farbe war verwendet worden, um den gepunkteten Blütenkelch und die zarten Samenfäden darzustellen.

Die Spalte zwischen ihren Hinterbacken schien inzwischen aus einer einzigen stechenden Wunde zu bestehen, aber Maggie schien das kaum wahrzunehmen, während sie die Tätowierung vor ihren Augen betrachtete. Sie war so nah an Janines gespreizten Backen, dass sie den schwachen, süßen Duft von weiblichem Schweiß riechen konnte, das gefältelte pinkfarbene Eingangstor zu ihrer verbotenen Öffnung sah.

Da Janines Kopf von ihr abgewandt war, fühlte Maggie sich frei, sie ausführlicher zu untersuchen, als sie es sonst gewagt hatte, sich die geheimen Falten einer anderen Frau anzusehen. Zwischen ihren schüchtern geschlossenen Oberschenkeln konnte sie ihr rundliches rosafarbenes Geschlecht kokett aus den dunkelblonden Locken hervorblitzen sehen. Sie war nass, ein Schimmer weiblicher Säfte glänzte einladend auf der zarten Haut.

Janine rückte noch etwas näher heran, und ohne nachzudenken, aus einem Impuls heraus, spitzte Maggie ihre Lippen und drückte einen Kuss auf die schwarze Orchidee, die auf die innere Backe des Mädchens tätowiert war. Janine zuckte zusammen, und Maggie zog sich schnell zurück, entsetzt über sich selbst.

«Das hätten wir – alles fertig.» Phoebes klare Stimme, so kühl, so klinisch, rettete sie.

Maggie lächelte sie etwas wackelig an, als sie ihr von der Liege herunterhalf. Sie vermied es, Janine anzusehen, während sie sich eilig anzog. Als die weiche Baumwolle ihres Höschens auf die mit einem Pflaster beklebte Stelle ihrer neuen Tätowierung traf, zuckte sie zusammen.

«Ich geb Ihnen einen Vorrat an Pflastern mit. Salzbäder sind das Beste, während es verschorft. Viel Luft – gehen Sie so oft wie möglich ohne Höschen.»

Maggie verzog das Gesicht, als sie rausging. Es fühlte sich an, als hätte sie einen aufgeblasenen Ballon in ihrer Spalte, und das klebrige Pflaster zog bei jeder Bewegung ungemütlich an der unversehrten Haut. Sie war Janine dankbar, dass sie sich um die Rechnung kümmerte und sie am Arm hielt, als sie weggingen, da sie sich plötzlich sehr schwach fühlte. Sie konnte sich im Auto nicht richtig hinsetzen und war gezwungen, sich auf der Heimfahrt an Janines schlanke Schulter zu lehnen.

«Jetzt weiß ich, warum du darauf bestanden hast, mich zu fahren!», brach sie das Schweigen zwischen ihnen mit einem etwas nervösen Lachen.

Janine lächelte und hielt ihre Augen auf die Straße vor sich gerichtet. Als sie bei Maggies Wohnung angekommen waren, half sie ihr die Treppen hinauf und machte Kaffee, ohne darum gebeten worden zu sein. Maggie hatte sich halb sitzend, halb liegend auf ihrem blau- und zitronenfarbenen Chintzsofa niedergelassen und lauschte den Geräuschen von Janine, die in der kleinen, modernen Küche hantierte.

Sie liebte ihre Wohnung, empfand sie als ihren ureigenen, persönlichen Hafen und lud nur selten jemanden dorthin ein. Die wenigen Leute, die tatsächlich durch die Tür gelangten, sagten oft etwas über den unerwartet weiblichen Stil, in dem sie eingerichtet war. Kühle Zitronen- und Blautöne bedeckten die Sessel, passend zu dem hellgelben Teppich und den hellblauen Vorhängen. In der gestreiften Tapete war ein Hauch von Pink, den sie mit den Kissen und Lampen noch einmal aufgenommen hatte, um das Farbspektrum ein bisschen aufgelockerter und wärmer zu gestalten.

Als Janine mit dem Kaffee in zwei dampfenden Porzellanbechern hereinkam, spürte Maggie, wie die Atmosphäre in dem eigentlich sonnigen Raum sich angespannt verdichtete.

«Wegen vorhin», platzte sie unvermittelt heraus, nachdem sie beide ihren Kaffee mehrere Minuten in unbehaglichem Schweigen getrunken hatten. «Ich will nicht, dass du denkst, ich könnte jemals … nun …»

«Etwas für mich empfinden?», beendete Janine kühl den Satz für sie.

Maggie spürte, wie ihr die Hitze in die Wangen stieg, und merkte, dass sie fürchterlich rot wurde. Irgendetwas an Janine bewirkte, dass sie sich so merkwürdig wie ein unbeholfenes Schulmädchen fühlte. Seit jenem schicksalhaften Tag, an dem sie sie im Büro geküsst hatte, konnte sich Maggie des seltsamen Gefühls nicht erwehren, dass Janine irgendeine entscheidende Information hatte, zu der sie selbst keinen Zugang hatte. Sie hatte irgendwie immer den Gesichtsausdruck einer Katze, die von der Sahne genascht hat, wenn Maggie in ihre Nähe kam.

Das Allerschlimmste war aber, neben der Tatsache, dass sie ihr in ihren Träumen erschien und, wie heute, kleine, entsetzliche Vorkommnisse anzettelte, dass Maggie merkte, wie sie auf sie in einer Art reagierte, die ihr bisher vollkommen fremd gewesen war.

«Du machst dir zu viele Sorgen, Maggie.»

«Aber ich bin nicht … in dieser Richtung veranlagt», beendete sie ihren Satz und verachtete sich selbst für ihre eigene Verklemmtheit.

«Wirklich?» Janine zog ungläubig eine Augenbraue hoch.

«Ja! Ich meine, nein! Du weißt genau, was ich meine, Janine, du stellst dich absichtlich dumm.»

Janine stellte ihren leeren Becher auf einen Untersetzer auf dem Couchtisch zwischen ihnen. Zu Maggies Verwirrung beugte sie sich vor und platzierte einen trockenen, schwesterlichen Kuss auf ihrer Stirn.

«Die Lady protestiert zu sehr», lächelte sie spitzbübisch, bevor sie ihre Tasche holte und zur Tür ging. Sie drehte sich an der Tür um. «Du solltest das alles nicht so ernst nehmen, Maggie, lass deine innersten Begehren einfach zu. Alles wird gut, du wirst schon sehen. Nein, steh nicht auf. Ich finde schon allein raus.»

Sie verschwand mit einem lässigen Winken aus der Tür, und Maggie starrte ihr verwirrt hinterher.

Es dauerte zwei Wochen, bis Maggie sich in der Lage fühlte, wieder in den Club zu gehen. Janine hatte außerhalb des Büros gearbeitet, und es war ihr wie eine Erleichterung erschienen, sie eine Weile nicht um sich zu haben. Sie hatte ihre gesamte Willenskraft aufbringen müssen, um nicht jedes Mal zusammenzuzucken, wenn sie sich hinsetzte, und all ihre Selbstbeherrschung, um ihre Konzentration auf die Arbeit zu richten und weg von dem wachsenden Unwohlsein zwischen ihren Beinen.

Nach dem Fiasko mit der Jefferson Company hatte Maggie einen mächtigen Anpfiff bekommen, gefolgt von einer schriftlichen Verwarnung von ihrem unmittelbaren Vorgesetzten. Seitdem hatte sie versucht, sich möglichst unauffällig zu benehmen, abends lange zu arbeiten und morgens früh zu kommen, um die verlorene Zeit wieder einzuholen. Nach zwei Wochen Strafdienst hatte sie das Gefühl, sie hätte sich einen freien Abend verdient. Also ließ sie ihre Arbeit liegen und machte sich direkt auf in die Lady's Lane.

Die erste Person, die sie sah, als sie in den Fitnessraum ging, war Alexander. Er hockte über der Rudermaschine, stellte irgendwas in der Mechanik ein. Maggie spürte, wie ihre Beine sich in Gummi verwandelten, als er aufsah und seine leuchtend blauen Augen durch den Raum auf ihre trafen. Langsam kam er auf die Füße und lächelte sie an, bedeutete ihr, rüberzukommen.

«Bereit für eine Trainingsrunde, Maggie?», fragte er sie, seine Stimme lief wie warmer Honig über ihre empfindsamen Nerven.

Sie sank auf die Rudermaschine, die er gerade eingestellt hatte, und versuchte nicht zu zittern, bloß weil seine warme Hand sie berührte und leicht auf ihrer Schulter ruhte. Es waren noch zwei andere Frauen im Raum. Tina erkannte sie vom Exhibition Room, bei ihrem zweiten Besuch, und dann war da noch eine übergewichtige Blondine, die schwer an der Bench Press arbeitete. Tina nickte ihr höflich zu, bevor sie sich wieder ihren Sit-ups widmete.

Zu Maggies Überraschung machte Alexander keine Anstalten, von ihrer Seite zu weichen, als sie mit dem Training anfing. Er unterbrach sie, um ihre Füße wieder in Position zu bringen, und die Berührung seiner Finger auf ihren Sprunggelenken schickte kleine Elektrostöße an ihren Waden hinauf.

Guter Gott, war der Mann schön! Egal wie oft sie ihn sah, immer wieder bewegte Maggie die angenehme Symmetrie seiner Gesichtszüge, die Kraft seines perfekt muskelbepackten Körpers, der in einem gesunden, animalischen Bronzefarbton leuchtete.

Sie versuchte sich auf die Übungen zu konzentrieren, aber ebenso wie ihr Puls anstieg, steigerte sich auch die Intensität ihres Begehrens für ihn. Plötzlich wollte sie nichts mehr, als in seinen Armen zu liegen und das dumpfe Schlagen seines Herzens an ihrem zu spüren.

Er bedeutete ihr mit einem Nicken, dass sie aufhören solle zu rudern und zum nächsten Gerät gehen. Als sie stand, stolperte Maggie in ihn hinein. Alexanders starke Arme legten sich um sie, und einen Augenblick lang erlaubte sie sich, sich an ihn zu lehnen, schloss ihre Augen, um das Gefühl auszukosten. Sie liebte seinen Geruch, eine einzigartige Kombination aus Moschus und Zitrone. Als er sie stützte, konnte sie seine unbändige Kraft spüren, die sich unter der samtweichen Beschaffenheit seiner Haut verbargt.

Als ihr klar wurde, dass sie den Augenblick ein kleines bisschen zu offensichtlich in die Länge zog, wurde Maggie rot und machte weiter. Als sie ihren Platz an der Beinspreize einnahm, musste sie einfach durch ihre Wimpern zu ihm aufschauen. Sie hielt den Atem an, als sie sah, dass er sie beobachtete, seine leuchtend blauen Augen halb geschlossen, seine festen, sinnlichen Lippen zu einem angedeuteten Lächeln verzogen.

In diesem Lächeln lag etwas, das einen Schauer köstlicher Vorfreude durch sie hindurchrauschen ließ. Er wandte sich dann ab, um sich um die Blondine zu kümmern, die das Ende des Zirkels erreicht hatte, und Maggie versuchte, sich auf die Übungen zu konzentrieren. Es war nicht einfach. Jedes Mal, wenn sie aufsah, war Alexander in ihrem Blickfeld.

Aus jeder Perspektive sah er großartig aus, da seine Arbeitskleidung aus schwarzen Shorts und schulterfreiem T-Shirt jede Linie und Ebene seines wohlgeformten Körpers vorteilhaft betonte. Sein goldblondes Haar war im Nacken und um seine Ohren herum rasiert, oben trug er es länger, dort war es dicht und fest, lud sie ein, mit ihren Fingern hindurchzufahren.

Die Tür des Fitnessraums öffnete sich, und Tristan trat ein. Er begrüßte Alexander fröhlich und sprach nacheinander mit jedem einzelnen Clubmitglied.

«Ich mach dann mal Feierabend», sagte Alexander.

Maggies Enttäuschung musste ihr im Gesicht gestanden haben, denn Alexander lächelte leicht, als er zu ihr hinüberblickte. Sie beobachtete ihn heimlich dabei, wie er ein Handtuch hochnahm und aus dem Fitnessraum schlenderte, durch eine Tür, an der ‹privat› stand.

Sie wartete eine Weile ab, bis Tristan ihr den Rücken zuwandte und die anderen Frauen in ihre eigenen Übungen vertieft waren, bevor sie leise durch die Tür schlüpfte, hinter Alexander her.

Siebtes Kapitel

Maggie fand sich in einem schmalen Flur wieder, mit weißen Wänden und Terrakottafliesen auf dem Fußboden. Am Ende war eine Schwingtür mit einem runden Fenster und einem Zettel, der verkündete: *Streng privat – Zugang nur für Mitarbeiter.* Sie zögerte einen Augenblick, dann erinnerte sie sich an Alexanders Lächeln und das Versprechen, das es beinhaltet hatte, und drückte die Tür auf.

Sie war in einem Umkleideraum, der offensichtlich von den Trainern benutzt wurde, wenn es nach den Namen auf den abschließbaren Schränken ging. Es waren nur Vornamen, Judd, Tristan, Dean, Bruno. Der Schrank, der als Alexanders gekennzeichnet war, stand offen. Die Luft in dem fensterlosen Raum war stickig, trotz der Entlüftungsventilatoren, die um sie herum dezent summten. Sie konnte Wasserrauschen hören und ging auf die Geräuschquelle zu.

Als sie um die Ecke bog, konnte sie Alexanders nackten Körper durch die gläserne Duschabtrennung am Ende des Raumes sehen. Er stand mit dem Rücken zu ihr, und der Dampf in der Kabine verwehrte ihr den Blick auf ihn. Schnell legte Maggie ihre Kleider ab und stieg zu ihm unter die Dusche.

Er hielt in seinen Bewegungen inne, als er ihre Gegenwart spürte, aber er zeigte keine Überraschung, als er sich umdrehte und in ihr Gesicht sah. Maggie lächelte zögernd und machte einen Schritt vor, die Spitzen ihrer Brüste berührten in der Enge der Duschkabine beinahe seinen nassen Brustkorb.

Seine Brust war vollkommen unbehaart, so glatt, dass sie sich fragte, ob er sich dort rasierte. Beinahe schüchtern fuhr sie mit ihren Händen darüber und an seinen Armen hinunter. Die feinen Härchen dort kitzelten ihre Fingerspitzen. Alexander reagierte nicht auf ihre Berührung, beobachtete sie teilnahmslos, als sie das Duschgel nahm und eine ordentliche Portion in ihre Hand spritzte.

Er stand still wie eine Statue, als sie anfing, seine Brust und seine Schultern einzuschäumen, die fein gezeichneten Muskeln seiner Arme mit ihren Händen nachmodellierte, bis er von der Taille aufwärts vollkommen mit dickem weißem Schaum bedeckt war. Erst danach lenkte sie ihre Aufmerksamkeit nach unten auf seinen beleidigend unerregten Penis.

Zu ihrer Überraschung reagierte er kaum auf ihr sorgsames Einseifen. Sie spülte ihn ab, ließ sich auf die Knie sinken und ließ ihn sanft zwischen ihren Handflächen auf und ab gleiten. Er war beschnitten, die bloßgelegte Eichel krönte weich und verwundbar das Ende eines unerwartet langen und schlanken Stamms. Diesen hob sie mit ihrer Hand hoch und führte ihre Lippen an die Spitze.

Ihr stockte der Atem, als Alexander sie plötzlich am Ellenbogen packte und sie zurück auf ihre Füße zerrte. Er sah grimmig aus, seine dicken blonden Brauen waren zu einem Stirnrunzeln zusammengezogen, das sein normalerweise freundliches Gesicht vollkommen veränderte. Ihr Vorgehen hatte ihm offensichtlich in irgendeiner Weise missfallen, doch er sagte kein Wort, als er sie sanft, aber bestimmt umdrehte.

Plötzlich verunsichert, verspannte Maggie ihre Schultern, als er anfing, sie einzuseifen. Sie hatte vergessen, wie geschickt seine Finger waren, und bald fühlte sie, wie sich eine wohlige Mattigkeit in ihren Gliedern ausbreitete.

Ohne zu merken, dass sie sich bewegte, lehnte sie sich mit dem Rücken an ihn.

Es gab keinen Zweifel daran, dass er jetzt einen Steifen hatte, der schlanke, harte Schwanz drückte gegen ihr Kreuz, zeigte den Rücken hinauf. Vielleicht zog er es vor, nicht berührt zu werden, vielleicht war sein Kick, dass er andere erregte, dachte Maggie träumerisch, während seine seifigen Hände große, langsame Kreise auf ihren vollen Brüsten beschrieben.

Sie keuchte, als er plötzlich an ihren sich verhärtenden Brustwarzen zupfte. Er kniff sie so, dass es beinahe wehtat, bevor er seine Aufmerksamkeit den nassen Locken zwischen ihren Beinen zuwandte. Alle rationalen Gedanken verflüchtigten sich, als er akribisch jede einzige Hautfalte einseifte, fast liebevoll auf ihrer knospenden Klitoris verweilte. Ihre Beine fühlten sich schwerelos an, als sie sich an ihn lehnte und sich dem Gefühl seiner seifennassen Finger auf ihren glitschigen Hautfalten hingab.

Alexander erzeugte einen dickeren Schaum und fing an, die Zwillingsöffnungen ihrer Vagina und ihres Anus einzuseifen, presste die schaumige Lauge so tief in sie hinein, dass sie sich fühlte, als wäre sie erfüllt von zarten, luftigen Seifenblasen.

«Oh!»

Sie stöhnte, als er sich den Brausekopf griff und das Wasser zwischen ihre Beine lenkte. Wie ein Wasserfall rann es über ihren begierigen Kernpunkt, bevor er den Druck aufwärts richtete. Maggies Knie gaben nach, als sie den Strom warmen Wassers in ihr blubbern und an den Innenseiten ihrer Oberschenkel wieder herunterlaufen spürte.

Alexander vereitelte ihre Versuche, sich selbst zu berühren, zog ihre Arme an den Ellenbogen hinter ihren Rücken und knurrte nah an ihrem Ohr: «O nein, das tust du nicht. Komm mit.»

Er stellte das Wasser ab und wickelte ein dickes weißes Handtuch um seine Taille. Maggie nahm genauso ein Handtuch, das er ihr anbot, und zog es im Sarongstil unterhalb ihrer Arme um ihren Körper zusammen. Wortlos folgte sie ihm, als er durch den Duschbereich taperte und auf eine Doppeltür aus Kiefernholz zusteuerte, die sich am anderen Ende des Umkleideraumes befand. Als er sie öffnete, quoll heißer Dampf in Schwaden heraus, hüllte sie in seine schwere, duftende Hitze ein.

Sobald sie in der Sauna waren, verriegelte Alexander die Türen hinter ihnen. Maggie hatte ein merkwürdiges Gefühl in der Magengrube, als er sich ihr zuwandte.

«Setz dich», befahl er knapp.

Es entsprach nicht Maggies Charakter, einem solch herrisch geäußerten Befehl zu gehorchen, aber sie tat es trotzdem und rammte sich die Kante der roh gezimmerten Kiefernholz-Saunabank schmerzhaft in die Kniekehlen, als sie dagegenstolperte. Vorsichtig beobachtete sie Alexander, während er in dem kleinen, viereckigen Raum auf und ab schritt, sein Gesichtsausdruck vom Dampf verhüllt.

Sie riss ihre Augen vor Schreck auf, als er plötzlich einen Schrank öffnete und etwas herausnahm. Er gab ihr den Gegenstand und beobachtete sie genau, als sie ihn untersuchte. Es war eine kleine Gerte mit einem etwa fünfzehn Zentimeter langen hölzernen Griff, von dem eine Handvoll spindelfeiner Schnüre hing, die nach Rosshaar aussahen.

«Hast du so eine schon mal benutzt, Maggie?», fragte Alexander kühl.

Sie schüttelte den Kopf, unfähig, ihre Augen von dem

unheimlich aussehenden Gegenstand in ihrer Hand abzuwenden.

«In einer richtigen Sauna benutzt man die Dinger, um sich selbst zu schlagen. Es soll den Kreislauf anregen.»

Er nahm ihr das Teil ab und untersuchte es bis ins kleinste Detail, fuhr mit der Spitze seines Zeigefingers über den Griff und zog die Rosshaarenden über seine Handfläche.

«Es ist ein gutdurchdachtes kleines Ding, gemacht, um die Haut zu röten, aber nicht kaputt zu machen. Dennoch hat es eine ziemliche Schlagkraft. Streck deine Hand aus, dann zeig ich's dir.»

Widerstrebend hielt Maggie ihm ihre Hand hin, die Innenseite nach oben. Alexander lächelte leicht, dann zog er mit der Peitsche über Maggies Handfläche. Er beobachtete ihr Gesicht konzentriert, als sie sie zurückzog und ihre Finger über dem brennenden Striemen zusammenrollte. Der plötzliche Schmerz hatte ihr den Atem genommen, und sie sah aus tränenüberströmten Augen zu Alexander auf.

«Das tat weh!», protestierte sie krächzend.

«Gut. Ich muss dir eine Lektion erteilen, meine liebe Maggie. Ein Lektion darüber, dass du nicht dorthin gehen darfst, wo du nichts zu suchen hast, und nicht einen Mann berühren darfst, ohne dazu aufgefordert worden zu sein.»

Er sah zu, wie sie seine Worte aufnahm und dabei Ungläubigkeit und Entsetzen über ihr Gesicht zogen.

«Was …? Du würdest es nicht wagen!»

Maggie zuckte zur Seite, als Alexander auf sie zuging, sie kauerte sich an die warme Saunawand, als er vor ihr in die Hocke ging. Sie fühlte sich ihrer selbst nicht sicher, war sogar ängstlich, und sie mochte das Gefühl kein bisschen.

«Würde ich das wirklich nicht?», flüsterte er heiser. «Bist du nicht ein ganz kleines bisschen neugierig, Maggie?»

Sie schüttelte den Kopf, obwohl sich gleichzeitig in ihrem Bewusstsein der unerfreuliche Gedanke formte, dass sie, ja, dass sie gerne wüsste, wie es sich anfühlte, sich diesem hypnotisierend starken Fremden komplett anzuvertrauen.

Er lachte plötzlich und küsste sie. Es war ein derart süßer, zärtlicher Kuss, dass Maggie sich entspannte und alle Spannung von ihr abfiel, während er den süßen Honig ihrer Lippen probierte. Sie merkte kaum, dass er sie Stück für Stück zwang, auf dem harten, feuchten Fußboden vor ihm auf die Knie zu sinken. Sie sprang auf, als sie den kratzigen Streich der Peitsche auf der Rückseite ihrer Oberschenkel spürte.

«Vertrau mir, Maggie. Nimm deine Strafe tapfer an, und du wirst eine Belohnung erhalten.»

Seine Stimme klang wie Seide, die ihre zitternden Glieder beruhigte, als er sie vor ihm in den Vierfüßlerstand manövrierte und langsam ihr Handtuch abnahm. Sie fühlte sich bloßgestellt, entsetzlich verwundbar, als ihre Brüste schwer hinunterhingen. Sie konnte Alexanders Augen auf ihnen spüren, bevor er seine großen Hände ausstreckte und sie damit drückte.

«Wunderschön», murmelte er, «wie zwei große Euter, die nur darauf warten, gemolken zu werden.»

Er schubste sie leicht an, als er sie losließ, und Maggie sah zu, wie sie schwerfällig von einer Seite zur anderen schwangen, unfähig, ihre Augen loszureißen. Eine Welle der Scham, wie sie sie noch nie gespürt hatte, überflutete sie, als Alexander unvermittelt von der Unterseite gegen sie schlug und ihre Nippel sichtbar härter wurden.

«Du siehst – ich wusste, du würdest es mögen», flüsterte er ihr ins Ohr.

Er gab ihr noch einen Klaps auf die Brüste, und sie stöhnte leise.

«Nein!» Sie tat einen Satz, als er ihr Kinn packte und ihr Gesicht an das seine führte. «Ich habe dir nicht die Erlaubnis erteilt, das zu genießen, du Hure! Wenn ich den kleinsten Hinweis auf Nässe zwischen deinen zügellosen Schenkeln finde, wirst du es bereuen – verstanden?»

Maggie nickte, Tränen traten in ihre Augen, als ihr klar wurde, dass sie bereits feucht war. Sie wurde davon erregt, wie Alexander Herrschaft über sie ausübte, trotz ihrer Scham und Furcht.

«Krabbel durch den Raum und beweise mir, dass du trocken bist», bellte er.

Maggie fing langsam an, konzentrierte sich darauf, eine Hand, ein Knie vor das andere zu setzen, aus Angst davor, flach aufs Gesicht zu fallen.

«Hintern hoch!»

Ihre Arme und Beine zitterten so sehr, dass sie Angst hatte, sie wären nicht in der Lage, ihr Gewicht zu tragen, als sie ihren Hintern nach oben reckte, sicher, dass die sich ansammelnde Flüssigkeit für seine wachsamen Augen offensichtlich wäre. Ihre Brüste und Knie rieben über den Holzboden, und sie war dankbar, als sie das andere Ende des Raumes erreicht hatte.

«Ich hab's doch gewusst!» Seine Stimme war hart und höhnisch, als er nach unten fasste und seinen Finger zwischen ihre Beine tauchte, um ihn dann so vor ihr erhitztes Gesicht zu halten, dass sie den Beweis ihrer eigenen Erregung darauf glitzern sehen musste.

Sie widersetzte sich, als er ihn an ihre Lippen drückte, und gab mit einem ergebenen Stöhnen nach, als er sich an ihren Zähnen vorbeidrückte und sie zwang, ihren eigenen Liebessaft von seinem Finger zu lecken.

«Du weißt, was das bedeutet, nicht wahr?», sagte er mit seidiger Stimme. «Du willst, dass ich dich bestrafe, nicht wahr? Sag es.»

«Nein!»

«Ja. Du warst ein sehr, sehr schlimmes Mädchen, Maggie, das weißt du doch, nicht wahr? Du verdienst es, für dein lüsternes Benehmen ausgepeitscht zu werden.»

«Nein! Ja! Oh …!»

Maggie schrie auf, als der erste Peitschenschlag auf ihren erhobenen Hintern traf, schnell gefolgt von einem weiteren daneben. Alexander wartete, bis sie wieder zu Atem gekommen war, bevor er einen dritten Schlag anbrachte und dabei ganz offensichtlich die Stelle vermied, wo die Peitsche zuvor niedergegangen war.

Nach nur etwa einem Dutzend Schlägen fühlte Maggies Hintern sich an, als stünde er in Flammen. Sie spürte jeden Quadratzentimeter ihrer Haut, und heiße Tränen flossen rasch ihr Gesicht hinunter, versammelten sich zu einer Pfütze vor ihr auf dem Boden. Die Hitze in der Sauna verstopfte ihre Nase und Kehle, machte das Atmen schwer, und ihr Geschlecht brannte voller Mitleid mit ihrem Hintern.

«Nein, bitte! Nicht mehr!», schluchzte sie.

Wie durch ein Wunder hörte Alexander auf. Sie spürte die sanfte, lindernde Berührung seiner Lippen auf ihrer entflammten Haut. Das brennende Gefühl verwandelte sich in ein warmes Glühen, als er mit einer Hand ihre erhitzten Backen liebkoste und ihr mit der anderen übers Haar strich.

Maggie hatte das plötzliche, unwiderstehlich starke Bedürfnis, sich selbst zu berühren, die Spannung, die sich in ihrer strapazierten Klitoris aufgebaut hatte, zu lösen.

«Gut so», flüsterte Alexander sanft, während er ihr in

eine bequemere Stellung half, «streichel dich selbst, Baby, lass mich sehen, wie du kommst.»

Maggie schloss ihre Augen vor ihm und konzentrierte sich stattdessen auf den ansteigenden Druck tief in ihr drin. Sie lehnte sich an die Bank, die um den Raum lief, öffnete ihre Beine weit und rieb kreisend ihre heißen Finger über das glitschige, weiche Fleisch ihrer Vulva. Ihre Klitoris war aus ihrer Hülle geschlüpft und streckte sich eifrig zitternd der wohlbekannten Berührung ihrer Finger entgegen.

Maggie ließ ihren Mittelfinger einmal, zweimal, dreimal kreisen, und schon spürte sie die Anfänge eines Orgasmus von ihrem Zentrum ausgehen.

«Mach die Augen auf», befahl Alexander, und sie gehorchte sofort, hielt seinem intensiven blauen Blick stand, als die Wellen von ihrer Klitoris auszustrahlen begannen und sie diese mit ihrem Mittelfinger klopfte, in einem zunehmend hektischen, verzweifelten Rhythmus.

«Das ist gut, Baby, mach's dir, lass es raus ... alles.»

«Ah! Ich komme! Ich komme!», schrie sie, halb triumphierend, halb gequält, als der Höhepunkt durch sie hindurchpulsierte, intensiver, als sie es jemals erlebt hatte, bevor sie vornüber in Alexanders wartenden Armen zusammenbrach.

«Schschsch», flüsterte er zärtlich und streichelte ihr Haar, während sie sich langsam beruhigte. «Alles ist gut. Du warst großartig, Maggie. Ich wusste, dass du genau so sein würdest.»

Er leckte ihre Augenwinkel, schmeckte das Salz ihrer Tränen, bevor er sie hochnahm und aus der Sauna heraustrug.

Antony kämpfte gerade mit einem Haufen Papierkram, als Alexander ins Zimmer platzte. Er musste nur einen Blick auf das gerötete, entschlossene Gesicht des jüngeren Mannes werfen, und schon war ihm klar, was er wollte. Gegen seinen Willen spürte er, wie sich als Reaktion darauf ein entsprechendes Bedürfnis in seiner Leistengegend rührte.

«Du siehst ein wenig erregt aus, Alex. Stimmt was nicht?»

Alexander ging gar nicht auf ihn ein, sondern öffnete einfach nur den Reißverschluss seiner Hose und befreite eine enorme Erektion.

«Halt den Mund, Antony, und lutsch mich», schnauzte er.

Antony kam kurz in den Sinn, ihm zu sagen, er solle sich doch selber lutschen, aber es hatte sich bereits ein Schleier aus Lust über seine Vernunft gelegt, und gehorsam sank er auf die Knie. Sein Kiefer schmerzte, sein Hals zog sich protestierend zusammen, während Alexander mitleidslos in seinen Mund stieß. Er war erleichtert, als endlich die dicke milchige Flüssigkeit floss und seine Kehle befeuchtete.

Anschließend machte Alexander kommentarlos seine Hose zu und verschwand in die Küche, ließ Antony gekränkt zurück. Undankbares kleines Miststück, ihn so zu benutzen! Seine eigene Erregung ebbte langsam ab und hinterließ ein dumpfes, nagendes Unwohlsein in seinen Eiern. Er ließ sich aufs Sofa plumpsen und rauchte.

«Hier – ich hab dir 'n Kaffee gemacht.»

«Toll aber auch», grummelte Antony, als er den Becher von ihm nahm.

Er versteifte sich, als Alexander sich neben ihn setzte und mitleidig einen Arm um seine Schulter legte.

«Sei nicht sauer, Tony – ich werd's wiedergutmachen.»

«Hm?»

«Okay, dann spielst du eben die beleidigte Leberwurst, und ich sage dir nicht, wer gerade zu Wachs in meinen Händen geworden ist.»

Antony war augenblicklich interessiert, der Streit vergessen.

«Maggie?»

«Genau. Gut? Das wolltest du doch, oder?»

Antony grinste.

«Wie hat sie's genommen?»

Alexander machte eine abwägende Bewegung mit einer Hand, Handfläche nach unten.

«Am Anfang nicht leicht, aber ich habe keine Beschwerden gehört, als ich sie zum Auto brachte. Janine hat mich damit gelöchert, irgendwas zwischen ihr und Maggie anzubahnen, aber offensichtlich war Maggie nicht allzu scharf darauf. Ich glaube, wenn ich dabei wäre, dann ... vielleicht könnte ich es sogar filmen.»

«Hervorragend. Wie bald können wir ihr dann unseren Vorschlag unterbreiten?»

«Lass uns die Sache mit Janine abwarten und sehen, wie sie darauf reagiert. Ich würde allerdings jetzt noch gar nichts davon erwähnen – sie ist zurzeit wahrscheinlich ein bisschen verwirrt.»

Maggie war mehr als nur ein bisschen verwirrt, sie war am Boden zerstört, weil sie Alexander erlaubt hatte, so etwas mit ihr anzustellen. Ihre Vernunft sagte ihr, dass sie sich selbst untreu geworden sei. Dennoch vermittelte ihr die Erinnerung an seine liebevoll spöttische Stimme und seine abwechselnd strafenden und tröstenden Hände das Gefühl, diese Übung gern wiederholen zu wollen.

Sie lag wach in ihrem einsamen Bett und durchlebte jeden Augenblick dieser Erfahrung aufs Neue, analysierte ihre Reaktionen, staunte, wie meisterhaft er sie manipuliert hatte. Und alles ohne eigenen Lustgewinn. Aber das Allermerkwürdigste von allem war, dass, während sie sich zeitweise wirklich vor ihm fürchtete, sie sich paradoxerweise auch unglaublich sicher mit ihm gefühlt hatte. Als ob sie ihm vertraut hätte, sie vor genau jener Strafe zu schützen, die er austeilte. Es war alles sehr verwirrend.

Am nächsten Morgen wurde sie von einem Klingeln geweckt. Gemächlich schlenderte sie zur Tür, um zu sehen, wer das sein konnte, und sie war überrascht, einen riesigen Strauß roter Rosen zu sehen. Nachdem sie dafür unterschrieben hatte und die Tür hinter dem Boten geschlossen hatte, öffnete sie die beiliegende Karte. Ihr Herz schien einen Schlag lang auszusetzen, als sie las: *Bis zum nächsten Mal – in Liebe, Alexander.*

Das nächste Mal! Maggie war hin- und hergerissen zwischen dem Wunsch, die Rosen an ihre Brust zu drücken oder gleich mitsamt dem Zellophan in die Tonne zu hauen. Aber sie waren zu schön, um sie wegzuwerfen, also arrangierte sie sie in zwei Vasen, die sie in gegenüberliegende Ecken des Wohnzimmers stellte.

Sie war enttäuscht, als sie merkte, dass es Gewächshausrosen waren, ohne jeglichen Duft. Wie Sex ohne Liebe, dachte sie plötzlich, doch nicht weniger schön, weil sie nicht dufteten. Auch genauso wie Sex ohne Liebe, lächelte sie reumütig. Was soll's, sie war in den Black Orchid Club eingetreten, um ihren sexuellen Horizont zu erweitern, sie würde sich doch wohl nicht von ihrem ersten harmlosen kleinen SM-Erlebnis abschrecken lassen?

Janine war jetzt wieder zurück im Büro, und Maggies Eindruck, dass das Mädchen etwas vor ihr verbarg, verstärkte sich noch. Dennoch schien sie Maggie bewusst aus dem Weg zu gehen, als hätte sie endlich verstanden und beschlossen, dass es Zeitverschwendung wäre, sie noch länger zu verfolgen.

Auf den Tag genau eine Woche nach dem Vorfall mit Alexander kam im Büro ein Päckchen an, das an Maggie adressiert war. Sie spürte Bobs neugierige Augen auf sich, als sie es auf ihren Tisch legte, und war nicht überrascht, als Janine in der Tür erschien.

«Geschenke am Arbeitsplatz? Wer ist der neue Bewunderer, Maggie?»

Maggie murmelte irgendetwas Unverbindliches und wartete, bis sie allein war, bevor sie die Schachtel öffnete. Aus irgendeinem Grund zitterten ihre Finger, als sie das Siegel brach und den Deckel hob. Der Inhalt war in feines Seidenpapier gehüllt, auf dem eine quadratische weiße Karte lag, die Alexanders schwungvolle Handschrift trug.

«*Trag das für mich*», las sie, «*morgen Abend – und ich verspreche dir eine Nacht, an die du dich erinnern wirst!*» Darunter hatte er *b. w.* geschrieben, also drehte sie die Karte um. Auf der Rückseite stand in Großbuchstaben: «VERTRAUST DU MIR?»

Nie im Leben!, dachte sie. Sehr langsam hob sie das Seidenpapier an. Ihr stockte der Atem, als der Inhalt zum Vorschein kam. Sie wusste nicht genau, was sie erwartet hatte – Spitzenunterwäsche, vielleicht sogar ein Kleid, aber nicht *das*!

Mit spitzen Fingern fuhr sie über das Latexmaterial, bevor sie es herausnahm, um zu sehen, was es war. Ein Body, weich und geschmeidig, aus fein verarbeitetem Gummi, gefüttert mit roter Seide. Um die Brüste und am Schritt waren Nieten angeordnet, und als sie diese genauer untersuchte, merkte sie, dass man sie aufknöpfen konnte, um die Laschen zu öffnen, die diese Bereiche sonst verdeckten.

Maggie unterdrückte einen Lachanfall. Er erwartete doch bestimmt nicht ernsthaft von ihr, dass sie dieses Ding anzog? Aus dem Augenwinkel bemerkte sie, dass Bob sich den Hals verrenkte, um einen Blick auf das zu werfen, was sie in der Hand hielt, und sie stopfte das absurde Kleidungsstück zurück in seine Schachtel, um es dann unter ihren Schreibtisch zu schieben. So war es zwar aus ihrem Blickfeld, aber den Rest des Tages war sie sich seiner Gegenwart höchst bewusst.

Am nächsten Tag war Freitag, und Maggie, die sich spontan freigenommen hatte, erlaubte sich den Luxus, bis neun zu schlafen. Nachdem sie eingekauft und die üblichen Arbeiten im Haushalt erledigt hatte, machte sie sich daran, etwas liegengebliebenen Papierkram aufzuarbeiten. Die weiße Schachtel mit der spleenigen Unterwäsche hatte sie ganz hinten in ihrem Kleiderschrank versteckt, aber ihre Gedanken flatterten regelmäßig in vollkommen unerwarteten Augenblicken dorthin zurück.

Es würde nicht schaden, das Teil in der Abgeschlossenheit ihres eigenen Schlafzimmers anzuziehen, nur so aus Spaß, um zu sehen, wie sie darin aussah. Dann konnte sie heute Abend in den Club gehen, es Alexander zurückgeben und ihm sagen, dass das einfach nicht ihr Ding war.

Sie dachte darüber nach, während sie in einem geradezu dekadent heißen, duftenden Bad schwelgte, ihr nasses Haar hoch auf dem Kopf aufgetürmt, bedeckt von einer Duschhaube. Das Wasser liebkoste ihre Haut, wenn sie sich sanft darin bewegte, und sie genoss das Gefühl. Sie dachte immer noch darüber nach, als sie ihr Haar ordnete und es zu einem Knoten auf ihrem Kopf frisierte, der viel eleganter war, als sie ihr Haar normalerweise trug.

Vorsichtig trug sie die Make-up-Grundierung auf und stäubte einen Hauch Puder über ihr Gesicht. Dann suchte sie einen dunklen, rauchig grauen Schatten für ihre Augen sowie leuchtend roten Lippenstift und Nagellack aus. Der Lippenstift ließ ihre Lippen voller aussehen, reif. Erst als ihre makellos lackierten Finger- und Zehennägel getrocknet waren und sie einen schlichten schwarzen Seiden-BH angezogen hatte, nahm Maggie die Schachtel aus dem Schrank.

In dem grellen elektrischen Licht wirkte das Latexgummi glänzend nass. Sie rieb ihre Hände darüber und merkte, dass sie mochte, wie es sich anfühlte. Sie hob es an ihr Gesicht, um den besonderen Geruch besser aufnehmen zu können. Es war schwer anzuziehen, sie musste sich hineinwinden, es über ihre Hüfte und Brüste ziehen, bis sie ihre Arme durch die Träger stecken und sie über ihren schmalen Schultern anordnen konnte.

Das seidengefütterte Gummi fühlte sich warm auf ihrer bloßen, duftenden Haut an, und überraschenderweise mochte sie das beengte Gefühl. Das Mieder umschloss sie eng wie ein Korsett. Maggie drehte sich langsam um zu dem Ganzkörperspiegel in der Zimmerecke und hielt den Atem an bei dem, was sie sah.

Sie erkannte sich selbst kaum wieder. Das Mieder hatte ihre Taille unglaublich eingeschnürt und ihre Brüste so zusammen- und hochgedrückt, dass sie verführerisch aus dem Body herausragten wie zwei reife Melonen. Ihre langen Beine wurden von den hohen Beinausschnitten vorteilhaft zur Schau gestellt, ihre blasse Haut wirkte verwundbar vor dem kompromisslosen Schwarz des Gummis.

Dieses Kleidungsstück war ausschließlich dazu bestimmt, es beim Sex zu tragen, und darin eingeschlossen sah auch sie so aus, als wäre sie dafür geschaffen. Maggie wandte ihre Augen kaum vom Spiegel ab, während sie in hochhackige schwarze Lederpumps schlüpfte, die ihre Beine noch weiter verlängerten.

Sie empfand es fast als Schande, sich mit einem gewöhnlichen Kleid zu verhüllen, aber sie konnte wohl kaum in diesem Aufzug zum Club fahren. Der schwarze Lycra-Schlauch, den sie darüberzog, war zwar nicht viel anständiger, aber zumindest sah sie nicht mehr aus wie ein wandelndes Sexspielzeug. Sie lächelte, als sie sich Alexanders Gesichtsausdruck vorstellte, wenn er sähe, dass sie sein Geschenk trug. Sicherlich würde er sie angesichts solcher Ergebenheit damit belohnen, dass sie von seinem bezaubernden Körper Gebrauch machen durfte?

Die Fahrt zum Club verwandelte sich in eine erotische Reise, da das Gummi bei der kleinsten Bewegung an Maggies Haut rieb. Einen neuen Gang einzulegen wurde zu einem Ereignis, auf das sie sich freute, und als sie auf den Parkplatz fuhr, war das Seidenfutter an ihrem Geschlecht schon feucht, und Maggie war bereits in der richtigen Stimmung, um direkt loszulegen.

Als sie die Bar betrat, kam Antony herüber, um sie zu begrüßen. Seine Augen glitten von oben bis unten über ihren Körper, und sie fragte sich, ob er wusste, was sie darunter trug. Diese Vorstellung versetzte ihr einen erotischen Stromstoß, und sie lächelte ihn selbstbewusst an.

«Alexander erwartet dich», sagte er. «Hier entlang.»

Er nahm sie am Ellenbogen und steuerte sie in Richtung Exhibition Room. Maggie spürte einen erwartungsvollen Schauer durch ihren Körper rauschen, als sie nicht, wie sie erwartet hatte, auf ein diskretes Kabuff zugingen, sondern die Haupttüren ansteuerten, die in den Raum selbst führten.

Das Bett im Zentrum hatte einen Baldachin und war mit feiner weißer Spitze bezogen. Alexander stand auf einer Seite neben einem Stativ, auf dem er gerade eine Filmkamera befestigte. Maggie spürte seine Gegenwart kaum, denn als die Tür sich hinter ihr und Antony schloss, sah sie eine Bewegung im Schatten, und eine Frau trat ins Licht.

Sie trug ein ähnliches Mieder wie das, das Maggie anhatte, nur dass sie das Ensemble mit schwarzen, schenkelhohen Stiefeln, Netzstrümpfen und einer ledernen Schirmmütze vervollständigt hatte, die sie sich tief in die Stirn gezogen hatte. Ihre Augen waren hinter einer kleinen schwarzen Ledermaske verborgen. In einer Hand hielt sie eine lange, gefährlich aussehende schwarze Lederpeitsche, mit der sie sich ungeduldig gegen die Schenkel schlug.

Maggies Blick flatterte nervös durch den Raum und zu den Spiegeln, die die Szene ein Dutzend Mal aus allen Richtungen reflektierten, und fragte sich, wie viele Augenpaare sie beobachteten. Antony drückte ihren Ellenbogen und gab ihr einen kleinen Stoß in Richtung Bett. Die Frau sagte etwas, und Maggie gefror das Blut in den Adern, als sie die Stimme erkannte.

«Keine Angst, Maggie, Liebes, wehtun werde ich dir nicht ... allzu sehr.»

Maggies Lippen bewegten sich wie betäubt.

«Janine!»

Achtes Kapitel

Maggies erster Gedanke war, auf dem Absatz kehrtzumachen und wegzurennen. Auf ein Signal von Alexander hin verschwanden sowohl Janine als auch Antony in den Schatten, und Alexander trat vor und nahm sie an die Hand.

«Guck nicht so ängstlich», flüsterte er, legte seinen Arm um sie und führte sie in das gedämpfte Scheinwerferlicht.

Maggie blinzelte, als sie in das zerstreute grelle Licht trat. Außerhalb des Lichtkegels konnte sie jetzt nichts mehr sehen, es war so, als wären Alexander und sie allein in dem Raum, nur mit dem spitzenbedeckten Bett vor ihnen. Sie ließ sich von Alexander auf das Bett manövrieren und presste sich an seinen schlanken, muskulösen Körper, als er anfing, sie zu küssen. Erst langsam und vorsichtig, dann hungriger, als sie auf ihn reagierte.

Er trug ein himmelblaues Seidenhemd, so weich wie Pfirsichhaut, das er lose in eine schwarze 501er-Jeans gesteckt hatte. Maggie konnte seine Wärme spüren, als sie sich an seinen Schultern festhielt. Und sie liebte es, wie die Seide sich weich gegen seine glänzende Haut schmiegte. Sie wollte, dass dieser Kuss ewig dauerte, er verwandelte ihre Beine in Wackelpudding und wusch alle Zweifel fort, die in ihren Kopf eingedrungen waren.

Niemand hatte sie je so geküsst wie Alexander. Mit geschlossenen Augen hing sie an ihm, als würde sie ertrinken und er wäre das Rettungsboot. In diesem Augenblick sah sie mit außergewöhnlicher Klarheit, dass sie alles für diesen Mann tun würde, alles, was er von ihr verlangte.

«Vertraust du mir?», murmelte er, seine Worte kitzelten über ihre geschwollenen Lippen.

Maggie konnte ihren Mund nicht benutzen, ihre Lippen waren schwer, wie von einem Hieb getroffen. Alles, was sie fertigbrachte, war, zu nicken.

«Siehst du die Kamera?»

Sie nickte wieder, ohne die Augen zu öffnen.

«Weißt du, wofür sie ist, Maggie? Sie ist dazu da, dass du sehen kannst, wie schön du wirklich bist. Damit du nicht vergisst, dass du dazu da bist, meinen Befehlen zu gehorchen. Verstehst du? Sieh mich an, Maggie.»

Mühsam öffnete sie die Augen und sah, dass sein strahlend blauer Blick sich in sie bohrte. Ihn anzuschauen machte sie schwindelig, war hypnotisierend, und sie nickte wieder, wie betäubt. Sein Lächeln erwärmte sie, und die letzten Reste von Furcht fielen von ihr ab.

Sie spürte eine Hand in ihrem Nacken, drehte sich um und fand Antony hinter sich auf dem Bett. Also das war ein Körper, den sie gut kannte, und sie hieß den zärtlichen Kuss willkommen, den er auf ihre weichen Lippen drückte.

Antony schlang seine Arme um Maggie und zog sie dichter zu sich. Er schmeckte Alexander auf ihren Lippen, und sein Schwanz reagierte auf diesen heißgeliebten Stimulus, machte vor Freude einen Satz in seinen lockeren grauen Chinos.

Jemand drehte das Sound-System auf, und die schwermütige Stimme irgendeiner gesichtslosen Jazz- oder Bluessängerin umspülte sie. Er fühlte, wie Maggie sich in seinen Armen entspannte, als er sie auf das Bett legte. Er strich mit seiner Hand über ihren Körper und spürte, wie sich das Lycra auf ihrer nackten Haut bewegte, als erotischer

Gegensatz zu dem Latexgummi, das sie darunter gefangen hielt.

Antony merkte, dass Maggie zitterte, als er vorsichtig den engen Rocksaum über ihre Hüften nach oben zog. Der Streifen weicher Haut am oberen Ende ihrer Schenkel wirkte sehr weiß vor dem Schwarz des Nylons und des Gummis, das ihn begrenzte. Er fuhr mit den Fingern seiner einen Hand um den Rand ihres Strumpfbandes, wodurch die Haut sich zu einer Gänsehaut aufstellte.

Er bedeckte ihren Schamhügel mit einer großen Hand und drückte sanft, stellte sich dabei die heiße, pulsierende Nässe vor, die unter dem geschmeidigen weichen Gummi verborgen war. Ein Krampf zuckte über Maggies Gesicht, als er fortfuhr, rhythmisch mit seinen Fingern zu drücken, wobei seine Finger sich langsam in ihre Pospalte vorarbeiteten.

Er spürte einen Klaps auf seiner Schulter, drehte sich um und sah Janines ungeduldiges Gesicht dicht an seines gepresst. Er nickte, entfernte widerwillig seine Hand und nahm das schwarze Seidentuch, das sie ihm anbot. Maggie fuhr auf, als er fest ihre Augen damit verband, und er besänftigte sie mit seinen Lippen, als sie aus Protest etwas murmeln wollte. Während er sie küsste und ihre Zunge genüsslich in seinen Mund zog, spürte er, wie ihr Widerstand langsam verebbte.

Gehorsam hob sie ihren Hintern und ihre Arme, als er ihr Kleid auszog, und er pflanzte einen weichen Kuss auf ihren Mundwinkel. Dann zog er sich zurück und ließ seinen Blick von oben bis unten anerkennend über ihren Körper wandern. Sie gab ein bezauberndes Bild ab, ihre langen, schwarz verhüllten Beine waren eng zusammengepresst, ihre weißen Arme immer noch über ihr angespanntes Gesicht erhoben. Er gehorchte dem Impuls, sie auf die zarte Senke ihrer Achsel zu küssen, und sie zitterte krampfartig.

Antony erinnerte sich mit Mühe daran, dass es seine Rolle war, sie für Janine vorzubereiten, die ungeduldig im Schatten wartete. Langsam fing er an, ihre Strümpfe herunterzurollen, erst das eine Bein, dann das andere, bis sie nackt dalag. Nackt bis auf den schwarzen Latexbody, der sich liebevoll an ihre weiblichen Formen schmiegte.

Das Gummi glänzte matt unter dem diffusen Scheinwerferlicht, ihre gebändigten Brüste schwollen an, quollen cremeweiß über den Rand. Antony streckte die Hand aus und fuhr mit der Spitze seines Zeigefingers um den Rand der einen Brustabdeckung. Er entfernte sie komplett und drückte ihre Brust so abwärts, dass die ganze schwellende Üppigkeit durch das Guckloch gezwängt wurde.

Ihr Vorhof glänzte in dunklem Braunrosa, der Nippel stand stolz aufrecht und ragte obszön durch das Loch. Antony zupfte daran, rollte ihn zwischen Daumen und Zeigefinger und zog sanft daran, bis er länger und härter wurde. Nachdem er diese Prozedur auf der anderen Seite wiederholt hatte, wandte er seine Aufmerksamkeit den Nieten an ihrem Schritt zu.

Bis jetzt hatte Maggie ruhig dagelegen, nur leise gestöhnt, als er ihre Brüste bearbeitet hatte. Als sie spürte, wie seine Finger jeden genieteten Druckknopf öffneten, einen nach dem anderen, flüsterte sie.

«O nein! Bitte … bitte … nimm die Augenbinde ab.»

«Schschsch. Es ist alles in Ordnung. Fühle, Maggie, fühl einfach nur. Du brauchst nichts zu sehen.»

Die dunklen, dicken Locken ihres Venushügels kitzelten seine Finger, als er den seidengefütterten Latexeinsatz zwischen ihren Beinen abnahm. Er atmete ihren heißen Honigduft ein und seufzte. Sie war nass, wie er erwartet hatte, tropfte vor Erwartung. Er musste sich beherrschen, um sein Gesicht nicht in das warme, feuchte Lustzentrum zu pressen.

Janine reichte ihm mehr Tücher. Sie war ungeduldig, denn sie wollte anfangen. Ihre Lust ließ sie zittern, während sie darauf wartete, dass er weitermachte. Antony ließ seine Handfläche besänftigend über die Innenseite von Maggies Arm gleiten, bis er ihr Handgelenk packte. Ihre Hand schloss sich zu einer Faust, als er sie am Rand des Kopfteils festband.

Sobald ihre Arme gesichert waren, wiederholte er die Prozedur mit ihren Knöcheln, indem er sie an die unteren Bettpfosten band. Er nahm Abstand und bewunderte seine Arbeit. Sie lag ausgestreckt und hilflos auf der weißen Spitzendecke wie eine Opfergabe. Ihre Nippel und ihre Vulva waren bloßgelegt, ihr weicher Mund leicht geöffnet, die volle Unterlippe zitterte sichtlich, während sie darauf wartete, dass etwas passierte.

Widerstrebend trat Antony zurück und ließ Janine übernehmen.

* * *

Janine blickte hinunter auf die hilflose Frau auf dem Bett und spürte einen Adrenalinstoß. Davon hatte sie geträumt: Maggie, mit verbundenen Augen, gefesselt, vollkommen in ihrer Hand. Maggie, deren verräterischer Mund die Anziehung geleugnet hatte, die ihr Körper nur allzu deutlich zeigte.

Sie stieß herab auf die bebenden Lippen, heftete ihren Mund auf Maggies, während die sich protestierend wand. Ihr Mund schmeckte süß, heiß, und Janine schloss einen Moment lang ihre Augen, um ihn auszukosten, bevor sie sich zurückzog.

Obwohl sie sie in der Dunkelheit nicht sehen konnte, wusste sie, dass jeder der von hinten durchsichtigen Spiegel einen Zuschauer verbarg, und sie lächelte langsam, spielte fürs Publikum. Sie machte eine Show daraus, an ihrem Zeigefinger zu saugen, und lehnte sich über Maggie, um damit einen der anschwellenden Nippel zu umkreisen. Die Haut von Maggies Brust entzog sich ihrer Berührung, indem sie zusammenschrumpfte, und sie verstärkte den Druck.

«Nein, das tust du nicht, Liebes», flüsterte sie schmeichelnd. «Zier dich nicht so. Jeder weiß, dass du es magst. Das hier verrät dich!»

Sie zog einen Finger durch die Spalte von Maggies exponierter Vulva, tauchte ihn hinein in die hervorquellende Feuchtigkeit. Sie lächelte, als Maggie stöhnte und sie ihre Scham spürte.

Sie beugte sich hinunter, zog eine schwarze Tasche unter dem Bett hervor und wählte eine Peitsche daraus aus. Sie war winzig, nicht mehr als fünfzehn Zentimeter lang, mit dünnen, fedrigen Riemen, die die Haut küssten, als sie sie langsam über Maggies Brüste zog.

Maggie stockte der Atem, als Janine plötzlich einen leichten Schlag auf die Unterseite eines Nippels niedersausen ließ, rasch gefolgt von einem auf seinen Zwilling. Janine wartete, bis die gepeinigten Hügel aufhörten zu zittern, bevor sie die Bestrafung wiederaufnahm. Sie peitschte die strapazierten Nippel, bis sie glühten, leuchtend rot und hart waren.

Voller Befriedigung sah sie, dass Maggies Mund sich in dem Bemühen, ihre Schreie zurückzuhalten, verzerrt hatte. Ihre Lippen waren nass und schlaff, sie sog die Luft mit tiefen, keuchenden Atemzügen in ihren Mund. Janine beugte sich vor, um einen gequälten Nippel in den Mund zu nehmen.

Er war heiß, und sie kreiste mit der Zunge um ihn, badete ihn in Speichel und saugte hungrig daran. Maggie stöhnte, als Janine ihre Aufmerksamkeit auf den anderen Nippel übertrug, ihre Zähne daran weiden ließ und nicht allzu sanft daran zog.

Alexander nahm die Kamera vom Stativ und kam näher, fokussierte auf die Aktivitäten von Janines Zunge. Sie spielte für die Kamera, nahm den Nippel zwischen die Zähne und dehnte ihn bis zu einem Punkt in die Länge, an dem Maggie einen Schmerzensschrei nicht länger zurückhalten konnte. Dann ließ sie ihn los, beobachtete mit halbgeschlossenen Augen, wie er wieder in seine Form sprang und das Fleisch dabei zitterte.

Alexander zog sich zurück, als Janine zum Kopfende des Bettes ging und Maggies Kopf sanft zwischen ihren Händen hielt, wobei sie ihr mit den Daumen die Schläfen massierte.

«Fühlt sich das gut an? Ich werde dafür sorgen, dass du dich gut fühlst, Maggie, ich werde all den Leuten, die uns zusehen, zeigen, wie sehr du es liebst, es mit einer anderen Frau zu treiben.»

«Nein …!»

«O ja! Und du *wirst* es genießen, meine Liebe. Das verspreche ich dir.»

Sie ging zurück zu der Tasche neben dem Bett und wählte eine lange, federnde Gerte, an deren Ende eine winzige Gummiklatsche angebracht war. Sie patschte damit auf Maggies Wange, dann gab sie ihr eine Serie schneller Schläge zu spüren, die von einer kurzen Drehung des Handgelenks geleitet wurden. Sie beobachtete die Verwirrung, die über Maggies Gesicht zog, und lächelte.

Es war leicht, sich vorzustellen, wie die andere Frau sich fühlte – gefesselt und mit verbundenen Augen, ohne jede Ahnung, was mit ihr gemacht werden würde. Janine konnte ihre Furcht beinahe schmecken, und dieser Geschmack nährte ihr bereits rasendes Begehren.

Sie stieg aufs Bett und setzte sich rittlings auf Maggie, das Gewicht auf den Knien zu beiden Seiten ihrer Taille, mit Blick auf ihre Füße. Sie hielt einen Augenblick inne, um den Anblick vor sich zu genießen. Die Muskeln in den gefesselten Beinen waren in Erwartung angespannt, die bloßgelegte Vulva ein schockierend pinkfarbener Tupfer inmitten des schwarzen Latex.

Die behaarten äußeren Lippen waren zurückgezogen, so verdeckt von dem einschnürenden schwarzen Gummi, dass die verletzlichen inneren Lippen schutzlos dalagen. Maggies unfreiwillige Erregung war deutlich an dem feuchten Glanz zu erkennen, der auf der zarten rosa Haut lag, und daran, dass die anschwellende Klitoris bereits aus ihrer Hülle geschlüpft war. Sie stand stolz da, der harte Knubbel bettelte um Aufmerksamkeit.

Janine fuhr mit ihrem Mittelfinger in einer leichten, kitzelnden Liebkosung vorsichtig um den Rand der Lippen, bevor sie der willigen Knospe langsam Lust bereitete. Maggies Atem wurde schneller, und die Feuchtigkeit fing an, so aus ihr herauszutropfen, dass ihre saftige Öffnung einladend schmollte.

Sie sah hoch, um sicherzugehen, dass Alexander immer noch filmte, und wartete, bis die Muskeln in Maggies Oberschenkeln sich anzuspannen begannen und sie die Reizung kaum noch aushalten konnte. Dann nahm Janine das kleine Gummipaddel und ließ es schneidend auf die harte Knospe heruntersausen.

Maggie konnte ihren Schmerzensschrei nicht zurückhalten, als die winzigen, bohrenden Schläge auf ihren überstrapazierten Knubbel regneten. Sie wand sich auf dem Bett, versuchte verzweifelt dem mitleidslosen Folterinstrument und Janines grausamen Fingern zu entkommen, die sie geöffnet hielten. Janine legte Mittel- und Zeigefinger der einen Hand an die Klitoris, sodass sie hochstand und den strafenden, leichten Schlägen nicht entkommen konnte.

Schneller und schneller fuhr das Paddel auf die allerzarteste Stelle nieder, bis Maggie etwas herausschrie, das halb nach Ekstase und halb nach Ablehnung klang. Janine stieß herab und nahm die pulsierende Knospe zwischen ihre Zähne, saugte daran, als sie pochte und zuckte und schließlich still war.

Janine kletterte vom Bett herunter und stand ausdruckslos da, während Maggie ihre Beherrschung wiedergewann.

«Also, meine Süße, du magst es wirklich, nicht war? Lass mal sehen, was wir noch haben, um uns zu amüsieren.»

Sie griff in die Tasche und holte einen großen, harten Dildo heraus. Antony hielt im Schatten den Atem an, und Janine lächelte. Er hatte ein gutes Gedächtnis! Sie beugte sich über Maggie, strich mit dem kalten Instrument über ihre eine Gesichtshälfte und lachte, als Maggie davor zurückzuckte.

«Oh, es wird besser!», flüsterte sie.

Sie stellte den Vibrator an und hielt ihn fest, während er sanft über Maggies Gesicht hinabschnurrte.

«Nein! O bitte, nein!»

Janine stellte ihn aus.

«O doch! Aber du musst ihn dir verdienen, süße Maggie.»

Sie zog ihr eigenes Höschen aus, kickte es zur Seite und kletterte zurück aufs Bett. Sie nahm die gleiche Position ein, hockte sich wieder rittlings über Maggie, diesmal senkte sie ihre eigene feuchte Weichheit in Maggies Gesicht. Zuerst verharrten die unwilligen Lippen, denen die offene Vulva aufgezwungen wurde, in stillem Protest. Dann, als ob sie entschieden hätte, dass sie gar keine andere Wahl hatte, kam ihre Zunge zögernd zwischen ihren zusammengebissenen Zähnen hervor und leckte vorsichtig.

Janine bog ihren Rücken durch und schloss ihre Augen. Ihre Finger fanden Maggies zartes Geschlecht und rieben langsam rauf und runter, bis Lippen und Finger nach und nach den gleichen Rhythmus aufnahmen. Sobald sie einmal angefangen hatte, schien Maggie instinktiv zu wissen, was sie tun musste, schleckte mit einer Heftigkeit an Janine, die fast nach Begeisterung aussah.

Sie lernte schnell. Als Janine ihre Finger in Maggies heiße, hungrige Vagina tauchte, imitierte Maggie sie mit ihrer Zunge; wenn Janine ihre harte Klitoris langsam rieb, folgte Maggies Zunge eifrig ihrem Beispiel. Indem sie ihre eigenen Finger bewegte, konnte sie die Novizin unter ihr in einer orchestrierten Symphonie des Liebesakts dirigieren. Es war beinahe so, als wäre sie mit sich selbst im Bett, nur dass dies hier wesentlich besser war als jede Masturbation!

Ein feiner Schweißglanz legte sich wie ein Film über ihren Körper, als Janine die ersten Ausläufer eines nahenden Orgasmus spürte. Die Kamera und das Publikum ließ Janine jetzt vollkommen außer Acht und konzentrierte sich ausschließlich auf ihre eigene Lust, kreiste mit der Hüfte auf Maggies flatternder Zunge, während sie deren zarte Klitoris zwischen ihren Fingern rollte.

Als die erste Welle ihres Höhepunktes über Maggie hinwegrollte, nahm Janine den Dildo und stellte ihn an. Sie spreizte Maggies Schamlippen mit den Fingern einer Hand und hielt den Vibrator an die Pforte ihres Geschlechts. Langsam ließ sie die summende Maschine in ihren Körper gleiten, steckte sie bis zum Schaft hinein, als ihr eigener Orgasmus sie überwältigte und sie erschöpft auf dem Bett zusammenbrach.

Maggie versuchte nicht, die Tränen der Erniedrigung aufzuhalten, die in heißen Bächen ihre Wangen hinunterliefen, als sie an einer Kette geführt wurde, nackt bis auf die hochhackigen Pumps und das Nietenhalsband. Als der Vibrator aus ihrem zuckenden Körper gezogen und die Schals aufgeknotet worden waren, war sie mit Alexander allein gewesen. Es gab keine Spur, weder von Janine noch von Antony, in dem mittlerweile abgedunkelten Raum, und die Kamera war außer Sichtweite gezogen worden.

Alexander schwieg, als er ihr aus dem engen Gummibody heraushalf, obwohl seine Augen unnatürlich glänzten, so als hätte er Fieber. Er legte ihr das Halsband um und befestigte die Kette daran.

Jetzt gingen sie durch die Lounge Bar. Maggie hielt ihre Augen auf den Teppich gerichtet und konzentrierte sich darauf, einen Fuß vor den anderen zu setzen, während der Gesprächslärm langsam erstarb. Ihre Wangen brannten vor Scham, als alle anfingen zu klatschen und ihr klar wurde, dass ein großer Teil der Anwesenden höchstwahrscheinlich Zeuge ihrer Erniedrigung geworden war.

Sie ließ ihren aufgestauten Atem in einem erleichterten Seufzer entweichen, als sie die Zuflucht des privaten Fahrstuhls erreichten. Alexander sah sie nicht an, als sie hochfuhren, und sie schwieg unterwürfig. Sie konnte immer noch Janines femininen Moschus auf ihren Lippen und ihrer Zunge schmecken, und die Röte überzog ihre nackte Haut, als sie sich daran erinnerte, wie sie es genossen hatte, ihr Lust zu bereiten. Selbst die Schmerzen, die diese Frau ihr zugefügt hatte, waren eigentlich süß gewesen. Ihre Vulva schmerzte, als sie auf Alexanders leichtes Ziehen an der Kette hin vorwärtsging, nachdem die Fahrstuhltür sich geöffnet hatte.

Antony und Janine erwarteten sie im Wohnzimmer. Janine kam offensichtlich gerade erst aus der Dusche. Sie trug jetzt einen weißen, seidigen Kimono, ihr blassblondes Haar hing feucht über ihren Schultern. Sie lächelte Maggie flüchtig an, als ihre Augen sich trafen, und Maggie senkte ihren Blick, während Hitze ihre Haut versengte.

Alexander führte sie zum weißen Ledersofa hinüber und ließ sie sich hinsetzen, allerdings nicht auf die weichen Kissen, sondern auf dem Schaffellteppich, der davor lag. Er schlang die Kette um die Beine des Couchtisches, der eine Glasplatte hatte. Er leinte sie an wie einen Hund.

Die Türen zu dem Schrank, der den riesigen Flachbildschirmfernseher beherbergte, waren zur Seite geschoben. Eine Flasche trockener Weißwein stand offen bereit, drei Gläser daneben. Das Apartment war warm, sanft beleuchtet von mehreren Lampen, die strategisch im Raum verteilt waren.

Alexander goss Wein ein, gab Janine und Antony ein Glas, aber ignorierte Maggie. Sie saßen zusammen auf dem Sofa, Janine zwischen den beiden Männern. Alexanders Bein, das in den schwarzen Jeans steckte, berührte leicht Maggies bloße Schulter. Ohne ein Wort zu wechseln, nahm Antony die Fernbedienung, und der Bildschirm flimmerte.

Maggie stockte der Atem, als sie mit ihrem eigenen Anblick konfrontiert wurde, gefesselt und mit verbundenen Augen. Sie fühlte sich merkwürdig unbeteiligt, irgendwie entfernt von dieser anonymen, sexbesessenen Person, die sich unkontrolliert auf dem spitzenbedeckten Bett wand.

Das Atmen fiel ihr schwer, als sie zusah, wie Janine ihre harten, wollüstigen Nippel peitschte, die einladend aus den Löchern in dem schwarzen Latexbody herausschauten. Sie beobachtete gebannt, wie die Kamera auf ihr schmerzerfülltes Gesicht zoomte und dann dahin schwenkte, wo Janine gierig an ihren Brüsten saugte. Sie zuckte in der Erinnerung an den Schmerz zusammen, als Janine zog und dann losließ.

Alexander hielt sein Glas an ihre Lippen, und sie nahm einen tiefen Schluck von dem frischen, trockenen Wein. Sie erstickte beinahe, als ihre eigene Vulva ins Bild kam, weit offen, tropfend vor Erregung füllte sie den Bildschirm.

«Du siehst, wie wunderbar du bist – so willig, Maggie, so wunderbar saftig!»

Maggie fühlte, wie sie heiße rote Flecken auf ihrem Körper bekam, als Alexanders honigsüße Worte ihre Ohren streichelten. Sein Atem strich warm über ihr Gesicht, seine Lippen kitzelten ihr Ohr. Unglaublicherweise spürte sie schon wieder das wohlbekannte Pochen zwischen ihren Beinen, unfähig, ihre Augen vom Bildschirm zu reißen, wo die kleine Gummiklatsche auf ihre schamlos aufgerichtete Klitoris schlug. Sie hatte ihren allerintimsten Ort noch nie im Augenblick des Orgasmus gesehen, und sie konnte nicht verhindern, dass ihr ein kleiner entsetzter Schrei über die Lippen kam.

Alexander benutzte die Kette, die am Halsband befestigt war, um ihren Kopf so herumzuziehen, dass er sie küssen konnte. Der Kuss hatte keinerlei Wärme in sich, und als er seinen Kopf wegdrehte, fühlte Maggie sich, als hätte sie ein Brandmal bekommen.

Maggie wandte ihre Aufmerksamkeit wieder dem Bildschirm zu und sah ihre eigene Zunge pfeilschnell zwischen Janines gespreizten Sexlippen eintauchen, eine äußerst konzentrierte Falte zwischen ihren Augen. Einen Augenblick lang verweilte die Kamera auf Janines verzücktem Gesicht, während sie ihre Hüften über Maggies Mund vor und zurück bewegte. Sie hatte die Augen geschlossen und den Kopf so nach hinten gestreckt, dass die weiche weiße Haut ihrer Kehle sich wie ein zarter, graziöser Bogen spannte.

Einen Moment lang empfand Maggie pure Liebe für sie, und es verlangte sie danach, ihre Lippen auf den winzigen pulsierenden Punkt zu drücken, der an ihrem Hals zu sehen war. Dann schwenkte die Kamera auf Janines Hände, und Maggie sah sich selbst, anzüglich gespreizt, mit dem vibrierenden Dildo, der bedrohlich an den Eingang zu ihrem Geschlecht gedrückt wurde.

Sie konnte ihn jetzt spüren, den kalten, harten, fremden Gegenstand, und wie er sie verletzt hatte. Dennoch, selbst wenn sie das Eindringen verabscheut hatte, ihre Muskeln hatten sich um ihn herum zusammengezogen, ihn tiefer eingesogen, bis er sie ganz ausfüllte und dehnte, die absolute Erniedrigung.

Maggie beobachtete mit wachsendem Entsetzen, wie Antony Janine vom Bett half und sie wegführte. Sie ließen Maggie allein zurück, unter dem wachsamen Auge der Kamera, festgebunden ans Bett, den immer noch wild vibrierenden, monströsen Dildo immer noch in ihr. Das letzte Bild war eine Nahaufnahme von ihrem Gesicht, der Mund weit offen, verdreht vor Verzückung, während ein Orgasmus nach dem anderen ihren Körper erschütterte.

Neuntes Kapitel

Es herrschte absolute Stille, als der Film zu Ende war und Antony den Fernseher mit der Fernbedienung ausschaltete. Maggie saß da und starrte auf den leeren Schirm. Ihre Lungen schmerzten in ihrer Brust, ihr Atem kam als kurzes, scharfes Keuchen, während das Bild ihrer selbst, das gerade auf dem Fernsehschirm verblasst war, in ihrem Gedächtnis eingebrannt blieb.

Sie hätte sich nie vorstellen können, dass sie zu derart vollkommener Hingabe fähig war. Es schockierte sie, auch wenn sie davon erregt wurde. Und dass sie sich selbst vor Publikum so weit hatte gehenlassen …

«Du siehst, Maggie», brach Alexanders kehlige Stimme das Schweigen, «du bist wie geschaffen dafür.»

Er lachte, als sie ihm ihr leidgeprüftes Gesicht zuwandte, und er zerzauste ihr Haar, als wäre sie wirklich ein geliebtes Haustier. Maggie spürte einen Anfall von reinem, unverfälschtem Begehren für ihn. Es war sein Schwanz, mit dem sie das kalte, unnachgiebige Plastik von Janines Spielzeug ersetzen wollte; sie wollte, dass sein warmer männlicher Körper sie umgab und Besitz von ihr ergriff.

Sie erhob sich auf die Knie, kroch so weit herum, wie die Leine es ihr gestattete, und drückte ihr Gesicht in seinen schwarzen, jeansbedeckten Schritt. Sie konnte spüren, wie seine Härte gegen den steifen Stoff drückte, als sie sich in einer stummen Bitte an ihn herankuschelte.

Alexander lachte wieder und fing an, sich den Hosenschlitz aufzuknöpfen. Darunter war er nackt, und sein weißer, schlanker Schaft sprang plötzlich heraus und klatschte ihr quer übers Gesicht. Gierig nahm Maggie ihn in den Mund und fing an, hungrig daran zu saugen. Sie spürte, wie er dicker wurde und anschwoll, als sie mit ihrer Zunge an der Unterseite hinauf- und hinunterfuhr und rund um die beschnittene Spitze.

Sie keuchte, als Alexander unvermittelt ihre Haare am Hinterkopf packte und sie grob wegzog. Ihre Augen signalisierten ihre Verzweiflung, als er sein Gesicht nah an ihres heranbrachte und kühl sagte:

«Du hast nicht um Erlaubnis gefragt, oder?»

Maggie schüttelte den Kopf, ihr traten Tränen in die Augen, da Alexander weiter an ihren Haarwurzeln riss. Jegliche Vernunft schien von ihr gewichen zu sein, sie wollte ihn nur wieder in ihrem Mund haben, ihn in ihren sehnsüchtigen Körper hineinziehen.

«Bitte ...», flüsterte sie.

Alexander schenkte ihr eines seiner goldenen Lächeln, und sie sonnte sich in seiner Wärme. Ihr Mut sank, als er sprach.

«Nein, süße Maggie, ich glaube, du hattest genug für heute. Sei nicht so gierig.»

Er küsste sie auf die Nasenspitze und entließ sie aus seinem strafenden Griff in ihr Haar. Sanft schob er sie von sich weg.

«Ich sag dir was: Weil du so gut warst, lass ich dich zugucken.»

Maggie runzelte die Stirn, sie verstand zuerst nicht, was er meinte. Sie folgte seinem Blick, als er sich von ihr abwandte, und sah, dass Antony und Janine ihre Gegenwart vollkommen vergessen hatten und einander am anderen Ende des Sofas leidenschaftlich küssten. Janines Kimono war aufgegangen und offenbarte ihre Nacktheit. Antonys große, sensible Hände kneteten ihre rechte Brust, als sie sich an ihn drückte.

Während sie zusah, sanken die beiden langsam auf den Schaffellteppich, die Münder immer noch miteinander verschmolzen. Antony schüttelte sein Hemd ab, und Janine öffnete geschickt den Verschluss seiner Hose. Maggie begann unruhig hin und her zu rutschen, da ihre eigenen Säfte zu fließen begannen, weil sie sich so sehr in Janine hineinfühlte, als Antony begann, deren kleine, perfekt geformte Brüste zu küssen.

Sie schaute zu Alexander hinüber und merkte, dass er nicht Janine beobachtete, sondern Antony. Sie zog versuchsweise an der Kette, mit der sie am Couchtisch angebunden war, aber die hielt sie fest. Sie wagte nicht, ihre Hände zu benutzen, um sich zu befreien, und sank entmutigt zurück an das Sofa.

Das weiche Leder fühlte sich warm an auf ihrer bloßen Haut, der seidig kitzelnde Teppich rieb an ihrem geschwollenen Geschlecht. Sie konnte ihre Augen nicht von dem Paar abwenden, das vielleicht einen halben Meter von ihr entfernt lag. Ihr Liebesspiel wurde rauer, drängender, die zarten Küsse verwandelten sich in Bisse, die verführerischen Zärtlichkeiten in mild strafende Kratzer und Kneifer.

Maggies Mund und Kehle waren trocken, und sie trank dankbar von dem Wein, den Alexander ihr an die Lippen hielt. Sie beobachtete eifersüchtig, wie Antony Janine auf den Bauch drehte und sie auf alle viere hochzog. Janine kniete quer zu Maggie, sodass sie ihr Gesicht und ihren Hintern im Profil deutlich sehen konnte, wobei sie mit Letzterem Antony verführerisch zuwackelte.

Seine Erektion hüpfte vor ihm auf und ab, als er sie hochnahm und so umdrehte, dass Maggie ihr pinkfarbenes, feucht-glitschiges Geschlecht unter dem engen, gefältelten Loch ihres Hinterns sehen konnte. Alexander sprang plötzlich auf und verschwand aus dem Zimmer.

Antony ließ seinen Zeigefinger in Janines offenes Geschlecht gleiten, nur Zentimeter von Maggies Gesicht entfernt, und Janine sank so darauf nieder, dass sie wie aufgespießt war. Sie wackelte anzüglich mit dem Hintern, während Antony immer wieder spielerisch in sie hineinstieß. Alexander kehrte mit einem großen quadratischen Spiegel zurück, den er an den Fernsehschrank lehnte. Er war geschickt positioniert, denn jetzt konnte Maggie gleichzeitig Janines Gesicht und ihren Hintern sehen, den sie wie eine rollige Katze hin und her schwenkte.

Sie beobachtete mit angehaltenem Atem, wie Antony zwischen Janines gespreizten Beinen kniete, bereit, in sie einzudringen. Er legte seine Hände um Janines Hüften, um besser die Balance halten zu können, und glitt sanft in sie hinein, schloss konzentriert seine Augen, als ihre seidige Scheide ihn aufsog.

Maggie hing an Janines Gesicht, das sie im Spiegel sehen konnte, während Antony anfing, rhythmisch in sie hineinzustoßen. Ihre Augen waren geschlossen, ihr zerzaustes Haar fiel über ihr Gesicht. Schweiß stand ihr auf der Stirn, und ihr Mund war so schlaff, dass man ihre rosafarbene Zunge zwischen ihren geöffneten Lippen sehen konnte.

Antony hatte sich jetzt weit über Janine gebeugt und hielt sich an ihren baumelnden Brüsten fest. Maggie zuckte mitleidig zusammen, als die großen Hände rücksichtslos zudrückten und die Finger sich in das weiche Fleisch gruben. Eine Bewegung hinter Antony ließ ihre Augen dorthin wandern, und sie merkte, dass Alexander sie beobachtete.

Er lächelte sie glückselig an, während er seine 501 langsam aufknöpfte und bis auf Kniehöhe herunterfallen ließ. Maggie riss ihre Augen weit auf, als ihr klar wurde, was er vorhatte. Ihr eigenes, vernachlässigtes Geschlecht pochte enttäuscht, als Alexander mit seiner Hand liebevoll über Antonys pumpende Hinterbacken strich.

Er hielt eine Tube in einer Hand, und als Maggie hinsah, quetschte er sich eine großzügige Portion weißer Creme auf die Handfläche. Unfähig, ihre Augen abzuwenden, beobachtete sie, wie er sie in der Falte zwischen Antonys Pobacken auftrug, sie sorgfältig einarbeitete und die enge Analöffnung, die dort verborgen war, damit befeuchtete.

Antonys Gesicht war angespannt, der Inbegriff von Konzentration, während er von hinten rhythmisch in Janine eindrang und seine Stöße kaum unterbrach, als Alexander ihn nahm. Maggie beobachtete durch einen Schleier frustrierter Tränen, wie die Szene vor ihr sich zu einem Crescendo steigerte.

Janine kam zuerst, sie schrie laut, als die Gefühle sie übermannten. Sie wollte sich von Antony zurückziehen, doch der hatte sie umklammert, knetete ihre Brüste brutal in seinen Händen, um sie festzuhalten, solange sein Samen sich stoßweise in ihren krampfenden Körper ergoss. Endlich fiel er mit einem Stöhnen quer über sie, drückte sie unter sich auf den Teppich, während Alexander ihn mitleidlos in den Arsch fickte und nicht von ihm abließ, bis sein eigener Höhepunkt gekommen war, begleitet von einem triumphierenden Schrei.

Es schien lange zu dauern, bevor sich irgendjemand rührte. Alexander stemmte sich von Antony hoch, drehte sich weg und zog seine Jeans hoch, während Antony schließlich Janine befreite. Endlich wieder in der Lage, frei zu atmen, lag Janine noch eine Weile schnaufend auf dem Bauch, bevor auch sie sich erhob und schweigend anzog.

Keiner nahm Notiz von Maggie, während sie sich anzogen. Janine küsste Antony und Alexander. Erst dann drehten sie und die beiden Männer sich um und bemerkten Maggie, die immer noch am Couchtisch angeleint war, ein unfreiwilliger, leer ausgegangener Beobachter.

«Wir können sie nicht so lassen», sagte Antony zu Alexander.

Sie kamen und setzten sich jeder auf eine Seite von ihr.

«Arme Maggie», flüsterte Alexander sanft. «Warum erleichterst du dich nicht selbst?»

Im ersten Augenblick verstand Maggie ihn nicht. Janine lächelte sie mit diesem selbstzufriedenen, katzenartigen Lächeln an und ging, um den großen viereckigen Spiegel zu holen. Maggie spürte, wie ihr die Hitze in die Wangen stieg, als Janine den Spiegel gerade vor sie hielt, sich dahinterkniete und ihr Kinn so obendrauf legte, dass sie Maggie immer noch sehen konnte. Sie schüttelte den Kopf, als Antony und Alexander jeder einen Knöchel nahmen und ihre Beine sanft, aber beharrlich spreizten.

«Nein! O nein, bitte ... ich kann nicht!»

«Schschsch!» Antony brachte seine Lippen an ihr Ohr. «Es ist gar nichts dabei. Tu's einfach ... tu's für uns.»

«Mach die Augen auf, Maggie», sagte Alexander scharf, und Maggie reagierte auf den Kommandoton in seiner Stimme.

Sie konnte sich selbst im Spiegel zur Schau gestellt sehen, die Beine gerade, an den Fußgelenken auseinandergehalten von den zwei Männern, deren goldene Köpfe zu beiden Seiten ihres dunklen lagen. Ihre anzüglich starrende Vulva sah geschwollen und rot aus, die gereizte Lustknospe schlüpfte schon vom Anschauen aus ihrer Hülle. An der Öffnung ihrer Vulva sprudelte eine Quelle, floss langsam über und in ihre Pofalte.

Maggie schluckte krampfhaft, als sie über das nachdachte, was sie von ihr wollten. Sich selbst vor so vielen geilen, lüsternen Augen zum Orgasmus zu bringen, wobei der Spiegel sicherstellte, dass es kein Entrinnen vor dem Schauspiel gab.

«Ich … ich kann nicht!», flüsterte sie.

«Natürlich kannst du das, hier», Antony küsste ihr Ohr, nahm ihre schlaffe Hand hoch und drückte sie auf ihre Schamlippen.

Die leicht klebrige Feuchtigkeit badete ihre Finger, und sie bewegten sich, beinahe aus eigenem Antrieb, über die zarte, glitschige Spalte zwischen ihren Beinen. Alles in Maggie rebellierte bei dem Gedanken daran, sich selbst derart zu entwürdigen, doch konnte sie die Spitzen weißer, heißer Lust, die auf ihr Innerstes zielten, nicht länger leugnen.

Sie spürte Alexanders Zunge heiß und nass in ihren Ohrwindungen, als sie anfing, mit ihrem tropfnassen Finger an beiden Seiten ihrer inneren Lippen entlangzufahren. Sie beobachtete fasziniert im Spiegel, wie ihr Geschlecht sich unter ihrer Hand öffnete wie eine Blume in der Sonne.

«Wunderschön.»

Janines gedämpftes Flüstern drang kaum zu ihrem Bewusstsein durch, als sie ihren Rücken bequemer ans Sofa anlehnte und zwei Finger in ihr heißes Geschlecht tauchte. Ihr inneres Fleisch erschauerte und saugte an ihren eindringenden Fingern. Sie arbeitete einen weiteren hinein und dann einen vierten, während ihre Beine weit gespreizt und in geringem Abstand zum Boden gehalten wurden.

Ihr war heiß, das Haar klebte ihr auf der Stirn, als jemand ihr sanft ein Kissen unter den Po schob und ihn dadurch so anhob, dass sie sich selbst sogar noch besser sehen konnte. Die Rose ihres Anus glitzerte, als ihre Säfte überflossen und in zähflüssigen Bächen ihren Damm hinunter- und zwischen ihre Pobacken liefen.

Mittlerweile waren ihr die gierigen Augen der anderen egal. Maggie zog ihre Hand heraus und fing an, mit dem Zeigefinger ihren eigenen Anus zu umkreisen. Sie drückte versuchsweise an die Öffnung und war gleichzeitig entsetzt und erregt, als sie unter dem sanften Druck nachgab und sie die Fingerspitze hineingleiten lassen konnte.

«Weiter», eine Stimme flatterte in ihr Ohr und sie führte den Finger bis zum ersten Gelenk ein.

Da sie sich leer fühlte, benutzte sie die Finger der anderen Hand, um ihr Geschlecht zu füllen. Sie konnte ihren anderen Finger durch die dünne Wand zwischen ihrer Vagina und dem Enddarm spüren, und sie trieb ihn weiter hinein, um das unbekannte, absolut unglaubliche Gefühl zu steigern. Ihre vernachlässigte Klitoris pulsierte, und sie seufzte vor Verlangen.

Eine männliche Hand streckte sich hinunter und entfernte sanft ihre Hände. Sie stöhnte protestierend auf, bis ihr klar wurde, dass er den Finger in ihrem Anus durch seinen eigenen ersetzt hatte, und ein zweiter Satz männlicher Finger liebenswürdigerweise ihre weibliche Öffnung penetrierte, sodass ihre eigenen Hände frei waren, mit ihrer bebenden Knospe zu spielen.

Sie konnte sich nicht viel länger zurückhalten, der Anblick und die Empfindungen wurden zu viel. Sie zog ihre Schamlippen mit den Fingern einer Hand auseinander, legte ihre Klitoris frei und kniff sie fest zwischen Zeigefinger und Daumen der anderen Hand.

Das reichte, um sie über den Rand zu stoßen. Sie fühlte sich vollkommen ausgefüllt, als Antony und Alexander ihre Zwillingsöffnungen befingerten und sie an ihrer Klitoris rieb, mit aller Kraft darauf drückte, bis die Empfindungen durch sie hindurchjagten, so intensiv, dass sie für einen Augenblick das Bewusstsein verlor.

Als sie zu sich kam, waren Janine und Alexander gegangen, und sie lag in Antonys Armbeuge, ihr Kopf an seine Schulter gebettet. Er strich ihr zärtlich übers Haar und lächelte auf sie hinunter, als sie ihre Augen öffnete.

«Alles okay?», fragte er, und sie nickte, sprachlos von einem Gefühl, das der Liebe sehr ähnlich war.

Sie zuckte zusammen, als Alexander wiederkam, aber auch er lächelte sie an, ließ sich neben ihr in die Hocke sinken und strich mit der Rückseite seines Zeigefingers über ihre Wange. Sie beobachtete leidenschaftslos, wie er sich hinüberbeugte und Antony mitten auf den Mund küsste.

Ohne ein Wort hob Antony sie hoch und trug sie ins Badezimmer, wo Alexander ein warmes Schaumbad eingelassen hatte. Maggie sank dankbar in das seidige Wasser und machte völlig erschöpft und fügsam mit, während sie sie wuschen, abtrockneten und mit Talkum puderten, bevor sie ihr ein riesengroßes Nachthemd über den Kopf zogen, als wäre sie ein Kind.

Sie musste gähnen, und ihr wurde klar, dass es schon sehr spät sein musste. Sie lehnte sich an Alexander, als sie sie ins Schlafzimmer führten. Es wurde beherrscht von einem riesigen, weichen Bett. Maggie krabbelte dankbar in die Mitte und lächelte schläfrig, während Antony und Alexander sich zu ihren beiden Seiten einrichteten. Sie fühlte sich warm und sicher ... und geliebt. Sie lächelte und kuschelte sich an Antonys Rücken, als der Schlaf sie übermannte.

Am nächsten Morgen fühlte Maggie sich beim Frühstück im Bett, als ob alles, was in der vorangegangenen Nacht passiert war, ein Traum gewesen war. Doch da war sie, saß mit zwei Männern im Bett und hatte reichlich Anteil an dem Chaos, das sie mit den warmen, krümeligen Croissants anrichteten, die Alexander herbeigezaubert hatte.

Im sanften Morgenlicht gab es keine Anzeichen für den kalten, herrschsüchtigen Alexander, den sie in der Nacht zuvor erlebt hatte. Er war entspannt, sein schönes Gesicht noch weich vom Schlaf, als er Antony träge ansah. Antony wirkte glücklich und plauderte locker über seine Pläne fürs Wochenende, während er ihnen allen mehr Kaffee einschenkte.

Maggie fühlte sich desorientiert, als ihr klar wurde, dass Samstagmorgen war. Sie hatte nichts weiter vor und war äußerst angenehm überrascht, als Alexander vorschlug, sie solle den Rest des Morgens bei ihnen bleiben. Sie hingen bis zur Mittagszeit gemütlich im Bett rum, und Maggie konnte sich nicht entscheiden, ob sie es gut finden oder erleichtert sein sollte, dass keiner von beiden sich an sie heranmachte.

«Magst du deinen Job, Maggie?», fragte Antony unerwartet.

«Natürlich», antwortete sie automatisch, runzelte allerdings die Stirn, als ihr einfiel, dass ihre Karriere in der letzten Zeit in ihrer Prioritätenliste weiter nach unten gerutscht war.

«Würdest du einen Wechsel in Betracht ziehen?»

Sie drehte sich verblüfft zu Alexander um.

«Und zwar?»

«Antony hat ein Angebot für dich.»

Maggie sah Antony fragend an und fing die letzten

Schwingungen eines liebevollen Blicks auf, den er und Alexander tauschten.

«Ich brauche eine Assistentin», sagte er lächelnd.

«Eine Assistentin? Du meinst hier, im Club?»

Die Idee wäre komisch gewesen, wenn sie nicht plötzlich Alexanders Anspannung neben sich gespürt hätte. Mit einem Mal war die entspannte Atmosphäre verpufft, und Maggie spürte, wie sich eine merkwürdige Spannung in ihrer Magengrube aufbaute. Sie gab acht, dass sie Alexander nicht ansah, als Antony fortfuhr:

«Mein jetziges Mädchen, Jackie, arbeitet hinter den Kulissen. Du hast sie bestimmt nicht kennengelernt. Sie verlässt uns Ende des Monats, und ich brauche einen Ersatz.»

«Und du glaubst, dass *ich* für den Job geeignet wäre?» Maggie war fassungslos.

«Es ist eine interne Stelle», erklärte Antony ihr und ignorierte ihre Ungläubigkeit. «Ich denke, sie würde zu dir passen.»

«Intern?», wiederholte Maggie dümmlich.

Sie spürte die Wärme von Alexanders Körper, als er seine Hand ausstreckte und ihren Körper von Antony weg- und zu sich hindrehte. Wie sie erwartet hatte, war sein Ausdruck ernst, und sie zitterte unter seinem erschreckend blauen Blick.

«Du würdest hier leben. Mit Antony und mir.»

Maggie ließ diese Szene noch einmal vor ihrem inneren Auge abspulen, als sie am Montagmorgen an ihrem Schreibtisch saß. Nachdem sie ihren Blick von Alexander losgerissen hatte, sah sie, Bestätigung suchend, noch einmal zu Antony. Der hatte gelächelt und ermutigend genickt, als wäre es die natürlichste Sache der Welt, eine

Frau zu fragen, ob sie bei einem selbst und seinem männlichen Liebhaber einziehen möchte. Plötzlich hatte sie das dringende Bedürfnis verspürt, dort rauszukommen, fort von der alles durchdringenden Gegenwart der beiden.

Sie fühlte sich in die Enge getrieben und wusste, wenn sie jetzt nicht aus dieser Situation heraus einen Schritt zurückträte und eine Weile allein wäre, dann hätte sie sofort allem zugestimmt. Weder Antony noch Alexander hatten versucht, Druck auf sie auszuüben, als sie sich mit einem vagen Murmeln entschuldigt hatte und aufgestanden war. Beide beobachteten sie träge vom Bett aus, während sie ihre Kleider anzog.

«Ich geh dann mal», hatte sie ihnen verlegen gesagt. «Danke für das Angebot. Ich weiß das wirklich zu schätzen, es ist nur ... ich brauche etwas Bedenkzeit. Ich ruf nächste Woche an und sag euch Bescheid.»

Keiner sagte etwas. Sie lächelten sie beide an, und Antony warf ihr einen Kuss zu, als sie vollkommen verwirrt wegging.

Seitdem hatte sie nicht aufhören können, über dieses merkwürdige Angebot nachzudenken. Das ganze Wochenende über hatte sie sich den Abend immer wieder durch den Kopf gehen lassen. Die Erinnerung an ihre widerwillige Unterwerfung unter Janine, die exhibitionistischen Tendenzen, die sie bei sich niemals vermutet hätte, ihre Frustration, dass man sie zum Zusehen zwang, als Antony und Janine und Alexander ... und die letzte Erniedrigung, vor ihnen zu masturbieren.

«Maggie? Maggie, ich frage mich langsam, ob du in letzter Zeit überhaupt bei uns bist!»

Sie zuckte zusammen, als Jim Thurlstone, ihr unmittelbarer Vorgesetzter, ihr auf die Schulter klopfte. Als sie ihn dort stehen sah, wie er mit gerunzelter Stirn zu ihr herunterguckte, fühlte sie sich wie ein Schulmädchen, das mit ihren Händen in der Unterhose erwischt worden war. Sie murmelte eine völlig unzureichende Entschuldigung, nahm die Akte, die er ihr reichte, und vertiefte sich mit rotem Gesicht in den Papierkram, den sie in ihrem Eingangskorb turmhoch hatte anwachsen lassen.

Es war nicht so, dass sie noch nie Angebote bekommen hätte, überlegte sie am folgenden Nachmittag. Sie hatte auch schon mal mit einem Typen zusammengelebt, aber gleich mit zweien? Ihre Gedanken schweiften zu den damit verbundenen Möglichkeiten, und sie musste ihre Oberschenkel fest zusammenpressen, um das Zittern zu unterdrücken, das zwischen ihnen begonnen hatte.

Zu ihrer großen Erleichterung war Janine ihr aus dem Weg gegangen. Sie wusste nicht, wie sie auf dieses wissende Lächeln reagieren würde, da sie immer noch nicht ganz mit sich im Reinen war in Bezug auf das, was zwischen ihnen passiert war. Sie fing Bobs Blick vom Nachbartisch auf und versuchte sich zu konzentrieren.

Ihr Konzentrationsvermögen schien bis auf den Nullpunkt geschrumpft zu sein. Sie seufzte, als sie nicht mal eine halbe Stunde später in ihren Stuhl zurücksackte. Nach dem Bockmist, den sie bei dem Jefferson-Job vor ein paar Wochen gebaut hatte, und ihrer zunehmenden Abgelenktheit war sie sich bewusst, dass sie genau beobachten musste, was hinter ihrem Rücken vorging. Sie arbeitete in einer gnadenlosen Branche, und Bob, beispielsweise, wäre mehr als froh, in ihre Fußstapfen treten zu können.

Es war keine große Überraschung für sie, dass sie keine zwei Tage später nach ganz oben beordert wurde. Als sie das Büro des Direktors verließ, fragte sie sich merkwürdig distanziert, warum sie nicht am Boden zerstört war. Die Worte «fristlos entlassen» schwebten in ihrem Kopf herum, schnell gefolgt von der Erkenntnis, dass es ihr eigentlich egal war.

Sie räumte ihren Schreibtisch wie auf Autopilot und nickte Bob höflich zu, als er ihr sein unehrliches Bedauern aussprach. Der kleine Schleimscheißer beäugte schon ihren Schreibtisch, wollte wahrscheinlich herausfinden, wo er seinen Blumentopf am besten hinstellen könnte. Sie grinste plötzlich und schreckte ihn damit so auf, dass er sich eilig davonmachte. Dabei murmelte er etwas davon, dass er sich wohl besser an die Arbeit mache, in Anbetracht der Tatsache, was mit ihr passiert sei.

Janine kam vorbei, und ihre Stimme klang wirklich betroffen.

«Aber Maggie, was machst du jetzt?»

«Ich weiß noch nicht.»

Janine sah sie scharfsinnig an.

«Du wirkst nicht so sehr betroffen deswegen.»

Maggie sah ihr offen in die Augen und lächelte.

«Ich habe andere Angebote», sagte sie leichthin, während sie weiter ihre persönlichen Sachen packte.

Sie fuhr überrascht zusammen, als Janine sich plötzlich vorbeugte und eine Hand auf ihren Unterarm legte, als wolle sie sie zurückhalten.

«Ich weiß, woran du denkst, Maggie, aber bitte – denk sehr gut darüber nach, bevor du dich darauf einlässt.»

«Aha?»

«Ja.» Janine nahm ihre Hand weg und runzelte die Stirn. Plötzlich wirkte sie verunsichert. «Ich … ich würde nicht gerne sehen, dass man dir wehtut», sagte sie unerwartet kleinlaut.

Maggie dachte an Janines kleine schwarze Tasche und was sich darin verbarg, und sie zog ironisch eine Augenbraue hoch. Janine hatte den Anstand, rot zu werden.

«Ich meine, emotional wehtut.»

Maggie war kurz angebunden.

«Ich kann selber für mich sorgen. Mach dir keine Sorgen – ich werde nichts überstürzen.» Sie lächelte und fühlte sich plötzlich sorglos. Zu ihrer eigenen Überraschung küsste sie Janines glatte Wange.

Dann verließ sie das Gebäude halb gehend, halb rennend und machte sich direkt auf den Weg in den Black Orchid Club.

Zehntes Kapitel

Maggie lehnte sich zurück in das warme, gurgelnde Wasser und schloss die Augen. Göttlich! Es war sieben Uhr morgens, und im Club war niemand, der sie hätte stören können. Sie hatte exklusiven Zugang zum Whirlpool, und sie genoss die ungewohnte Freude an ihrer eigenen Gesellschaft.

Sie wohnte jetzt seit sechs Wochen mit Antony und Alexander im Club, und sie fragte sich langsam, ob sie den Sinn für die Realität verlor. Heute übernahm sie offiziell Jackies Posten, und ein neuer Schwung Trainer kam zum Vorstellungsgespräch zu ihr.

Jeder Mann war persönlich von Alexander und Antony ausgewählt worden; sie hatten die Vorgespräche geführt und diejenigen aussortiert, die offensichtlich nicht in Frage kamen. Ihre Aufgabe war jetzt, zu entscheiden, welche der fünf Männer aus der engeren Wahl bei Frauen wohl am beliebtesten wären.

Judd verließ den Club, nachdem er beinahe ein Jahr im Black Orchid verbracht hatte, und Dean war rausgeschmissen worden, weil er die «Keine Beziehungen außerhalb»-Regel gebrochen hatte. Außerdem hatte Antony beschlossen, dass die Mitgliederzahl im Club ausreichend groß geworden war, um darüber nachdenken zu können, zusätzliche Trainer einzustellen. Wenn sie wollte, konnte sie also alle fünf Kandidaten befürworten, nachdem sie sie auf Herz und Nieren geprüft hatte.

Sie lächelte in sich hinein und sank tiefer in den Whirlpool. Die Blasen gurgelten und zischten um ihre Beine, kitzelten beim Aufsteigen im Innern ihrer Oberschenkel. Sie war nackt, hatte ihr dunkles Haar oben auf dem Kopf aufgetürmt und nachlässig mit einem baumwollenen Haargummi befestigt. So früh am Morgen trug sie nie Make-up, sodass sie sich keine Gedanken machen musste, wenn ihr das warme Wasser ins Gesicht spritzte und mit der Zärtlichkeit eines Liebhabers die Wangen herunterlief.

Maggie schloss die Augen, atmete tief ein und tauchte hinein in das warme Wasser. Als sie wieder an die Oberfläche kam, fasste sie nach der gepolsterten Reling, die rund um den runden Pool führte, und ließ ihren nackten Körper auf der Wasseroberfläche treiben.

Es war so friedlich, wenn nur das leichte Geplapper der Wasserblasen und das leise Summen der Klimaanlage um sie herum waren. Langsam spreizte Maggie ihre Beine und genoss das kontrollierte Ziehen ihrer gut trainierten Muskeln. Sie war noch nie so fit gewesen, ihr Körper nie so schlank und gepflegt wie jetzt. Und ihre Haut – so weich und makellos.

Seit sie bei Antony und Alexander eingezogen war, wurde ihr selten erlaubt, allein zu baden. Ausnahmslos fand sie bereits eine eingelassene Wanne vor, und der eine oder andere von beiden erschien, die Arme voll parfümierter Seifen und Lotionen und Talkum. Alles, was von ihr erwartet wurde, war, dass sie sich im Wasser zurücklehnte und sich ihren sanften Diensten hingab.

Alexander war der Beste, ließ sich Zeit bei jeder Prozedur, polierte ihre Haut, als wäre es das feinste, wertvollste Porzellan. Dennoch gab es nie irgendwelche Sexualkontakte, obwohl er oft sichtbar davon erregt war, dass er sie berührte. Und Maggie ... Maggie hatte gelernt, keine Annäherungsversuche bei ihm zu unternehmen, weil sie Angst hatte, dass er dann böse auf sie wäre. Nein, nicht böse, dachte sie. Sie öffnete und schloss ihre Beine wie eine Schere, was die Blasen zwang, kraftvoller zwischen ihnen hindurchzureisen. Träge genoss sie, wie die Blasen ungehindert direkt an ihrem Geschlecht zusammenstießen und platzten.

Böse war nicht ganz das richtige Wort, um Alexanders Reaktion auf die paar Male zu beschreiben, bei denen sie versucht hatte, Sex mit ihm zu initiieren. Vielleicht war er eher enttäuscht von ihr. Natürlich war sie dann immer zerknirscht, wie ein Kind, das versucht hatte, noch einen Extrakeks aus der Dose zu stibitzen.

Am unbefriedigendsten an ihrem Leben mit Antony und Alexander war, dass ihr immer nur erlaubt wurde, mit Antony zu schlafen. Es schien die beiden nicht zu stören, wenn sie dabeiblieb, wenn sie es miteinander trieben, gelegentlich hatte sie sogar mitgemacht. Aber sie hatte nie allein mit Alex Sex gehabt.

Maggie seufzte, als sie den Whirlpool abstellte und sich in ein riesiges weißes Handtuch wickelte. Sie kuschelte sich in seine luxuriöse weiße Wärme und taperte zurück in ihr privates Badezimmer neben dem Pool-Raum, das zu ihrem Büro gehörte. Antony wartete auf sie, als sie wieder nach oben ins Apartment ging.

«Bereit für die Vorstellungsgespräche, Maggie?»

«Bekomme ich erst noch ein Frühstück?»

«Nur ein leichtes, meine Liebe – ich würde dir nicht empfehlen, auf vollen Magen mit fünf Männern hintereinander Sex zu haben.»

Er goss ihnen beiden einen Kaffee ein, und Maggie guckte ihn etwas zweifelnd an. Sein Ton war einen klitzekleinen Hauch von schneidend gewesen, und sie spürte eine gewisse Zurückweisung in ihm, die sie vorher schon ein paarmal bemerkt hatte.

«Ist alles in Ordnung, Antony?», fragte sie, als er ihr einen Becher gab.

Er sah auf und lächelte, etwas reumütig.

«Scher dich nicht um mich. Ich bin heute mit dem falschen Fuß aufgestanden.»

Er ließ sie allein, und Maggie dachte darüber nach, dass Alexander am vorigen Abend nicht nach Hause gekommen war. Sie hatte das bestimmte Gefühl, dass Antony deswegen so reizbar war. In diesem Augenblick ging die Wohnzimmertür auf, und Alexander erschien, als ob sie ihn durch ihre Gedanken an ihn heraufbeschworen hatte. Wie so oft, wenn er von einem seiner kleinen Ausflüge, die Maggie insgeheim seinen «Freigang» nannte, zurückgekehrt war, war er bester Laune und küsste sie überschwänglich, bevor er neben ihr ins Sofa sank.

«Puh, bin ich fertig!», verkündete er.

Maggie sah ihm aus dem Augenwinkel zu, wie er sich beim Kaffee bediente. Er schien es nie für nötig zu halten, sich oder sein Verhalten zu erklären. Sah er denn nicht, wie sehr Antony unter seinem Verhalten litt? Sie konnte die Spannung spüren, die von ihm ausging, als er wieder ins Zimmer kam, konnte die Mühe erahnen, die es ihn kostete, Alexander nicht auszufragen. Doch Alexander lächelte ihn einfach nur an, bevor er sich ihr zuwandte.

«Ich möchte, dass du jeden einzelnen von den Typen, die ich für dich ausgesucht habe, ausprobierst und auf einer Skala von eins bis zehn benotest. Ihre generelle Attraktivität, ihre Haltung dir gegenüber, ihr Selbstvertrauen, allgemeine Kunstfertigkeit und so weiter. Denk dran, du musst die Anforderungen unserer Clubmitglieder im Hinterkopf haben – beurteile die Jungs nicht nur danach, wie du selbst auf sie reagierst. Okay?»

«Ich denke schon. Was ist, wenn einer von ihnen aus

dem Ruder läuft?» Sie errötete, als Alexander sie unter einer ironisch erhobenen Augenbraue heraus ansah. «Ich meine, wenn ich nicht will, und er … nun ja, du weißt schon.»

«Antony und ich werden hinter einer Spiegelwand stehen. Falls es irgendwelche Probleme geben sollte, gib uns ein Signal, und wir retten dich.»

Maggie verdrehte ihre Augen himmelwärts. Sie hätte es wissen können!

«Werdet ihr zwei euch denn auch nicht langweilen, wenn ihr mich den ganzen Vormittag beobachtet?», neckte sie sanft.

«Uns fällt schon etwas ein, das wir tun können, falls es zu eintönig wird, nicht wahr, Antony?»

In seiner Stimme lag eine leise Herausforderung, als er sich dem anderen Mann zuwandte, aber Antony zuckte nur mit den Schultern. Maggie hegte keinen Zweifel, dass Alex ihn überreden würde – das schaffte er immer.

Später, in dem großen, luxuriös eingerichteten «Büro», das man ihr gegeben hatte, wurde Maggie doch langsam nervös. Sie sprang von dem bequemen Lederstuhl hoch, der hinter dem schweren, männlich wirkenden alten Eichenschreibtisch stand, und marschierte zum anderen Ende des Zimmers, ihre hochhackigen Pumps gingen lautlos auf dem cremefarbenen Teppichboden.

Am Fenster, das im zweiten Stock lag und von dem aus man die Stadt überblicken konnte, waren zwei Rattanstühle und ein Glastisch, auf dem sie eine Auswahl an Drinks und Gläsern bereitgestellt hatte. Eine Kaffeemaschine zischte und gurgelte auf dem kleinen Tresen in der Ecke und füllte den Raum mit dem Duft frischer Kaffeebohnen.

Nervös zog sie die buttergelben Seidengardinen zu und machte eine Runde, um die schwach gedämpften Lampen anzustellen, die geschickt im ganzen Zimmer verteilt waren. Das große, gemütliche zitronenfarbige Chintzsofa stand gegenüber von dem doppelten Spiegel. Sie ging hinüber und legte den «Privatsphäre-Schalter» um, sodass Antony und Alexander den Raum sehen konnten.

Als sie auf die Standuhr blickte, die neben dem Tisch in der Ecke stand, sah Maggie, dass es Zeit zum Anfangen war. Trotzdem zögerte sie noch. Es wirkte alles so kalt, so klinisch, sich darauf vorzubereiten, mit fünf Männern nacheinander Sex zu haben, die sie noch nicht einmal vorher gesehen hatte!

Sie trug einen cremefarbenen, in der Taille gegürteten Morgenmantel, der beim Gehen den Boden berührte. Darunter war sie nackt, und sie fühlte sich plötzlich verwundbar.

«Was ist los, Maggie?» Alexanders Stimme über die Gegensprechanlage ließ sie zusammenzucken.

«Ich … ich fühle mich nur ein bisschen merkwürdig, das ist alles. Äh … vielleicht ist das hier doch keine so gute Idee.»

«Du wusstest, was der Job beinhaltet, Maggie. Zweifelst du jetzt an deiner Entscheidung?»

Alexanders Ton war schneidend, und Maggie hielt mitten im Gehen inne und holte tief Luft. Er hatte recht, sie wusste, worauf sie sich eingelassen hatte. Sie vertraute darauf, dass er ihr helfen würde, wenn sie mit einer Situation nicht klarkäme, und es gab eigentlich nicht viel, womit sie ihrer Meinung nach nicht fertigwerden könnte. Und sie wollte diesen Job nicht verlieren – abgesehen von allem anderen liebte sie es, mit Antony und Alexander zu leben. Sie wollte Alexander gefallen, und die Vorstellung, dass er ungeduldig mit ihr werden könnte, ließ sie hastig antworten:

«Natürlich nicht.»

«Dann leg einfach los, Maggie, sei ein braves Mädchen.»

Maggie drückte den Summer an ihrem Tisch, und die schwere Eichentür öffnete sich lautlos in ihren gutgeölten Angeln. Maggie bekam große Augen vor Überraschung, als sie sah, dass die Türöffnung von einem gewaltigen breitschultrigen Kerl ausgefüllt wurde. Seine Haut glänzte wie sorgfältig poliertes Ebenholz, sein rasierter Kopf war so glatt und wohlgeformt wie der ganze Rest. Das Weiße in seinen Augen zeigte sich in spektakulärem Kontrast zur Schwärze seiner Haut, und als er ihr ein langsames, selbstbewusstes Lächeln schenkte, wurde ihre Aufmerksamkeit auf die Perfektion seiner starken weißen Zähne gelenkt.

Er schloss die Tür hinter sich, und Maggies Augen wurden von der Art angezogen, wie seine Muskeln unter dem engen schwarzen T-Shirt spielten. An einem Ohrläppchen und um seinen dicken, starken Hals glitzerte es golden. Als er langsam auf sie zuging, wanderten Maggies Augen weiter hinunter zu seinen Oberschenkelmuskeln, die die enge blaue Jeans ausbeulten, und zu der unmissverständlichen Fülle in seinem Schritt.

Ihre Augen sprangen nach oben, denn er hielt direkt vor ihr an und wartete. Sie schluckte, um ihre unerklärlicherweise trockene Kehle zu befeuchten, ihre vorangegangene Nervosität war vergessen. Das war ein echter Prachtkerl.

«Hallo!» Sie lächelte und streckte ihre Hand aus. «Und wer sind Sie?»

«Constantine G. Winchester der Dritte», sagte er, und sein Lächeln blitzte auf, als sie ihn erstaunt anblickte, «aber meine Freunde nennen mich Con.»

Seine Stimme hatte einen schönen Klang, voll wie dunkler Sirup, gleichzeitig so weich wie ein guter Weinbrand.

Maggie hatte das Bedürfnis, ihn zum Reden zu bringen, nur wegen des Vergnügens, diese starke, wohlklingende Stimme zu hören. Als er ihre zarte, sorgfältig manikürte Hand mit seiner größeren, stärkeren Hand umfasste, trat die Attraktivität seiner Stimme jedoch vollkommen in den Hintergrund.

Maggie ließ zu, dass er sie langsam zu sich heranzog, bis sie dicht aneinander standen. Selbst auf ihren hohen Absätzen musste sie ihren Hals verrenken, um zu ihm aufzublicken, und sie war froh, als er seinen Kopf zu ihrem herabneigte und ihren Mund mit seinem bedeckte.

Sein Kuss raubte ihr den Atem, seine Zunge wickelte sich um ihre und zog sie in die heiße, nasse Höhle seines Mundes. Seine Brust war stahlhart und unerschütterlich, ihre weichen Brüste wurden dagegengedrückt, und sie merkte, dass sie hochgehoben wurde und ihre Füße abhoben. Seine schiere Größe ließ sie sich winzig fühlen, machtlos in seinen Armen, als er sie mit einer Hand an sich drückte, während er ihr den Morgenmantel mit der anderen Hand öffnete.

Er balancierte einen beturnschuhten Fuß auf ihrem Schreibtisch und setzte sie buchstäblich auf sein gebeugtes Knie, hielt sie sanft mit einem Arm, während er eine bebende Brust mit seiner Hand bedeckte. Maggie hielt die Luft an, als sie den erotischen Kontrast betrachtete, den seine dunkle Hand auf ihrer weißen Brust darstellte, als er ihre Nippel könnerhaft bearbeitete, bis sie hart wurden.

Zögernd ließ sie ihre Hand über die glatte Kuppel seines stoppelfreien Schädels gleiten, als er seinen Kopf zu ihrer Brust herabbeugte. Die Haut war warm und samtweich unter ihren Fingerspitzen. Maggie schloss ihre Augen, als seine Lippen an ihrem reaktionsfreudigen Nippel zupften, wodurch er kleine Empfindungsstöße auslöste, die durch die Nervenbahnen direkt an ihr innerstes Lustzentrum weitergeleitet wurden.

Con schob ihr den Morgenmantel über die Schultern, und sie zitterte, als er auf dem Boden zu einem seidigen Haufen zusammenfiel, während ihre Haut nunmehr der Luft ausgesetzt war. Es war angenehm warm im Zimmer, dennoch bekam sie am ganzen Körper eine Gänsehaut, als er mit der Handfläche von der Armbeuge bis zur Hüfte über ihre Seite strich. Die raue Haut seiner Hand kratzte leicht an ihrer Haut, als er kreuz und quer über ihren Hüftknochen fuhr, bevor er ihren Oberschenkel packte und so hoch hob, dass ihr Bein im Knie gebeugt war.

Con lächelte Maggie flüchtig an, nutzte seine freie Hand, um seinen Hosenschlitz aufzuknöpfen und seinen geschwollenen Penis aus der beengenden Jeans zu befreien. Maggie leckte sich unbewusst ihre Lippen, als das Monster sich aufbäumte und ihr seine saftige Spitze zuwandte. Ihr wurde der Mund wässrig, als sie sich vorstellte, wie sie die salzige Moschusträne genießen würde, die in seiner Mitte erschienen war. Aber Con hielt sie fest, und sie konnte sich nicht bewegen.

Er schob seine Jeans über seinen strammen Hintern und ließ sie auf halber Höhe um seine Oberschenkel gespannt. Zugleich setzte er sie auf den Rand ihres Schreibtischs und brachte sich zwischen ihren Oberschenkeln in Position, die Füße schulterbreit fest auf dem Boden verankert. Seine große Hand öffnete ihr Geschlecht, und er umrahmte die zarte, feuchte rosa Fleischfalte mit seinen beiden Händen, berührte sie beinahe ehrfürchtig.

Maggie beobachtete mit angehaltenem Atem, wie er mit beiden Zeigefingern innen an den Labien entlangfuhr und so die glitzernden Hautfalten darunter freilegte. Als er ihren empfindlichsten Punkt erreicht hatte, presste er die Lippen fest zusammen, ließ ihre Lustknospe erwartungsvoll kribbeln.

Er nahm seine Finger weg, und sie war enttäuscht, allerdings nicht lange. Seine großen Hände glitten unter ihre Pobacken und hielten jede einzeln sanft fest, bildeten ein warmes Kissen zwischen ihr und dem kalten, harten Holz des Schreibtischs. Dann hob er sie hoch, balancierte ihr gesamtes Gewicht auf seinen Handflächen und hielt sie souverän in einer Position, in der der Eingang zu ihrem Körper sich über seinem schwankenden Schaft öffnete.

Maggie keuchte, als er sie langsam absenkte und sie von dem harten Stamm gepfählt wurde, der sie bis aufs äußerste füllte und dehnte. Ihre Arme flogen um seinen Hals, während er ihr gesamtes Gewicht auf seine Hände nahm, ihr Becken auf und ab bewegte und dabei ihre Klitoris fest an der feinen Linie schwarzer Haare rieb, die sich über seinen Unterbauch nach oben zog.

Er war so stark, so massiv, er schien unverrückbar fest zu stehen, während Maggie hilflos an ihm hing, machtlos, seinem entschlossenen Umgang mit ihrem Körper zu widerstehen. Seine Augen waren jetzt geschlossen, die Lippen leicht geöffnet. Ein schmaler Streifen von Schweiß glänzte auf seiner weichen Oberlippe, und die Sehnen in seinem starken Hals standen hervor, als er sich seinem Höhepunkt näherte.

Der unablässige, kitzlige Druck seines Bauches an ihrer Klitoris machte sie wild, ihre gut befeuchtete Scheide pochte und brannte, während der riesige Schwanz in sie hinein- und aus ihr herausglitt. Sie schloss die Augen und konzentrierte sich auf die Gefühle, die sich tief in ihrem Inneren aufbauten.

Ein Kaleidoskop von Farben explodierte hinter ihren Augenlidern, als das rhythmische Reiben sie zum Orgasmus brachte, ihre Fußgelenke verhakten sich hinter Cons Rücken in dem Versuch, noch stärker mit ihm zu verschmelzen. Ein tiefes Stöhnen entstand tief in seiner Kehle und ertönte als triumphierender Schrei, als sein Samen aus ihm hervorbrach und in ihr Geschlecht hinaufschoss, dessen Muskeln ihn noch immer fest umkrampften.

Selbst in den Fängen des Orgasmus stand Con stabil wie ein Berg, die Füße schulterbreit auseinander. Er hielt Maggie fest, bis die Wellen abgeklungen waren und sie schwach und ausgepowert an ihm hing. Dann hob er sie vorsichtig hoch und herunter von seinem immer noch teilweise erigierten Penis und stellte sie sanft vor sich auf ihre Füße.

Maggie lehnte sich schwach an den Schreibtisch und beobachtete ihn, wie er ruhig seine Jeans wieder hochzog und sein formidables Glied hineinsteckte, bevor er den Hosenschlitz wieder zuknöpfte. Er lächelte sie an, legte den Kopf leicht schief, als erwartete er von ihr, dass sie etwas sagte.

«D-danke, Con», sagte sie zittrig. «Wir lassen von uns hören.»

Erst schien es so, als wollte er etwas sagen, dann überlegte er es sich anders, grinste, nickte und schritt mit demselben schwungvollen Selbstbewusstsein davon, mit dem er sich ihr auch genähert hatte. Maggie sah ihm beim Gehen zu und bewunderte seinen knackigen, muskulösen Hintern in den enganliegenden Jeans. Als sich die Tür hinter ihm schloss, sackte sie etwas zusammen und strich sich mit den Fingern geistesabwesend durch ihr zerzaustes Haar.

Sie zuckte zusammen, als die Tür wieder aufging und ein anderer Mann hereinkam. Sie hatte den Summer nicht betätigt, um zu sagen, dass sie so weit wäre – sie würde doch wohl Zeit haben, um sich zu waschen und pinkeln zu gehen?

«Einen Augenblick bitte, ich …» Sie verstummte, als sie den Mann musterte, der unsicher in der Tür stand.

Der Kontrast zwischen diesem hier und Con war so augenfällig, dass es beinahe lächerlich war. Es war fast so, als ob sie einer unterschiedlichen Spezies angehörten. Dieser war mindestens einen Kopf kürzer, ungefähr gleich groß wie Maggie mit ihren ein Meter achtundsechzig, mit einem mageren, schmächtigen Körper. Seine Schultern waren rundlich, seine Brust sogar noch mehr, förmlich konkav. Das weiße T-Shirt, das er trug, hätte sich über seinen Muskeln spannen müssen, stattdessen hing es locker an seiner Brust herab und verschwand in seiner schlabberigen grauen Stoffhose. Maggie vermutete, dass er irgendein Handwerker war oder irgendetwas anderes, das bis nachher warten musste.

«Entschuldigung», lächelte Maggie höflich und zog ihren Morgenmantel enger um sich. «Könnten Sie später wiederkommen?»

Er zwinkerte unsicher und trat unruhig von einem Fuß auf den anderen. Maggie versuchte, ihre Ungeduld zu verbergen. Sie hatte ein stärker werdendes Bedürfnis zu pinkeln, und sie konnte spüren, wie die Reste von Cons Ejakulat an der Innenseite ihrer Oberschenkel heruntertropften.

«Ich bin gerade ziemlich beschäftigt», erklärte sie. «Wissen Sie, ich bin gerade dabei, Vorstellungsgespräche zu führen.»

Falls er es merkwürdig fand, dass Maggie mit nichts als einem seidenen Morgenmantel bekleidet Vorstellungsgespräche führte, so ließ er es sich nicht anmerken. Er rang förmlich seine Hände, als nehme er seinen Mut zusammen, um ihr etwas zu sagen. Als er es schließlich wagte, sie anzusprechen, war seine Stimme schrill vor Nervosität.

«Entschuldigung, aber ich bin als Nächster dran, gnädige Frau.»

Maggie starrte ihn an und kämpfte mit einem Lachanfall.

«Ähem, nun ja, es tut mir leid, aber ich glaube, da liegt wohl ein Missverständnis vor. Sie wissen, was der Job beinhaltet?»

«O ja, gnädige Frau. Bitte verzeihen Sie meine Frechheit, aber ich denke, ich würde mich gut dafür eignen.»

Seine schleimige Art ging Maggie langsam auf die Nerven. Schroff fragte sie ihn: «Wie heißen Sie?»

«Malcolm, gnädige Frau.»

Wie könnte es auch anders sein? Maggies Lippen zuckten. Er hatte förmlich einen Hofknicks gemacht, als er sich vorstellte.

«Ich freue mich, Sie kennenzulernen, Malcolm, aber ich glaube, Sie sind nicht ganz der Typ, an den ich bei dieser Stelle gedacht habe.»

Sie hatte von ihm erwartet, dass er jetzt aufgeben würde, aber er starrte sie immer noch hoffnungsvoll mit seinen großen braunen, verlorenen Welpenaugen an. Sie seufzte. Er war wirklich ein gänzlich uninspirierendes Exemplar. Nicht nur dass er widerlich unterwürfig war, auch stand sein straßenköterfarbenes Haar in erschrockenen Büscheln von seinem Kopf ab und erinnerte sie an eine Klobürste. Sie verlor die Geduld und gab es auf, die Charmante zu spielen. Sie schnauzte förmlich:

«Schau, Malcolm, ich brauche eine Dusche und muss pinkeln, und ich habe keine Zeit, hier zu stehen und mich mit dir auseinanderzusetzen. Begreifst du das?»

Sein Gesicht nahm einen Ausdruck der Bewunderung an.

«Aber ja, gnädige Frau, aber wenn Sie mir nur erlauben würden ... darf ich?»

Maggie runzelte die Stirn. Vielleicht haute er ab, wenn sie ihm nachgab. Sie nickte und hob erstaunt ihre Augenbrauen, als er sich auf die Knie fallen ließ und zu ihr rutschte. Sie stand stocksteif da, bis er bei ihr ankam und seine Lippen nacheinander auf ihre beiden Füße presste.

Sie schaute angespannt in den doppelten Spiegel, durch den, wie sie sich vorstellte, Antony und Alexander sie beobachteten. Es war ein neuer Blickwinkel für sie, über einen Mann zu bestimmen, der so unterwürfig war wie dieser, und sie wusste nicht, ob es ihr gefiel. Malcolm hob ehrfürchtig den Saum ihres Morgenmantels und fing an, sich innen an ihren Schenkeln hinaufzulecken.

Maggie spannte sich an, als ein weiterer Tropfen Ejakulat aus ihr heraussickerte und ihr Bein hinunterlief. Malcolm schleckte es auf, saugte an der weichen, feuchten Haut, als ob die vermischten Säfte ihrer Vereinigung mit Con der süßeste Nektar wären. Was auch immer seine Defizite als Mann in ihren Augen waren, Malcolm hatte auf jeden Fall eine geschickte Zunge. Maggie lehnte sich entspannt an den Schreibtisch und spreizte entgegenkommenderweise ihre Schenkel, gewährte ihm Zugang zu den klebrigen Locken zwischen ihnen.

Sie schloss ihre Augen angesichts des unattraktiven Anblicks von Malcolms Haar zwischen ihren Beinen und konzentrierte sich stattdessen auf die angenehmen Gefühle dieser respektvollen, nassen Zunge, die sich ihren Weg durch ihre feuchten Falten leckte. Nach der strapaziösen Begegnung mit Con brachten Malcolms Aufmerksamkeiten ihrem geschwollenen Geschlecht Linderung.

Er knabberte an ihrer ruhenden Perle, bis sie zu krampfen begann. Nicht mit dem furiosen, alles verschlingenden Beben, das Con hervorgerufen hatte, sondern in einem sanften, milden Höhepunkt, der eher angenehm war, als dass er ihr den Verstand raubte. Maggie lächelte, froh darüber, dass Malcolm zumindest eine Begabung hatte.

Unglücklicherweise entspannte sich ihre Blasenmuskulatur durch den Orgasmus, und als Malcolm mit voller Absicht seine Zungenspitze fest an ihre Harnröhre presste, konnte Maggie nicht verhindern, dass ein kleines Rinnsal von Urin entkam.

Beschämt presste sie ihre Beckenbodenmuskeln zusammen, um das Leck zu stoppen, aber Malcolm schien wild entschlossen zu sein, sie nicht loszulassen. Das Bedürfnis zu pinkeln wurde stärker, als er das winzige Loch stimulierte und mit seiner Zunge darin bohrte, bis sie nicht länger an sich halten konnte.

Maggie sah entsetzt an sich hinab, wo ein steter Strom goldener Flüssigkeit über Malcolms Gesicht und Hals floss. Seine Augen waren geschlossen, sein Mund offen, sein Gesichtsausdruck selig. Er hatte seinen Hosenschlitz geöffnet und masturbierte wie wild. Als Maggie fertig war, überwältigte ihn sein Orgasmus, und sein Samen schoss heraus, vermischte sich vorne auf seiner Hose mit ihrem dampfenden Urin.

Angewidert hob Maggie ihren Fuß und stieß ihm ihre Schuhspitze in die Schulter. Malcolm fiel hintenüber, krümmte sich in einem ekstatischen Taumel auf dem Fußboden.

«Du dreckiger kleiner Wurm! Sieh ja zu, dass du hier weg bist, wenn ich wiederkomme!»

Sie rauschte in ihr privates Badezimmer und schloss die Tür hinter sich ab. Ihr ärgerliches gerötetes Gesicht starrte ihr aus dem Spiegel über dem Waschbecken entgegen. Plötzlich fing sie an zu lachen. Dieser kleine Mann war unbezahlbar! Wie viele ihrer Kundinnen, die möglicherweise einen rüpelhaften, dominanten Partner am Hals hatten, würden sich auf diese Weise gern bei den Männern revanchieren? Und Malcolm hatte offensichtlich jede Minute der Erniedrigung, der sie ihn unabsichtlich unterzogen hatte, genossen.

Sie nahm sich Zeit für eine kurze, erfrischende Dusche und zog sich einen frischen Morgenmantel über, haargenau so wie der andere, und wagte sich zurück ins Büro. Zu ihrer Erleichterung war Malcolm verschwunden. Jemand war da gewesen, um sauber zu machen, denn auf dem Teppich war ein feuchter Fleck, und der scharfe Geruch eines Reinigungsmittels hing in der Luft. Maggie drückte auf den Knopf der Gegensprechanlage.

«Der Nächste bitte.»

Elftes Kapitel

Der nächste Kandidat sprang förmlich ins Zimmer. Er war fit, strotzte vor Gesundheit in seinem lässigen dunklen Sweat-Oberteil und der weiten schwarzen Trainingshose. Und er war jung. Sehr jung.

«Ich bin Jason», stellte er sich eifrig vor und versuchte, sie nicht allzu offensichtlich zu mustern.

Maggie unterdrückte ein Lächeln, als sie bemerkte, dass er schon einen Steifen hatte und dass die Trainingshose seinen Enthusiasmus kaum verbergen konnte.

«Wie alt bist du, Jason?», fragte sie ihn und verkniff sich die Frage, ob seine Mutter wüsste, dass er hier war.

Jasons engelhaftes Jungsgesicht verzog sich zu einem frechen Grinsen.

«Das fragt mich jeder. Ich bin zwanzig … mm, na gut, ich bin achtzehn – ehrlich.» Er lachte, als er ihren ungläubigen Gesichtsausdruck sah. «Ich könnte Ihnen meinen Führerschein zeigen?»

«Nicht nötig», sagte sie schnell. Sie war sicher, dass solche grundsätzlichen, alltäglichen Fragen gleich am Anfang geklärt worden waren, lange bevor er dieses Stadium erreicht hatte. Kurz fragte sie sich, ob achtzehn alt genug war. Aber schließlich gab es achtzehn, und es gab achtzehn!

«Magst du Frauen, Jason?»

«Aber sicher doch!»

«*Alle* Frauen?»

«Groß, klein, dick, dünn, blond, brünett, rothaarig –»

«Okay, okay», lachte sie. «Ich versteh schon, was du meinst.»

Sie ging langsam auf ihn zu und beobachtete seine Reaktion, als sie sich mit voller Absicht in den Hüften wiegte. Es war nicht schwer, in den hochhackigen Pumps einen übertriebenen Hüftschwung hinzubekommen. Jason stand still, er folgte ihr nur mit den Augen, als sie ihn umkreiste, ihn anerkennend von oben bis unten musterte.

Er hatte ein offenes, ehrlich wirkendes Gesicht mit glatten Wangen, blauen Augen, sein glänzendes, sauberes blondes Haar trug er in einem smarten Kurzhaarschnitt. Sein Kinn hatte in der Mitte eine tiefe Spalte, was darauf hindeutete, dass er mit zunehmendem Alter ein markanteres Aussehen entwickeln würde. Sein Körper war wohlgeformt, seine Beine lang und schlank und seine Brust angenehm breit. Maggie konnte einen Hauch zitronenfrischer Seife riechen, als sie näher bei ihm stand, und sie achtete darauf, wie sein Schwanz durch ihre Nähe in seiner Hose sprang.

«Fickst du gerne, Jason?», erkundigte sie sich mit einer Stimme, die um eine Oktave tiefer lag.

Seine Farbe intensivierte sich leicht, aber er hielt ihrem neckenden Blick ohne Zögern stand und grinste.

«Aber sicher doch!», sagte er wieder.

«Hmm. Und können deine Fähigkeiten mit deiner Begeisterung Schritt halten?»

«Wollen Sie mich ausprobieren?»

Maggie lächelte und streckte ihre Hand aus, um mit dem Zeigefinger die glatte Haut seiner Wange hinunterzufahren.

«Aber sicher doch!», flüsterte sie.

Jasons Lippen waren fordernder, als sie gedacht hätte, und Maggie fühlte ihr Herz schneller schlagen. Er sah so jung aus – jetzt allerdings fühlte sie sich ihm gegenüber nicht im Geringsten mütterlich! Sie nahm ihn an der

Hand, führte ihn zum zitronengelben Chintzsofa hinüber, zog ihn sanft darauf hinunter und auf sich drauf.

Sie fragte sich kurz, ob Antony und Alexander ihren Spaß hinter dem durchsichtigen Spiegel hatten, während sie zufrieden damit war, den Kuss zu genießen. Sie zog Jasons Zunge in ihren Mund, saugte sanft daran und ermutigte ihn, die Selbstbeherrschung aufzugeben. Denn sie spürte, dass er darum kämpfte, sie zu behalten.

Sie hob ihre Schultern von der Couch, um ihm zu helfen, ihren Morgenmantel so zu öffnen, dass ihre Brüste mit den weichen Spitzen freigelegt wurden. Sein Blick war heiß, wärmte ihre Haut, als er mit einer Mischung aus Bewunderung und Geilheit auf sie hinuntersah.

«Mein Gott, bist du schön!», hauchte er.

Maggie unterdrückte ein Lächeln über den Brustton der Überzeugung in seiner Stimme. Bei jedem anderen hätte sie diesen Kommentar als Standardspruch abgetan, aber aus Jasons Mund klang er frisch und neu. Als er seinen Kopf senkte, um ihre Brüste zu küssen, zerzauste Maggie sein dickes glänzendes Haar mit ihren Fingern und massierte seine Kopfhaut, als er einen anschwellenden Nippel in seinen heißen Mund nahm.

Ein winziges Zittern der Lust lief ihren Rücken hinunter, und sie spürte, wie die Feuchtigkeit sich zwischen ihren Schenkeln zu sammeln begann. Diese Reaktion rief das Gefühl seines schlanken, jungen Körpers hervor, der sich an ihren seidenverhüllten Venushügel drückte. Jasons Hände bewegten sich frei auf ihrem ganzen Oberkörper, sein Mund hauchte winzige Schmetterlingsküsse auf die zarte innere Haut ihres Arms vom Handgelenk bis zu ihrer Achsel, bevor er der Linie ihres Schlüsselbeins folgte und auf der anderen Seite weitermachte, von der Schulter bis zur Hand.

Maggie half ihm, seine Hose und Unterhose auszuziehen, ihr Mund verzog sich zu einem erfreuten Lächeln, als sein Penis in ihren Blick sprang. Wie der ganze Rest war er wohlgeformt und hart, die weiche, beschützende Vorhaut zog sich bereits zurück und enthüllte die darunterliegende purpurne Eichel. Maggie hätte Lust gehabt, dieses hervorragende Exemplar zu kosten, aber sie war sich bewusst, dass die Zeit knapp war.

Ihre Aufgabe war es, aus weiblicher Sicht herauszufinden, inwieweit die einzelnen Kandidaten in der Lage waren, eine Frau zu befriedigen. Jede Lust, die bei dieser Übung für sie heraussprang, sollte nur zufällig sein, nicht durch irgendwelche direkten Eingriffe von ihrer Seite herbeigeführt werden.

Mit diesen Hintergedanken drückte sie seinen Kopf sanft tiefer. Er brauchte keine weitere Ermutigung, um ihren Morgenmantel voll zu öffnen und ihre bebenden Schenkel zu spreizen.

Maggie keuchte beim ersten Kontakt seiner Zunge mit ihrer geschwollenen Vulva. Dieses Gefühl war vollkommen anders als das von Malcolms zögerndem, nervösem Lecken. Jason fuhr mit seiner Zunge in schwungvollen, selbstbewussten Strichen um die zarten Falten, als mache er es sich bei einer besonders köstlichen Mahlzeit gemütlich.

Als das Zentrum ihrer Lustzone reagierte, bog sie ihren Rücken und bewegte sich auf ihn zu, lud ihn ein, seine Erkundung zu vertiefen. Er enttäuschte sie nicht. Sie stöhnte, als seine harte, suchende Zunge den emporstrebenden Knubbel fand und mit schnellen Bewegungen hungrig darüberfuhr.

Eine köstliche Wärme strahlte langsam von diesem winzigen Punkt aus, erfüllte sie mit einem Wohlgefühl, das nur wahrhaft guter Sex auslösen konnte. Jason hatte ihre erblühende Öffnung mit einem Finger gefunden und bewegte ihn sanft rein und raus, während er gleichzeitig fortfuhr, ihr äußeres Geschlecht sorgfältig mit seiner Zunge zu streicheln.

Maggie wickelte ihre langen Beine um seinen Hals, hielt ihn fest, als die wohlbekannten Wellen anfingen und die Hitze aufstieg und sie verzehrte. Ihre gesamte Aufmerksamkeit richtete sich einzig und allein auf diesen kleinen Kern ihrer Weiblichkeit, wie er gegen den Druck von Jasons eifriger Zunge pulsierte und pochte.

Sie lächelte ihn an, als er seinen Kopf hob. Er hatte glasige Augen, sein Kinn war mit ihren weiblichen Säften verschmiert, und er lächelte. Er senkte seinen Kopf und hauchte einen Pfad aus Küssen von ihrem Schamhaar bis hinauf zu ihrer Kehle, bevor er ihren Mund einforderte.

Maggie knotete ihre Beine um seine Taille und nötigte ihn dazu, von ihr Besitz zu ergreifen. Einen Augenblick lang legte er seine Stirn an ihre, als die Spitze seines geschwollenen Schwanzes am Eingang zu ihrem einladenden Geschlecht lag. Mit einem Seufzer glitt er in sie hinein und blieb ein paar Sekunden dort, bevor er langsam wieder anfing, sich zurückzuziehen.

Nach und nach fand er seinen Rhythmus, am Anfang wunderbar langsam, dann zunehmend schneller. Maggie passte sich seinen Bewegungen an, hob ihren Hintern vom Sofa hoch, um ihm entgegenzukommen, zog ihn in sich hinein und verengte ihre intimen Muskeln, wenn er sich zurückzog.

Seine glatte Haut wurde heißer unter ihren Händen, als er seine Geschwindigkeit steigerte, auf ein Crescendo zusteuerte. Sie rollten zusammen herum, rutschten vom Sofa herunter und auf den weichen Teppich. Einen Augenblick lang war Maggie oben, dann rollte er sie wieder auf den Rücken und hielt ihre Pobacken mit seinen Händen, während er in sie stieß.

Kleine Schauer der Lust durchliefen sie in Wellen, während die Bewegungen seines dicken, harten Schaftes die Wände ihrer seidigen Scheide stimulierten, die ihn umfing. Als sein Atem schneller und flacher wurde und seine Bewegungen fieberhaft, schloss sie ihre Augen, konzentrierte sich auf die köstliche Reibung und grub ihre Fingernägel in seine Schultern. Er schrie auf, als er kam und auf ihr zusammenbrach, wobei er ihr Gesicht mit Küssen bedeckte.

«Mein Gott, du bist phantastisch!», keuchte er mit bebender Stimme.

Maggie drückte seinen Kopf sanft an ihre Brust und wartete, dass sein Atem sich beruhigte und seine Temperatur sich normalisierte. Sie war bewegt von seiner Dankbarkeit, berührt von seiner Unschuld. Sein sexueller Stil war eher geprägt von Enthusiasmus als von Finesse, aber er war energiegeladen und ehrlich, und sie wusste, dass dies eine Erfahrung war, die sie gerne wiederholen würde.

Schließlich entwirrten sie sich, und er ging in ihr Badezimmer, um sich frisch zu machen. Sie bestellte derweil ein kühles Getränk. Er nahm ihr dankbar die Cola aus der Hand und trank sie schnell aus. Maggie nippte an ihrer und beobachtete dabei seine Kehlmuskeln beim Schlucken.

Er gab ihr sein leeres Glas mit einem Grinsen. «Danke – genau das, was ich brauchte! Hab ich den Job?»

Maggie lächelte.

«Wir melden uns», sagte sie ihm.

Sein Gesicht fiel in sich zusammen, ein Bild der Enttäuschung.

«Oh.»

Maggie konnte ihn so nicht gehen lassen. Sie trat vor und küsste ihn auf die Wange.

«Ich bin sicher, dass wir uns wiedersehen», flüsterte sie, wobei sie ihr Gesicht vom Spiegel abwandte, damit nur er sie verstehen konnte.

Sofort machte sich wieder das übliche glückliche Grinsen auf Jasons Gesicht breit, und er umarmte sie.

«Wir sehen uns dann», sagte er und ging mit genauso viel Schwung in seinem Schritt hinaus, wie schon beim Eintreten darin gelegen hatte.

Maggie nahm sich ein paar Minuten Zeit, sich zu sammeln. Sie wusste jetzt, warum Alexander beschlossen hatte, ihr beim Auswahlverfahren zuzusehen. Bestimmt war es für ihn ein echter Kick, ihr dabei zuzusehen, wie sie fünf Männer hintereinander nahm. Sie zitterte. Wenn sie nur wüsste, was in seinem Kopf vorging!

Nachdem sie sich gewaschen hatte, drückte sie auf den Summer und setzte sich so auf einen der Sessel neben dem zugezogenen Vorhang am Fenster, dass sie Zeit haben würde, den nächsten Kandidaten zu beurteilen, bevor er sie sah. Die Tür ging auf, und ein junger, langhaariger Mann stolzierte herein. Sein Haar war schmutzig blond, seine Augen blassblau, als er sie ihr zuwandte. Er trug eine enge braune Lederhose und ein weißes Baumwollhemd mit weiten Ärmeln, das vorne bis zum Bauchnabel aufgeknöpft war.

«Hi Babe, ich bin Darren», sagte er gedehnt.

Maggie zuckte zusammen. Er sah so aus und klang auch so wie die Parodie von einem Rockstar aus den Siebzigern. Absolut abtörnend.

«Hallo. Möchten Sie sich nicht setzen?»

Sie zeigte auf den anderen Rattansessel, und er schlenderte hinüber und setzte sich merkwürdig nah an den Rand. Seine Augen schweiften von ihrem Gesicht zum Fenster und im Zimmer herum. Er verschränkte seine Hände locker vor sich, hob sie ans Kinn und ließ sie dann wieder fallen. Schließlich konnte er das Schweigen wohl nicht länger ertragen.

«Also, schlafen wir jetzt miteinander, oder was?»

Maggie überlegte, ihm zu sagen, er solle sich verziehen und «oder was» machen. Sie hatte nicht die Kraft dazu. Sie richtete ihre Augen hinüber auf den Doppelspiegel und stand auf, bevor sie sich Darren zuwandte, den Gürtel ihres Morgenmantels öffnete und ihn auf den Boden fallen ließ. Dann trat sie aus ihren Schuhen und wartete.

Seine blassblauen Augen wurden rund und fixierten ihre nackten Brüste, während er auf die Füße sprang und sich die Kleider vom Leib riss. Er hatte einen guten Body, bemerkte Maggie leidenschaftslos, wahrscheinlich sogar besser als der von Jason. Warum also bewirkte sein Anblick, nackt und mit einer Erektion, überhaupt nichts bei ihr?

Darrens Hände auf ihrer nackten Haut waren kalt und erfahren. Als folgten sie einem wohlerprobten Ritual, das er auswendig gelernt hatte, strich er über die Haut an ihrem Hals, drückte ihre Brust, küsste sie halbherzig und starrte ihr gefühlvoll in die Augen, während er sie zum Sofa führte und sie langsam auf den Rücken legte.

Maggies Gedanken schweiften ab zu dem Essen, das Alexander an diesem Abend zu kochen versprochen hatte, eines von ihren Lieblingsgerichten. Sie runzelte ein wenig die Stirn, als Darren eine Hand zwischen ihre geschlossenen Schenkel steckte und dort ungefähr eine Minute herumfummelte. Zufrieden damit, dass sie nass war – er musste ja nicht wissen, dass sie schon mit zwei Männern zusammen gewesen war und kaum anders als nass sein konnte –, beugte er ihre Beine in den Knien und drang so heftig in sie ein, dass sie zusammenzuckte.

Sein Gesicht war konzentriert, als er in sie hineinstieß und wieder herauskam, und Maggie wurde klar, dass er wahrscheinlich vergessen hatte, wer sie war. Er war so darauf konzentriert, seinen eigenen Höhepunkt zu erreichen, dass er nicht einmal bemerkte, wie sie wild in Richtung der Spiegelwand gestikulierte.

«Ja! O ja!», schrie er, als er auf dem Gipfel angekommen war.

Maggie kämpfte gegen das Bedürfnis zu kichern. Er rollte sich von ihr herunter, und sie zogen sich beide schweigend an. Um Darren herum lag eine Blase eitler Selbstzufriedenheit, die sie nur zu gerne zum Platzen bringen würde. Er bot ihr schnell die Gelegenheit dazu.

«Wann fang ich denn an zu arbeiten, Schätzchen?», fragte er beiläufig, während er den Reißverschluss seiner Lederhose hochzog.

«Gar nicht.»

«Häh?»

«Ich fürchte, Sie sind einem Missverständnis erlegen, *Schätzchen*. Das hier ist ein exklusiver Club für sehr kritische Damen. Keine Bumsbude zum Nutzen unserer männlichen Angestellten.»

«Was soll'n *das* heißen?»

Maggie ignorierte den kampfeslustigen Gesichtsausdruck und fuhr fort: «Sie können da nicht mithalten, mein Lieber.»

«Ich hab noch nie irgendwelche Beschwerden gehört.»

«Na klar, Schafe können ja auch nicht sprechen.»

Sie zuckten beide zusammen, als Antonys Stimme hinter ihnen ertönte.

«Was soll'n das jetzt wieder heißen, Mann?» Darren

machte einen Schritt auf Antony zu, aber als er dessen überlegene Körperkraft sah, überlegte er es sich offenbar anders.

«Das heißt, dass es jetzt Zeit für Sie ist, hier abzuhauen. Und versuchen Sie doch bitte, sich ein paar Manieren anzueignen, bevor Sie sich das nächste Mal einer Dame nähern.»

Darren drehte sich schnell in Richtung Tür, seine intensive Farbe zeigte, dass er gekränkt war. Als er an der Tür angekommen war, drehte er sich zu Maggie um und stieß entrüstet hervor: «Ich sag dir mal, was dein Problem is, Schätzchen – du bist frigide!»

«Raus hier», sagte Antony mit gelangweilter Stimme.

«Ich hatte sowieso keinen Spaß, verdammte Lesbe!», war Darrens Schlussbemerkung, bevor er die Tür hinter sich zuknallte.

Antony drehte sich zu Maggie um und hob fragend eine Augenbraue.

«Bist du okay?»

Sie nickte, dann konnte sie das Lachen nicht länger zurückhalten, das in ihrer Kehle aufstieg. Antony fiel ein.

«Frigide!», sagte er.

Sie nahmen einander in die Arme und lachten, bis ihnen die Tränen über die Wangen liefen. Als sie sich erholt hatten, strich Antony ihr zärtlich die Haare aus den Augen. Er sah ihr in die Augen und sagte: «Es tut mir leid, ich habe keine Ahnung, wie dieser Rüpel uns durchgerutscht ist.»

Maggie zuckte mit den Schultern. «Keine Sorge – ich musste in meinem Leben draußen schon mit viel schlimmeren Exemplaren klarkommen. Es war wahrscheinlich Alexanders Vorstellung von einem Witz.»

«Da könntest du recht haben. Wenn du okay bist, willst du dann das letzte Interview in Angriff nehmen?»

«Ist der Typ zivilisiert?»

«Ich würde sagen, ja.»

Maggie lachte.

«Bist selber scharf auf ihn, was?»

Antony ließ sie los und machte sich auf den Weg zurück zur Tür.

«Kümmer dich um deine eigenen Angelegenheiten», antwortete er gutmütig.

«Nun, solange er wirklich halbwegs annehmbar ist, kann er mir ja vielleicht beim Mittagessen Gesellschaft leisten – ich bin am Verhungern!»

«Das sollte kein Problem sein. Ich lass euch was hochschicken.»

Maggie ging ihre Haare bürsten und dachte sehnsüchtig an den Whirlpool. Sie fühlte sich schmutzig und wünschte, sie hätte genug Zeit, um sich frisch zu machen, bevor sie den letzten Bewerber treffen würde. Aber schon konnte sie hören, wie die Tür aufging und schwere, männliche Fußtritte den Raum füllten. Zum ersten Mal seit langem fragte sie sich, ob sie wohl die nötige Begeisterung aufbringen könne, um ihn auf Herz und Nieren zu prüfen. Seufzend legte sie ihre Bürste hin und ging zurück in ihr Büro, um ihn zu begrüßen.

«Hallo, tut mir leid, dass ich Sie habe warten lassen, ich ...»

Sie verstummte, als sie den Mann sah, der hereingekommen war und gerade aus dem Fenster schaute. Er hatte die Vorhänge zurückgezogen, und das helle Sonnenlicht kam herein, überstrahlte die Lampen. Er drehte sich beim Klang ihrer Stimme langsam um, und Maggies gesamte Müdigkeit verflog im Nu, denn sie war von seinen dunklen Augen gefangen.

Er trug saubere, aber ziemlich abgetragene Jeans mit

einem breiten Gürtel und dazu hellbraune Lederstiefel mit schweren Sohlen. Sein Jeanshemd wirkte, als wäre es von vielen Wäschen weich geworden. Es schmiegte sich liebevoll an seine starken, breiten Schultern und stand am Hals offen, wo es eine Idee von dunkler, gekräuselter Brustbehaarung verriet.

Als sie ihre Augen zu seinem Gesicht hob, sah Maggie, dass er sie anlächelte, und sie spürte, wie ihr die Hitze in die Wangen stieg. Er hatte einen festen, wohlgeformten Mund, der sich auf der linken Seite etwas mehr anhob als auf der rechten, wenn er lächelte. Seine Nase war leicht gekrümmt, aber perfekt proportioniert. Seine weit auseinanderstehenden Augen waren so dunkel, dass sie beinahe schwarz waren, und sie wurden von dicken schwarzen Wimpern eingerahmt.

Seine Haut war gebräunt, die von den Augenwinkeln ausstrahlenden Lachfältchen wirkten blasser, als hätte er viel Zeit damit verbracht, in der Sonne zu blinzeln. Sein Haar war so schwarz und glänzend wie das eines nordamerikanischen Indianers, fiel als spitze Tolle in seine Stirn und lockte sich wild um seine Ohren.

Nachdem Maggie sich ein wenig gefangen hatte, ging sie auf ihn zu und streckte ihre Hand aus.

«Guten Tag. Ich bin Maggie.»

«Brett», sagte er und umfing ihre schlanke Hand mit seinen geschickten Fingern.

Maggie spürte das Zittern, das ihren Arm hinaufzog, und schluckte hart.

«Ich hoffe, es stört Sie nicht, aber ich habe ein Mittagessen bestellt. Es war ein hektischer Morgen.»

Sie errötete, als ihr klar wurde, was sie da gesagt hatte, und er lächelte sie wieder an. Maggie erwärmte sich für ihn und bedeutete ihm mit einem Handzeichen, dass er auf einem der Rattansessel Platz nehmen sollte. Als er sich setzte, musste sie an Antony und Alexander denken, die hinter dem Spiegel spionierten, und sie wusste, dass sie dieses Mal etwas Privatsphäre haben wollte.

Sie schlenderte lässig hinüber zum Spiegel, warf eine Kusshand auf seine reflektierende Oberfläche und legte den Schalter um, der den Spiegel von hinten undurchsichtig machte. Alexander würde wütend werden! Das geschieht ihm recht, weil er Darren durchs Raster hatte schlüpfen lassen. Sie lächelte in sich hinein, weil sie ihn dieses Mal so richtig ausgetrickst hatte. In dem Augenblick klopfte es an der Tür, und eine Frau vom Küchenpersonal kam mit einem Servierwagen. Maggie dankte ihr, schob den Wagen ins Zimmer und schloss die Tür hinter sich ab.

«Ich fürchte, es gibt nur Salat und Ofenkartoffeln», entschuldigte sie sich, nachdem sie die Deckel von den Tabletts abgehoben hatte.

«Für mich sieht es gut aus», antwortete Brett und nahm ihr ein Tablett ab.

Maggie konnte ihre Augen nicht von ihm abwenden, als er eine ordentliche Portion fetter, saftiger, von Mayonnaise triefender Garnelen auf seine Gabel piekste und in den Mund steckte. Er kaute langsam, als genösse er jeden Bissen, seine Augen ließen Maggies nie los. Sie fühlte sich, als äße sie Sägemehl, so trocken waren ihr Mund und ihre Kehle, ihr Herz schlug unregelmäßig. Trotz ihrer häufigen Eskapaden war es eine Weile her, seit sie einen Mann derart begehrt hatte.

«Wie hast du vom Black Orchid Club gehört?», durchbrach sie das angespannte Schweigen und benetzte ihre Lippen mit dem kühlen, klaren Mineralwasser, das in einem Krug heraufgeschickt worden war.

«Ein Kumpel von mir hat hier früher mal gearbeitet, bevor er rüberkam nach Australien.»

«Australien?» Das erklärte die tiefe Sonnenbräune. «Was hast du da drüben gemacht?»

Brett zuckte mit den Schultern.

«Dies und das. Meistens Vieh getrieben.»

Ein lebhaftes Bild von ihm, auf einem Pferd sitzend, wie er gerade in altmodischer Cowboymanier ein Lasso warf, schob sich in Maggies Kopf, und sie lächelte. Das Bild passte zu ihm.

«Was ist denn?»

«Nichts. Aber du kommst mir wirklich wie ein richtiger Outdoor-Typ vor.»

«Tatsächlich? Und, ist das etwas Gutes?»

Seine Stimme war cremig wie frische Sahne. Sie tröpfelte über ihre Sinne, beeinträchtigte ihre Konzentrationsfähigkeit, ertränkte sie in Sinnlichkeit.

Sie waren fertig mit dem Essen. Brett schien darauf zu warten, dass sie den ersten Schritt machte, aber ausnahmsweise wusste sie nicht, wo sie anfangen sollte. Sie fühlte sich klebrig, unsauber, und sie wusste, dass sie frisch zu diesem Mann kommen wollte.

«Schau mal», fing sie an, «ich fühle mich fürchterlich heiß und verschwitzt. Ich würde wirklich gerne baden – hättest du was dagegen?»

Sie hoffte, er käme nicht auf die Idee, dass sie ihn zurückweisen wollte, sondern nur zu gerne später wiederkommen würde. Er lächelte sie langsam an.

«Quatsch. Hättest du was dagegen, wenn ich dir Gesellschaft leiste?»

Maggies Augenbrauen flogen überrascht hoch. Sie dachte an den Whirlpool. Da gäbe es jede Menge heißes Wasser und ein Schloss an der Innenseite der Tür. Es wäre der perfekte Ort, um alleine zu sein. Ihre Lippen bogen sich zu einem Lächeln voll köstlicher Vorahnung.

«Sei mein Gast», flüsterte sie heiser.

Zwölftes Kapitel

Maggie machte den Whirlpool an und goss einen Schuss von ihrem duftenden Lieblingsschaumbad in die Wasserstrudel. Der wortkarge Wartungsmann würde nicht gerade erbaut davon sein, dass er jetzt ihretwegen hinterher das ganze Wasser austauschen müsste, dachte sie trocken. Pech gehabt!

Sie nahm eine große Streichholzschachtel heraus und zündete die Duftkerzen an, die in verglasten eisernen Wandleuchtern steckten. Dann löschte sie das grelle elektrische Licht und sah sich zufrieden um.

Das Wasser im Whirlpool schäumte sanft. Große, irisierende Blasen stiegen auf und verschwanden mit einem leisen «Plopp», wenn sie auf eine harte Oberfläche trafen. Ein dezenter Moschusduft füllte den Raum, lastete schwer auf der unbewegten Luft. Das Kerzenlicht flackerte, als sich die Tür zu ihrem Badezimmer öffnete und Brett hereinkam.

Er hatte seine Stiefel ausgezogen, den Gürtel seiner Jeans abgelegt und blickte sich auf nackten Füßen stehend um. Seine Miene war undurchschaubar, und Maggie spürte ihr Herz schneller schlagen. Sie beobachtete schweigend, wie er langsam sein Jeanshemd aufknöpfte und es abschüttelte.

Er hatte eine breite Brust, die von einem zarten Teppich schwarzer, lockiger Haare bedeckt war, der sich pfeilförmig über seinen Bauch nach unten erstreckte und in seinen Jeans verschwand. Sie stand auf der anderen Seite des Pools, und er blickte ihr in die Augen, während er die

Knöpfe seiner Jeans durch die steifen Knopflöcher drückte. Er trug einfache schwarze Boxershorts aus Baumwolle darunter und machte keine Anstalten, sie auszuziehen, sondern starrte nur schweigend zu ihr zurück.

Die Spannung, die im Raum lag, konnte man körperlich spüren. Maggie ließ ihren Morgenmantel langsam von den Schultern gleiten und kickte ihn zur Seite. Bretts Augen schweiften kurz über ihren nackten, vom Kerzenlicht beschienenen Körper, bevor sie zu ihrem Gesicht zurückkehrten. Maggie war sich der Tatsache bewusst, dass ihre Nippel hart und ihre Beine weich geworden waren, weil sie bereits die Umarmung seiner starken, haarig rauen Arme erahnten, sich nach der Berührung seiner kühlen, festen Lippen auf ihrer Haut sehnten.

Sehr langsam ging sie zum Rand des Whirlpools und setzte sich darauf. Er beobachtete sie, wie sie mit einer graziösen, flüssigen Bewegung ins Wasser glitt und einen Augenblick lang ihre Augen schloss, während sie bis zum Hals ins warme, blubbernde Wasser hineinsank.

Als sie ihre Augen wieder öffnete, sah sie, dass er sich seiner Boxershorts entledigt hatte und sich auf sie zubewegte. Sein erigierter Penis bewegte sich einladend in stolzer Nacktheit, als er mit den Füßen zuerst in das Becken tauchte, seinen ganzen Körper ins Wasser eintauchen ließ.

Maggie kicherte, als sie spürte, wie er beim Auftauchen ihr Fußgelenk berührte, das Wasser lief an seinem Gesicht hinunter, sein schwarzes Haar klebte ihm am Kopf. Sie brauchten nicht zu sprechen, entspannten sich einfach am gepolsterten Rand des Beckens, ihre nassen Schultern berührten einander, beide genossen das Gefühl der plätschernden Blasen um sie herum

Das verbotene Schaumbad hatte den Whirlpool zum

Überlaufen gebracht. Riesige, schaumige Massen weißer Blasen türmten sich so hoch in die Luft, dass bald nur noch ihre Köpfe herausschauten. Maggie spürte, wie das sich ständig bewegende Wasser die Reste ihrer Begegnungen mit Con und Malcolm und Jason und Darren abwusch. Sie fühlte sich wieder sauber, erneuert.

Sie zuckte zusammen, als Bretts nasse Hände um ihre ebenfalls nasse Taille herumrutschten, sie hochhoben und auf ihm absetzten. Sein nackter Körper presste sich fest an den ihren, die nasse Haut war glitschig und weich. Sie konnte seinen Ständer an ihrem äußeren Oberschenkel spüren, als er sie umdrehte und ihre schaumbedeckten Brüste auf die harte, haarige Wand seines Brustkorbs drückte.

Maggie hieß seinen Kuss willkommen, schmeckte das warme, süße Wasser auf seinen Lippen und zerzauste mit ihren Fingern die feuchten Locken an seiner Halsbeuge. Seine Zunge klopfte an ihre Zähne, und sie zog sie herein. Ihr gefiel, wie er schmeckte, und sie war scharf auf mehr.

Sie waren jetzt beinahe komplett untergetaucht, Schaumberge türmten sich um sie herum auf, das Kerzenlicht schien gedämpft durch die Blasen und umhüllte sie mit einem nassen Kokon aus Schaum, einer geheimen Welt, in der es nur ihre suchenden, hungrigen Körper gab.

Maggie ließ sich so im Wasser treiben, dass ihre Brüste mit den harten Spitzen auf einer Ebene mit Bretts Kopf lagen. Sie hielt den Atem an, als seine Lippen erst die eine, dann die andere berührten. Sie saugten sanft, bis sie das erotische Ziehen tief in sich spürte. Seine Zähne streiften ihre Nippel, als er sich zurückzog und sie hochhob, seine großen Hände umspannten ihre Taille, während er sein Gesicht in ihren Nabel drückte, mit seiner Zunge darin eintauchte.

Als sie hinuntersah, konnte Maggie ihr aufrechtstehendes Schamhaar sehen, beinahe vollkommen bedeckt von dem anhaftenden Schaum, nur Zentimeter entfernt von seiner geschäftigen Zunge. Einladend spreizte sie ihre Beine ein klein wenig, stellte sich vor, wie die weichen pinkfarbenen inneren Fleischfalten zu ihm hervorlugen würden, dampfend vom warmen Wasser des Whirlpools.

Sie stützte sich auf dem gepolsterten Handlauf ab, als er ihr Becken anhob, wobei eine starke Hand ihre Pobacken stützte. Mit den Fingern seiner freien Hand teilte er sanft die gespitzten Lippen ihrer Vulva und verbrachte einen langen Augenblick damit, die komplex geformte Blume darin zu betrachten.

Maggie spürte, wie ihre Wangen warm wurden, während sich seine Untersuchung fortsetzte und sie in einer Mischung aus Erleichterung und Ekstase seufzte, als er mit zwei Fingern in sie eindrang. Sie ließ sich daraufsinken, rieb ihre Hüfte an seiner, suchte mit ihren Lippen nach seinen.

Brett legte eines ihrer Beine um seine Taille, und sie brachte das andere zur Gesellschaft hinauf, damit sie ihre Fußgelenke hinter seinem Rücken kreuzen konnte. Die schaumigen Blasen zischten und zerplatzten an ihrer Haut, als sie sich ins Wasser zurücklegte und Brett in ihrem Körper willkommen hieß, wobei ihre Schultern auf der gepolsterten Stange lagen.

Sie liebten sich langsam, beinahe faul, verwöhnten einander mit langen, hungrigen Küssen. Maggie liebte es, wie er sich in ihr bewegte, sie fühlte, wie seine starken Arme sie im Wasser stützten. Als sein Tempo sich allmählich steigerte, schloss sie die Augen, legte ihren Kopf aufs Wasser. Sie konnte spüren, wie ihr Haar sie im Wasser wie ein Heiligenschein umgab. Ihre Ohren füllten sich mit Wasser, und die Blasen krochen hoch, über ihr Gesicht, schwappten über ihre Nase und das Gesicht.

Sie spürte den Augenblick, in dem Brett den Punkt erreicht hatte, von dem aus es kein Zurück mehr gab, und sie öffnete ihre Augen. Er starrte sie direkt an, sein Mund ein entschlossener Strich. Er nahm all seine Willenskraft zusammen und wartete, bis die Wellen der Ekstase aus der Tiefe ihres Körpers emporzusteigen begannen, bevor er es sich erlaubte, sich dazuzugesellen. Sie erreichten den Gipfel gemeinsam, hingen aneinander, da sie beide völlig überwältigt waren, und versanken langsam im warmen Wasser.

Maggie hielt den Atem an und packte Bretts beruhigend breite Schultern, bis sie wieder an die Oberfläche kamen. Er hob sie hoch, heraus aus dem Schaum, und sie spürte, wie das Wasser ihr Gesicht hinunterlief und aus den Haarspitzen tropfte.

«Ich glaube, wir sehn besser zu, dass wir hier ráuskommen, bevor wir in diesem Zeug ertrinken!», murmelte er in ihr Ohr.

Maggie lachte.

«Okay, kommst du an den Schalter ran?»

Er guckte in die Richtung, in die sie gezeigt hatte, und watete dort hinüber. Sofort hörte das Blubbern auf, und der Schaum, der von dem Geschehen im Wasser aufgeworfen worden war, fing zischend an zu zerplatzen.

Als sie beide aus dem Pool kletterten, waren sie vollkommen bedeckt mit Schaum. Maggie reichte Brett lachend ein großes weißes Handtuch, bevor sie sich selbst mit genau so einem abtrocknete.

«Lass mich machen.»

Brett nahm ihr das Handtuch ab und fing an, ihre Schultern sanft abzutupfen. Er hatte sein eigenes Handtuch um seine Taille gebunden. Maggie seufzte, als er die kleinen Bächlein trocknete, die zwischen ihren Brüsten hindurchliefen. Sie verlagerte bereitwillig ihr Gewicht, damit er beim Abtrocknen auch ihr überströmendes Geschlecht drücken konnte.

Als er fertig war, wickelte Brett das Handtuch unter ihren Armen wie einen Sarong zusammen und zog sie zu sich heran, während er das Ende befestigte. Sein Kuss war warm, freundschaftlich und ausgeglichen, und Maggie erwiderte ihn voll und ganz. Sie fühlte sich angenehm müde und lehnte sich an ihn, dankbar für seine Stärke. «Sollen wir wieder in mein Büro gehen?», flüsterte sie.

Er nickte, und sie schlenderten langsam durch das schaumgefüllte Zimmer in die relative Normalität des Büros dahinter.

Maggie dachte immer noch ziemlich viel an Brett, als sie an jenem Abend hinunter zur Arbeit ging. Nachdem sie sich angezogen hatten und er auf einen Tee und eine kleine Plauderei dageblieben war, merkte sie, dass sie ihn immer mehr mochte. Als er schließlich, wie Maggie schien, widerstrebend, wegging, war sie zurück ins Apartment gegangen, wo sie auf Alexander traf.

Er war wütend auf sie gewesen, weil sie sich ihm entzogen hatte, indem sie den «Privatsphäre»-Schalter am Spiegel umgelegt hatte. Es machte ihr nichts aus. Obwohl sie das unangenehme Gefühl hatte, dass sie irgendwann für ihren Ungehorsam würde bezahlen müssen, war seine kalte Wut ihr jetzt egal.

Tristan rief sie zu sich, als sie in den Fitnessraum schaute.

«Hilary möchte dich sprechen», sagte er ihr. «Ich habe gesagt, du würdest sie in der Bar suchen.»

Maggie nickte und machte sich auf die Suche nach Hilary. Sie war eine ihrer regelmäßigen Kundinnen, von der Art, die Maggie mochte – diskret, aber ohne Hemmungen. Sie entdeckte sie, sobald sie die Bar betreten hatte. Hilary war Ende vierzig, schlank und schick, ihr rotgoldenes Haar trug sie in einem strengen Kurzhaarschnitt, der bei den meisten Frauen in ihrem Alter schrecklich aussehen würde, bei ihr aber die Zerbrechlichkeit ihrer Gesichtszüge betonte.

Sie lächelte, als Maggie sich zu ihr gesellte, ihre intelligenten blauen Augen zeigten jetzt in den Winkeln kleine Fältchen.

«Hallo Maggie», sagte sie mit einer leichten, musikalischen Stimme, die dem Ohr schmeichelte. «Drink gefällig?»

«Danke.»

Der Barkeeper machte ihr einen trockenen Martini, und die beiden Frauen plauderten eine Weile freundschaftlich über dieses und jenes. Maggie fragte sich schon langsam, warum Hilary um ein Gespräch mit ihr gebeten hatte, als die andere Frau beiläufig ihre Tochter erwähnte.

«Ich wusste gar nicht, dass du eine Tochter hast, Hilary», erwiderte Maggie.

«Emily ist einundzwanzig. Sie ist ein reizendes Mädchen, vielleicht ein bisschen stabil gebaut, aber ich sage ihr immer, dass sie einen eleganteren Körperbau kriegt, wenn sie älter wird.»

Hilary verstummte und biss auf ihre Unterlippe. Eine typische Geste, die Maggie bekannt vorkam. Sie hatte das vage Gefühl, es müsse etwas mit der Tochter zu tun haben, dass Hilary sie aufgesucht hatte, und sie wartete geduldig, bis die andere Frau fortfuhr. Sie schien sich über irgendetwas klarwerden zu wollen. Schließlich wandte sie sich Maggie zu und legte eine ihrer kunstvoll manikürten Hände leicht auf ihren Arm.

«Ich hoffe, du empfindest das jetzt nicht als zu viel verlangt, aber ... ich frage mich, ob ich wohl auf meine Mitgliedskarte einen Mann für Emily buchen könnte?»

Maggie öffnete überrascht ihren Mund, aber Hilary ließ sie nicht zu Wort kommen.

«Ich weiß, dass das Ansinnen merkwürdig klingt, aber weißt du, ich mache mir wahnsinnige Sorgen um sie! Sie ist so schüchtern und ihrer selbst so wenig sicher. Ich weiß, dass sie gern mehr Erfahrungen mit Männern machen würde, aber sie hatte vor ein paar Jahren ein unglückliches Erlebnis und ... nun ja, ich glaube, sie hat Angst.»

«Das ist doch aber sicher nur natürlich? Wenn sie den richtigen Mann trifft –»

«Aber das ist es ja gerade, Maggie», unterbrach Hilary sie einigermaßen erregt, «Emily lässt einfach keinen Mann nah genug an sich heran, um herauszufinden, ob er auch nur im Entferntesten der Richtige sein könnte! Ich dachte, ein Profi ... jemand, der die Situation kennt ... Das erste Mal ist so wichtig, und ich will, dass es gut läuft für Emily.»

Nach dem anfänglichen Schreck konnte Maggie mehr und mehr Sinn in Hilarys Worten erkennen. Falls Emily in einem Alter, in dem sie leicht zu beeindrucken gewesen war, vom Sex abgestoßen worden war, dann wäre es wichtig, dass ihr erstes Mal perfekt werden würde.

«Väter haben ihre heranwachsenden Söhne jahrelang bei Prostituierten eingeführt», sagte Hilary mit einem Hauch von Verzweiflung in der Stimme. «Und da das hier so eine progressive Art von Club ist ...»

«Hast du mit Emily darüber gesprochen?», fragte Maggie, als Hilary wieder verstummte.

«Na, andeutungsweise.»

«Und?»

«Und sie hat die Idee nicht von vornherein abgelehnt. Was meinst du, Maggie? Könntest du da etwas arrangieren?»

Maggie dachte sofort an Brett. Seine geduldige, zärtliche Stärke wäre in einer Situation wie dieser ideal, und er würde am Wochenende im Club einziehen. Er war aufmerksam genug, um mit einer Frau wie Emily klarzukommen. Sie lächelte Hilary an.

«Du brauchst dir überhaupt keine Sorgen zu machen. Du bringst Emily nächsten Montagabend hierher, wenn es ruhig ist – ich weiß genau, wer der richtige Mann für diesen Einsatz ist!»

Emily drückte sich auf der Schwelle des Black Orchid Club herum und versuchte, genug Mut aufzubringen, um hineinzugehen. Ihre Mutter hatte ihr zwar wiederholt versichert, dass sie die Situation voll unter Kontrolle haben würde, aber das Wissen, dass sie jederzeit stopp sagen konnte, schien ihr nicht zu helfen. Sie würde nichts tun müssen, was sie nicht wollte.

Dennoch, wollte sie ihre Jungfräulichkeit an einen namenlosen Gigolo verlieren, der für diese Ehre auch noch bezahlt wurde? Emily schauderte, als sie daran dachte, wie sie vor fünf Jahren kurz davor gewesen war, sie zu verlieren, bei einer brutalen, unpersönlichen Begegnung. Vielleicht hatte ihre Mutter recht, und es wäre viel besser, wenn sie sich in die Hände eines erfahrenen, älteren Mannes begab.

Außerdem hatte Hilary ihr versichert, dass alle Männer da drin handverlesen und wahnsinnig gutaussehend wären. Und es war nicht so, dass sie denjenigen, den Maggie für sie ausgesucht hatte, nicht ebenfalls zurückweisen konnte, falls er ihr nicht zusagte.

Eine platinblonde Frau kam von hinten an ihr vorbei und sah Emily merkwürdig an. Sie errötete, denn es war ihr peinlich, dass sie dabei erwischt worden war, wie sie unsicher auf den Treppenstufen herumlungerte. Sie holte einmal tief Luft und folgte der Frau hinein.

Sie sagte der beängstigend gut gepflegten Empfangsdame ihren Namen und wartete, während diese mit jemandem über die Gegensprechanlage Kontakt aufnahm. Ein paar Minuten später öffnete sich eine Tür zu ihrer Rechten, und eine gutaussehende dunkelhaarige Frau in einem eleganten Businesskostüm kam lächelnd auf sie zu.

«Emily? Ich bin Maggie. Würdest du bitte hier entlangkommen?»

Emily nickte stumm und folgte der Frau, steif vor Nervosität, durch schwere doppelte Eichentüren. Angesichts des langen Flurs mit Marmorfußboden und den vom Boden bis zur Decke reichenden Spiegeln hätte sie beinahe den Schwanz eingezogen und wäre davongerannt. Sie konnte ihrem Spiegelbild nicht entgehen, während sie der elegant zurechtgemachten Frau hinterhertrottete.

Vor ihrem Schlafzimmerspiegel zu Hause war sie mit dem blauen Zweiteiler aus indischer Baumwolle zufrieden gewesen, mit seinen romantischen Biesen und Rüschen und den Bändern, die vorne an der bis zu den Schultern ausgeschnittenen Bluse im Zigeunerstil geschnürt wurden. Jetzt allerdings, wo sie sich aus jedem Winkel reflektiert sah, wurde ihr klar, dass ihre Figur äußerst pummelig wirkte, dass ihr weißes Gesicht mit der glatten Haut rund aussah, wie ein Vollmond unter ihrem hochgesteckten braunen Haar.

Sie versuchte ihre Augen beim Gehen auf die flachen

Lederpumps zu richten und sich darauf zu konzentrieren, ihr wachsendes Entsetzen unter Kontrolle zu behalten. Schließlich war es doch egal, ob der Mann, den ihre Mutter für sie gebucht hatte, sie körperlich attraktiv fand. Solange sie ihn mochte, wurde er immerhin dafür bezahlt, mit ihr zu schlafen.

«Fühlst du dich okay?»

Sie zuckte zusammen, als Maggie sie ansprach, und schluckte schwer.

«Wunderbar. Danke.»

Die Frau lächelte sie mitfühlend an und führte sie durch eine Tür, die als privat gekennzeichnet war.

«Diese Wohnung gehört Alexander, einem der leitenden Trainer. Er nutzt sie nicht so häufig, da er es anders bequemer findet, aber sie wird sauber gehalten, und wir haben uns gedacht, du würdest dich hier vielleicht wohler fühlen.»

Emily nickte und sah sich um. Sie waren in ein Wohnzimmer getreten, ziemlich klein, aber gemütlich. Die Zwillingssofas vor dem Kamin waren mit dunkelrotem Damast bezogen und sahen brandneu aus. Zwischen ihnen stand ein kleiner Couchtisch, auf dem eine Auswahl an Zeitschriften lag. Emily sah flüchtig darauf und stellte fest, dass sie alle aktuell waren.

Am Fenster stand ein kompakter runder Tisch mit einer dunkelrosa Tischdecke und zwei Stühlen daneben. Er war zum Abendessen gedeckt, zwei Platzgedecke und eine kleine silberne Vase mit einer einzelnen rosa Rose in der Mitte. Geradeaus konnte sie eine kleine Küche sehen. Ein köstlicher Duft wehte aus der offenen Tür und reizte ihre Geschmacksknospen, erinnerte sie daran, dass sie wegen heute Abend so nervös gewesen war und deshalb seit dem Frühstück nichts gegessen hatte.

Zu ihrer Rechten, hinter dem Kamin, war eine weitere offene Tür, durch die sie nur ein großes Doppelbett sehen konnte. Emily spürte, wie ihr die Hitze in die Wangen schoss, als sie schnell wegsah. Bis zu dem Augenblick hatte sie beinahe angefangen, sich zu entspannen, die kleine Wohnung wirkte so gemütlich. Aber der Anblick des Bettes hatte sie brutal daran erinnert, aus welchem Grund sie in Wirklichkeit hierhergekommen war, und alle ihre Bedenken kehrten zurück.

«Das Essen ist beinahe fertig», sagte Maggie leise. «Ich bleibe so lange, bis ich dir Brett vorgestellt habe. Dann sollte auch serviert werden können.»

Brett. Emily war sich bewusst, dass sie den Atem anhielt, als ein leises Klopfen an der Tür ertönte und Maggie hinging, um sie zu öffnen. Sie wusste nicht, was sie mit ihren Händen machen sollte, sie schienen plötzlich viel zu groß, und sie faltete sie vorsichtig hinter dem Rücken. Sie kriegte nur am Rande mit, dass Maggie etwas sagte und ein Mann ins Zimmer kam.

«Emily? Emily, das ist Brett.»

Ein Paar blankpolierte schwarze Herrenschnürschuhe kam in Maggies Gesichtskreis, da sie auf den Fußboden starrte. Langsam ließ sie ihre Augen ein Paar lange Beine hinaufreisen, die in lockersitzenden schwarzen Chinos steckten. Sie sah die weichen dunklen Haare auf seinen Handrücken, die er locker vorne verschränkt hatte. Ihr fielen die langen, sensiblen Finger auf und die männlichen, knotigen Venen, die an der Innenseite seiner Handgelenke hervortraten.

Weiter oben kam ein konservativer moosgrüner Kaschmirpullover über einem weißen Hemd mit einem einfachen grauen Schlips. Emilys Augen blieben am Schlips hängen. Bis hierher hatte der Mann definitiv nichts Bedrohliches an sich, und sie hatte beinahe Angst, sein Gesicht anzusehen. Dann fing er an zu reden.

«Guten Abend, Emily», war alles, was er sagte, aber in diesen drei Worten lag so viel Sanftheit, dass sie ihr genug Mut gaben, um ihren Kopf zu heben und ihm voll ins Gesicht zu schauen.

Es war ein starkes Gesicht, tief gebräunt unter dickem schwarzem Haar, das frisch geschnitten wirkte. Der Schnitt ließ seine kleinen, vollkommen geformten Ohren frei, und sein Haar wagte sich nur wenig auf die breite Stirn hinaus. Emily vermutete, dass es, wenn es wuchs, nach vorne fallen und ihn wahrscheinlich stören würde. Seine Augenbrauen waren dicht, aber nicht buschig, und die Augen, die ihren Blick erwiderten, waren die dunkelsten, die sie jemals gesehen hatte.

Seine Nase passte zu ihm. Sie war nicht schön im konventionellen Sinn, aber genau richtig. Er lächelte ihr zu, ein etwas schiefes, ironisches kleines Lächeln, und sie zwang ihre eigenen kalten, steifen Lippen zu antworten.

«Wie geht's?», brachte sie schließlich als Antwort hervor.

Er machte einen Schritt auf sie zu, und sie zuckte unwillkürlich zurück. Er hielt sofort inne und wandte sich stattdessen der Küche zu, als ob er das die ganze Zeit vorgehabt hätte. Als er ein Tablett aus dem Ofen nahm, berührte Maggie ihren Arm.

«Alles in Ordnung?»

Emily schaute zurück zu Brett und versuchte sich vorzustellen, wie es sich anfühlen würde, von diesen starken, elegant muskulösen Armen umfangen zu werden. Sie zitterte.

«Ja», flüsterte sie.

Maggie sah sie rätselhaft an, sagte aber nichts. Beide

Frauen beobachteten Brett, wie er mit einer zugedeckten Schüssel zurück ins Zimmer kam. Er stellte sie vorsichtig auf einen Untersetzer auf dem Tisch und drehte sich lächelnd zu ihnen um.

«Voilà!», verkündete er, als hätte er es selbst gekocht.

«Dann lass ich euch beide mal in Ruhe essen», sagte Maggie.

Emily sah sie an. Sie hätte schwören können, dass sie einen Hauch des Bedauerns in der Stimme der älteren Frau gehört hatte. Aber nein, Maggie lächelte ihr nachsichtig zu.

«Viel Spaß», sagte sie leichthin und ging raus.

Einen Augenblick dachte Emily daran, sie zurückzurufen, aber Maggie war schon im Flur. Die Tür schloss sich hinter ihr mit einem leisen Klick, und dann war sie allein mit Brett.

Dreizehntes Kapitel

«Hast du Hunger?»

Emily riss ihre Augen mit Mühe von der geschlossenen Tür los, als Brett zu sprechen begann. Es war eine vollkommen normale, nicht im Geringsten bedrohliche Frage, und sie bekämpfte die in ihr aufsteigende Panik und antwortete mit einem Nicken. Er rückte den Stuhl für sie zurecht und ging auf seine Tischseite, als er sah, dass sie zögerte, bevor sie darauf zuging.

Gütiger Gott, da saß sie nun und sollte mit diesem Mann ins Bett gehen, dabei konnte sie sich noch nicht einmal dazu bringen, das Risiko einzugehen, ihn zufällig zu berühren, wenn sie sich auf ihren Platz setzte! Es würde nie funktionieren.

«Ähem ... ich weiß nicht, ob das hier so eine gute Idee war ... ich –»

Sie hob ihre Hände in einer kleinen Geste der Hilflosigkeit, die Handflächen nach oben, während sie sich um die richtigen Worte bemühte, sie aber nicht fand. Sie blickte nervös zu Brett hinüber und sah, dass er ihr fest in die Augen blickte, den dunklen Kopf leicht schief gelegt, als wartete er darauf, dass sie eine unausgesprochene Frage beantwortete.

«Was ich meine, ist ...», fuhr sie fort, ihre Stimme erhob sich zu einem verzweifelten Klang, «ich habe meine Meinung geändert. Das hier war alles ein fürchterlicher Fehler!»

Da – jetzt war es raus. Emily hielt den Atem an, ihre Augen starr auf die eigenen Hände gerichtet, die sie krampfhaft ineinander verschränkte und wieder löste, während sie auf seine unweigerlich ärgerliche Antwort wartete. Als sie nicht kam, wagte sie einen Blick auf ihn und sah, dass er sie immer noch mit einem entspannten Gesichtsausdruck beobachtete.

«Kein Problem», sagte er leise. «Du legst die Regeln fest, Emily – erinnerst du dich?»

Er lächelte über ihren überraschten Gesichtsausdruck, und sie spürte, wie die furchtbare Anspannung etwas nachließ.

«Du … du meinst, es macht dir nichts aus?»

Die meisten Männer, die sie kannte, würden ihren verletzten Stolz unter lautem Theater verbergen, aber Brett erwiderte einfach ruhig ihren Blick, seine dunklen Augen unbeeindruckt.

«Natürlich nicht. Es wäre allerdings eine Schande, das gute Essen zu verschwenden. Willst du nicht zumindest hierbleiben und mit mir zusammen essen?»

Emily schaute auf die abgedeckten Schüsseln und spürte, wie ihr der Mund wässrig wurde. Es roch wirklich köstlich.

«Warum machst du nicht etwas Musik an, während ich den Wein eingieße und die Kerzen anzünde?»

Er nahm eine Flasche vom stummen Butler neben dem Tisch, und Emily beobachtete, wie er sie geschickt entkorkte und die rubinrote Flüssigkeit in zwei große Kristallgläser einschenkte. Er schien so wenig betroffen von ihrer Zurückweisung, dass sie im Gegenzug sogar einen Augenblick pikiert war. Sie lächelte in sich hinein und ging rüber zum CD-Player.

Was für Musik könnte ihm gefallen?, fragte sie sich. Es gab eine große, zusammengewürfelte Sammlung von Country Music bis zu Soul, klassischer Musik und Hard

Rock. Sie schwankte einen Augenblick zwischen Grieg und Sinatra, entschied sich dann aber für Harry Connick Junior. Als der erste Titel anfing, nahm sie ihren Platz am Tisch ein und hob ihr Weinglas.

Brett sah sie merkwürdig an.

«Ist irgendwas?», fragte sie beunruhigt. «Was ist denn?»

Er lächelte angesichts ihrer Aufregung und hob ihr sein Glas entgegen.

«Du hast eine meiner Lieblingsplatten ausgesucht», erklärte er ihr.

Einen Augenblick lang dachte sie zynisch, dass er sie bestimmt auf den Arm nehmen wollte, aber dann sah sie den Respekt in seinen Augen und lächelte.

«Ich habe ihn live spielen sehen, als er das letzte Mal in England war», sagte sie ihm. «Meine Mutter liebt solche Sachen, aber erst nachdem ich Harry singen gehört hatte, konnte ich verstehen, warum!»

«Ja, er ist wirklich einzigartig. Es braucht Mut, um der modernen Szene in seinem Alter mit dem Arsch ins Gesicht zu springen.»

«Sagt man nicht, er wäre der Nachfolger von Frank Sinatra?»

«Wurde aber auch Zeit, dass man einen gefunden hat!»

Sie lachten, und einiges von der Spannung zwischen ihnen war verschwunden. Brett hob die glänzenden Silberdeckel von den Schüsseln, und sie nahmen sich opulentes, duftendes Bœuf Bourgignon und lockeren Gemüsereis. Emily aß hungrig und spülte das Essen mit großen Schlucken des vollmundigen Rotweins runter, mit dem Brett ihre Gläser ständig nachfüllte.

Die Musik umfloss sie, ihr bluesiger, beschwingter Charakter machte sie fröhlich, der Wein dazu angeheitert.

Brett war ein anregender Tischherr, und es machte ihm Spaß, sich auf charmante Weise mit ihr zu streiten, als sie feststellten, dass sie beide das gleiche Buch gelesen hatten, es aber unterschiedlich einschätzten.

«Aber du bist doch überhaupt nicht in der Lage, das alles zu beurteilen – du weißt doch überhaupt nicht, wie eine Frau in so einer Situation denkt.»

«Sei nicht so chauvinistisch! Männer haben auch Gefühle, weißt du, und ich glaube nicht, dass es so fundamentale Unterschiede gibt, wie die Feministinnen uns glauben machen wollen.»

«Ach wirklich? In welcher Beziehung, würdest du sagen, bist du denn wie eine Frau?», spottete sie.

«Zunächst einmal gehen Männer an Beziehungen genauso heran wie Frauen.»

«Das ist eine lustige Umgebung, um diese Ansicht zu verkünden! Schließlich versuchen die Frauen hier doch ihr Sexualleben gerade genau so zu führen, wie sie es als Männer täten, oder?»

«Vielleicht. Aber das finde ich großartig. Warum sollten Frauen nicht lernen, genauso zu nehmen wie zu geben? Es macht sie nicht weniger feminin.»

Emily schob ihren leeren Teller von sich und lehnte sich satt in ihrem Stuhl zurück. Sie betrachtete Brett durch einen leichten Dunstschleier über den Rand ihres Weinglases. Er war auch fertig und gerade dabei, die dritte Weinflasche zu entkorken.

«Also, was hat dich dazu gebracht, hier zu arbeiten?», fragte sie neugierig.

Brett zuckte mit den Schultern.

«Ich bekomme freie Kost und Logis, uneingeschränkten Zugang zum Fitnessraum, und die ‹Arbeit› ist nicht so schwer.»

«Magst du keine schwere Arbeit?»

Ein Schatten zog über seine Augen, und Emily wünschte, sie könne die sarkastischen Worte zurücknehmen.

«Es tut mir leid – das war unglaublich grob von mir.»

Sie streckte ihre Hand aus und berührte seinen Handrücken, der auf dem Tisch lag. Das feste dunkle Haar kitzelte ihre Fingerkuppen, und sie zog ihre Hand zurück, als hätte sie versehentlich etwas Heißes berührt. Sie fokussierte ihren Blick wieder aufs Weinglas und spürte, wie ihr die Hitze in die Wangen stieg.

«Ist schon in Ordnung. Ich weiß, wie es klingt. Es ist so, dass ich vor ein paar Monaten einen Unfall hatte. Nichts wirklich Ernsthaftes, aber so, dass ich alles für eine Weile locker angehen lassen muss. Mich wieder aufbauen.»

Emily sah ihn überrascht an.

«Für mich sieht es so aus, als wärst du bereits ziemlich gut aufgebaut», sagte sie unbedacht und errötete sogar noch stärker, als ihr klar wurde, dass er jetzt natürlich denken würde, dass sie seinen Körper beäugt hätte.

Er lachte leise.

«Ich mache langsam Fortschritte. Hättest du Lust auf etwas Süßes? Ich glaube, ich habe hinten im Kühlschrank Mousse au Chocolat mit Birnen entdeckt.»

«Schokolade ist meine Leidenschaft!», verkündete sie und schluckte nervös, während Brett nur gewandt eine Augenbraue in ihre Richtung hob.

Sie beobachtete ihn, als er in die Küche ging. Die lockere schwarze Hose verbarg die Form seiner Beine, berührte seine Pobacken kaum und gab wenig Hinweise auf ihre Form. Emily gefiel es, wie er ging. Locker, als fühle er sich wohl in seiner Haut. Selbstbewusst. Ja, das war's. Er hatte eine selbstbewusste Ausstrahlung, die sie anziehend fand, erotisch.

Emily bremste sich selbst. Sie waren darin übereingekommen, die Sache locker zu nehmen, und sie war entschlossen, sich an diese Vereinbarung zu halten. Sie würde sich nicht von der berauschenden Wirkung des Weines und der Musik täuschen lassen, eingelullt in ein falsches Gefühl von Sicherheit durch Bretts Gesellschaft, der bisher nichts von ihr gefordert hatte.

Sie hatte sich bislang immer wieder täuschen lassen, weil sie bei jeder neuen Begegnung dachte, dass es diesmal anders wäre und sie in der Lage sein müsste, die Sache durchzuziehen. Ein- oder zweimal war sie sogar so weit gegangen, dass sie sich küssten, berührten, fühlten … Dann drang allerdings unweigerlich das klare, schreckliche Bild vom anzüglichen Gesicht jenes anderen Mannes in ihre Vorstellung ein, seine grausamen, verletzenden Hände würden die des Mannes ersetzen, mit dem sie gerade zusammen war, und dann war es vorbei.

«Emily?»

Sie zuckte zusammen, als Bretts warme, besorgte Stimme sie umhüllte, und sie sah zu ihm auf, unfähig, die plötzliche Panik zu verbergen, die sie ergriffen hatte. Er runzelte ein wenig die Stirn, als sie mit großen Augen zu ihm hochstarrte. Er zog die Hand zurück, die er ihr automatisch entgegengestreckt hatte, und er benutzte sie stattdessen, um die Glasschüssel anzuheben, die er vor sich auf den Tisch gestellt hatte.

«Mousse au Chocolat?», fragte er mit einer Stimme, die diese harmlose Frage klingen ließ wie ‹multiple Orgasmen›.

Emily lächelte und nahm ihm die Schüssel ab, sie vergaß sogar zusammenzuzucken, als ihre Finger die seinen berührten.

Die CD war am Ende ihrer Spielzeit angekommen, und

Brett stand auf, um sie zu wechseln. Emily lächelte erfreut, als sie merkte, dass er eine Zusammenstellung klassischer Stücke gewählt hatte, die sie liebte. Brett erwiderte ihr Lächeln, als er seinen Platz wieder einnahm.

Die reichhaltige dunkle Schokoladenmousse glitt verführerisch durch Emilys Kehle, gejagt von der kühlen Glitschigkeit der Birne. Ihre Augen wurden von der Bewegung gefangen genommen, die Bretts Adamsapfel beim Schlucken machte. Sie stellte sich vor, dass er dasselbe fühlte. Als sie ihre Augen zu seinen hob, stockte ihr der Atem.

Er beobachtete ihren Mund mit einem konzentrierten Gesichtsausdruck. Als er ihren Blick auf sich fühlte, suchte er ihre Augen, und alle entspannte Freundlichkeit zwischen ihnen verschwand im Bruchteil eines Augenblicks. Emily beobachtete gebannt, wie er langsam seine Hand ausstreckte und mit seinem Zeigefinger ihren Mundwinkel berührte.

Ihre Lippen teilten sich ein klein wenig durch den sanften Druck. Als er seine Hand zurückzog, sah sie, dass er eine Spur Schokoladenmousse von ihren Lippen gewischt hatte. Während sie zusah, hob er den Finger langsam an seinen eigenen Mund und steckte sich die Spitze zwischen die Lippen. Ihr blieb fast die Luft weg, als sie die Bewegung seiner Lippen beobachtete, mit denen er an seinem eigenen Finger saugte.

Sie erhoben sich im selben Moment vom Tisch und gingen zu der kleinen freien Fläche zwischen den roten Damastsofas, die das Feuer flankierten. Emily kämpfte darum, ihren Kopf klar zu behalten, und konzentrierte sich ganz auf Brett, als er die Hand ausstreckte und ihre nahm.

Plötzlich schien der ganze Raum von ihm erfüllt. Er überragte sie, selbst in ihren lächerlichsten höchsten Schuhen wäre er noch gut 15 Zentimeter größer als sie. Emilys

Mund war plötzlich ganz trocken, ihr Herz schlug unregelmäßig in ihrer Brust. Sie bewegte ihre Lippen einmal, zweimal, aber es wollte kein Laut herauskommen, als er seinen anderen Arm um ihre Taille schlang.

Sie war stocksteif in seinen Armen, während er langsam mit ihr auf der Stelle zu tanzen begann. Er hielt sie nur locker, in einer lässigen, unpersönlichen Umarmung, und bewegte sie wie einen Roboter vor und zurück. Ihre Finger berührten seine Schultern und spürten die stahlharten Muskeln unter dem weichen Kaschmir. Sie konnte seine Hand leicht in ihrem Kreuz spüren. Ihre anderen Hände waren locker ineinander verschränkt, sonst berührten sich ihre Körper nicht. Dennoch konnte sie die animalische Wärme seiner Haut spüren, seine saubere, leicht moschusartige Männlichkeit riechen.

Brett musste ihre plötzliche primitive Furcht gespürt haben, denn er unternahm keinen Versuch, sie näher an sich zu ziehen, selbst als die Melodie langsamer wurde und sie einhüllte. Ebenso wenig reagierte er, als sie zögerlich versuchte, sich wegzubewegen. Er verlagerte sein Gewicht einfach von einem Fuß auf den anderen, bewegte ihren mit dem seinen und lockerte seinen Griff nicht.

Emily versuchte sich auf den langsamen, regelmäßigen Rhythmus zu konzentrieren. Vorwärts, seitwärts, zusammen, zurück, zur Seite, zusammen ... Der Wein hatte ihre normalerweise starke Nervosität betäubt, ihre angespannten Muskeln entspannt und einen angenehmen, rosagetönten Nebel in ihrem Geist geschaffen. Sie war nicht mehr hungrig, das Feuer hatte sie erwärmt und leicht schläfrig werden lassen. Das Feuer, in Kombination mit zwei gleichen Lampen, die auf beiden Seiten davon brannten, sowie die flackernden Kerzen auf dem Tisch waren das einzige Licht im Raum.

Langsam, unendlich langsam merkte Emily, dass sie in den warmen Kreis von Bretts Armen gezogen wurde. Sie zuckte zusammen, als die Spitzen ihrer Brüste auf die breite, unnachgiebige Mauer seiner Brust trafen, aber sie zog sich nicht zurück. Sie fand heraus, dass sie nichts mehr wollte, als ihren Kopf in die verlockende Beuge seiner Schulter zu legen.

Als ob er ihre Gedanken lesen könnte, beugte Brett sich genau so weit vor, dass ihre Wange nur Zentimeter von seiner Brust entfernt war. Sie atmete tief und langsam, um ihr rasendes Herz zu beruhigen, und lehnte ihren Kopf leicht an ihn. Er legte die Hand, die er hielt, auf seine andere Schulter und umfasste dann zärtlich die Rückseite ihres Kopfes, seine andere Hand verharrte reglos unten auf ihrem Rücken.

Emily schloss ihre Augen und seufzte. Sie fühlte sich so sicher, so geschützt in dieser merkwürdig asexuellen Umarmung, dass sie sich nicht bewegen wollte. Bretts Herz schlug an ihrer Wange, sein starker, regelmäßiger Schlag gab ihr Sicherheit. Die Arme, die sie umschlossen, waren zwar stark, aber nicht fesselnd, und sie spürte nicht die übliche Panik, in eine Falle geraten zu sein.

Langsam wurde sie sich bewusst, dass er ihr Haar streichelte, dass er die weichen Locken, die ihr Gesicht einrahmten, um seinen Finger wand, bevor er sie hinter ihre Ohren strich. Bald wagten seine Finger sich in einer federleichten Liebkosung bis zu ihrem Nacken vor, und sie schauderte, diesmal nicht vor Furcht, sondern als Antwort auf die warmen Wellen, die ihr den Rücken hinunterjagten.

Aus eigenem Antrieb bog Emilys Hals sich zurück, und sie öffnete ihre Augen, nur um sich von seinem dunklen, unergründlichen Blick gefangen zu finden. Ihre Beine waren merkwürdig schwach, und sie lehnte sich an ihn,

wobei sie das erste Mal bemerkte, wie hart seine Oberschenkel unter dem unverdächtigen schwarzen Stoff seiner Hose waren.

Ihre Gedanken schweiften weiter zu dem, was sich
selbst jetzt zwischen diesen Schenkeln rühren könnte, und
sie fing an, sich zurückzuziehen, aber Brett hielt sie fest
am Nacken und schob seine andere Hand hoch unter ihr
Kinn.

Emily stand vollkommen still da, als er auf sie hinun-
terblickte, jede Einzelheit ihres Gesichts zu betrachten
schien. Er strich eine verirrte Strähne aus der Stirn und
zog mit dem Zeigefinger eine Linie von ihrer Schläfe über
die Wange hinunter bis zu ihrem Mundwinkel. Ihre Unterlippe zitterte, als er mit seinem Finger leicht darüberfuhr, und sie spürte als Antwort tief drin ein Flattern in
ihrem Magen.

«So schön», flüsterte er sanft.

Emily wollte automatisch ihre Einwände dagegen er-
heben, aber er verhinderte, dass die selbstzerstörerischen
Worte ausgesprochen wurden, indem er seine Finger auf
ihre Lippen legte.

«Schschsch!»

Er fasste nach oben und band das Tuch los, das ihr Haar
hielt. Es fiel in einer dunklen Wolke in ihr Gesicht, auf ihre
Schultern, und Brett ließ es durch seine Finger hindurch-
rinnen, strich es zurück und aus ihrem Gesicht heraus.

Emilys Augen weiteten sich, als sie merkte, wie die Pupillen in seinen Augen größer wurden und er sein Gesicht
zu ihrem senkte. Ihr erster Impuls war, ihr Gesicht abzuwenden, um die unausweichlichen Forderungen seiner
Lippen und seiner Zunge zu vermeiden. Brett fasste ihr
kleines Kinn zwischen seinem Daumen und Zeigefinger
und drehte es sanft herum.

Er lehnte seine Stirn an ihre und blickte ihr tief in die Augen. Ihre Nasenspitzen berührten sich, und sein warmer Atem, süß vom Wein, liebkoste ihren bebenden Mund. Unendlich geduldig wartete er, bis die ungewollte Panik abgeklungen war und Emily sich an ihm entspannte. Er hielt immer noch ihr Kinn, als er seine Lippen an ihre brachte.

Es war ein Kuss, wie Emily ihn noch nie erlebt hatte. Sie hatte sich auf einen harten, fordernden Ansturm gefasst gemacht, aber der kam gar nicht. Brett strich so leicht über ihre vollen Lippen, dass sie kitzelten, bevor er einen winzigen Schmetterlingskuss auf ihren Mundwinkel setzte. Langsam arbeitete er sich mit einer Serie von Miniküssen an ihrem Mund entlang, wobei er ihr die ganze Zeit in die Augen blickte.

Er nahm seinen Daumen, um ihre Unterlippe sanft so hinunterzuziehen, dass die weiche, nasse Haut darin offen gelegt wurde. Emily schloss ihre Augen mit einem Flattern, als er mit seiner Zunge über das intime, zarte Fleisch fuhr, bevor er ihren Mund mit seinem bedeckte.

Selbst dann war der Kuss sanft, obwohl er merkwürdigerweise nicht zaghaft war. Er schien diesen ersten Geschmack von ihr lustvoll zu finden, genoss die warme, honigartige Süße von ihrem Mund, während er sie enger an sich drückte. Emilys Lippen öffneten sich etwas, als er nur andeutungsweise Druck auf die abschreckende Barriere ihrer Zähne ausübte, und sie hieß die Wärme seines Mundes auf ihrem willkommen.

Sie runzelte die Stirn, als er sich langsam zurückzog, ihre Augen flogen auf, als ein kalter Luftzug zwischen ihnen hindurchfuhr. Er guckte sie fragend an, um wortlos herauszufinden, ob sie weitermachen wollte. Emily zitterte leicht in seinen Armen, sie spürte, dass ihre Brüste in ihrer

Umhüllung aus Spitze angeschwollen waren und dass ein flüssiges Feuer an ihren geheimen Stellen glomm.

Sie wollte, dass er weitermachte, und verfluchte ihn dafür, dass er den sinnlichen Bann löste, in den er sie geschlagen hatte. Jetzt hatte sie Zeit zum Nachdenken, die kalte, irrationale Furcht kroch von den Zehenspitzen aufwärts und bemächtigte sich ihrer, begann sie zu verzehren.

Ein Stirnrunzeln zog flüchtig über Bretts dunkles Gesicht, bevor er ihren Mund wieder für sich beanspruchte. Emily leistete ihm ein paar Sekunden Widerstand, bevor sie dankbar in das Reich der Gefühle zurückglitt. Die kühlen, suchenden Lippen hatten nichts von dem rauen, knurrenden Mund des Mannes, der sie seinerzeit angegriffen hatte. Zwischen den langen, sensiblen Fingern, die gerade spielerisch auf ihrem Rücken hinauf- und hinabfuhren und den grausamen, verletzenden Händen, die sie so lange verfolgt hatten, lagen Welten.

Emily wimmerte tief in ihrer Kehle, und Brett zog sich wieder zurück, suchte ihr Gesicht mit zarten, besorgten Augen ab. Als könne er die Angst lesen, die sich in ihren Pupillen widerspiegelte, schloss er ihre Augenlider mit einem Kuss und bedeckte ihr Gesicht mit weiteren Küssen, als er sie über seinen Arm zurückbeugte und damit die lange weiße Säule ihres Halses bloßlegte.

Das Wimmern wurde zu einem Luststöhnen, als seine kühlen, suchenden Lippen von ihrem Kinn hinunter zu der empfindlichen Kuhle an ihrem Schlüsselbein wanderten. Sie spürte, wie seine Zunge herausschoss und die weiche Haut dort liebkoste, bevor er seine Aufmerksamkeit den unteren Konturen ihres Gesichts zuwandte. Er reiste von einem Ohr zum anderen und erkundete mit Lippen und Zunge die empfindliche Haut unter ihrem Kiefer, kitzelte und quälte sie, bis Emily verzweifelt wünschte, dass er zu ihrem Mund zurückkehrte.

Mit einem leisen Stöhnen des frustrierten Begehrens packte sie sein Gesicht mit beiden Händen und zog es an ihres. Sie fühlte, wie seine Lippen sich zu einem befriedigten Lächeln bogen, als sie den Kuss einleitete. Dieses Mal war er drängender. Seine Lippen auf ihren waren fordernder, drückten sie gegen ihre Zähne. Doch anstatt ihr Angst zu machen, wie es noch vor wenigen Augenblicken hätte passieren können, diente die Intensität des Kusses nur dazu, den harten Kern der Lust zu nähren, der tief in ihrem Bauch erwachte.

Sie war mehr als bereit dafür, dass seine Zunge in sie eindrang. Zuerst zögernd, doch dann tiefer bohrend, als sie sie hineinzog. Er schmeckte nach gutem Rotwein und üppiger Schokolade, und sie saugte an ihm, genoss das Echo des Menüs, das sie gerade geteilt hatten.

Nach und nach merkte Emily, dass sie jetzt, wo er sie dichter an sich gepresst hielt, den Beweis seiner Erregung spüren konnte, die er vorher sorgfältig vor ihr verborgen hatte. Es berührte ihren Oberschenkel, ein angeschwollenes, forderndes Tier, unabhängig von seinem Eigentümer. Sie zog sich plötzlich zurück.

«Ich ... die Musik ... du legst andere Musik auf, während ich zum ... während ich zur Toilette gehe.»

Sie gab Brett nicht die Chance zu reagieren, sondern rauschte durch die offene Schlafzimmertür in das kleine angeschlossene Badezimmer und schloss die Tür hinter sich ab.

Einmal drinnen, schaltete sie auf Autopilot, benutzte die Toilette und spülte, bevor sie sich die Hände an dem kleinen Waschbecken wusch. Als sie einen flüchtigen Blick auf ihr Spiegelbild in den Spiegelkacheln erhaschte, hielt sie inne. Sie erkannte sich selbst kaum wieder! Ihre Wangen waren gerötet, ihr Haar verwuschelt. Ihre haselnussbraunen Augen glänzten unnatürlich intensiv, ihre Lippen rot und voll. Und diesen Effekt konnte ein Kuss auf sie haben?

Emily stand da und starrte einen Augenblick auf das Spiegelbild, bis ihr Herzschlag sich beruhigt hatte. Sie fühlte sich langsam lächerlich. Brett zu küssen war mit nichts vergleichbar, was sie jemals erlebt hatte, eine köstliche, angenehme Erfahrung, von der sie nicht wollte, dass sie vorbeiging. Es war erst passiert, als sie gespürt hatte, dass er hart geworden war, diese unmögliche männliche *Größe* von diesem Ding …

Wo hatte sie noch gelesen, dass die Größe egal war, weil es darauf ankam, was man damit machte? Emily kicherte leicht hysterisch. Sie war sicher, dass das ein Rat für diejenigen war, die knapp bestückt waren, nicht für einen großzügig ausgestatteten Mann wie Brett!

Emily biss sich auf die Lippe. Vielleicht lag etwas Wahres in dem, was die Zeitschrift geschrieben hatte. Dieser andere Mann hatte sein Gerät wie einen Rammbock benutzt, wie ein Folterinstrument. Von dem, was sie von ihm wusste, konnte sie sich nicht vorstellen, dass Brett ihr wehtun würde. Außer er wäre ein richtiger Dr. Jekyll, in dem sich ein Mr. Hyde verbarg.

Sie zuckte zusammen, als es leise an der Tür klopfte.

«Bist du okay da drinnen?»

Sie lächelte über die Besorgnis in seiner Stimme, bereute, dass sie sie verursacht hatte.

«Ja, ich … ich komm gleich raus.»

Sie lauschte auf seine sich entfernenden Schritte, bevor sie ihre kalten Hände unter den warmen Wasserstrahl hielt und die Wärme daraus aufsaugte.

Als sie zurück ins Wohnzimmer kam, saß Brett auf einem der Sofas, seinen dunklen Kopf an die Lehne geschmiegt, die Augen geschlossen. Emily stand ruhig da und beobachtete ihn einen Augenblick lang. Er hatte den grünen Pullover ausgezogen und seinen Schlips gelockert. Einige vorwitzige dunkle Locken pieksten aus dem offenen Hemdkragen hervor. Ihre Weingläser standen aufgefüllt auf dem Couchtisch, und eine weitere CD mit Standards erklang im Raum.

Jetzt, da seine Augen geschlossen waren, wanderte Emilys Blick weniger gehemmt zum oberen Ende seiner Schenkel, die lässig gespreizt waren, in den Knien gebeugt. Sie konnte keinerlei Anzeichen dieser heißen Schwellung erkennen, die sie eben so beunruhigt hatte. Wie sie ihn so entspannt und selbstsicher auf dem Sofa sitzen sah, spürte Emily einen Maultiertritt der Bedürftigkeit, wie sie ihn noch nie erlebt hatte.

Erschrocken musste sie erkennen, dass sie ihn wollte. Dennoch hatte sie keine Ahnung, wie sie die Ängste überwinden sollte, die ihr Begehren zunichte machten. Vertrauen. Sie musste ihm vertrauen. Emily atmete einmal tief durch.

Langsam, um ihn nicht auf ihre Anwesenheit aufmerksam zu machen, schlich sie durchs Zimmer, bis sie zwischen seinen ausgestreckten Schenkeln stand. Sie beobachtete ihn mit angehaltenem Atem, als er seine Augen öffnete und sie dort stehen sah. Er lächelte und streckte seine Hände aus, um ihre beiden Hände mit seinen zu umfassen.

Emily ließ sich auf seinen Schoß ziehen und schlang automatisch ihre Arme um seinen Hals, um die Balance wiederzufinden. Er neigte seinen Kopf und schnupperte an der warmen Fülle ihrer Brüste unter der indischen

Baumwollbluse, atmete ihren weiblichen Duft ein, bevor er ihren Kopf mit einer Hand zu sich hinunterzog.

Als sein Mund sich mit ihrem verband, fühlte Emily, wie die ungewohnte Wärme sich von ihrem Zentrum ausgehend in ihrem ganzen Körper ausbreitete, ihre Arme und Beine schwer werden und ihre Augenlider zufallen ließ. Sie verfing sich mit ihren Fingern in seinem dicken dunklen Haar und blieb dort hängen, während er ihre Sinne überwältigte, indem er die weiche, empfindliche Haut ihres Mundes mit seiner Zungenspitze streichelte und damit Reaktionen hervorrief, von denen sie vorher nicht einmal im Traum gedacht hätte, dass sie zu ihnen fähig wäre.

Sie merkte kaum, als seine Hand von dort, wo sie auf ihrer Taille gelegen hatte, weiter nach oben kroch und anfing, die untere Wölbung ihrer Brüste zu streicheln. Als er seinen Mund sanft von ihrem löste, stellte Emily überrascht fest, dass sie ein wenig keuchte und nach Atem rang, während sie versuchte, ihr rasendes Herz unter Kontrolle zu bringen.

Brett hatte die dünnen Schnüre am anstandwahrenden Kragen ihrer Bluse geöffnet, und Emily sah durch halbgeöffnete Augen an sich hinunter. Gegen die blumige Nettigkeit ihrer Bluse im Zigeunerstil wirkte die cremige Fülle ihrer Brüste schockierend. Geschwollen vor Leidenschaft, kämpften sie gegen die Begrenzung durch den zarten schwarzen BH, waren kurz davor, oben herauszuquellen.

Emilys erster Impuls war, ihre Hand zu nehmen und sich dort zu bedecken. Aber als sie noch dabei war, das zu erwägen, nahm ihr Bretts dunkler Kopf den Blick, und sie spürte das sanfte Reiben seiner Zunge in dem dunklen Tal zwischen ihren Brüsten. Sie hielt die Luft an, als er eine bebende Kugel in die Hand nahm und an seine Lippen hob.

Die erste Berührung seiner Zunge auf ihrem hartwerdenden Nippel jagte scharfe Nadeln der Empfindsamkeit durch ihren Körper, hinunter zu ihrer heißen, feuchten Mitte. Gefangen zwischen Panik und Bedürftigkeit, stöhnte Emily, unfähig, ihren Körper davon abzuhalten, sich nach vorne zu werfen, ihn einzuladen, die schmerzende Spitze ihrer Brust mit seinen suchenden Lippen zu umschließen.

Und als ihr gespannter Nippel in seine heiße, nasse Mundhöhle gezogen wurde, erlaubte Emily ihren eng zusammengepressten Schenkeln, sich zu entspannen und auseinanderzufallen. Dann entfuhr ihr ein langer, schaudernder Seufzer, denn sie hatte sich ergeben.

Vierzehntes Kapitel

Bretts Fingerspitzen arbeiteten sich einen quälend langsamen Pfad von ihrem Knie und unter ihrem langen, flie-
ßenden Rock an der Außenseite ihrer Oberschenkel hinauf. Ihre Beine waren nackt, die Haut warm und weich,
und seine Finger glitten mühelos über die bloße Haut.

Emily spürte, wie sie eine Gänsehaut bekam, als er
den obersten Teil ihrer Leistengegend erreichte, bevor er
wieder zum Knie zurückkehrte. Dieses Mal arbeitete er
sich an der Innenseite ihrer Schenkel entlang. Unendlich
langsam hob er seinen Kopf von ihrer Brust und suchte
ihren Mund, als seine Finger am oberen Ende ihrer Beine
angekommen waren und seine Hand auf ihrem spitzenbedeckten Venushügel lag.

Als er probehalber sanft drückte, öffnete Emily ihre Augen, war gefangen von seinen intensiven dunklen Augen.
Er hielt ihrem Blick stand, als wolle er ihre Reaktion ab-
schätzen, während er seinen Zeigefinger unter das Gummi
ihres Höschens gleiten ließ und die feuchten Locken darin
mit der Rückseite seines Fingers streichelte.

Emily stockte der Atem in der Kehle, und ihre Augen
weiteten sich vor Schreck, als er anfing, seine Liebkosung
in die Tiefe auszudehnen. Sofort hörte er auf und kehrte
zurück zum sanften Streicheln, während er sich hauptsächlich wieder ihrem Mund zuwandte.

Er öffnete sich in süßer Hingabe, und Emilys Augenlider schlossen sich mit einem Flattern. Sie klammerte
sich an ihn, ihre Finger gruben sich tief in seine Schultern,
als er die geheimen Winkel ihrer Mundhöhle plünderte,

während seine Finger besitzergreifend über die feuchten Locken am Gipfel ihrer Schenkel kraulten.

Ein leiser Laut, halb Protest, halb Zustimmung, entkam ihrem Mund, als er plötzlich seine Hände und seinen Mund löste und seine Arme um sie legte. Einen um ihre Schulter, den anderen unter ihre Knie. Sie hielt sich gut an ihm fest, während er sich mit einer sicheren, eleganten Bewegung erhob und sie dabei in seinen Armen hielt, als wäre sie schwerelos.

«Pst!», flüsterte er ihr ins Ohr. «Vertrau mir.»

Und das tat sie. Emily legte ihren Kopf auf das harte Kissen seiner Brust und erlaubte ihm, sie aus dem Wohnzimmer hinaus ins dahinterliegende Schlafzimmer zu tragen, wobei er die Tür hinter sich mit dem Fuß zuwarf. Er legte sie auf das Bett, besänftigte sie mit Küssen, als sie einen halbherzigen Protest murmelte.

Das Schlafzimmer war dunkel, es wurde nur von zwei schwachen Lampen zu beiden Seiten des Bettes beleuchtet – und dem diffusen Licht des Vollmonds, der durch das vorhanglose Fenster hereinfiel. Das Mondlicht beschien die harten Ebenen von Bretts Gesicht, es warf unheimliche Schatten auf seine Züge, als er aufstand und sich ans Fußende des Bettes stellte.

Emilys Mund wurde trocken, als sie ihm dabei zusah, wie er langsam sein Hemd aufknöpfte und es abschüttelte, es einfach auf dem Fußboden liegen ließ. Mondstrahlen versilberten seine glatte Haut, als ihre Augen sich an seinen breiten Schultern ergötzten. Die Sehnen an seinem Hals standen hervor, sie verschwanden in der dicken, lockigen Matte aus dunklen Haaren, die seine Brustmuskeln bedeckte und sich in einer perfekten V-Form zu seinem Nabel hin verjüngte.

Sein Bauch war flach und hart, das feine Muster der gut

trainierten Muskeln sichtbar unter der straffen Haut. Emilys Blick folgte dem feinen Wegweiser aus Haaren weiter nach unten, bis sie in seinem Hosenbund verschwanden. Er war hart, eine unmissverständliche Schwellung dehnte den Stoff. Emilys Augen schossen zurück nach oben zu den seinen, und sie schluckte angesichts des unwillkommenen Anfalls von Angst, der sie gepackt hatte.

Der Ausdruck seiner Augen beruhigte sie wieder, denn wenn sie auch voller Absicht und wissend waren, so konnte sie in ihren Tiefen immer noch die Sanftheit sehen, die so sehr ein Teil von ihm war. Sanftheit und Stärke – das war eine kraftvolle Kombination. Emilys Lippen bogen sich langsam zu einem Lächeln.

Sie hatte das Gefühl, sie müsse auf irgendeine Art mitmachen, sollte sich vielleicht ihre eigenen Kleider ausziehen, aber ein Rest Schüchternheit blieb. Außerdem wollte sie sich auf den spektakulären Anblick konzentrieren, den Brett bot, als sein Gürtel langsam, unaufhaltsam durch die Schlaufen glitt, bevor er anfing, seinen Hosenschlitz aufzuknöpfen.

Er trug Boxershorts darunter, aus schwarzer Baumwolle, die seine Männlichkeit kaum zurückhalten konnten. Dunkle Haare lockten sich auf seinen muskulösen Oberschenkeln, und Emily juckte es in den Fingern, sie wollte die Hand ausstrecken und ihn berühren. Waren die Haare auf seinem Körper rau und hart oder seidig und weich? Dennoch hielt sie sich zurück, sie wusste nicht, wie sie sich verhalten sollte. Sie befürchtete, dass die alten Ängste mit aller Gewalt zurückkehren könnten und sie dann aufhörte, ihn zu begehren.

Und sie wollte ihn wirklich. Mehr als alles, was sie jemals in ihrem Leben gewollt hatte, wollte sie Brett besitzen. Sie wollte diesen schönen Körper spüren, der jetzt reglos vor ihr stand, wollte, dass er sich mit ihrem vereinigte.

Sie hielt den Atem an, als er an die Seite des Bettes trat. Es senkte sich unter seinem Gewicht, als er sich neben sie setzte, sich auf einen gebeugten Ellenbogen stützte und sie einen langen Augenblick mit undurchdringlicher Miene betrachtete. Sie lag unbeweglich da wie eine Stoffpuppe, bis er anfing, sie auszuziehen.

Zuerst zog er ihr die Bluse über den Kopf und warf sie zur Seite. Geschickt befreite er sie von dem ungenügenden schwarzen BH und fuhr mit seiner Handfläche leicht über die harten Nippel ihrer Brüste, bevor er seine Aufmerksamkeit ihrem Rock zuwandte. Sie hob ihre Hüften entgegenkommend an, damit er ihn hinunterziehen und ihn gleich darauf dem Rest ihrer Kleidung auf dem Fußboden hinzugesellen konnte.

Sie war jetzt nackt bis auf das schwarze Spitzenhöschen. Es fühlte sich zwischen ihren Oberschenkeln feucht an, als Emily sich unter seinem forschenden Blick wand. Dann tauchte Brett mit seinem Kopf ab und fing an, sie von ihrem Hals aus abwärts zu küssen. Als er ihren Bauchnabel erreicht hatte, wusste sie, dass sie schön war.

Jeder Kuss, jede Bewegung seiner pfeilschnellen Zunge überzeugte sie von seinem Begehren. Ihre Haut brannte dort, wo er sie geküsst hatte, ihre Glieder zitterten, so intensiv reagierte sie auf ihn. Sie lag reglos da, ihr Atem ging in kurzen, flachen Zügen, als er die weiche, empfindliche Haut zwischen ihren Zehen mit seiner Zungenspitze liebkoste.

Zögernd nahm sie ihre eigenen Brüste in die Hände und war schockiert davon, wie stark ihre Nippel angeschwollen waren, wie sie gegen ihre Handflächen drückten. Brett saugte ein wenig an ihrem großen Zeh, und sie spürte, wie sich die Spannung in ihrem Magen zusammenballte. Sie wollte ihn nahe bei sich fühlen, sie wollte ihre weiche Weiblichkeit an die lange, schlanke Länge seines Körpers pressen.

«Brett», flüsterte sie. «Halt mich fest ... bitte.»

Ihre Stimme klang heiser, tief, ganz anders als sonst, und er glitt im Bett hinauf und nahm sie in seine Arme. Sie begrub ihr Gesicht in den feuchten, nach Moschus duftenden Tiefen seines Brustkorbs und schloss ihre Augen. Sein Haar war rau, doch überraschend weich. Ein kleiner, männlicher Nippel drückte gegen ihre Handfläche, und sie rieb vorsichtig, wobei sie gleich ihre Hand wegzog, als wäre sie gestochen worden, da er durch ihre Berührung hart geworden war.

«Alles ist gut», murmelte er ihr ins Haar, als spüre er die drohende Rückkehr ihrer Ängste. «Ich werde dir nicht wehtun.»

«Tu es jetzt, Brett. Jetzt, schnell, bevor ich meine Meinung wieder ändere!»

«Warte ... da ist mehr, Emily, so viel mehr!»

«Bitte!», ihre Finger fummelten fieberhaft an dem Knopf seiner Boxershorts. «Hinterher ist Zeit für den ganzen Rest!»

«Emily ...»

«Ich muss dich in mir haben! Bevor mein Körper sich vor dir verschließt ... Oh!»

Ihre Finger schlossen sich um die harte, seidige Säule seines Penis. Er rührte sich leicht in ihrer Handfläche, und ihre großen Augen wurden von der nackten Krone angezogen. Zaghaft strich sie mit ihrem Daumen über die Spitze, überrascht und erfreut, dass die Haut dort samtweich war, wie neugeboren.

Bretts Atem klang immer flacher, und sie ließ ihren Blick

nach oben wandern, um seine Reaktion abzuschätzen. Er beobachtete sie durch verengte Augen, und die Art, wie er seinen Kiefer hielt, verriet eine Anspannung, die ihr ein Gefühl von Macht vermittelte.

Jetzt musste es geschehen. Selbst während sie ihn begehrte, konnte sie die winzigen, schleichenden Tentakel der Furcht spüren, die sich in ihrem Magen ausbreiteten und in jeden Teil von ihr eindrangen. Sie merkte, wie verzweifelt sie wirken musste, zog ihn näher zu sich heran und rieb seine Spitze an ihrem bloßen Oberschenkel, während sie sich zurück auf die Kissen legte.

Brett rollte sich über sie und stemmte sich auf seine Hände, die zu beiden Seiten ihres Kopfes lagen. Er beobachtete ihr Gesicht, als er sich zwischen ihre zitternd geöffneten Schenkel kniete und sanft den Eingang zu ihrem Körper berührte. Emily schloss ihre Augen.

Sie spürte, wie seine Finger ihre feuchten Hautblätter voneinander trennten, sachte über die empfindlichen Falten strichen und kleine Schauder über ihre zitternden Nervenendungen schickten. Ihr Mund und ihre Kehle waren trocken im Vorgeschmack auf die Panik, die sie befürchtete. Sie schnappte nach Luft, als er in sie eindrang, glatt, ohne Gewalt, und ihr gut vorbereiteter Körper öffnete sich und hieß ihn in ihr willkommen.

Emilys Augen öffneten sich, als er anfing, sich langsam in ihr zu bewegen. Eine flüssige Hitze schien sie von innen her zu verzehren, sich in wirbelnden Wellen durch ihre Venen auszubreiten, bis sie glühte. Brett bedeckte ihre geöffneten Lippen und küsste sie tief, seine großen Hände hielten ihren Kopf in den Händen, besänftigten sie.

Mit jedem langen, kontrollierten Stoß streifte sein Penis köstlich über ihre ahnungslose Klitoris und ließ ihre Säfte schneller fließen, seinen Weg ebnen. Sie hätte sich

nie träumen lassen, dass es so sein könnte! Innig, sanft ...
zutiefst liebevoll.

Bretts Pupillen waren so geweitet, dass sie seine Iris nicht mehr sehen konnte. Ihr eigenes, vollkommen versunkenes Gesicht wurde von ihnen widergespiegelt, während er beinahe unmerklich das Tempo erhöhte. Als die Reibung kleine Gefühlsschauer auszulösen begann, die an ihrer inneren Haut entlangliefen, zog Emily instinktiv ihre Knie hoch und schlang ihre Beine um seine Taille, zog ihn tiefer in sich hinein.

Sein Gesicht war konzentriert, seine Schultermuskeln straff gespannt, als sie ihre Finger hineingrub. Ein feiner Schweißfilm lag auf seiner Stirn, als er seine obere Körperhälfte vom Bett abhob, weg von ihr. Jetzt konnte Emily die Vereinigung ihrer Körper sehen, wenn sie zwischen ihnen nach unten sah. Unfähig, ihre Augen abzuwenden, sah sie, wie ihr Schamhaar sich vermischte, sah die starke weiße Säule seines Penis, glänzend von der Feuchtigkeit ihres Körpers, die sich zurückzog und wieder eintauchte.

Sie keuchte, als sie spürte, wie die Gefühlsschauer schneller kamen und sich langsam, unaufhaltsam zu einem Crescendo aufbauten. Sie biss die Zähne zusammen und zog ihn zu sich hinunter, sie wollte sein Gewicht spüren, er sollte ihr Halt geben, während sie mit ihren Hacken zwanghaft auf seine Pobacken eintrommelte.

«Oh! O mein Gott! Oh ...!»

Sie warf ihren Kopf von einer Seite zur anderen, als weißes Licht in ihrem Kopf explodierte und ihr gesamter Körper von unkontrollierbarem Zittern geschüttelt wurde. Daraufhin stieß Brett schneller und fester in sie hinein, seine Stimme gesellte sich zu ihrer, während sie gemeinsam in einen Strudel von Gefühlen hineingezogen wurden, in dem sie jeglichen rationalen Gedanken aufgaben.

Emily hatte jedes Zeitgefühl verloren. Nach und nach beruhigte sich ihr Herzschlag, und ihre Temperatur sank auf normal zurück. Langsam drang in ihr Bewusstsein, dass ihre Beine sich verkrampft anfühlten und Bretts Körper, der sie immer noch umfangen hielt, schwer und feucht war. Sie rührte sich ein wenig in mildem Protest.

Er öffnete seine Augen und stützte sein Gewicht auf seine Ellenbogen. Seine Augen lächelten, als er zu ihr hinuntersah.

«Gut», sagte er, seine Stimme noch ganz heiser.

Emily lächelte schwach, sie konnte immer noch nicht ganz glauben, was zwischen ihnen passiert war.

«Wirklich gut!», flüsterte sie.

Brett erhob sich vorsichtig von ihr und manövrierte sie unter die Decke. Er zog sie in seine Arme und küsste sie auf den Scheitel.

«Bist du okay?»

«Hmm!» war alles, was sie herausbringen konnte.

Ihre Glieder fühlten sich so schwer an, als hätte sie gerade eine Marathonsitzung im Fitnessstudio hinter sich. Zwischen ihren Beinen, wo das Resultat ihrer Vereinigung warm auf die Laken floss, spürte sie ein leichtes, nicht unangenehmes Wundsein.

Emily lag mit dem Kopf auf Bretts Brust und hatte die Arme um seine Taille geschlungen, während sie ihren Gefühlen nachspürte. Zu ihrer Überraschung fand sie nichts von dem Bedauern, nichts von der unangenehmen Erkenntnis, einen Fehler gemacht zu haben, die sie erwartet hatte. Sie fühlte sich ... gesättigt, ja, das war's! Aber sie hatte eine Ahnung, dass dieses Gefühl nur vorübergehend wäre. Als ob sie nur die köstlichste, exquisit zubereitete Vorspeise genossen hätte, die ihren Gaumen auf ein Hauptgericht vorbereitet hatte, das noch kommen würde.

Sie bewegte sich ungeduldig, stützte sich so auf einen Ellenbogen, dass sie auf Bretts Gesicht hinabsehen konnte. Als er ihren Blick auf sich spürte, flatterten seine Augenlider und öffneten sich. Er lächelte sie fragend an.

«Bist *du* okay?», fragte sie.

«Na klar.»

«Könnten wir dann zum Hauptgang übergehen?»

Emily errötete bereits, als sie es sagte. Er müsste schon in ihren Gedanken gelesen haben, um zu wissen, worüber sie sprach, doch seine festen, wohlgeformten Lippen bogen sich zu einem verschmitzten Grinsen, als er sich nach ihr ausstreckte.

Es war, als ob, nachdem sie dieses erste, entsetzliche Erlebnis in ihrer frühen Jugend überwunden hatte, alle Ängste und Hemmungen mit einem Mal wie weggefegt wären, die sie so lange keusch gehalten hatten. Ihr Körper vibrierte in einer ganz eigenständigen Lebendigkeit, unabhängig von ihrem denkenden Verstand, scharf auf neue Experimente, weitere Erkundungstouren in die Sinnlichkeit.

Sie lag still, ihre Augen geschlossen, um jeglichen optischen Reiz auszublenden, die sie von dem ablenken könnten, was sie fühlte. Bretts Lippen waren warm auf ihrem immer noch feuchten Körper, als er jeden einzelnen winzigen, empfindlichen Fleck auf ihrer Haut fand und ihr half, erogene Zonen zu entdecken, von deren Existenz sie nichts gewusst hatte.

Emily zitterte, unfähig vorauszuahnen, wo sie seine Zunge als Nächstes spüren würde. Zuerst war sie hinter ihrem Ohr, dann in der Kuhle unter ihrem Hüftknochen. Ihre Zehen krallten sich in die Baumwolllaken, als er einen Pfad von ihrem Schlüsselbein zu ihrem Bauchnabel zog, der ihr eine Gänsehaut machte.

Die erste Berührung seiner Lippen auf ihrem geschwollenen Geschlecht ließ einen elektrischen Schlag von Kopf bis Fuß durch sie hindurchjagen. Sie konnte spüren, wie die glitschigen Hautfalten sich unter seinem besitzergreifenden Mund öffneten, ihn einluden. Ihr Rücken bog sich, er fand die kleine, harte Knospe, die an der Wurzel ihrer Lust lag. Vor ihrem inneren Auge konnte sie sehen, wie sie aus ihrer züchtigen Hülle herausschlüpfte und sich ihm anzüglich fordernd entgegenstreckte.

Emily öffnete die Augen und sah hinunter. Alles, was sie von Brett sehen konnte, war sein dunkler Kopf vor ihrer weißen Haut, ihre gespreizten Beine rahmten sein Gesicht ein. Seine Hände kneteten die Muskeln ihrer Beine, wovon sie lustvoll schmerzten.

Sie hatte das plötzliche, unwiderstehliche Bedürfnis, sich zu strecken. Sie fasste nach oben ans Kopfende, drückte ihr Kreuz noch weiter durch, streckte ihr Rückgrat so lang sie konnte. Ihre Unterschenkel lagen auf Bretts breitem Rücken, und sie legte ihr Gewicht darauf, während sie ihre Zehen nach unten richtete und sich ihm entgegendrückte.

Bretts Hände schoben sich unter sie, stützten ihren Hintern, wobei er gleichzeitig ihre angespannte Klitoris zwischen seine Zähne nahm und sanft an ihr knabberte. Emily drehte durch, als ihr Orgasmus explodierte, ein Blitz jagte den nächsten durch ihre Adern und erfüllte sie mit Hitze.

Brett hielt sie ruhig, seine Lippen drückten fest auf ihren pochenden Knubbel, bis die Wellen schließlich verebbten und sie erschöpft zurückließen. Sie wimmerte leise, als er sich neben sie legte und sie sich mit dem Rücken an ihn kuschelte. Er legte seine Arme um sie und passte seinen Körper im Löffelchenstil an ihren an. Emily hatte sich noch nie in ihrem Leben so wohlgefühlt und schloss mit einem leisen Seufzer der Zufriedenheit die Augen.

Ungefähr eine Stunde später wachte sie auf, und Brett hatte sich auf den Rücken gerollt. Ein Arm lag im rechten Winkel zu seinem Körper, der andere hielt Emily immer noch fest. Er schlief tief und fest, seine starken, symmetrischen Gesichtszüge waren entspannt, sein dunkles Haar zerzaust.

Emily beäugte ihn gierig, untersuchte ihn weitaus gründlicher, als sie es jemals gewagt hätte, wenn seine Augen geöffnet gewesen wären. Diese Augen waren eingerahmt von den dichtesten, längsten Wimpern, die sie je bei einem Mann gesehen hatte. Wie sie die Gegend unter seinen Augen beschatteten, wirkte irgendwie unpassend, der einzig feminine Zug in einem vollkommen maskulinen Gesicht.

Seine Haut war glatt, ein sonnenwarmes Braun, straff über seine Knochen gespannt. Auf halber Höhe hatte seine Nase eine kleine Unebenheit, aber seine Lippen waren perfekt geformt, die Haut weich und doch fest, die Unterlippe etwas voller als die Oberlippe.

Zaghaft streckte Emily ihre Hand vor und fuhr mit einem Finger über seine Kieferknochen. Sie waren stark und fest, wie der Rest von ihm, und sie konnte das scharfe Kratzen seiner Bartstoppeln spüren, die sich störrisch durch seine Poren schoben. Er sah wie der Typ Mann aus, der sich zweimal am Tag rasieren musste, überlegte sie, als sie ihre Augen über den schwarzen Schatten gleiten ließ.

Sein Atem ging immer noch so tief und gleichmäßig, dass Emily es wagte weiterzuschauen. Sanft, um ihn nicht zu stören, zog sie die Decke zurück und legte seine Nacktheit bloß. Unter seinem Kinn zog sich sein Hals als dicke, starke Säule bis zu dem Punkt, wo sich seine Schlüsselbeinknochen trafen. Als sie ihn dort leicht mit der Fingerspitze berührte, beobachtete Emily, dass sein Adamsapfel automatisch eine Schluckbewegung machte.

Auf einen Impuls hin senkte sie ihren Kopf und drückte ihre Lippen darauf, bevor sie weiter hinunterwanderte, um die Kuhle unter seinem Hals zu küssen. Die Haut dort war weich und etwas feucht. Sie ließ ihre Zunge vorschnellen und probierte den salzigen Geschmack dieser Stelle, nervös, als koste sie eine verbotene Frucht.

Sie schaute kurz nach oben und sah, dass er immer noch schlief, den einen Arm zur Seite geworfen, unbeweglich. Ihre Augen schweiften über die Breite seiner Schultern, und ihr gefiel die Symmetrie, die Schönheit der glatten, polierten Oberfläche. Weiter unten war die glänzende Haut nahezu bedeckt von dem dicken, seidig rauen Haar, das ihn wie eine hauchzarte Wolldecke überzog. Seine flachen männlichen Nippel schienen hindurch, dunkelrosa und dabei, hart zu werden, weil sie der leichten Kühle des Zimmers ausgesetzt waren.

Wieder einmal folgte Emily ihren Instinkten und küsste ihn dort. Und hinunter, an seiner Mitte hinunter bis dahin, wo sein straffer, flacher Bauch unter ihren Lippen bebte. Fürs erste hielt sie ihre Augen fern von der anschwellenden Säule, die vorwitzig an ihr Kinn klopfte, und fuhr mit ihren Lippen an seiner Taille entlang nach links unten.

Dort fand sie die Narbe, runzlig, noch ganz blau, zwar dünn, aber ungefähr zehn Zentimeter lang wand sie sich hinauf zu seiner Achsel. Emily hielt inne und runzelte die Stirn. Sie erinnerte sich daran, dass er ihr von einem Unfall erzählt hatte. Sanft legte sie ihre Wange auf die Verletzung, bevor sie sich ihren Weg zurück zum Bauchnabel knabberte.

Sein Atem ging jetzt schneller, war flacher geworden, aber er öffnete seine Augen immer noch nicht. Emily fragte sich, ob er wirklich immer noch schlief oder ob er nur so tat. Sie ließ die offensichtlicheren seiner männlichen Reize links liegen und zog eine Linie über seine Fußsohlen, von der Ferse bis zu den Zehen. Er zuckte nicht, obwohl seine geschlossenen Augenlider flatterten.

Emily lächelte und fuhr mit ihren Fingern locker um seinen Knöchel, ließ ihre Daumen über den Knochen gleiten und ihre Nägel langsam seine Unterschenkel hinaufwandern. Seine kräftigen, behaarten Schenkel spannten sich an, als sie sie knetete, langsam arbeitete sie sich hoch bis zu seinem Schwanz, der voller Vorfreude einmal heftig zuckte.

Jetzt schlief er mit Sicherheit nicht mehr, doch er hielt seine Augen fest geschlossen. Die plötzliche Anspannung in seinen Muskeln sagte ihr, dass er wachsam war, ihren nächsten Schritt erwartete. Sie streckte ihre Hand aus und zögerte unsicher. Sie hielt den Atem an, als ihre Hand niedersank und die starke weiße Säule umschloss, die sich aus dem dicken Nest von Haaren zwischen seinen Beinen erhob.

Er war warm, die Haut unerwartet weich, als sie ihre Handfläche über seine Länge gleiten ließ. Brett schien jetzt auch den Atem anzuhalten, und Emily spürte als Antwort ein Ziehen tief in sich, als er die Luft mit einem unregelmäßigen Seufzer herausließ und sich unter ihrer Hand leicht räkelte.

Mit wachsendem Selbstbewusstsein berührte Emily den rosafarbenen samtigen Helm und fuhr mit der Fingerspitze rund um den Rand, bevor sie der winzigen Falte mit einem Fingernagel folgte. Sie drückte sanft, melkte ihn, bevor sie ihn mit ihrer Hand umschloss und hinaufund hinunterfuhr, die Haut über der geschwollenen Säule bewegte.

Sie riss ihre Augen davon fort und überflog sein Gesicht. Ein leichtes Stirnrunzeln ätzte eine Falte zwischen seine Augenbrauen, sein Mund war zu einem dünnen Strich gezogen, seine Kiefer waren konzentriert zusammengepresst. Auf seiner Stirn und auf seiner Oberlippe lag ein dünner Schweißfilm, und Emily stieß herab, um mit ihrer Zunge darüberzugehen. Überrascht von diesem Vorgehen, teilten sich seine Lippen zu einem Keuchen.

Emily nutzte den Vorteil, dass er überrascht war, und bedeckte seinen Mund mit ihrem, küsste ihn innig. Das Innere seines Mundes war heiß als seine Zunge auf ihre traf, war sie hart und fordernd. Emily ließ seinen Schwanz los und stützte beide Hände neben seinem Kopf auf den Kissen ab. Ihre Arme gaben nach, als der Kuss immer weiter ging, also setzte sie sich rittlings auf ihn, ein Knie auf jeder Seite seiner Taille. Obwohl sich nur ihre Lippen berührten, konnte Emily die sengende Hitze seines Körpers spüren, sie glühte und strahlte eine Wärme ab, die sie zu ihm hinunterzog.

Sie trennten sich und rangen nach Atem. Seine Augen waren jetzt geöffnet, durchbohrten die ihren. Emily konnte spüren, wie die Lippen ihres unteren Mundes sich als Reaktion auf den Ausdruck in seinen Augen vorstülpten und öffneten. Ohne eine einzige Zärtlichkeit seiner Finger sammelte sich dort die Feuchtigkeit und machte sie dafür bereit, ihn zu empfangen.

Langsam, ohne den Augenkontakt zu unterbrechen, fasste Emily nach unten zwischen ihre Beine und teilte die Lippen ihres Geschlechts. Die Haut war heiß und glitschig unter ihren Fingern, als sie sich auf ihm niederließ und zunächst die Spitze seines Schaftes umschloss. Mehrere Sekunden verharrten sie so, beherrscht. Dann sank Emily langsam, furchtbar langsam auf ihn hinunter.

Zuerst verschwand die Spitze in ihr, dann wurde er Zentimeter um Zentimeter von ihrer hungrigen Öffnung umfangen. Seine Augen wurden glasig, als sie das letzte Stück von ihm in sich aufnahm und sich rittlings auf ihn setzte, vollkommen still. Sein Schwanz schien sogar noch mehr anzuschwellen, um sie zu füllen, seine haarigen Eier kitzelten den faltigen Mund ihres Anus.

Er streckte sich nach ihr aus, aber Emily schüttelte den Kopf. Sie wollte sein Gesicht beobachten, jede Nuance in seinem Gesichtsausdruck sehen, während sie ihn ritt. Sie wollte zusehen, wie er kam.

Sie verschob ihr Gewicht ein wenig, sodass sie sich zurücklehnte, ihr Rücken gebogen war. Bretts Augen wurden von dem Punkt angezogen, wo ihre hartwerdende Klitoris nach vorne stieß, frei von den rotbraunen Locken ihres Venushügels. Seine Augen auf ihr waren heiß, als er hinunterfasste und ihre eigene Hand dorthin führte, die Spitze ihres Mittelfingers dagegendrückte.

Emily wurde rot und heiß und schüttelte widerständig ihren Kopf.

«Nein!», flüsterte sie.

Brett lächelte sanft und bewegte ihren Finger nur ein kleines bisschen. Emily schloss ihre Augen, da die kleine Bewegung Schmetterlinge durch ihren Bauch flattern ließ. Nach und nach vergaß sie, dass er sie beobachtete, merkte kaum, als er seine führende Hand wegnahm.

Sie spürte, wie ihr der Schweiß ausbrach, als ihr wärmer wurde. Himmel, war das gut! Zu masturbieren, während sie so voll von ihm war. Sie begann, ihre Hüfte zu bewegen, sanft zuerst, dann immer wilder. Sie erhob sich auf die Knie und zog sich von ihm zurück, bis nur noch seine Spitze in ihr war, bevor sie wieder zurück nach unten sank.

Die Sehnen an Bretts Hals standen hervor, als sie die Bewegung wiederholte, schneller diesmal. Seine Augen waren gefesselt von ihrem kreisenden Finger, wie er ihre Klitoris liebkoste, und er beobachtete, wie sein eigener Schwanz in den Blick kam, bevor er wieder verschluckt wurde.

Emily spürte, wie sich der Druck tief in ihr immer weiter aufbaute. Instinktiv fing sie an, rhythmisch auf ihren angespannten Knubbel zu klopfen. Tap, tap, tap, immer stärker, immer schneller, bis sie die winzige Knospe geradezu prügelte. Sie schrie auf, als ihr Höhepunkt explodierte, bockte mit der Hüfte und schloss gegen ihren Willen die Augen.

Brett war kurz davor, mit ihr gleichzuziehen, sie konnte spüren, dass der Damm dabei war, zu brechen. Mit Mühe öffnete Emily ihre Augen, um ihn zu beobachten. Sein Blick war starr auf ihr Gesicht gerichtet, aber er schien sie nicht zu sehen. Schweiß ließ sein Haar auf der Stirn kleben, seine Lippen waren trocken, sein Atem ging kurz und keuchend.

Emily konzentrierte sich darauf, den Rhythmus beizubehalten, den sie gefunden hatte, erhöhte ihr Tempo, als sie sah, dass er kurz davorstand zu kommen. Seine Lippen bewegten sich wortlos, als der erste, warnende Samenerguss den Eingang zu ihrem Bauch traf, dann warf er seinen Kopf zurück und bog seinen Hals, als er die Kontrolle verlor.

Emily presste ihre Lippen auf seine Kehle, als sein Samen sie flutete und wieder heraustropfte, sie presste ihre Muskeln fest zusammen, um den letzten Tropfen aus ihm herauszumelken. Und als er schließlich verausgabt zusammensank, ließ sie sich auf ihn fallen und bedeckte sein Gesicht mit Küssen.

«Wow! Du bist wunderbar!», flüsterte er heiser, während sein Mund ihren suchte und fand.

Sie kuschelten sich eng aneinander und hielten einander, während der Sturm zwischen ihnen abklang, in seinem Kielwasser eine köstliche Schlaffheit zurückließ. Nach ein paar Minuten streckte Emily sich und gähnte. Sie konnte Bretts Augen auf sich spüren.

«Was ist? Was ist los?», fragte sie, als sie seinen Gesichtsausdruck sah.

Er zuckte mit den Schultern und wandte seine Augen ab, sagte ihr, dass er unglücklich war. Plötzlich war ihr neugefundenes Selbstvertrauen dahin, sie fühlte sich bloßgelegt und unerfahren.

«War es nicht … ich dachte, es war schön?», fragte sie, und ihre Stimme klang mitleiderregend klein.

Brett setzte sich auf und starrte in der beginnenden Dämmerung auf sie hinunter.

«Es war wunderbar, Emily – wie kannst du das in Frage stellen?»

Er streichelte ihr Haar mit einer Zärtlichkeit, die bei ihr einen Kloß im Hals entstehen ließ.

«Warum dann …?»

«Nichts. Ich würde mir nur wünschen, dass …»

«Was? Was wünschst du dir?» Sie drückte ihn ungeduldig, hoffte gegen jede Vernunft, dass seine Gedanken ihre eigenen widerspiegelten.

Er lächelte, wie um sich über sich selbst lustig zu machen, und sah zur Seite, als ordne er seine Gedanken.

«Ich wünschte mir nur, dass wir mehr Zeit hätten. Es tut mir leid.»

Emily konnte das Strahlen, das sich von Ohr zu Ohr über ihr Gesicht ausbreitete, nicht zurückhalten, da er die Worte laut aussprach, die sie sich nicht zu sagen getraut hatte.

«Es tut dir leid?», echote sie.

«Ich sollte das wohl nicht sagen, schätze ich.»

«Wir haben ein Wochenendhaus, ein Cottage in Cornwall», sagte sie, ihre Worte überstürzten sich. «Wir könnten dorthin fahren, nur wir beide, solange wir wollen … Oh! Aber natürlich. Ich sollte mich bei dir entschuldigen, dass ich dich so etwas frage.»

«Emily?»

«Du hast dich verpflichtet, hier zu arbeiten, nicht wahr? Ich bin nur dein erster Auftrag.»

Die Wirklichkeit traf sie wie ein Eimer Eiswasser, dämpfte, was von ihrer Leidenschaft übrig war. Emily fühlte sich wie eine Idiotin, dass sie sich so hatte mitreißen lassen. Dass sie vergessen hatte, wie diese wunderbare Nacht von ihrer Mutter für sie gekauft worden war. Per Kreditkarte.

Brett lächelte immer noch sanft auf sie hinab, und sie sah ihn stirnrunzelnd an.

«Du bist so schön, Emily, so wahnsinnig liebenswert. Ich glaube, ich habe mich schon halb in dich verliebt.»

«Brett …!» Sie war halb schockiert, halb begeistert von seinen ernst vorgebrachten Worten.

«Und das nach nur einer Nacht!», lachte er leise. «Mit mehr gemeinsamer Zeit … könnten wir jetzt an diesen Ort fahren? Heute Nacht?»

Emily starrte zu ihm zurück und wusste, sie würde alles tun, überall hingehen, um herauszufinden, ob er der Richtige war. Ob das, was zwischen ihnen in den vergangenen Stunden aufgeflackert war, mehr war als ein simples Strohfeuer, entzündet von ihren Hormonen. Und in diesem Augenblick wusste sie, dass sie *wollte*, er wäre der Richtige.

«Aber … hast du nicht einen Vertrag hier?», flüsterte sie.

Brett lächelte ein wenig.

«Ich bin mein eigener Herr, Emily. Jeder Vertrag kann gebrochen werden.»

Er wartete, bis sie genickt hatte, bevor er sie mit seinem Kuss brandmarkte.

Fünfzehntes Kapitel

«Wo ist Brett?»

Maggie schaute überrascht hoch, als die Männerreihe vor ihr sich rührte. Keiner sah ihr in die Augen, als sie ihren Blick über jeden Einzelnen schweifen ließ, was an sich schon ungewöhnlich war. Normalerweise wurde die ganze Zeit beim Appell geplaudert und gescherzt, und keiner hatte jemals eine Frage unbeantwortet gelassen, die sie gestellt hatte. Maggie runzelte die Stirn, als ihr klar wurde, dass sie nichts mehr von Brett gesehen hatte, seit sie ihn, widerstrebend, am Abend zuvor mit Emily allein gelassen hatte.

Sie entließ die Männer und machte sich auf den Weg in ihr Büro, wo sie von einer sehr aufgebrachten Hilary erwartet wurde.

«Hilary! Was machst du denn hier so früh am Morgen?»

«Das musst du gerade fragen!»

Maggie schaute sie überrascht an, als sie die Tür öffnete. Zwei hektische Farbflecken stachen auf den Wangen der normalerweise blassen Frau hervor, und sie konnte anscheinend nicht still stehen. Ungeachtet des Rauchverbots im Club hing eine brennende Zigarette zwischen ihren Fingern.

«Am besten kommst du erst mal rein», bat sie sie neugierig.

Sobald sie drinnen war, marschierte sie einmal zum Fenster und zurück, bevor sie sich Maggie gegenüberstellte. Beim Sprechen wedelte sie mit ihrer Zigarette in der Luft herum, als wolle sie jedes Wort unterstreichen.

«Ich habe meine Tochter deiner Fürsorge anvertraut!», begann sie sichtlich erregt ihre Rede.

«Ich habe Emily nicht gesehen, als sie wegging, ich –»

«Ich vermute, sie wollte nicht gesehen werden!», unterbrach Hilary sie. «Sie hat zweifelsohne befürchtet, dass du versuchen würdest, sie aufzuhalten, wenn du sie gesehen hättest.»

«Ist es nicht gut gelaufen?», fragte Maggie und sorgte sich, dass ihr Gespür, Brett für Emily ausgesucht zu haben, falsch gewesen war.

«Gut gelaufen?» Hilarys Stimme kletterte um eine Oktave nach oben. «Gut gelaufen? Ja, es ist prima gelaufen. Zu gut geradezu, verdammt nochmal!» Sie brach ab, als hätte sie genug erklärt.

Maggie war vollkommen verblüfft und verwirrt. Stirnrunzelnd sagte sie: «Es tut mir leid, Hilary, aber ich kann dir nicht folgen.»

«Emily rief mich heute Morgen sehr früh an. Sie ist in Cornwall in unserem Wochenendhäuschen mit diesem … diesem Mann, dem du sie vorgestellt hast!»

Maggie wurde heiß und kalt, als ihr klar wurde, was das, was Hilary gerade gesagt hatte, bedeutete.

«Mit Brett? Aber da können sie nicht sein. Brett steht beim Club unter Vertrag.»

«So viel dazu!», schnaubte Hilary, ihre normalerweise melodische Stimme war vor Erregung ganz flach. «Dieser Typ, dieser Brett, hat offensichtlich keinerlei Sinn für Verantwortung. Und du hast ihn mit meiner Tochter durchbrennen lassen!»

«Aber, aber, Hilary», sagte Maggie beschwichtigend, «lass uns erst mal eine Tasse Kaffee zusammen trinken und die Sache durchsprechen. Glaube mir, ich bin genauso fassungslos wie du.»

Hilary ließ sich zu dem zitronengelben Chintzsofa hinführen und kreuzte elegant ihre Beine, während Maggie Kaffee in ihr Büro bestellte. Sie schien ein wenig ruhiger, während sie schweigend ihren Kaffee tranken. Als sie die kleine Tasse mit der Untertasse zurück auf den Couchtisch stellte, hatte sie bereits viel von ihrer Fassung wiedergewonnen.

«Ich muss mich bei dir entschuldigen», sagte sie unerwarteterweise und fegte Maggies Protest mit einer Handbewegung hinweg. «Nein, das muss ich wirklich. Emily ist alt genug, um für ihre Handlungen selbst verantwortlich zu sein. Es war lächerlich von mir, dich der Nachlässigkeit zu bezichtigen! Und wenn der Mann sie gegen ihren Willen dort festhalten würde, hätte sie wohl kaum angerufen, um mir davon zu erzählen, oder?»

Maggie lächelte leise in sich hinein bei der vollkommen unwahrscheinlichen Vorstellung, dass Brett Emily gekidnappt haben könnte. Das Lächeln verschwand von ihrem Gesicht, als Hilary fortfuhr.

«Ich glaube, ich bin deshalb in Panik geraten, weil sie die ganze Zeit davon geredet hat, dass sie verliebt wäre. Sie hat gerade mal eine Nacht mit diesem Mann verbracht, und schon spricht sie von Hochzeitsglocken und glücklich leben bis ans Ende ihrer Tage!»

«Wie bitte?»

Maggie dachte an Brett, nackt, tropfnass und halb ertrunken unter Schaumblasen im Whirlpool. Wut, Bedauern, Eifersucht – alles schoss schnell nacheinander durch sie hindurch. Sie schloss kurz ihre Augen. Als sie sie wieder öffnete, sah sie, dass Hilary ihren eleganten Kopf mit den kurzgeschnittenen Haaren auf die Hände stützte und leise weinte.

«Hilary?»

Maggie setzte sich instinktiv neben sie auf das Sofa und legte eine Hand in einer merkwürdigen Geste des Trostspendens auf ihre Schulter.

«Es tut mir leid. Ich habe mir einfach nur solche Sorgen gemacht. Emily ist alles, was ich habe, sie ist mein Baby. Sie hat noch nie etwas Derartiges gemacht!»

Sie schluchzte leise auf, und Maggie legte ihre Arme um ihre Schultern, zog ihren Kopf unter ihr Kinn. Sie tätschelte ihr tröstend den Rücken und wartete, in ihre eigenen Gedanken vertieft, bis das Schlimmste vorüber war. Nach einer Weile bemerkte sie, dass Hilarys Kopf auf ihre Brust gefallen war und dort ruhte.

Maggie streichelte das kurze rotgoldene Haar. Es knisterte vor Lebenskraft unter ihren Fingern, nahm das Sonnenlicht auf, das so durchs Fenster hereinfiel, dass es aussah, als hätte es Feuer gefangen. Fasziniert berührte Maggie den obersten Punkt von Hilarys Kopf mit den Lippen. Auf der weichen Haut fühlte ihr Haar sich wie Seide an und duftete zart nach frischen Pfirsichen.

Langsam, ohne ein Wort zu wechseln, drehte Hilarys Gesicht sich so, dass ihr Gesicht im warmen Tal zwischen Maggies üppigen Brüsten begraben war. Maggie trug eine weiche cremefarbene Seidenbluse über einer spitzenbesetzten Camisole, die vorne mit Schleifchen zugebunden war. Ihre Brüste schwollen an, als Hilarys Mund sie berührte, die Nippel stießen schamlos gegen die dünne Begrenzung des sie kaum bedeckenden Kleidungsstücks.

Unter dem engen roten Hemd und dem Spitzenhöschen spürte Maggie eine wohlbekannte Regung. Sie hatte das nicht erwartet, nicht von Hilary, dennoch hieß sie es willkommen, scharf darauf, eine weitere, weiche Frau kennenzulernen. Dieses Mal würde es keinen Zwang geben, keinen beiläufig zugefügten Schmerz, nur eine Befriedigung der Lust, die sich ihrer schnell bemächtigte. Sie fasste unter Hilarys Kopf, legte ihre Handfläche unter ihr Kinn und hob ihr Gesicht.

Hilary war sehr blass, ihr normalerweise makelloses Make-up streifig von den Tränen. Ihre Wimperntusche war verschmiert, und Maggie wischte den schwarzen Fleck mit dem Daumen weg. Ein paar feine Fältchen um die Augen waren der einzige Hinweis darauf, dass sie über die erste Blüte der Jugend hinaus war, und sie trug leicht an ihren Jahren. Die großen blauen Augen glänzten von den kürzlich geweinten Tränen, der kleine, weiche Mund war zittrig, als Maggies Augen auf ihren Lippen ruhten.

«Zieh dich für mich aus, Hilary», flüsterte sie.

Hilary stand sofort auf und fing an, die Knöpfe an der Jacke ihres fliederfarbenen Kostüms zu öffnen, wobei sie ihre Augen unverwandt auf Maggies Gesicht richtete. Die Jacke rutschte von ihren Schultern, und sie warf sie nachlässig auf den Couchtisch, von wo sie auf den Boden fiel. Der kurze enge Rock glitt über ihre schlanken Hüften, und sie kickte ihn zur Seite.

Darunter trug Hilary einen austernfarbenen Seidensatin-Body mit eingearbeitetem BH. Weiter nichts. Maggies Augen wurden von dem Schatten zwischen ihren Beinen angezogen, der sich verführerisch unter dem dünnen Stoff abzeichnete.

Hilarys lange Beine waren nackt, sie verschwanden in schlichten, hochhackigen Pumps in dem gleichen blassen Lila wie ihr Kostüm. Sie trug ein schweres Parfum, das Maggie entfernt wiedererkannte. Es streckte sich nach ihr aus, umfing sie mit seinem berauschenden Duft.

Ohne ein Wort stand Maggie auf und entledigte sich ihrer eigenen Bluse und ihres Rocks. Sie stand Hilary gegenüber in nichts außer ihrem weißen Spitzenhemdchen mit passendem Höschen, schwarzem Strumpfhalter und hochhackigen Riemchensandalen. Beide Frauen lächelten, bevor sie vorwärtsgingen.

Hilary fühlte sich leicht in ihren Armen an, als sie sich küssten, ihre Zungen verschlangen einander bereits heiß. Maggie fuhr mit ihren Händen die Arme der anderen Frau hinab und bewunderte die straffe Haut, jung geblieben durch Sport und sorgfältige Ernährung. Sie wusste, dass der Rest ihres Körpers in derselben Verfassung wäre, und sie war voll erregter Vorfreude, als sie sich die Erkundung vorstellte, die kommen würde.

Sie trennten sich, um die Teile abzulegen, die von ihren Kleidern übrig waren, bis sie beide nackt waren, bis auf Hilarys Schuhe und Maggies Strumpfhalter und Sandalen. Zwei Paar hungriger Augen beäugten den jeweils gegenüberstehenden Körper. Hilarys Brüste waren klein, hatten beinahe eine konische Form, gekrönt von zwei Nippeln in blassestem Rosa, hart wie zwei kleine Knöpfe. Unter ihren Brüsten war ihr Bauch sanft gerundet, die Haut perfekt bis auf eine kleine Reihe von Schwangerschaftsstreifen, die ihrer Schönheit keinen Abbruch taten.

Die weichen, gelockten Haare zwischen ihren Beinen hatten dieselbe goldene Farbe wie die auf ihrem Kopf. In ihren High-Heels waren sie ungefähr gleich groß, und als sie wieder zeitgleich aufeinander zugingen, schwenkten Maggies volle, weich gerundete Brüste gegen Hilarys.

Maggie stöhnte auf, als ihre Nippel sich berührten und Hilarys schlanke Arme um ihre Taille krochen.

«O ja!», murmelte die ältere Frau und erhöhte den Druck, sodass Maggies Brüste an ihr platt gedrückt wurden, die harten Spitzen sich in ihre eigenen weichen Knöpfe hineinpressten.

Maggie spürte das Raspeln von Hilarys feurigem

Schamhaar an dem gewöhnlicheren Schwarz ihrer eigenen, und sie stieß ihre Hüften vorwärts, um den Kontakt zu intensivieren. Sie küssten sich, langsam, ließen sich Zeit, probierten und genossen einander. Hilarys Mund schmeckte leicht nach Pfefferminz und etwas Süßerem, wie Honig. Maggie seufzte in ihren Mund hinein.

Als sie die Umarmung lösten, blickten sie einander erstaunt in die Augen. Dann drehte Hilary sich um, nahm Maggie an der Hand und führte sie zur Couch hinüber. Sie lächelte leicht und legte sich in die Kissen zurück, ihre Beine über der Lehne angewinkelt und ein Kissen so unter ihren Po gezogen, dass ihre Arschbacken mit der glatten Haut zu Maggies Vergnügen angehoben waren.

Maggies Augen wurden schwer, als sie sie über den träge auf dem Rücken liegenden Körper der Frau vor ihr schweifen ließ. Ihre Lippen kitzelten von ihrem Kuss, ihre Zunge war gierig nach einem reichhaltigeren Honig.

«Öffne dich für mich, Süße», flüsterte sie.

Hilary spreizte langsam ihre Beine und stellte sich zur Schau. Die Haut unter den lebhaften Locken war so blass, wie Maggie es noch nie gesehen hatte. Die äußeren Lippen waren einladend gespitzt, die blumenartigen Labien öffneten sich vor ihren Augen. Sie war sehr erregt, die blütenweiche Haut glänzte feucht im Sonnenlicht.

Weiter unten fältelte sich die Haut zu einem dunkleren Rosa bei der verbotenen Öffnung, die sich leicht ausdehnte, als sehnte auch sie sich danach, geliebt zu werden. Maggie sank am Ende der Couch auf die Knie und tupfte zart mit ihrer Zunge auf die feuchte Falte von Hilarys dargebotenem Geschlecht.

Hilary seufzte ungestüm und fasste nach unten, um ihre Klitoris zu berühren. Maggie beobachtete mit lusttrunkenen Augen, wie sie aus ihrer schützenden Hülle hervorschaute und auf die gekonnten Liebkosungen von Hilarys exklusiv manikürten Fingernägeln reagierte. Sie stellte sich vor, dass diese langen, fliederfarben bemalten Fingernägel ihre eigenen, sehnsüchtigen Hautblätter eroberten, und stand auf.

Maggie lächelte bei Hilarys fragendem Gesichtsausdruck und stellte sich über sie auf die Couch, mit dem Rücken zu ihrem Gesicht. Langsam spreizte sie ihre Beine und ließ sich so herunter, dass sie in der Neunundsechziger-Stellung landeten. Hilarys untere Lippen schlossen sich um ihre Zunge, als sie das erste Mal ausschweifend von ihrer Knospe zu ihrer Öffnung und auf der anderen Seite zurückleckte.

Wie sie erwartet hatte, schmeckte Hilary wie der süßeste, duftendste Honig, und Maggie schloss ihre Augen, um den Festschmaus noch mehr genießen zu können. Unterdessen war Hilarys Zunge alles andere als faul: Sie bohrte und tauchte ein, leckte und saugte. Ihre kleinen weißen Zähne knabberten an Maggies äußeren Labien, spreizten ihre Lippen noch weiter auseinander, sodass Maggie das Gefühl hatte, sie müsse direkt bis in ihren Bauch sehen können.

Maggie führte ihren Zeigefinger an Hilarys Geschlecht, um ihn nass zu machen, bevor sie die enge anale Öffnung befeuchtete. Hilary stöhnte, wobei das Geräusch von Maggies Körper gedämpft wurde, als Maggie langsam die Spitze ihres Fingers einführte. Hilary saugte heftiger, als Maggie ihren Finger hineinsteckte und wieder herausholte, sanft zuerst, dann mutiger, als der Schließmuskel nachgab und sich entspannte.

Hilarys Lustknospe bebte an ihrem Kinn, als sie ihre Zunge wie einen Miniaturschwanz benutzte, in ihre saftige Scheide stieß, bis sie ihren Höhepunkt herausschrie. Der Höhepunkt kam so plötzlich, dass er mit dem Rhythmus ihrer Zunge kollidierte, während Maggie sich, noch bevor die Muskelkrämpfe ihre Spitze erreicht hatten, auf Hilarys nach oben zeigendes Juwel setzte. Sie stellte einen Fuß fest auf den Boden am Ende der Couch, den anderen stützte sie leicht auf Hilarys Bauch ab. Sie hockte sich hin, fasste nach unten und öffnete ihre eigenen Schamlippen, glitschig von den Säften, die sich mit Hilarys Speichel vermischt hatten.

Ihr Atem kam als kurzes, flaches Keuchen, das beinahe schmerzhaft für sie war, als sie Hilarys Geschlecht mit ihrem eigenen bedeckte. Das Fleisch der anderen Frau war heiß und glitschig unter ihrem, und Maggie rieb sich so an Hilarys pulsierender Liebesknospe, dass die Wellen von Lust, die diese durchrauschten, sich auf ihre übertrugen. In Sekundenschnelle kam Maggie auch, und ihre heißen weiblichen Säfte vermischten sich, rannen ineinander, als sie sich in einem Anfall obszöner Lust aneinander rieben.

Es dauerte mehrere Minuten, bevor Maggie und Hilary wieder einigermaßen normal anmuteten. Hilary regte sich unter ihr und machte Maggie auf die Tatsache aufmerksam, dass ihr Gewicht wahrscheinlich zu viel für sie wurde. Sie bewegte sich, wenn auch widerstrebend, obwohl ihre eigenen Muskeln ebenso anfingen, sich zu verkrampfen.

Hilary rückte auf dem Sofa herüber, um Platz für sie zu machen, und Maggie glitt so neben sie, dass sie Hüfte an Hüfte, Brust an Brust auf der engen Couch lagen. Sie küssten sich ausgiebig, mit aneinandergepressten Stirnen. Hilary merkte zuerst, dass sie nicht allein waren.

Alarmiert davon, dass sie scharf die Luft einzog, setzte Maggie sich auf, um den Eindringling anzusehen. Oder vielmehr die Eindringlinge. Sie entspannte sich, und ein Lächeln breitete sich langsam auf ihrem Gesicht aus, als sie Jason und Con in der offenen Tür stehen sah.

«Wie lange seid ihr beide schon da?», fragte sie und liebkoste zerstreut Hilarys kleine Brust.

Jason wurde rot und senkte die Augen, während Con breit grinste. Ein Blick auf die beiden vorgeschriebenen kurzen Sporthosen sagte ihr, dass die beiden schon eine Weile zugesehen hatten – lang genug, damit das schwarze Lycra sich bis zum Äußersten spannte.

Als sie zu Hilary hinübersah, merkte Maggie, dass sie Con interessiert anschaute, und sie erinnerte sich, dass sie diese zwei jüngsten Neurekrutierten wohl noch nicht kennengelernt hatte.

«Kommt näher», lud sie ein, «lasst mich euch Hilary vorstellen. Hilary – das ist Jason», sie lächelte dem Jüngeren der beiden ermutigend zu, bevor sie großspurig ankündigte: «Und das ist Constantine G. Winchester der Dritte.»

Hilarys Augen gingen schnell über Jason hinweg, ihre Aufmerksamkeit wurde von Con gefesselt, der sich vor ihnen auftürmte.

«Hilfe, was für schöne Haut», murmelte sie, und Con schenkte ihr sein weißer als weißes Lächeln.

«Warum zieht ihr Jungs euch nicht aus und macht ein bisschen bei uns mit?», schlug Maggie so beiläufig vor, als böte sie ihnen eine Tasse Kaffee an.

Sie wandte sich wieder Hilary zu, ohne abzuwarten, ob sie das taten, was sie ihnen gesagt hatte. Sie nahm sie in die Arme und manövrierte sie vorsichtig hinunter auf den weißen, fellartigen Teppich auf dem Fußboden. Die kleinen Knopfnippel wurden wieder hart, als Maggie sie an ihre eigenen Spitzen drückte, und sie knieten einander gegenüber und küssten sich.

Aus den Augenwinkeln sah sie, wie Con sich hinter Hilary kniete, seine großen dunklen Hände einen Pfad von ihren Schultern zu ihrer Taille und wieder zurück zogen. Jason beobachtete ihn offensichtlich lernbegierig, denn sie spürte, wie seine kleineren Hände die gleiche Bewegung auf ihrem Rücken machten.

Sein scharfer junger Schwanz presste sich an ihren Rücken, als er anfing, sie auf den oberen Rücken zu küssen. Kleine elektrische Impulse liefen ihre Wirbelsäule hinunter, als Jason sie küsste und Hilary ihre festen Brüste mit den braunen Spitzen knetete. Obwohl sie seine Hände nicht sehen konnte, schloss Maggie aus Hilarys Gesichtsausdruck und den leisen Lustmaunzern, die ihren gespitzten Lippen entkamen, dass Con hinunter zwischen ihre gespreizten Pobacken gefasst hatte.

Hilary hatte einen entrückten Gesichtsausdruck, die Augen geschlossen, die weichen Lippen geöffnet. Sie hatte ihren Kopf so zurückgebogen, dass er auf Cons starker Brust lag. Maggie beugte sich vor, um ihren Kopf an den eleganten Bogen ihres Halses zu drücken. Ein kleiner Schweißtropfen rann an Hilarys Hals hinunter, und Maggie fing ihn mit ihrer Zunge auf.

Sie begehrte die salzige Flüssigkeit und leckte einen Pfad hinunter, zwischen Hilarys wunderbaren Brüsten und weiter zu ihrem Nabel. Jason stützte Maggies Hüfte, zog sie ein wenig auf ihren Knien nach hinten, sodass ihr Hintern auf seiner anwachsenden Schwellung festgehalten wurde.

Als sie ihre Zunge gierig in die tiefe Öffnung von Hilarys engem Nabel schoss, hob Con Hilary hoch und pfählte sie mit seinem harten Stamm. Maggie beobachtete fasziniert, wie die dicke schwarze Säule nur Zentimeter von ihrem Gesicht entfernt in dem blassrosa Fleisch verschwand und feucht glänzend von Hilarys Säften wieder auftauchte. Sie presste ihre Lippen dorthin, wo die beiden Körper sich vereinigten, sodass sie jedes Mal, wenn Con sich zurückzog, die Länge seines nassen Schaftes lecken konnte.

Jasons Hand spielte auf ihrem Rücken und fasste nach unten in ihre Spalte, wo seine Finger ihr feuchtes Zentrum suchten. Maggie spreizte ihre Beine willig, hieß seine Hand willkommen, die ihr heißes, hungriges Fleisch bearbeitete, während sie sich abwechselnd an Hilarys zum Bersten voller Vulva und Cons stoßendem Schaft ergötzte.

Hilary gab kleine, grunzende Laute von sich, als sie sich ihrem Höhepunkt näherte. Cons große Hände mit der schwarzen Haut bedeckten ihre kleinen Brüste, seine Lippen klebten an ihrem gebogenen Hals, als die ersten Krämpfe sie schüttelten.

Maggie drückte sich näher heran, gierig darauf, an dem Tumult teilzuhaben, der sich zwischen ihnen aufbaute. Ihre Zunge fand Hilarys zitternde Lustknospe und leckte daran, zog sie raus.

Während Maggie Hilary mit der Zunge Lust bereitete, hob sie ihren eigenen Hintern noch höher. Jason drang mit einem einzigen, sicheren Stoß in sie ein. Seine Haut fühlte sich warm und feucht auf ihrer Haut an, aber Maggie bemerkte ihn kaum, so vertieft war sie in das, was vor ihren Augen geschah.

Sie spürte den Augenblick, in dem Con anfing zu kommen. Hilarys Scheide krampfte sich zusammen, als die heiße milchige Flüssigkeit in sie hineinschoss und sich mit ihren eigenen Säften vermischte. Sie sickerte an Cons immer noch hartem Schaft herunter und blieb in Hilarys rotgoldenem Schamhaar hängen. Maggie schleckte an dem honigsüßen Gebräu, das aus Hilarys Körper quoll, bis Con, der schließlich erschlafft war, sich zurückzog.

Maggie rückte von Jason ab, wirbelte herum und schlang ihre Arme um seinen Hals. Die Enttäuschung auf seinem Gesicht sagte ihr, dass er dachte, sie habe genug von ihm, und sie lächelte frech. Seine Bestürzung wandelte sich in Erleichterung, als sie ihn hinunterzog und ihre Beine um seine Taille wickelte.

Sie hielt ihn fest an sich gepresst und bewegte ihr Becken im Rhythmus seiner heftigen Stöße, stimulierte ihre Klitoris an seiner glatten, weichen Haut, sodass sie zu der Zeit, als er seinen Höhepunkt hatte, ebenfalls auf der Kippe stand. Als er mit einem letzten, triumphierenden Stoß kam, wurde Maggie über den Rand geschubst und schrie laut auf, als die heißen Wellen der Lust über sie hinwegspülten.

Antony warf einen Blick auf Alexanders ärgerliches, entschlossenes Gesicht und zitterte. Maggie war so unvorsichtig gewesen, nicht darauf zu achten, dass der «Privatsphäre»-Schalter in der richtigen Position und der Spiegel undurchsichtig war. Seit dem Augenblick, in dem sie Hilary in den Arm nahm, hatte er gespürt, wie Alexander immer wütender geworden war.

Jetzt war sie gerade dabei, den jungen Jason mit solch offensichtlichem Vergnügen zu küssen, und Alexanders Wut war in dem kleinen Raum förmlich körperlich spürbar. Die Haut um seinen Mund war weiß, seine beeindruckend blauen Augen düster, als er einen flüchtigen Blick zu Antony hinüberwarf.

«Undisziplinierte Hure!», fauchte er.

Antony zappelte unruhig.

«Vielleicht ist es ihr noch nicht klar», verteidigte er sie schwach, aber Alexander hörte gar nicht zu.

Er hatte sich wieder der Szene im Büro zugewandt und beobachtete gerade, wie Hilary, Con und Jason Maggie allein ließen. Antony zuckte mit den Schultern. Vielleicht war es an der Zeit, dass auch Maggie herausfand, dass es nicht das reinste Zuckerschlecken war, Alexander zu lieben.

Stirnrunzelnd sah Antony weg und erinnerte sich daran, wie es war, als Alexander hier als Trainer auftauchte, einer der ersten im Black Orchid Club. Er hatte nicht lange dafür gebraucht, um Antony in sein manipulatives Spinnennetz der Verführung zu locken. Nicht, dass er viel Widerstand geleistet hätte. Antony lächelte reuevoll.

Nein, die guten Seiten davon, Alexanders Sklave zu sein, machten die schlechten mehr als wett. Es war nur so, dass man sich mit gewissen … Forderungen abfinden musste. Wie Maggie sehr bald herausfinden würde.

Antony stand auf und folgte Alexander aus dem Kabuff.

* * *

Maggie streckte sich wohlig, als sie ihren Morgenmantel überzog. Zwischen ihren Beinen war ein angenehmes Ziehen infolge von Jasons jugendlichem Enthusiasmus, und der Geschmack von Cons Sperma und Hilarys milderem Moschus bedeckte ihren Mund. Sie füllte sich gesättigt, vollgetankt mit Sex. Sie lächelte in sich hinein. Wie ausschweifend sie geworden war!

In ihrem privaten Badezimmer ließ Maggie sich ein tiefes, heißes Bad ein, in das sie eine großzügige Portion Schaumbad mit Blumenduft hineingoss. Sie summte fröhlich vor sich hin, als sie ihr Haar zu einer weichen dunklen Wolke bürstete und es auf ihrem Kopf auftürmte.

Der Spiegel beschlug bereits, als sie ihr Gesicht und ihren Hals eincremte und mit Kosmetiktüchern darüberwischte, bevor sie sich mit warmem Wasser wusch. Die

Blasen gingen jetzt bis zum Rand der Wanne. Sie drehte die Wasserhähne zu und stieg hinein.

Sie seufzte, als ihr ganzer Körper ins süß duftende Wasser einsank. Es überspülte sie, liebkoste ihre übersensibilisierte Haut, als sie sich hinten an das aufblasbare Kissen anlehnte und ihre Augen schloss.

Sie keuchte, als harte, männliche Hände plötzlich ins Wasser hineingriffen und sie aus der Wanne herauszerrten. Ihre Augen flogen auf, als die Zugluft von der offenen Tür ihre nasse Haut peitschte und sie sich gefangen sah von Alexanders kalten und wütenden blauen Augen.

«Alex! Was machst du denn da. Oh!»

Er hielt sie so, dass ihre Füße mehrere Zentimeter über dem Fußboden baumelten. Sein Blick war ein gefühlloses, eisiges Blau, und Maggies Augen flatterten nervös dorthin, wo Antony in der Tür stand. Das Licht kam von hinten, sodass seine Gesichtszüge im Schatten lagen, aber in seiner Haltung lag eine besondere Spannung, die ein alarmierendes Zittern über ihre Haut jagen ließ.

Alexander sagte kein Wort, zerrte sie halb hinüber zur Toilette, wo er sich auf den geschlossenen Deckel setzte und sie mit dem Gesicht nach unten auf seinen Schoß legte. Maggie kämpfte verzweifelt darum, sich aufzurichten, aber ihre Arme und Beine schlugen nur hilflos um sich, ihre Bewegungen waren unbeholfen und unkoordiniert.

Antony kam rein und setzte sich auf den Wannenrand, die Knie gespreizt, eines auf jeder Seite ihres Kopfes. Er war es, der etwas sagte.

«Du verschwendest deine Zeit, Maggie. Lieg still, oder du wirst dich erschöpfen.»

Maggies verzweifelter Kampf beruhigte sich auf seinen vernünftigen Ton hin, und sie streckte ihren Hals nach oben, um sein Gesicht zu sehen. Alexanders Hand kam runter auf ihren Nacken und zwang ihren Kopf wieder hinunter, sodass alles, was sie sehen konnte, der cremefarbene Teppich war, bespritzt mit dem seifigen Wasser, das von ihrem nassen Körper heruntertropfte.

Ihre Beine baumelten hilflos, ihre Zehen berührten kaum den Boden, als Alexander sie weiter übers Knie zog, der raue Jeansstoff brannte an den Spitzen ihrer Brüste, wie sie so vollkommen unzeremoniell über seine Knie fielen.

Selbst jetzt hatte Maggie seine Absicht noch nicht voll verstanden, und der erste kurze, scharfe Schlag von seiner bloßen Hand auf ihrem Hinterteil ließ sie einen Satz machen und protestierend aufschreien.

«Halt still, Maggie, was ist mit dir los?», kam Antonys gelangweilte Stimme von über ihr.

«Er hat mich geschlagen!», kreischte sie empört und wehrte sich vergeblich gegen Alexanders beharrliche Hände.

Es gab ein weiteres knallendes Klatschen, als seine offene Handfläche noch einmal auf ihren sich windenden Po auftraf, rasch gefolgt von einem weiteren und noch einem weiteren. Der Klang seiner Hand auf ihrer nassen Haut schien in dem kleinen Raum vervielfältigt zu werden, von den Wänden widerzuhallen.

Und es tat weh. Egal, wie sehr Maggie sich dagegen wehrte, es gab kein Entkommen. Ihr Hintern fing an zu brennen, als er sie mitleidslos versohlte. Tränen kamen ihr in die Augen und tropften unkontrolliert auf den Fußboden. Warum machte er das?

Sie hob ihre Augen in einer stummen Bitte zu Antony, doch er hatte seinen Hosenstall aufgemacht und masturbierte langsam. Er lächelte sie schief an, beinahe lieb, bevor er die Spitze seines Schwanzes an ihren zitternden Mund hielt.

Maggie versuchte ihren Kopf wegzudrehen, aber Alexanders Finger packten sie grausam bei den Haaren am Hinterkopf und hielten sie still. Zentimeter um Zentimeter führte Antony seinen Penis an der Barriere ihrer Lippen und Zähne vorbei und in die heiße, nasse Höhle dahinter. Maggie würgte, als Antonys Stamm in ihren unwilligen Mund rein- und rausfuhr, während das Schlagen immer weiterging.

Plötzlich drangen Alexanders Finger von hinten in sie ein. Sie hörte ihn höhnisch lachen, und ihr wurde klar, dass sie nass sein musste. Eine Schamwelle fegte über sie hinweg, und sie verschloss ihre Augen davor. Dass sie Lust aus dieser … dieser Erniedrigung hatte ziehen können! Die Tränen tropften von ihren Wangen, als Alexander erbarmungslos ihre Klitoris manipulierte, sodass ihre Beine sich gegen ihren Willen weiter öffneten, ihr Hintern sich höher in die Luft drückte, als wolle er seiner Bestrafung auf halbem Wege entgegenkommen, sie begrüßen.

Antony war jetzt kurz davor, seine Stöße wurden drängender, nahmen auch weniger Rücksicht auf sie, wie er ihren Mund benutzte. Alexander nahm seine Hand von ihrem Nacken und fasste nach unten, um mit ihren baumelnden Brüsten zu spielen. Ihr war heiß, ihre Vulva pulsierte wie wild, als er an ihren Nippeln zog und sie kniff.

Als Antony anfing, in die Tiefe ihrer Kehle zu ejakulieren, brachte Alexander eine Reihe von kurzen, heftigen Schlägen an der Unterseite ihrer Brüste an, und sie kam, warf ihre Hüften zurück auf seine rauen Finger, während ihre Glieder außer Kontrolle gerieten.

Sie hatte kaum Zeit, sich zu erholen, als Antony sich aus ihrem Mund zurückzog und Alexander sie von seinem Schoß schubste, als ob sie ihn anekelte. Sie lag zu ihren Füßen auf dem Boden und starrte durch ihre Tränen zu ihnen hinauf. Antony zog ungerührt den Reißverschluss seiner Hose hoch, bevor er über sie hinwegstieg, ohne ihr tränenverschmiertes Gesicht ein einziges Mal anzusehen.

Alex hockte sich neben sie und studierte es leidenschaftslos.

«Tränen stehen dir», sagte er heiser, «wir werden dafür sorgen, dass du noch mehr vergießt.»

Maggie starrte ihn böse an. Ihr Hinterteil brannte immer noch schmerzhaft, ihre Brüste schmerzten, und ihr Kiefer fühlte sich an, als hätte er eine Starre. Sie hielt die Luft an, da er ihr Kinn plötzlich zwischen Daumen und Zeigefinger nahm und ihren Kopf hochzog.

«Es wird Zeit, dass du die Regeln lernst, liebe Maggie. Nimm dein Bad und komm dann rauf ins Apartment. Ich bin noch nicht fertig mit dir.»

In Maggies Brust regte sich Widerstand.

«Ich könnte zur Tür hinausgehen!», sagte sie mit zitternder Stimme. «Ich könnte euch verlassen. Ihr könnt mich nicht aufhalten!»

Alexander ließ sie los und stand auf. Turmhoch stand er über ihr, die immer noch nackt zu seinen Füßen lag, und lächelte sie auf eine äußerst merkwürdige Art an.

«Natürlich», sagte er nach langem Schweigen. «Du darfst gehen, wann immer du möchtest. Aber ich glaube nicht, dass du das tun wirst.»

Dann lachte er. Ein leises, grausames Lachen, das Maggie Eis durch die Seele sandte. Sie wagte nicht, sich zu rühren, als er über sie hinwegstieg und sie in dem kleinen Badezimmer allein zurückließ.

Stocksteif lag sie dort mehrere Minuten einfach so da und fragte sich, was er meinte. Schließlich fing sie an zu zittern, und ihre Arme und Beine begannen sich zu verkrampfen. Langsam, vorsichtig brachte sie sich in eine sitzende Position. Sie wimmerte, als ihre wunden Pobacken sich am Teppich schabten. Sie zog sich am Badewannenrand hoch und kletterte in das mittlerweile lauwarme Wasser.

Als sie hineinsank, berührte sie sich vorsichtig zwischen den Beinen. Ihre Vulva war immer noch geschwollen, ihre Lustknospe ungeschützt. Winzige Nachbeben durchliefen sie, und sie schloss ihre Augen. Und in diesem Augenblick wusste sie mit beängstigender Sicherheit, dass Alexander recht hatte.

Der Black Orchid Club war ihr Zuhause geworden. Sie würde hier niemals weggehen.

Sechzehntes Kapitel

Antony begrüßte sie ziemlich normal, als sie in das Apartment zurückkehrte.

«Ah, Maggie! Du kommst gerade rechtzeitig fürs Mittagessen.»

Sie schaute sich nervös um, als sie ihren Platz am Tisch einnahm und Antony einen Teller selbstgemachter Lasagne vor sie hinstellte. Sie nahm sich Salat und frisches, knackiges Baguette und merkte erst jetzt, dass der Tisch nur für zwei Personen gedeckt war.

«Alexander kann uns leider keine Gesellschaft leisten», sagte Antony, als hätte er ihre Gedanken gelesen.

Die furchtbare Spannung, die Maggies Magen zugeschnürt hatte, begann sich beim Essen zu lösen. Was auch immer Alex sonst noch sein mochte, sie konnte nicht leugnen, dass er ein exzellenter Koch war. Seitdem sie bei ihm und Antony eingezogen war, musste sie in der Küche noch keinen Finger rühren, und alles, was ihr über die Lippen gekommen war, hatte köstlich geschmeckt.

Sie spürte, dass Antony sie beobachtete, und sah ihn fragend an.

«Was ist? Was ist denn?»

Er lächelte rätselhaft und schüttelte den Kopf.

«Ich sehe dir gerne beim Essen zu.»

«So? Warum?»

«Weil du genauso isst, wie du liebst – mit Gusto!»

Maggie lachte und biss in ihr Brot. Es verwandelte sich in ihrem Hals in Sägemehl, sodass sie beinahe daran erstickte, als Antony mit unheilvoller Stimme fortfuhr.

«Und ohne Disziplin.»

«Ich versteh dich nicht», wandte sie ein, nachdem sie ihren plötzlichen, unerklärlichen Durst mit einem großen Glas Mineralwasser gestillt hatte.

«Nein. Aber das wirst du noch. Schau nicht so besorgt drein», beruhigte er sie, als Maggie einen Schauder nicht unterdrücken konnte. «Es ist zu deinem eigenen Besten. Alles braucht schließlich Regeln, und oft sind es genau diese Regeln, die letzten Endes zum am höchsten gesteigerten Genuss führen.»

Er lächelte halb ob ihres besorgten Erstaunens und prostete ihr zu.

«Bist du fertig?»

Sie nickte.

«Gut. Dann komm mit mir – ich muss dir etwas zeigen.»

Sie gingen ins Schlafzimmer, und Antony holte oben vom Schrank ein großes schwarzes Lederfutteral herunter, wie eine Künstlermappe. Er bedeutete ihr, sich zu setzen, und sie ließ sich auf der Bettkante nieder. Eine merkwürdige Nervosität sammelte sich in ihrer Magengrube, hielt sie ruhig. Sie konnte nicht einmal ahnen, was die Mappe enthielt, aber sie hatte das bestimmte Gefühl, dass es ihr nicht gefallen würde.

Sie beobachtete schweigend, wie Antony den Reißverschluss und die purpurfarbenen Schleifen öffnete, die den Inhalt zusammenhielten. Er verteilte ihn offen auf dem Bett und sah Maggie mit einem intensiven Blick an.

«Du fühltest dich zu Alexander hingezogen, als du ihn das erste Mal gesehen hast, nicht wahr?»

Maggie nickte und senkte ihren Blick vor dem unerklärlichen Licht, das in seinen stahlgrauen Augen leuchtete.

«Er hat diese Wirkung auf Menschen. Genauso war es

auch bei mir. Du liebst ihn, genau wie ich, und im Namen der Liebe lässt du es zu, dass er dich verletzt. Ja, ich weiß, du glaubst, du bist zu clever, um in Alexanders kleine Spielchen hineingezogen zu werden», lachte er beinahe bitter, als sie einen Einwand murmelte. «Aber das bist du nicht, Maggie, genauso wenig wie ich es bin. Und obwohl du es noch nicht akzeptiert hast, so wie ich, bist du bereits verloren. Schau's dir an.»

Widerstrebend wandte Maggie ihre Augen von ihren eigenen gefalteten Händen ab und sah auf das, was auf dem Bett lag. Ihre Augen weiteten sich, und ihr Atem stockte. Da lagen Fotografien, riesige, glänzende, schwarz-weiße Fotografien, die professionell ausgeleuchtet waren. Antony hatte ein halbes Dutzend oder so auf dem Bett verteilt, sodass Bild auf Bild ihre entsetzten Augen angriff. Leise rutschte er vom Bett hinunter und ging aus dem Zimmer, sanft die Tür hinter sich zuziehend.

Ein paar Minuten später nahm Maggie das am nächsten liegende Foto hoch und zog es auf ihren Schoß. Es war ein Mann, den Rücken zur Kamera gewandt, seine Arme hoch über dem Kopf weit auseinander festgebunden. Die Halterung war nicht im Bild. Er war nackt, seine Beine standen weit auseinander, sein Gesicht war zwar halb der Kamera zugewandt, aber im Schatten, sodass seine Gesichtszüge nicht zu erkennen waren.

In dem breiten Schwung seiner Schultern lag etwas Bekanntes, die glatte, starke Länge seines Rückens ... Antony! In der Art, wie er sich hielt, lag eine Spannung, die Muskeln unter seiner Haut spielten so, als erwarte er Schmerzen. Zwischen seinen Beinen konnte man gerade noch seine Hoden sehen. Sie sahen entsetzlich verwundbar aus.

Das zweite Foto war aus demselben Blickwinkel aufgenommen, obwohl der Mann diesmal zusammengesackt war, seine Beine waren in den Knien gebeugt, sein Kopf hing vornüber, sodass sein Gesicht wiederum nicht zu sehen war. Maggie schnappte nach Luft, hielt sich die Fingerspitzen vor die Lippen, als sie die deutlich markierten, erhabenen Striemen quer über seinem Rücken und seinem Po sah. Sie bildeten ein perfektes Kreuzgitter auf seiner samtweichen Haut. Die Präzision, mit der sie angebracht waren, jagte ihr einen kalten Schauer über den Rücken. Langsam zeichnete sie die Striemen mit ihren Fingerspitzen nach, bevor sie sich das nächste Bild griff.

Dieses Mal nur Kopf und Schulter. Antonys Gesicht, voll angespannter Konzentration, mit geschlossenen Augen und einer tiefen Falte zwischen den Brauen. Seine Lippen spannten sich um den nassen, knolligen Kopf eines anonymen Penis.

Auf Bild Nummer vier waren wieder der Kopf und die Schultern zu sehen. Dieses Mal hatte Antony seinen Kopf zurückgeworfen, der starke Bogen seines Halses offen gelegt. Das helle Haar war dunkel vom Schweiß, klebte an seiner Stirn. Sein Mund war offen, als ob er laut schrie, sein Gesicht erfüllt mit dem allerexquisitesten Ausdruck von Schmerz. Obwohl das Bild sie schockierte, wurde Maggie klar, dass sie ihn noch nie schöner gesehen hatte, und zu ihrem Unglück spürte sie ein wohlbekanntes Kribbeln zwischen ihren Beinen.

Das nächste Foto, das sie hochnahm, war eine liebevoll aufgenommene Nahaufnahme von einem männlichen Hintern, vermutlich Antonys. Seine Finger waren auch im Bild, sie spreizten seine eigenen Pobacken und offenbarten das perfekte Tattoo auf der Innenseite der einen Pobacke, die schwarze Orchidee. Sein Poloch erschien als eine dunkle, verbotene Höhle, glänzend, als wäre sie erst kurz zuvor geölt worden.

Und schließlich eine Frau, nackt bis auf schenkelhohe Lederstiefel, die den größten Dildo, den Maggie jemals gesehen hatte, fröhlich in dieses weitgeöffnete Loch einführte.

«Hübsche Bilder.»

Sie zuckte zusammen, als Antonys heißer Atem ihr Ohr liebkoste. Sie hatte ihn nicht zurückkommen gehört, und sie ließ das letzte Bild fallen, denn sie fühlte sich lächerlicherweise schuldig, dass sie es so gründlich studiert hatte.

Seine Lippen verzogen sich zu einem kleinen ironischen Lächeln, und er sammelte die Fotos ein, legte sie vorsichtig zurück in die seidengefütterte Mappe und packte sie zurück nach oben auf den Schrank. Dann drehte er sich um und sah Maggie mit solcher Freundlichkeit an, dass sie spürte, wie ihr die Tränen in die Augen stiegen.

«Verstehst du?», sagte er sanft.

Maggie war nicht sicher, ob sie verstand, aber sie nickte und lächelte ihn dankbar an, als er ihr einen Martini reichte. Er beobachtete sie genau beim Trinken, wartete geduldig auf die unausweichlichen Fragen.

«Aber warum?», brach es schließlich aus ihr heraus. «Er behandelt dich so schlecht, doch du liebst ihn immer noch.»

«Alexander ist nicht so wie andere Männer, Maggie. Er wird dir nie das geben, was du willst, aber er wird dafür sorgen, dass du dabeibleibst, nur für den Fall, dass sich die Möglichkeit ergibt. Er ist ein Kontrollfreak. Ein Puppenspieler. Und wir sind seine geliebten Puppen.»

Maggie dachte eine Weile darüber nach.

«Und dir reicht das?», fragte sie schließlich.

Antony zuckte mit den Schultern, eine schwache Farbe kroch über seine Wangenknochen.

«Das muss es. Frag ihn nach mehr, als er dir zu geben bereit ist, und du wirst gar nichts mehr haben.»

Ein Ausdruck reinster Verzweiflung erschütterte seine Augen für einen Moment, und Maggie beugte sich instinktiv hinüber und drückte ihre Wange an seine. Er legte seine Arme um sie und wandte ihr so sein Gesicht zu, dass ihre Lippen zusammenstießen. Sie küssten sich, zuerst träge, liebevoll, aber dann fing etwas zwischen ihnen Feuer und wuchs so, dass Maggie auf einmal an ihm hing und ihren Schenkel einladend über seinen erregten Schritt rieb.

Sie hielt die Luft an, als er sie plötzlich wegschubste.

«Nein!» Er schüttelte den Kopf und versuchte seinen stoßweise gehenden Atem unter Kontrolle zu bringen. «Du hast mir nicht zugehört!»

Maggie lachte nervös und versuchte, näher an ihn heranzurücken, aber er zog sich zurück.

«Ich versteh das nicht – wir haben schon früher zusammen geschlafen, unzählige Male. Du bist erregt, ich bin erregt – wo ist das Problem?»

«Alexander hat keine Erlaubnis erteilt.»

Maggie starrte ihn an, nicht sicher, ob sie richtig gehört hatte. Sie zog sich ans andere Ende vom Bett zurück und schüttelte den Kopf.

«Warte mal einen Moment … du meinst, die ganzen anderen Male … es war immer auf Alexanders Kommando? Du musst verrückt sein!»

«Nicht verrückt, Maggie. Ich spiel einfach nur das Spiel. Wie auch du es tun musst, wenn du hierbleiben möchtest.»

«Ich bin nicht sicher, ob ich das will!»

«Maggie, Maggie! Denk nach, bevor du etwas überstürzt. Die letzten paar Wochen hier haben dir doch gefallen, oder?»

Sie nickte widerstrebend.

«Und du wurdest nie unbefriedigt gelassen, wenn du es wolltest?»

«Nein, aber –»

«Da siehst du's! Alexander kann auch großzügig sein.»

«Was ist mit dem, was heute Morgen passiert ist?»

Die Erniedrigung, aus ihrer Badewanne gezerrt und geschlagen zu werden, war immer noch um sie. Und Antony hatte keinen geringen Anteil an ihrer Bestrafung! Sie funkelte ihn ob dieser Erinnerung wütend an.

«Du bist gierig geworden, Maggie. Denk darüber nach – alle sinnlichen Erfahrungen, die dein leidenschaftliches kleines Herz begehrt, *solange du dich an die Regeln hältst.*»

«Alexanders Regeln.»

«So ziemlich.»

Maggie stand auf und marschierte zur Tür und zurück.

«Bisher hast du eine Menge darüber gesagt, was Alexander will, und nichts über dich selbst. Wie empfindest du es, dass ich hierhergekommen bin und mit euch lebe?»

Antony zuckte mit den Schultern und fuhr das Muster der Bettwäsche mit der Fingerspitze nach, er vermied, ihr in die Augen zu sehen.

«Was ich fühle, ist nicht wichtig.»

«Natürlich ist es das!», rief Maggie leidenschaftlich, fiel vor ihm auf die Knie und zwang ihn dazu, sie anzusehen.

«*Du* bist wichtig, Antony. Das glaubst du doch bestimmt, oder?»

Ihre Vorstellung hatte ihn aufgeschreckt, aber jetzt lächelte er sie beinahe mitleidig an.

«Ich habe meine Wahl getroffen, Maggie, genau wie du. Was Alexander sagt, wird gemacht. Und es kommt nicht oft vor, dass ich mir etwas anderes wünsche.»

Er zog sie plötzlich zu sich heran und küsste sie wild. Maggies Lippen wurden gegen ihre Zähne gepresst, und sie schmeckte Blut, bevor er den Kuss löste. Aufgewühlt stapfte sie zum Fenster hinüber. Alles, was sie sehen konnte, waren endlose, regennasse Dächer, die Tauben sorgten für die einzigen Lebenszeichen.

«Er sagte, er wäre noch nicht fertig mit mir», sagte sie, als sie sich zu sprechen traute. «Was sollte das heißen?»

«Die Zeit ist gekommen, meine liebe Maggie, wo du deine Hingabe an unsere exklusive kleine *Ménage à trois* zeigen musst. Schau nicht so ängstlich drein – ich verspreche dir, wenn du gut bist, wirst du es lernen, alle kleinen Spielchen von Alexander zu genießen. Irgendwann.»

«Hast du ihr alles erklärt?»

Antony sah von dem Buch auf, das er gerade las, als Alexander ins Wohnzimmer kam.

«Ich habe es versucht.»

Alex lächelte das schöne Lächeln, von dem einem die Zehen kribbelten, das immer jeglichen Widerstand hinwegschmolz, den Antony ihm gegenüber fühlen mochte. Er sah heute Abend großartig aus, das weiße Hemd aus reiner Baumwolle spannte über seinen Schultern, die schwarze Hose passte sich seinen Hüften und seinen Beinen wie eine zweite Haut an. Antony seufzte. Aber Alexander war für den Augenblick voll auf Maggie konzentriert, und er wusste genau, dass er sich besser nicht aufzudrängen versuchte, wo er nicht erwünscht war.

«Wo ist sie jetzt?»

«Sie schläft.»

«Lass sie schlafen. Morgen fangen wir richtig an.»

Maggie fühlte sich angeschlagen, als sie aufwachte. Antony lächelte auf sie hinunter, ein Tablett in den Händen.

«Komm schon, Schlafmütze!», flüsterte er. «Frühstück ist fertig.»

Sie rappelte sich zum Sitzen auf und atmete das reiche dunkle Aroma von frischem Kaffee ein.

«Hmm! Danke, Antony. Wie spät ist es?» Sie blinzelte zur Nachttischuhr und fluchte mild. «Warum zum Teufel hast du mich nicht aufgeweckt? In fünf Minuten ist Morgenappell!»

Sie machte Anstalten, aus dem Bett zu klettern, aber Antony unterbrach sie mit einer Hand auf ihrem Arm.

«Du bist fürs Erste von allen deinen Pflichten entbunden.»

Maggie rieb sich die verschlafenen Augen und starrte ihn verständnislos an.

«Was soll das heißen, fürs Erste?»

«Bis dein Training abgeschlossen ist. Jetzt iss auf, sei ein braves Mädchen, wir haben heute noch viel zu tun.»

Maggie starrte ihm mit offenem Mund hinterher, als er sie mit dem Tablett zurückließ, der Appetit war ihr vergangen. Ihr Training. Natürlich. Das, was gestern passiert ist, war erst der Anfang. Flüchtig kam ihr der Gedanke, dass sie immer noch einen Rückzieher machen konnte. Sie konnte aus diesem Bett aufstehen, sich anziehen und aus der Tür hinaus in die normale Welt gehen.

Sie biss in ein warmes, knuspriges Brötchen und verteilte dabei die Krumen auf dem ganzen Tablett. Geschmolzene Butter tropfte über ihre Zunge, und sie schloss einen Augenblick ihre Augen. Wer brauchte Normalität? Falls sie hier jetzt fortginge, würde sie vielleicht niemals herausfinden, wo die äußersten Grenzen ihrer eigenen Persönlichkeit lagen.

«Ich hab dir ein Bad eingelassen», sagte Antony ihr, als er zurückkam, um das Tablett zu holen.

Maggie wankte ins Badezimmer und sank hinein in das warme, ölige Wasser. Es umarmte sie mit seinem alles durchdringenden Duft, plätscherte über ihre makellose Haut und überzog sie mit Feuchtigkeit. Falls das hier ein Teil der ‹Regeln› war, glaubte sie, könne sie die notwendige Portion Gehorsam aufbringen!

Antony wartete auf sie, als sie herauskam. Sie war in ein Handtuch gewickelt und immer noch feucht.

«Komm hier herüber, Maggie», rief er.

Sie taperte nachsichtig zum großen weißen Ledersofa hinüber. Auf die Glasplatte vom Couchtisch hatte er eine große Schüssel mit sauberem Wasser gestellt, ein Stück Seife, einen kleinen Glasflakon mit Öl, und, was das Beunruhigendste war, eine silberne Schere mit langem Griff und ein altmodisches, langes Rasiermesser.

«Was …?»

«Beruhige dich, guck nicht so besorgt. Hast du noch nie deine Muschi rasiert?»

Er streckte seine Hand aus und winkte sie zu sich. Widerstrebend legte sie sich auf dem Rücken aufs Sofa. Das weiche Leder fühlte sich kühl unter ihrer bloßen Haut an, während Antony mit Handtüchern umwickelte Kissen unter ihre Hüften schob, um ihren Po so weit anzuheben, dass er auf seiner Augenhöhe war. Sie hielt ihre Knie züchtig zusammengepresst, als er die weichen Locken ihres Schamhügels zerstreut mit dem Handrücken streichelte, während er etwas von seiner Ausrüstung aussuchte.

Antony runzelte leicht die Stirn, als er sich wieder zu ihr umdrehte.

«Also, das bringt jetzt aber gar nichts, Schätzchen,

oder?», schalt er sie gutmütig, als sie ihre Beine stur zusammenhielt.

«Ich ... ich komm mir blöd vor!», beichtete sie, heiße Farbe stieg ihr in die Wangen.

Es war irgendwie alles so klinisch, so ... kalt.

«Betrachte mich als deinen Arzt», schlug Antony vor und machte es für sie versehentlich noch schlimmer. «Ich hab das alles schon mal gesehen, weißt du! Komm schon – öffne dich für mich.»

Widerstrebend teilte Maggie ihre Schenkel, bot sich ihm dar. Sie wurde von seinem Lächeln belohnt.

«Das ist schon besser. Jetzt noch weiter auseinander – tu einen Fuß nach oben, auf die Rückenlehne vom Sofa, und stell den anderen auf dem Fußboden ab.»

Maggie gehorchte, aber fühlte sich fürchterlich bloßgelegt, als er die Schere hochnahm. Sie schloss ihre Augen. Er fing an zu schneiden, wobei er ihr Haar zwischen den ersten beiden Fingern einer Hand hochzog und es wie ein Friseur kurz schnitt.

«Versuch dich zu entspannen, meine Liebe. Ich bin wirklich ziemlich gut darin!» Er hörte auf zu schneiden und fing an, die Seife aufzuschäumen. Maggie musste zugeben, dass es den Anschein hatte, er wusste, was er tat, als er in ihren vorgeschnittenen Locken einen Schaum herstellte. Er vermied es, ihre Vulva zu berühren, und konzentrierte sich stattdessen auf den dichter bedeckten Venushügel.

Sie zuckte zusammen, als das kalte Metall des Rasiermessers das erste Mal ihre Haut berührte.

«Halt still!», befahl Antony ungeduldig. «Ich will dich nicht schneiden.»

Maggie wagte kaum zu atmen, während er sie sorgfältig von ihrem Schamhaar befreite. Nach jedem Schaben mit dem Rasiermesser reinigte er es im Wasser und fuhr mit seinen Fingerspitzen über die nackte Haut, testete das Resultat. Nach ein paar Minuten stand er auf und ging das Wasser wechseln.

Als er aus dem Zimmer war, blickte Maggie verstohlen an sich hinunter und sah die pinkfarbene zarte Haut ihres Schamhügels, von dem der schützende Haarteppich jetzt entfernt worden war. Er sah fremd aus, merkwürdig verwundbar. Sie biss sich nervös auf die Lippen, als Antony zurückkehrte.

«Das Schönste zuletzt!», sagte er mit einer Stimme, die wie Seide über ihre gespannten Nerven rann.

Maggie hielt den Atem an, als er vorsichtig ihre äußeren Schamlippen teilte. Zwischen seinen Brauen bildete sich eine kleine, konzentrierte Falte, als er systematisch das schüttere Haar einschäumte, die cremige Substanz in ihre schrumpfende Haut einarbeitete. Das Rasiermesser fühlte sich kalt an, als es über ihre zarte Haut schabte.

Ihre bloßgelegte Vulva fühlte sich ungeschützt an, als die Kante des Blatts langsam über ihren Rand fuhr. Sie seufzte vor Erleichterung tief und lang und unregelmäßig, als Antony sein Werkzeug zur Seite legte.

«Reizend», murmelte er und fuhr dann in einem etwas geschäftsmäßigen Ton fort: «Geh jetzt auf die Toilette, bevor ich dich einöle.»

Maggie erhob sich gehorsam und tat, worum sie gebeten worden war. Sobald sie fertig war, legte sie eine Pause vor den vom Fußboden bis zur Decke reichenden Spiegelfliesen ein, um sich selbst zu studieren. Am Endpunkt ihrer Oberschenkel, wo vorher ein perfektes Dreieck verschlungener Locken gewesen war, war jetzt nur noch rosafarbene zarte Haut. Die Spalte in der Mitte war deutlich zu sehen, sie verbarg kaum die Hülle ihrer Klitoris, die hindurchschaute.

Langsam stellte Maggie ihre Füße einige Zentimeter breit auseinander. Ihre Schamlippen schauten unten ein wenig aus den schützenden Lippen heraus, sodass ihre allerprivateste innere Haut bloßgelegt war. Wenn sie ihre Knie nur ein ganz klein wenig beugte und ihr Becken abknickte, kam der Eingang zu ihrem Bauch in den Blick, dunkel und einladend, schockierend zugänglich.

Sie zuckte zusammen, als Antony sie rief, und ging mit zusammengepressten Schenkeln zurück ins Wohnzimmer.

Maggie nahm wieder ihre Position auf der Couch ein und gab sich ihren Empfindungen hin, als Antony anfing, ihre frischrasierte Scham mit schwerem, duftendem Öl einzureiben. Sie seufzte, als er sich bis zu ihrer Vulva hinuntergearbeitet hatte, spürte, wie ihre Lippen sich öffneten und anschwollen, seine Berührung vorausahnten. Sie lächelte in sich hinein, denn sie überlegte, dass die glitschigen Falten ihrer inneren Lippen nicht depiliert zu werden brauchten, Antony aber dennoch seine Aufmerksamkeit darauf zu konzentrieren schien.

Nach und nach wurde ihre Haut warm und geil, ihre eigenen, nach Moschus duftenden Flüssigkeiten mischten sich mit dem aromatischen Öl. Ihre Beine fühlten sich schwer an, gewichtig, als er einen Kreis um ihre erwachte Knospe beschrieb. Sie zitterte, sie ahnte voraus, dass er ihre harte Spitze berühren würde. Wenn er sie dort anfassen würde, wusste Maggie, wären es nur Sekunden, bis sie käme.

Sie stöhnte, und ihre Augen öffneten sich bestürzt, als er plötzlich aufhörte. Er lächelte bedauernd, während er seine Finger an einem Handtuch abtrocknete.

«Noch nicht, meine Liebe», erklärte er ihr. «Noch für eine ganze, lange Weile nicht.»

«Aber –»

«Beruhige dich! Lieg jetzt still, während ich dir dein Geschirr anpasse.»

Das Blut schoss Maggie in den Kopf, als er unter dem Tisch in eine Schachtel griff, die sie vorher nicht bemerkt hatte. Er schien einen Augenblick zu überlegen, bevor er etwas aus ihrem Inhalt aussuchte. Die Vorrichtung, die er hervorholte, ließ ihr den Atem stocken.

«Das sollte ungefähr passen. Stellst du dich bitte hin?»

Er gab ihr seine Hand und half ihr auf die Füße. Sie stand vor ihm, wie betäubt, als er einen dünnen schwarzen Lederriemen, der mit Metallringen behängt war, um ihre Taille befestigte. Er lächelte beinahe launisch zu ihr hinauf, als er etwas an dem Ring einklinkte, der sich vorne an dem Gürtel befand. Einen weiteren Lederriemen, aber dieses Mal war am anderen Ende ein kleiner Beutel aus Maschengewebe befestigt, ähnlich geformt wie das Körbchen eines Heuschreckensammlers.

Maggies Augen wurden groß, als er es hochhielt, damit sie es sehen konnte. Der flexible Rahmen war mit weichem Gummi umhüllt, das an der Haut ihrer Leistengegend klebte, als Antony es in Position brachte. Ein weiterer Riemen hing am unteren Punkt des umgedrehten Dreiecks. Er wurde zwischen ihren Beinen hindurchgeführt, passte genau über ihren Damm und führte weiter entlang in der tiefen Spalte zwischen ihren Pobacken.

Sobald der Drahtkorb an einem Metallring auf der Rückseite des Taillengürtels festgehakt war, war Maggies Geschlecht vollkommen eingeschlossen.

«Wofür zum Teufel soll das gut sein?», wollte sie wissen, während sie sich vergeblich in den Riemen wand.

«Dem Streben nach deinem besseren Wesen, Maggie», antwortete er aufreizend.

Er war noch nicht fertig. Maggie beobachtete angewidert, wie er zwei breite Lederbänder um ihre Handgelenke schlang, und ihr Mund öffnete sich vor Entsetzen, als er sie hinter ihrem Rücken miteinander verband.

«Antony –»

«Ruhig. Hab Geduld.»

Er verpasste ihren hervorstehenden Nippeln einen spielerischen Kniff, und trotz ihres wachsenden Unwohlseins spürte Maggie als Antwort ein pulsierendes Pochen zwischen ihren Beinen. Der nächste Riemen wurde an dem gleichen Ring an ihrem Nabel befestigt, der auch den Keuschheitsgürtel fixierte. Nur dass dieser zwei breite, zusammengebundene Lederkreise hatte, die wie ein Büstenhalter über ihre Brüste glitten und auf ihrem Rücken mit einem Halter um den Hals befestigt wurden.

Antony fuhr mit seinen Fingern leicht unter den Riemen durch, die ihre Brüste formten, und stellte sie hinten etwas enger, sodass die beiden festen weißen Kugeln leicht gequetscht wurden.

«Ist das bequem?»

Sein warmer Atem kitzelte ihr Ohr, als er von hinten hineinmurmelte. Maggie flüsterte mit trockenem Mund und Kehle:

«Ja.»

Kaum hatte sie das gesagt, stellte Antony die Brustfesseln noch enger, die sie jetzt fester zusammenschoben und sie nach vorne quetschten.

«Und jetzt?»

«D-das ist etwas unbequem, Antony – oh!»

Er zog noch fester, sodass ihre Brüste jetzt an der Schmerzgrenze unter Spannung gehalten wurden. Maggie biss sich auf die Unterlippe und konzentrierte sich darauf, die Tränen zurückzuhalten, die ihr in die Augen gesprungen waren.

«Jetzt lass dich mal ansehen.»

Antony trat einen Schritt zurück, um sein kunstvolles Werk zu bewundern, seine Augen verweilten auf der gestörten Form ihrer Brüste. Er trat vor und rollte ihre Nippel zwischen Daumen und Zeigefinger, bis sie hervorstanden, zwei harte, verräterische kleine Kieselsteine.

«Schon besser. Aber wir dürfen die Schuhe nicht vergessen – Alexander hat sie extra für dich mitgebracht. Warte hier.»

Er verschwand im Schlafzimmer und kam mit einem Schuhkarton zurück. Darin lagen Schuhe mit den höchsten Absätzen, die Maggie jemals gesehen hatte. Antony half ihr hineinzusteigen, stützte sie mit einer Hand am Ellenbogen, da sie gefährlich in ihnen schwankte.

«Komm und sieh dich an.» Er schubste sie sanft Richtung Schlafzimmer. Er hatte die Schlafzimmertür offen gelassen, und Maggie konnte sich beim Gehen in den Spiegeltüren des Schrankes sehen. Sie erkannte sich kaum wieder in der gefesselten Kreatur mit den wilden Augen, die auf den unglaublich hohen Absätzen verführerisch mit den Hüften wackelte.

«Schön. Alexander wird erfreut sein. Hier herüber, aufs Bett.»

Maggie tat, was er ihr sagte. Zum einen weil sie nicht wusste, was sie sonst tun sollte, zum anderen, musste sie zugeben, war sie neugierig auf das, was wohl als Nächstes passieren würde. Sie setzte sich gefügig hin, und Antony bürstete ihr langes, dickes dunkles Haar, drapierte es wie einen glänzenden Umhang um ihre Schultern. Er bürstete es, bis es glänzte, dann strich er es ihr aus dem Nacken und küsste sie.

Seine Fingerspitzen fuhren federleicht und spielerisch auf der einen Seite ihres Halses hinunter, während seine

Lippen die andere liebkosten. Maggie schloss die Augen, als er die zarte Haut an der Kehle streichelte. Sie stöhnte leise, als sie spürte, wie sie dort von einem Fell geküsst wurde, und merkte, dass er einen gefütterten Lederriemen um ihren Hals gelegt hatte.

Ein Gefühl von Unausweichlichkeit bemächtigte sich ihrer, als hinten an ihrem Halsband eine Kette festgehakt und sie damit an den hohen, verzierten Bettpfosten gebunden wurde. Die Kette war lang genug, dass sie ihren Kopf auf die Kissen legen konnte, aber nicht so lang, dass sie vom Bett hätte aufstehen können.

Antony faltete ein schwarzes Seidentuch zu einer Augenbinde. Er küsste ihre beiden Augenlider, bevor er es fest um ihren Kopf band. Maggie versuchte alles, um wenigstens durch einen Spalt etwas Licht sehen zu können, und kleine Panikattacken flatterten durch ihren Magen.

«Keine Sorge – ich gehe nicht weit weg. Ich bring dir mittags was zum Essen.»

Antony küsste sie sehnsüchtig und liebevoll auf die Lippen. Dann ließ er sie allein. Maggie setzte sich auf, versuchte die plötzliche absolute Stille zu durchdringen. Sie war froh, dass das Zimmer warm war, aber wünschte sich, dass Antony bei ihr geblieben wäre oder zumindest ein Radio angelassen hätte. Sie hatte sich noch nie so vollkommen allein gefühlt.

Sie ließ sich vorsichtig auf das Bett gleiten, legte ihren Kopf auf die weichen Kissen und bereitete sich darauf vor, auf Alexander zu warten.

Siebzehntes Kapitel

Alexander kam nicht. Maggie döste leicht ein und schreckte aus dem Schlaf hoch, als Antony ihre Schulter berührte. Er entfernte die Augenbinde, aber band ihre Hände nicht los. Stattdessen fütterte er sie mit häppchengroßen Stücken von zartem Pfeffersteak und frischem grünem Salat, der mit schwerem, duftendem Öl übergossen war.

Sie nippte an dem körperreichen Rotwein, und Antony tupfte ihr geduldig das Kinn ab, wenn er vorbeifloss. Als sie fertig war, trug er sie, immer noch gefesselt, zum Badezimmer, wo er ihren enganliegenden Schutzkorb losmachte, damit sie sich erleichtern konnte.

Maggie spürte, wie ihre Wangen wegen Antonys beharrlicher Gegenwart rote Flecken bekamen, als sie auf der Toilette hockte. Sobald sie fertig war, wusch er sie mit einem warmen, weichen Flanelltuch und ließ sie die Beine spreizen, damit er noch etwas von dem parfümierten Öl einmassieren konnte.

Wie beim ersten Mal stimulierte und reizte er sie, bis ihre Haut feucht und geil war, ihre Glieder voller Hitze. Dann warf er einen schnellen, bedauernden Blick auf ihre bedürftige Knospe, legte den Gürtel schnell wieder an und trug sie zurück ins Schlafzimmer.

In der ganzen Zeit hatte Antony kaum ein Wort zu ihr gesagt, außer dass sie sich hier- oder dorthin bewegen sollte. Als er sie wieder verließ, hätte Maggie vor Einsamkeit schluchzen können. Zumindest hatte er das schwarze Seidentuch nicht wieder um ihre Augen gebunden, aber ihre Arme hatten es satt, hinter ihrem Rücken in der gleichen Position gehalten zu werden. Und das feuchte, zarte Fleisch ihres Geschlechts pulsierte und pochte, sehnte sich schmerzlich nach Erlösung.

Sie verlor das Gefühl für die Zeit, schlummerte immer mal wieder leicht ein. Etwas an der Art der Stille sagte ihr, dass die Nacht hereingebrochen war, und sie war immer noch allein. Sie würden heute Nacht also nicht mit ihr schlafen.

Maggie stellte sich Antony und Alexander zusammen im großen Bett unten in der Wohnung vor. Hatten sie sie vollkommen vergessen? Sie hatte mit Erniedrigung gerechnet, vielleicht sogar mit Schmerzen, aber diese Isolation war viel, viel schlimmer. Zumindest hatte sie seine volle Aufmerksamkeit, wenn Alex sie benutzte. Tränen des Selbstmitleids füllten ihre Augen und quollen an den Winkeln hervor, liefen seitlich an der Nase herunter und in ihren Mund. Schließlich schlief sie ein.

Beim Frühstück flehte sie Antony an, ihre Hände zu befreien.

«Bitte – nur beim Essen, während du da bist! Es ist ja nicht so, dass ich irgendetwas machen könnte, solange du mich beobachtest!»

Er hatte ihre Frage ignoriert, wo er die Nacht verbracht hätte, und ignorierte auch diesen Ausbruch. Geduldig löffelte er warmen, cremigen Porridge zwischen ihre stur Widerstand leistenden Lippen und half ihr, ihn mit starkem Kaffee herunterzuspülen. Wieder einmal trug er sie ins Badezimmer, wusch und ölte sie, stellte sicher, dass sie kurz vorm Orgasmus war, bevor er sie wieder verschnürte.

«Das ist nicht mehr lustig!», beschwerte sie sich mit piepsiger Stimme, als er sie zurück aufs Bett legte.

Seine Lippen streiften kurz ihre Stirn.

«Es soll auch nicht lustig sein», murmelte er leise.

Maggie hörte, dass seine Schritte die Tür erreichten und sie sich hinter ihm mit einem Klicken schloss. Sie konnte es nicht ertragen. Ihre Arme und Beine begannen zu zittern, ihre gequetschten Brüste bebten vor Erschütterung.

«Antony! Antony, komm zurück!»

Sie wartete und horchte nach seinen Schritten, wenn er zurückkäme. Als er nach mehreren Minuten nicht reagiert hatte, überkam sie ein roter Nebel ohnmächtiger Wut, und sie fing an zu schreien: «Lass mich hier raus! Antony! Alexander! Ihr verdammten Mistkerle – komm jetzt hierher zurück!»

Unglaublicherweise öffnete sich die Tür, und Antony erschien wieder. Er trug einen Koffer und blickte nicht einmal in ihre Richtung, sondern ging schnurstracks zum Schrank hinüber und fing an, ihre Kleider hineinzustopfen.

Maggie beobachtete mit wachsender Bestürzung, wie ihre sämtlichen Kostüme und Blusen, ihre Röcke und Pullover achtlos in den Koffer gesteckt wurden.

«Was machst du da?», fragte sie piepsig.

Antony hielt inne und warf ihr einen kalten Blick zu.

«Du wolltest weggehen.»

«Nein! Nein, ich mag das hier nur nicht ...»

«Also möchtest du nicht weiterspielen?», schnappte Antony. «Willst du die Segel streichen? Wach auf, Maggie – das hier ist ein Spiel für Erwachsene. Entweder du hältst dich an die Regeln, oder du haust ab, und zwar jetzt gleich. Was soll es sein?»

Maggie starrte ihn mit großen Augen an, sie fühlte sich wie eine Idiotin.

«Ich bleibe hier», flüsterte sie.

Antony sah sie eine Weile intensiv an, dann nickte er zufrieden.

«Gut», sagte er barsch.

Maggie sah zu, wie er ihre Kleider wieder aufhängte und ohne einen weiteren Blick in ihre Richtung aus dem Zimmer ging. Als er weg war, kroch sie unter die Bettdecke und rollte sich zu einer Kugel zusammen.

Sie musste eingeschlafen sein, denn sie wurde von dem Klang von Stimmen aus dem Nebenzimmer geweckt. Sie rappelte sich ungeschickt hoch auf die Knie und strengte ihre Ohren an, um zu horchen. Es war Alexander … und Antony und eine Frau. Die Tür öffnete sich, und ihr Verdacht bestätigte sich.

«Oh!»

Die Frau schien auf der Türschwelle innezuhalten, offensichtlich hatte sie gerade Maggie in der Ecke gefesselt gesehen.

«Das ist in Ordnung, Camilla. Maggie wird gerade beigebracht, wie sie es mir recht machen kann», sagte Alexander.

Die Frau kicherte.

«Sie muss sehr störrisch sein!»

Antony schlenderte quer durchs Zimmer, hob Maggie ohne ein Wort hoch und nahm sie hinüber ins Badezimmer, wo er das übliche Ritual von Waschen und Einölen an ihr vollzog. Er fuhr die Spuren ihrer Tränen mit dem Daumen nach und mokierte sich darüber. Der warme Flanell wischte sanft über ihr Gesicht. Dann wurde sie zurück ins Schlafzimmer getragen.

Dieses Mal spürte sie allerdings nicht die wohlbekannte Bettdecke unter ihren bloßen Pobacken, sondern die kalte, harte Oberfläche des stabilen, modernen Toilettentisches. Antony hängte die Kette hinten über den Spiegel.

Alexanders regloses Gesicht schwamm in ihren Gesichtskreis. Er bewunderte die Riemen, die sich über ihrem

Körper kreuzten, ihre Brüste betonten und ihr Geschlecht abschirmten, wenn auch nicht vollkommen verbargen.

«Wunderschön», verkündete er. «Maggie, du bietest einen schönen Anblick.»

Er nahm ihr Kinn fest zwischen seinen Daumen und Zeigefinger, zwang seinen Kopf zurück und bedeckte ihren Mund mit seinem. Trotz ihres Unbehagens schmolz der Kuss ihr Inneres, ließ ihre Arme gegen ihre Fesseln kämpfen, als sie versuchten, dem Instinkt zu gehorchen und ihn zu umarmen. Sie öffnete ihre Augen, als er sich zurückzog, ihren Mund mit seinem Daumen öffnete und die weiche, nasse Haut an der Innenseite ihrer Unterlippe liebkoste.

Seine andere Hand legte sich auf eine angespannte Brust und drückte und knetete, zwickte ihren Nippel, bis er hart wurde, bevor er seinem Zwilling die gleiche Behandlung zuteil werden ließ. Sie stöhnte leise, als seine Hände über die weichen, geschwungenen Kurven ihres Bauches und ihrer Hüften strich, bevor sie auf dem Drahtgewebe zur Ruhe kamen, das ihr Geschlecht bedeckte.

Plötzlich trat er weg.

«Sehr gut», sagte er kühl, anscheinend hatte es ihn vollkommen gleichgültig gelassen, dass er sie berührt hatte.

Maggie beobachtete voller Entsetzen, wie er ihr seinen Rücken zuwandte und zum Bett hinüberging, wo Antony und Camilla einander langsam auszogen.

«Alex – Alexander, bitte! Binde mich los. – Lass mich nicht so ...»

Sie verstummte, als er ihr einen irritierten Blick zuwarf.

«Bring sie zum Schweigen, Antony.»

Er wandte sich Camilla zu, nahm sie in die Arme und küsste sie leidenschaftlich. Antony stand auf und ging zu ihr hinüber, er trug nur noch seine Unterhose. Wortlos nahm er das Seidentuch, das anfangs um ihre Augen gebunden war. Maggie zuckte zurück, sie hatte Angst, dass er ihr wieder die Augen verbinden würde. Sie hielt die Luft an, als sie erkannte, dass seine Absicht viel schlimmer war.

Tränen stürzten ihr in die Augen, als ihre Lippen an die Zähne gedrückt wurden und sie die Seide schmeckte, immer noch salzig von alten Tränen. Antony lächelte sie kühl an, und sie wusste, dass er ungeachtet all seiner vernünftigen Worte eifersüchtig auf sie war. Sie starrte ihm nach, als er ging, um sich zu dem Paar auf dem Bett zu gesellen.

Sie wollten sie doch wohl nicht dazu zwingen, zuzusehen, wie sie diese Frau liebten? Sie berührten, küssten, schmeckten, wie sie es so viele Male mit ihr getan hatten? Es war entsetzlich, erniedrigender, als alle Schläge oder körperliche Bestrafung hätten sein können. Nicht einmal in der Lage zu sein, sich selbst zu berühren, während sie zusah …

In diesem Augenblick dämmerte ihr der Grund für das alles. Natürlich, Alexander wollte sie dafür bestrafen, dass sie sich ohne seine Erlaubnis verlustiert hatte. Das war seine Art, ihr Selbstbeherrschung beizubringen – indem er sie zwangsweise keusch hielt!

Maggie biss auf ihren Knebel. Ihre Sexlippen schwollen bereits an, sehnten sich nach einer menschlichen Berührung. Sie versuchte, ihre Augen von den drei nackten Körpern abzuwenden, die sich vor ihr auf dem Bett wanden, aber wo auch immer sie hinsah, waren Spiegel, die sie mehrfach vervielfältigt zurückwarfen.

«Augen auf, Maggie!»

Sie sprangen auf, Alexanders Befehl folgend, und Maggie zitterte vor seinem wütenden Blick.

«Sieh zu und lerne. Du wirst die Hauptattraktion der

nächsten Partynacht sein, Maggie, also passt du jetzt besser auf.»

Kälte kroch in ihre Glieder, als sein missmutiger Gesichtsausdruck sich in ein höhnisches Lächeln verwandelte. Die Partynacht war in zwei Tagen. Alexander heckte irgendetwas aus, und sie war ziemlich sicher, dass es ihr nicht gefallen würde. Fürs Erste traute sie sich allerdings nicht, ihm nicht zu gehorchen. Sie lehnte sich zurück an die kalte Spiegelfläche und sah zu.

«Dreh dich um, Camilla, auf deinen Rücken. Zeig Maggie, wie wunderschön du bist.»

Die Frau hatte weiches weißblondes Haar, das ihre Schultern küsste. Die veilchenblauen Augen, die Maggie beeindruckend anstarrten, waren leicht glasig, als ob sie betrunken wäre oder unter Drogen stand. Als Alexander mit seiner Hand über ihren flachen Bauch strich, warf sie sich in die Brust, drückte ihre vollen Brüste mit den rosigen Spitzen heraus und spitzte ihre untere Lippe. Ihre Haut war sehr blass, übersät mit einem Hauch von Sommersprossen.

«Siehst du, wie gefügig sie ist?», sagte Alexander liebevoll.

Er brachte einen kurzen, leichten Schlag an der Unterseite von Camillas Brüsten an. Maggie konnte die Augen nicht abwenden, als sie in Reaktion darauf zitterten. Die Frau gab keinen Laut von sich, obwohl ihre breiten, geröteten Lippen sich zu einem leisen Keuchen teilten. Sie legte sich zurück auf die Kissen, vollkommen reglos, während Alexander mit seinen Händen ihren Körper hinunterfuhr und sie um das leichte blonde Vlies zwischen ihren Beinen schloss.

Bereitwillig zog sie ihre Knie an sich, als er sie spreizte und Maggies Augen gefesselt wurden von der entsetzlich offen zur Schau gestellten pinkfarbenen Haut ihres Geschlechts.

«Siehst du – schon saftig!»

Alexander tauchte seinen Finger ein und hob ihn an seine Lippen. Maggies Beine fingen an zu zittern, als er begann, sich mit seinen Fingern an den zarten Falten entlang vorzuarbeiten. Camillas leises Stöhnen hallte von den Wänden wider und dröhnte in Maggies Ohren. Alex lächelte sie böse an, als er mit der Fingerspitze die winzige Lustknospe umkreiste. Maggie beobachtete fasziniert, wie daraufhin die Feuchtigkeit zwischen den Lippen von Camillas geöffnetem Geschlecht hervorquoll.

Auch an ihren eigenen Schenkeln sammelte sich als Reaktion darauf die Feuchtigkeit, und sie versuchte, sie zusammenzupressen. Das Drahtkörbchen verhinderte das jedoch, indem es sie leicht gespreizt hielt. Maggies Vulva fing an, wie verrückt zu pochen, als Camillas Atem schneller wurde und sie ihre Hüften vom Bett hochhob und mit einem Stöhnen wieder heruntersackte, da Alexander ihr die letzte Erlösung verweigerte.

Er gab Antony ein Signal, der ein Kissen unter die Hüfte der Frau schob. Jetzt war auch ihr enger kleiner Anus zur Schau gestellt. Alexander schmierte etwas von der Feuchtigkeit aus ihrer Vulva die Falte hinunter und rund um den gefältelten Eingang. Dieser öffnete sich unter dem Druck seines Fingers, und er fing an, sich seinen Weg hinein zu bahnen.

«Das magst du, Maggie, nicht wahr? Du hast einen sehr reaktionsfreudigen kleinen Arsch – perfekt, um einen Mann zu nehmen. O ja», er lächelte als Reaktion auf ihr leises, ersticktes Wimmern. «Es ist an der Zeit, dass du dieses einzigartige Vergnügen kennenlernst. Und das wirst du auch. Auf der Partynacht.»

Er wandte seine Aufmerksamkeit wieder Camilla zu und fing an, sie leidenschaftlich zu küssen. Antony manövrierte sie auf die Seite und drang von hinten in sie ein. Falls sie hätte sprechen können, hätte sie laut geschrien. Alexanders Worte hatten sie bis auf die Knochen erschreckt. Er hätte nichts sagen können, was sie mit mehr Furcht erfüllt hätte. Sie hatte es gehasst, im Exhibition Room zur Schau gestellt zu werden, sie wusste, dass sie es nicht ertragen würde, solche intimen Handlungen auf einer Bühne zu vollziehen, vor einem Live-Publikum.

Sie spürte Alexanders Augen auf sich ruhen und starrte ihn aufsässig an. Zu spät begriff sie durch das plötzliche Flackern in seinen Augen, dass ihr Widerstand ihn erregte. Sie zog sich bis an den Spiegel zurück, als er aufstand und auf sie zukam.

Er war sehr erregt, sein langer, schlanker Schwanz stand von seinem Körper ab. Er fasste hinter sie, enthakte ihre Hände und führte sie in ihren Schoß. Sie schloss die Augen, als sie seinen Duft einatmete, Zitrus und Moschus.

Lautes Stöhnen kam vom Bett, und sie schauten beide auf Antony und Camilla. Sie hockte jetzt in Hundemanier auf Händen und Füßen, und Antony pumpte mit seinen Hüften wie wahnsinnig, sein Gesicht verzerrt zu einem Bild der Verzückung. Alexander drehte sich wieder zu Maggie um, nahm ihr die Sicht. Ohne ein Wort nahm er ihre Hand und legte sie auf seinen Schwanz.

Maggies Hand schloss sich widerstrebend um ihn und fing an, sich an seinem Schaft auf und ab zu bewegen. Er fühlte sich sehr heiß an, als stünde sein Höhepunkt kurz bevor. Seine Lippen fuhren in einem federleichten Kuss über ihren gebundenen Mund. Dieser Kuss war ihr Verhängnis. Plötzlich wollte sie ihm Lust bereiten, wollte ihn die Frau auf dem Bett vergessen lassen.

Während sie ihm in die Augen starrte, strich sie mit ihrem Daumen über den weichen Kragen rund um seine Eichel und zeichnete mit der Spitze ihres Daumennagels die Form der feuchten Rille nach. Sie passte den Zeitpunkt ab und bewegte die lockere Haut mehrere Male über seinen Schaft.

Ein Triumphgefühl ließ sie erröten, als der erste, gewaltige Samenerguss aus ihm herausbarst, gefolgt von noch einem und noch einem. Die warme klebrige Flüssigkeit traf auf ihren bloßen Bauch und tröpfelte dort hinunter, wo ihr nacktes, enthaartes Geschlecht von Draht und Leder gefangen war.

Als er schließlich fertig war, seufzte er und wandte sich von ihr ab. Maggie war so in seine Lust vertieft gewesen, dass sie gar nicht gemerkt hatte, dass Antony und Camilla weggegangen waren. Alexander ging hinüber zum Bett und glättete die Laken. Maggie beobachtete ihn mit großen Augen, sie wagte kaum zu hoffen, als er zu ihr zurückkam.

Zuerst hakte er die Kette los und hob sie hinunter. Dann führte er sie zum Bett hinüber, indem er seinen Finger unter den Gürtel ihres Ledergeschirrs hakte. Dort entfernte er ihr die Handschellen, die Halsfessel und die Brustriemen. Ihre Brüste sprangen frei und schaukelten durch die Kraft ihres Eigengewichts. Als Nächstes kam der Drahtkorb und zu guter Letzt das Seidentuch, das sie knebelte.

Als sie schließlich nackt vor ihm stand, fuhr Alexander anerkennend mit seinen Augen über ihren Körper, vom Hals bis zu den Zehen und wieder zurück nach oben, wo sie auf dem rasierten Hügel verweilten.

«Spreiz deine Beine», befahl er.

Maggie tat automatisch das, worum er sie gebeten hatte. Ihre geschwollenen Fleischfalten fühlten sich schwer zwischen ihren Beinen an, und sie wusste, dass sie nass war.

«Beug dich ein wenig in den Knien – so ist's gut. Stoß deine Hüfte nach vorne. – Reizend! Deine inneren Lippen hängen weiter herunter als die äußeren. Ich glaube, wir werden dich von jetzt an immer rasieren, Maggie, es ist eine Schande, einen derart charmanten Vorzug zu verbergen.»

Maggie zitterte leicht, stumm bat sie ihn, sie zu berühren. Er lächelte, und sie war sicher, dass er ihre Gedanken gelesen hatte. Plötzlich streckte er die Hand aus und zwickte in ihre hervorstehenden Sexlippen, zog sie zu sich. Ihre Arme schlangen sich um seinen Hals, und sie hing an ihm, während er mit seinen Fingern über die glitschigen Falten fuhr.

Es dauerte nicht lange. Abstinenz und Vorenthaltung hatten sie verzweifelt gemacht, und innerhalb von Minuten flutete die wohlbekannte schwache Hitze durch sie hindurch. Als die ersten Wellen des Orgasmus sich brachen, umfasste Alexander ihr pulsierendes Geschlecht sanft mit seinem Handteller, sodass sie in seine Hand hinein zitterte, während sie ermattet an ihn sank.

Sie nahm kaum Notiz davon, als er sie hochhob und neben sich in das große, weiche Bett legte. Er wiegte sie in seinen Armen und murmelte Koseworte in ihre Ohren. Als sie sich beruhigt hatte, hob er ihr Kinn und starrte ihr intensiv in die Augen.

«Bist du jetzt bereit, dich mir zu ergeben, Maggie?», fragte er sanft.

Maggies Herz machte einen Sprung, als sie sich vorstellte, dass er sie jetzt nehmen, jetzt besitzen würde.

«O ja!», flüsterte sie inbrünstig.

«Mit Körper und Seele?»

«Mit Körper und Seele.»

Er lächelte und legte ihren Kopf unter sein Kinn.

«Gut», sagte er einfach. «Dann werden Antony und ich dich morgen ausführen, um deine Entschlossenheit zu testen.»

Es dauerte ein paar Minuten, bis Maggie verstand, dass sie alles gegeben hatte, was sie war, nur um diese Nacht genießen zu dürfen. Sie gab sich damit zufrieden, kuschelte sich eng an Alexanders warmen, starken Körper und schlief ein.

Maggie sah sich nervös um, bis sie einen Tisch fanden. Als Alexander ihr gesagt hatte, dass sie zum Abendessen ausgehen würden, hatte sie ein romantisches Restaurant erwartet, vielleicht mit Kerzen auf dem Tisch. Nicht so eine schmuddelige Fernfahrerkneipe an der Umgehungsstraße.

Die tödliche Unterbrechung sämtlicher Gespräche, die ihre Ankunft angekündigt hatte, sie in der Mitte zwischen Antony und Alexander, war gerade dabei, sich zu legen. An der Kaffeebar stand ein schmieriger Mann mittleren Alters in einer schmuddeligen, blau-weiß gestreiften Schürze, die sich über seinem Kugelbauch spannte. Er starrte völlig erstaunt zu ihr hinüber, und Maggie drehte sich weg.

Ein alter Mann stützte sich auf die Bar, seine ausgebeulten, fleckigen Hosen hingen gerade noch an einem Paar ausgefranster Hosenträger. Seine wässrigen Augen folgten Maggie, als sie sich widerstrebend auf den Stuhl neben Alexander gleiten ließ, schräg gegenüber von Antony. Ein einsamer Trucker saß zu ihrer Linken. Er war so vertieft darin, seinen übervollen Teller mit Pastete und Fritten zu vertilgen, dass er nicht einmal seine Augen vom Teller hob.

Am anderen Ende des Raumes hing eine Gruppe Motorradrowdys ab. Einer, der etwas manierlicher aussah als der Rest, beobachtete gerade, wie Maggies Kleid an ihren Oberschenkeln hochkroch, während sie unbeholfen in den ausgeformten Plastiksitz glitt, der viel zu nah an dem Tisch mit der Resopalplatte fest auf dem Boden fixiert war. Sie zog vergeblich am Saum ihres roten Lycraschlauches und hielt die Augen gesenkt.

Warum hatte Alexander für sie heute Abend ausgerechnet dieses Kleid ausgesucht? Obwohl es lange Arme hatte und am Hals hochgeschlossen war, schmiegte es sich an jede Kurve und überließ nichts der Einbildungskraft. Der enge Rock endete auf halber Höhe ihrer Oberschenkel, sodass der seidenglatte Rand ihrer bestrumpften Beine entblößt war.

In einem dämmrigen, verrauchten Nachtclub wäre das vielleicht noch gegangen, aber hier, unter dem grellen elektrischen Licht am frühen Abend, im letzten Tageslicht, sah sie aus und fühlte sich wie eine Nutte.

Sie spürte Alexanders Hände in ihrem Nacken, unter der rieselnden Lockenpracht, zu der Antony ihr dunkles Haar frisiert hatte.

«Alles in Ordnung, Maggie?», murmelte er ihr ins Ohr.

«Nein!», flüsterte sie wütend und behielt ihren Kopf unten, um ihr Gesicht vor den Männern an der gegenüberliegenden Seite zu verstecken, die sie mittlerweile offen beäugten. «Ich setze mich neben Antony.»

«Nein.» Alexander hielt sie auf, indem er ihr Handgelenk mit seiner Hand umschloss. «Ich will nicht, dass du deinen Bewunderern den Rücken zuwendest. Das wäre eine unverzeihliche Unhöflichkeit.»

Maggie wurde durch das Erscheinen einer Kellnerin davor bewahrt zu antworten. Es war so ungewöhnlich, in einer Fernfahrerraststätte eine Kellnerin zu finden, dass Maggies Kopf sofort hochfuhr. Das Mädchen war sehr jung und schlank, mit langem, strähnigem blondem Haar, aber ihre Augen waren alt. Sie wirkte gelangweilt, als sie ihren Block umblätterte und ihren Bleistiftstummel gezückt hielt.

«Wir bekommen alle Eier und Pommes», sagte Alexander ihr, ohne Antony oder Maggie zu fragen. «Und Baked Beans, gebratenes Brot und Würstchen.»

Er setzte sein hinreißendstes Lächeln auf, und das Mädchen errötete. Maggie betrachtete sie verstohlen. Sie hatte keine schlechte Figur unter dem unattraktiven pinkfarbenen Overall aus einem Baumwolle-Nylon-Gemisch, aber sie konnte sich nicht vorstellen, dass sie Alexanders verwöhnten Gaumen kitzeln könnte. Trotzdem machte er sich die Mühe, dem Mädchen mit seinen Augen Komplimente zu machen, womit er zweifellos ihren Tag rettete.

«Möchten Sie Tee?», lächelte sie geziert.

«Wunderbar», antwortete er und wandte seine Aufmerksamkeit Maggie erst wieder zu, als sie mit einem übertriebenem Hüftschwung hinter dem Tresen verschwunden war.

«Zappel nicht so herum, Maggie.»

Sie warf ihm einen reuigen Blick zu, und er legte eine Hand auf ihr Knie, drückte es leicht unter dem Tisch. Maggie wünschte, er würde sie wieder wegnehmen, der Mann, der Maggie schon vorhin angestarrt hatte, merkte, dass diese Vertrautheit ihr peinlich war. Sie schaute hinüber zu Antony. Er starrte aus dem Fenster auf den Verkehr, seine Gedanken waren offensichtlich woanders.

Als ihr Essen kam, schubste Maggie es halbherzig auf

ihrem Teller herum, ihr Appetit war verflogen. Antony und Alexander hauten beide mit einem Genuss rein, der sie überraschte. Sie spülten das fettige Essen mit großen Mengen Tee hinunter. Maggies Tee erkaltete in ihrer Tasse. Er hatte eine dunkelbraune Farbe, kleine Fettkügelchen schwammen auf der Oberfläche.

«Nicht hungrig, Maggie?», fragte Alexander unschuldig.

Er lachte, als sie ihn missmutig ansah, und schnappte sich die Wurst von ihrem Teller. Maggie konnte es kaum erwarten, dass die beiden aufgegessen hatten, damit sie alle weggehen konnten. In der Ecke des Cafés stand eine altmodische Juke Box, und jemand fütterte sie mit Münzen. Es dauerte nicht lange, und die durchdringenden Töne von Meatloaf erfüllten den begrenzten Raum.

Maggie spürte, dass jemand sie beobachtete, und hob vorsichtig ihre Augen. Der junge Biker beobachtete sie immer noch, und als ihre Augen sich trafen, lächelte er sie wissend an. Maggies Magen zitterte. Unter der öligen Jeans und dem schweren Leder seiner Jacke wirkte er sauber und gut gebaut.

Sein braunes Haar war extrem kurz geschnitten und ließ ein mehrfach gepierctes Ohr sehen, das vor Gold glitzerte. Seine Hände waren kantig und knotig, als ob er mit ihnen seinen Lebensunterhalt verdiente. Sie zuckte zusammen, als sie Alexanders Stimme in ihrem Ohr fühlte.

«Du hast also schon herausgefunden, welcher es sein soll?»

«Wie bitte?»

Sie drehte sich entsetzt zu ihm um, ihr Magen wand sich protestierend. Er meinte doch bestimmt nicht das, was sie dachte, was er meinte? Sie versteifte sich, als Alexanders Hand ihr Bein hinaufkroch, den Rock sogar noch weiter an ihrem Oberschenkel zurückschob. Ihre Kehle war trocken, als sie vergeblich versuchte, ihre Augen von Alexanders hypnotischem Blick abzuwenden. Seine blauen Augen bohrten sich in sie hinein wie Eissplitter, während seine Finger den Zwickel ihres weißen Baumwollhöschens berührten.

O Gott, nein! Sie konnte nicht erregt werden, nicht hier, wo alle diese Menschen zusahen! Alexander lächelte, als lese er ihre Gedanken, und etwas in ihr schreckte vor ihm zurück.

«Bitte», flüsterte sie heiser. «Bitte hör auf!»

Er antwortete nicht. Stattdessen stieß er überraschend auf ihre unvorbereiteten Lippen herab und zerquetschte sie mit dem Gewicht eines Kusses. Maggie konnte die Rufe und Pfiffe der Biker aus der Ecke hören, als sie sich schwach an Alexanders Schultern klammerte.

Ihr war schwindlig, sie fühlte sich hilflos, ihr Körper war vollkommen außer Kontrolle. Ein Teil brannte vor Scham bei dieser gedankenlosen Erniedrigung, während eine andere, dunkle Seite von ihr ihre wahre Freude daran hatte. So musste Antony sich gefühlt haben, als er zuge-lassen hatte, dass man solche kompromittierenden Fotos von ihm machte – vollkommen in Alexanders Gewalt. Nach und nach trat die Realität in den Hintergrund, und ihr war alles gleichgültig, außer Alexanders süßem Atem auf ihrem Gesicht und seinen streichelnden Fingern, die sie zwischen den Schenkeln stimulierten.

«O meine Maggie! Wie süß erregbar du bist! Es ist bei-nahe zu einfach, dich zu unterweisen.»

Seine Worte klangen entfernt, als er sie in ihre Lippen murmelte.

«Bitte», flüsterte sie und gab jegliche Vortäuschung

von Stolz auf. «Bitte, bring mich nach Hause und liebe mich.»

Er lächelte. Sie spürte, wie seine Lippen sich auf ihren zu einem Lächeln verzogen.

«Das werde ich, meine liebe Maggie, ich verspreche es dir. Bald. Wenn du bewiesen hast, wie sehr du mich liebst.»

Sie runzelte die Stirn und zog sich etwas von ihm zurück.

«Wie beweise ich das?»

«Indem du genau das tust, was ich dir sage.»

Er nahm ihr Gesicht in seine Hände und starrte ihr einen langen Moment in die Augen. Dann bog er ihren Kopf leicht, sodass sie die Männer in der Ecke sehen konnte.

«Siehst du den jungen Typen mit den Ohrringen? Den, den du vorhin beäugt hast? Ich will, dass du zu ihm rübergehst und ihm sagst, dass er dich für einen Zehner haben kann.»

Maggie gefror vor Entsetzen, und sie drückte sich an Alexanders Seite. Der Mann mit den Ohrringen schien das Interesse an ihr verloren zu haben, er hatte sich so gedreht, dass sie sein Profil sah, und rauchte eine lange, dünne Zigarette, während er dem lauten Gespräch seiner Kumpel zuhörte. Maggie schloss ihre Augen.

Sie konnte das nicht tun. Sie konnte nicht in einem Truckercafé zu einem vollkommen fremden Mann gehen und versuchen, ihm ihren Körper zu verkaufen … nein! Das konnte sie einfach nicht!

Alexanders Augen waren kalt, als sie versuchte, es ihm zu sagen.

«Das kannst du bestimmt verstehen.»

«Ich verstehe, dass du deine Stelle im Club nicht behalten willst. Dass du nur so tust, als ob du mich liebst.»

Die kalte Panik kroch Maggie über den Rücken. Alexander betrachtete sie kühl, überließ ihr die letztendliche Entscheidung. Sie schaute zu Antony hinüber. Er lächelte sie so süß an, dass sie hätte weinen mögen. Sie wollte ihn nicht verlassen, sie wusste, dass ihr Leben ohne sie leer und bedeutungslos wäre.

«Und?» Alexander blickte ungeduldig auf seine Uhr.

«Ich ... aber wo. Ich meine ... ich könnte doch nicht ... *hier drin* ...?»

«Doch nicht hier drin, du dummes Mädchen. Möchtest du, dass wir alle festgenommen werden? An der Seite ist ein schmaler Durchgang. Es sollte nicht länger als zehn Minuten dauern.»

Ein schmaler Durchgang. O Gott! Maggie sah, dass die Dämmerung hereinbrach, aber es war immer noch hell genug, um zu sehen, was draußen vor sich ging. Alexander drückte ihr etwas in die Hand. Als sie hinguckte, sah sie, dass es ein Kondom war.

«Pass ja auf, dass er das Ding benutzt – es ist extra stark, zur Sicherheit.»

Maggie hatte das hysterische Bedürfnis, über diese unerwartete Fürsorglichkeit für sie zu lachen. So unpassend im Licht dessen, was er sie gebeten, nein, was er ihr gesagt hatte, was sie tun sollte.

Ihre Beine zitterten, als sie hinter dem Tisch hervorglitt und unsicher auf den Mann zuging. Ihre roten Stilettos klackten auf dem fleckigen grauen Linoleum, und ein halbes Dutzend Augenpaare richtete sich erwartungsvoll auf sie.

Maggie hielt ihre Augen auf ihr Ziel gerichtet. Er nahm seine Füße vom Tisch, als sie näher kam, und setzte sich aufrecht, ein verdächtiges Glimmen leuchtete in seinen braunen Augen auf. Sie hielt vor ihm an und atmete tief durch, ein und aus. Sie versuchte, die anzüglichen Bemerkungen zu ignorieren, die um sie herumflogen. Eine Hand strich leicht über ihren Hintern, und sie konnte sich kaum beherrschen, um nicht zusammenzuzucken.

«Was 'n?» Der Mann sah stirnrunzelnd zu ihr hoch.

Maggie biss sich auf die Lippe. Was, wenn er lachte? Oder böse wurde? Sie beugte sich runter, damit sie ihm in sein unbehängtes Ohr flüstern konnte.

«Für zehn Pfund geh ich mit dir raus.»

Da, es war gesagt! Das Gesicht des Mannes war ein Bild für sich, als sie sich aufrichtete und ihn erwartungsvoll ansah. Er erholte sich schnell, und sie sah, dass allein schon der Vorschlag ihm eine Erektion beschert hatte.

«Zehn Pfund?», wiederholte er zum schallenden Gelächter seiner Kumpel.

«Wie wär's denn mit mir für 'nen Fünfer, Schätzchen?», schlug jemand vor und Maggie schauderte.

Sie blickte zurück zu Alexander, um sich zu vergewissern, und plötzlich musste sie blinzeln. Der Tisch war leer. Verzweifelt überflogen ihre Augen das Café, aber weder er noch Antony war irgendwo zu sehen. Diese Dreckskerle! Wie konnten sie weggehen und sie hierlassen, umringt von diesen grinsenden, lauernden Rowdys? Zum ersten Mal in ihrem Leben spürte Maggie wirkliche Furcht. Sie lief ihren Rücken hinunter, kringelte sich um ihre Taille und setzte sich in der Magengrube fest.

«Komm, wir gehen.»

Sie zuckte zusammen, als der Mann, dem sie das eindeutige Angebot gemacht hatte, sie am Ellenbogen nahm. Einen Augenblick lang dachte sie daran wegzulaufen, aber er war größer, als sie erwartet hatte, und sie war durch ihre unglaublich hohen Absätze und den engen Rock behindert. Mit einem Fremden in einem schmalen Durchgang herumzumachen war gut und schön, wenn sie Antony und Alexander unmittelbar in der Nähe wusste. Ohne Schutz war das allerdings eine vollkommen andere Sache.

Umringt von so vielen Menschen, beschloss Maggie, dass sie das Ganze am besten durchzog und darauf vertraute, dass er mit einem Quickie im Durchgang zufrieden wäre. Sie erlaubte sich nicht, daran zu denken, was passieren könnte, wenn seine Kumpel ihnen folgten.

Maggie zwang ihre Beine, sich vorwärts zu bewegen, während der Mann sie ungeduldig zur Tür schubste. Sie versuchte ihre Ohren gegenüber den rohen Bemerkungen zu verschließen, die ihnen folgten. Sie konzentrierte sich darauf, einen Schritt vor den anderen zu setzen, bis sie die Tür erreicht hatten.

Draußen war es kalt, und sie zitterte in ihrem dünnen Kleid. Sie kreuzte die Arme vor der Brust und folgte dem Mann in den Durchgang an der Seite des Cafés.

«Das hier muss reichen.»

Er drückte sie an die Wand, obwohl er dabei nicht grob war. Wortlos reichte sie ihm das eingepackte Kondom. Er lachte kurz.

«Du bist 'n echter Profi, wa?»

Maggie erinnerte sich, einmal gelesen zu haben, dass Prostituierte ihre Kunden niemals auf die Lippen küssten. Also drehte sie ihren Kopf zur Seite, als er auf sie zukam. Sie biss sich auf die Lippen, als seine Hände nach Belieben über ihre Brüste und ihre Hüfte fuhren, bevor er ihren Saum packte. Sie hörte etwas reißen, als er ihr Kleid bis zur Taille hochzog.

Er fummelte mit ihrem Strumpfhalter herum, als er die Strümpfe löste und bis zu den Knien herunterrollte, wobei sie spürte, wie eine Laufmasche ihr Bein hinunterlief. Ihre Unterhose folgte, und sie machte sofort die Augen zu. Er atmete mittlerweile schwer, sein Atem war heiß auf ihrem Hals, während er den Reißverschluss seiner Jeans öffnete. Er machte sich nicht die Mühe, sie herunterzuziehen, sondern öffnete einfach den Hosenstall und ließ seinen geschwollenen Schwanz über den Bund seiner Unterhose heraus.

Er fluchte, als er mit dem Kondom herumfummelte, und warf die Verpackung auf den Boden. Sie wirbelte mit dem ganzen anderen Müll zusammen in kleinen Windstrudeln, die um ihre Knöchel pfiffen. Leere Chipstütchen, Zigarettenkippen und Coladosen. Der Durchgang funktionierte wie ein Windtunnel, der stechende Geruch von Urin kam aus dem Rinnstein.

Maggie lehnte sich an die feuchte Ziegelmauer, als sein Schwanz zwischen ihre Beine stieß. Er seufzte, als er sein Ziel gefunden hatte und in ihr hinaufglitt. Seine Stöße wurden von seiner Position erschwert, aber er stützte sich mit seinen Händen zu beiden Seiten ihres Kopfes an die Wand, um die Balance zu halten, sein Gesicht war eine Maske introvertierter Konzentration.

Er gab einen nahezu urzeitlichen Triumphschrei von sich, als er kam, und achtete nicht darauf, dass sie vor Schmerz wimmerte, weil ihr zartes Hinterteil gegen die zerklüfteten Ziegel gestoßen wurde. Er grinste, als er sich zurückzog, rollte gleichgültig das benutzte Kondom herunter und warf es auf den Boden.

Maggie zog ihre Unterhose hoch und vermied es, ihm in die Augen zu sehen. Als er seinen Hosenstall wieder zugemacht hatte, nahm er ein Bündel Geldscheine aus der rückwärtigen Tasche seiner Jeans und zog eine Zehnpfundnote heraus. Maggie nahm sie mit gesenktem Blick an. Sie hatte keine Wahl – sie hatte ihre Tasche nicht mitgenommen, und sie brauchte etwas Geld für ein Taxi.

«Danke, Schätzchen», sagte der Mann. «Das war nicht schlecht.»

Maggie hielt ihre Augen auf seine Beine gerichtet, als er sich umdrehte und durch die Zähne pfeifend wegging. Sobald er weg war, fuhr sie mit den Fingern durch ihr Haar und glättete ihr Kleid. Ihre Unterlippe zitterte, als sie gegen die Tränen ankämpfte. Ihre Strümpfe waren irreparabel kaputt, also zog sie sie schnell aus und fügte sie schuldbewusst dem Müll in der Straße hinzu. Alles, woran sie denken konnte, war, dass sie aus diesem Durchgang raus sein wollte, bevor irgendein Schlauberger beschloss, dass sie vielleicht noch einen ‹Kunden› wollte.

Am Ende des Durchgangs schaute sie vorsichtig nach links und rechts, bevor sie unsicher auf ihren hohen Absätzen den Bürgersteig entlangstolperte. Weiter unten an der Straße konnte sie eine Telefonzelle sehen. Hoffentlich gab es da ein Telefonbuch, damit sie sich die Nummer eines Taxiunternehmens heraussuchen konnte. Ihr Mut sank, als ihr klar wurde, dass sie ja gar kein Kleingeld hatte.

Ein Auto verlangsamte sein Tempo, als es sich ihr näherte, und ihr wurde eiskalt. Ein Autostrich-Freier fehlte ihr jetzt gerade noch! Maggie nahm all ihren Mut zusammen, blieb stehen und drehte sich um, bereit, dem Fahrer ihre Meinung zu sagen. Als sie sich umwandte, öffnete sich die Hintertür, als ob der Fahrer von ihr erwartete, dass sie einstieg. Sie wurde beinahe ohnmächtig vor Erleichterung, als sie sich runterbeugte und Alexander sie aus dem Auto heraus anlächelte.

«Ihr! Ihr habt mich alleingelassen! Wie konntet ihr nur!»

Er lachte. Sie konnte es nicht glauben, aber er lachte tatsächlich!

«Steig ein, Maggie, lass uns nach Hause fahren.»

Sie machte es sich in den Ledersitzen gemütlich und ließ sich in seine Arme ziehen. Antony schaltete hoch, und sie düsten weg von dem Café und hin zum Black Orchid Club.

«Hast du wirklich geglaubt, wir hätten dich dort zurückgelassen?», murmelte er und küsste ihr Haar.

«Ja, hab ich! Es war entsetzlich.»

«Hattest du Angst?»

«Ja, ich hatte Angst. Zufrieden?»

Er kicherte und umarmte sie fest.

«Ach, meine Maggie, du bist dabei, mich so gut kennenzulernen! Wie könnte ich dich nicht lieben?»

Maggie schloss die Augen und atmete seinen wohlbekannten, warmen Geruch ein, der sich mit dem schweren Duft des Leders vermischte. Vor weniger als einer Stunde hatte sie ihn mit einer Intensität gehasst, die sie schockiert hatte. Dennoch gab es jetzt keinen Zweifel in ihrem Verstand, dass sie ihn liebte. Egal, was er von ihr zu tun verlangte, egal, wie sehr ihr Verstand abgestoßen wurde, ihr verräterischer Körper würde reagieren. Würde alles für ihn tun.

Achtzehntes Kapitel

Als Maggie aufwachte, strahlte das Sonnenlicht durchs Fenster. Sie streckte sich ausgiebig, beobachtete die scheckigen Muster, die die Sonnenstrahlen auf ihre Haut warfen, wenn sie sich den Weg durch die spitzengesäumten Scheibengardinen gebahnt hatten.

Auf dem Nachttisch stand ein Tablett mit weichen Brötchen und Honig und einem abgedeckten Glas frischem Orangensaft. Maggie trank den Saft und bestrich eines der Brötchen mit süßem, klebrigem Honig.

Sie fühlte sich faul, und ihre Glieder waren noch schwer vom Schlaf, also stellte sie das Tablett zur Seite, schlüpfte zurück unter die Decke und machte die Augen zu. Im Schlafzimmer gab es keine Uhr, aber es war auch egal, wie spät es war. Heute, hatte Alexander ihr gestern gesagt, sollte sie sich entspannen und Kraft sammeln für die Nacht, die ihr bevorstand.

Maggie entschied sich, nicht weiter daran zu denken, was die Nacht für sie bereithielt. Alex hatte ihr alles erklärt, während er sie badete, als sie vom Café nach Hause gekommen waren. Sie hatte sich in dem öligen, duftenden Wasser zurückgelehnt und ließ sich vom gleichmäßigen Streicheln des seifigen Schwammes beschwichtigen. Alexanders Stimme war weich gewesen, beinahe hypnotisch.

«Du wirst dich auf einer erhöhten Bühne befinden, schwach ausgeleuchtet. Da wird ein fellbedecktes Podest stehen, wie ein Bett. Das Publikum wird im Dunkeln sein, du wirst niemanden sehen können. Aber *dich* wird man sehen. Versteckte Kameras werden jedes noch so kleine Zittern von dir filmen und das Bild auf zwei große Leinwände projizieren. Drei Männer werden da sein. Antony, Bruno und ich selbst. Du wirst uns alle drei in deinen Körper aufnehmen, alle zur gleichen Zeit –»

Maggie. kniff die Augen fest zu und vergrub sich tiefer in ihrem Kissen. Sie war sich nicht sicher, ob das angespannte, kalte Gefühl in ihrer Magengrube von Furcht oder Erregung herrührte. Alexander hatte ihr gesagt, sie solle sich ausruhen, also konzentrierte sie sich darauf, alle Glieder nacheinander zu entspannen, bis sie wieder einschlummerte.

Etwas später wurde sie von Antonys Hand auf ihrer Schulter geweckt.

«Zeit für dein Fitnesstraining», bedeutete er ihr, ignorierte ihr schläfrig-mürrisches Gesicht und zog die Bettdecke weg.

«Hey! Ich bin immer noch müde!»

«Dann nimm eine kalte Dusche. Ich presse dir noch etwas frischen Saft, solange du dich anziehst.»

Maggie hievte sich widerwillig aus dem Bett und machte sich auf den Weg in das angeschlossene Badezimmer. Ihre Augen waren immer noch halb geschlossen, während sie an der Duscharmatur herumfummelte und das Wasser anstellte. Als sie unter den nur lauwarmen Sprühnebel stieg, wurde ihr klar, dass sie Antonys Anweisungen, ohne zu fragen, befolgt hatte.

Es verwirrte sie, dieses stückweise Abhandenkommen ihres eigenen Willens und ihrer Zielgerichtetheit. Sie war immer eine ausgesprochen unabhängige Frau gewesen, entschlossen, ihr eigenes Leben zu leben, und vollkommen dagegen, dass ein Mann ihr sagte, was sie tun sollte. Doch da war sie nun, fest in Alexanders Fängen, bereitwillig, nach jeder Musik zu tanzen, die er oder Antony spielen würde.

Sie trat aus der Dusche heraus und trocknete sich energisch ab. Worin lag der Sinn endloser Selbstanalyse? Die Wahrheit sah einfach so aus, dass sie die Erniedrigung, die auf sie zukam, willkommen heißen würde, obwohl sie sie fürchtete.

Im Fitnessraum arbeitete sie mit einer Unbeirrbarkeit, die jeden Gedanken ausklammerte. Ihr schlichtes graues Baumwolltrikot klebte feucht an ihrem Rücken und ihren Brüsten, während sie hoch- und runterpumpte, ihre Bauchmuskeln trainierte, bis sie ächzten. Auf jeder Maschine trieb sie sich bis ans Limit, versuchte den Schmerzfaktor zu erreichen, der Voraussetzung für den Adrenalinausstoß war, dessen ‹High› das Ziel ihres Trainings war.

Wieder unter der Dusche, diesmal einer heißen, spürte Maggie jeden Muskel und jede Sehne. Ihre Haut kribbelte unter den scharfen Nadeln des Brausekopfes, jeder Zentimeter von ihr schmerzte angenehm.

Alexander erwartete sie im Massageraum. Er lächelte sie geheimnisvoll an und legte ein frisches weißes Handtuch glatt auf die Liege. Maggie entledigte sich ungezwungen ihres Bademantels und legte sich mit dem Gesicht nach unten auf die Bank. Sie seufzte bei der ersten Berührung seiner Finger auf ihrer erhitzten Haut.

Wie immer wussten Alexanders geschickte Hände genau, wie viel Druck sie wo ausüben mussten. Glitschig vom Öl, massierten und beruhigten sie die strapazierten Muskeln in ihrem Nacken, an den Schultern und auf dem Rücken, bis sie sich entspannten und aufhörten zu schmerzen. Maggie war in einen angenehmen Halbschlaf gefallen, als er anfing, sich an ihren Armen bis zu den Händen entlangzuarbeiten. Jedes Fingergelenk wurde nacheinander behandelt, ihre Handrücken so gestreichelt und liebkost, dass die Haut prickelte, als er weiterzog.

Er ging auf der Rückseite ihrer Beine hinunter, knetete und drückte, bis zu ihren Füßen, wo er die Sohlen mit seinem Daumen in festen, kreisförmigen Strichen massierte. Selbst ihre Zehen vibrierten, als er fertig war. Maggie wollte sich auf den Rücken drehen, aber Alexander hielt sie davon ab, indem er seine flache Hand in ihr Kreuz drückte.

Maggie drehte ihren Kopf und beobachtete ihn schläfrig, wie er zu dem abgeschlossenen Schrank in der Ecke ging und einen Schlüssel hervorholte. Sie hatte noch nie zuvor in den Schrank hineingesehen. Als die Doppeltüren aufschwangen, weiteten sich ihre Augen vor Schreck. Er war bis zum Bersten gefüllt mit Reihen von Flaschen und Flakons, aber es war besonders das oberste Fach, welches Maggies Augen fesselte.

Dutzende von Dildos, ordentlich der Größe nach sortiert, waren darauf verteilt. Von einem winzigen, fingerdünnen Instrument auf der Linken über jede Form, Farbe und Beschaffenheit, die man sich nur vorstellen konnte, bis zum längsten und dicksten Vibrator, den Maggie jemals gesehen hatte, am äußersten rechten Ende.

Alexander blickte sie über die Schulter hinweg an und lächelte ihr boshaft zu. Seine Hände wanderten zu der Monstrosität, an der ihre Augen hängengeblieben waren. Dann wandte er seine Aufmerksamkeit dem übrigen Schrankinhalt zu, ließ seine Hand nach links gleiten, als überlege er. Schließlich wählte er ein schlankes weißes Teil, zehn bis fünfzehn Zentimeter lang, mit einem schmalen Gummikragen an der Basis. Er schnappte sich eine Tube Gleitcreme, schloss den Schrank wieder ab und kam zur Liege zurück.

Maggie schmerzte die Luft in den Lungen. Die wunderbare schläfrige Stimmung, die die Massage bei ihr bewirkt hatte, war so gut wie weggeblasen, verdrängt von einer brennenden Beklommenheit. Jetzt war ihr Mund trocken, ihre Kehle ausgedörrt. Dennoch rührte sie sich nicht vom Fleck, lag einfach so da, fügsam, unterwürfig auf jegliche Erniedrigung wartend, die er beschloss, ihr zuzufügen.

Er sprach überhaupt nicht mit ihr, schob nur ein weiches, mit einem Handtuch umwickeltes Kissen so unter ihren Bauch, dass ihr Hintern ein Stück angehoben wurde. Sanft öffnete er ihre Schenkel, damit er die pinkfarbene enge Rosette ihres Anus sehen konnte. In der Vorahnung, dass gleich diese allerintimste Stelle ihres Körpers auf verletzende Weise erobert werden würde, kniff Maggie die Augen fest zusammen.

Als also seine neuerlich eingeölten Handflächen ihren Rücken hinaufwanderten, ließ Maggie sich vor Erleichterung schlaff hängen. Dieses Mal konzentrierte er sich auf ihren unteren Rücken, und seine Finger, die tief in die Muskeln eindrangen, zauberten all ihre Wehwehchen und Schmerzen weg. Sie seufzte und streckte sich von ihren Zehen über die Waden bis zu ihren Oberschenkeln.

Bemerkenswerterweise erhöhte der Winkel, in den Alexander ihr Becken gebracht hatte, die sinnliche Intensität der Massage. Sie konnte die Auswirkungen tief in ihrem Bauch spüren, als ob die Bewegungen, die er auf der Oberfläche ihrer Haut ausführte, sich in kleinen Wellen durch ihren Körper fortsetzten.

Plötzlich wurde ihr klar, dass sie erregt war. Nur von der Berührung seiner Finger im unteren Bereich ihres Rückens war sie nass geworden, ihre Sexlippen waren angeschwollen und teilten sich in süßer Vorahnung. Bestimmt sah er, wie ihre rasierten Labien zwischen ihren

Pobacken hervorlugten, mittlerweile glänzend vom Beweis ihres Begehrens.

Sie stöhnte leise, als er seine Aufmerksamkeit ihren erhobenen, nach oben gestreckten Pobacken zuwandte. Er knetete sie und legte formend seine Hände über sie, spreizte ihre Backen weiter, bevor er sie erneut zusammendrückte und den Vorgang dann wiederholte. Schamlos bog sie ihren Rücken durch und streckte ihren Hintern höher hinaus, nötigte ihn schweigend dazu, in ihre sehnsuchtsvolle Spalte einzutauchen.

Die erste Berührung seines Fingers auf ihrer zarten inneren Haut sandte kleine Schockwellen an den Innenseiten ihrer Schenkel entlang und rund um ihre Taille. Sein Atem war warm, als er die zarte Stelle hinter ihrem Ohr küsste und seine kühlen Lippen über ihren Nacken wanderten. Sie zitterte, als er die empfindliche Stelle an ihrer Schädelbasis fand, zur gleichen Zeit, als seine suchenden Finger die hartwerdende Knospe unter ihrer schützenden Hülle erreichten.

Maggies Hintern wand sich nach eigenem Belieben, als er die eifrige Knospe mit einer Fingerspitze streichelte. Seine Berührung war federleicht, unerträglich leicht, und sie versuchte, sich auf ihn zu pressen, um ihren Höhepunkt herbeizuführen. Er lachte ihr leise ins Ohr und erhielt diesen quälenden, kitzligen Druck aufrecht, bis sie sanft keuchte, am Rand des Orgasmus.

Sie stöhnte, beinahe weinte sie, als er seine Aufmerksamkeit weiter nach oben verlagerte. Vorbei an dem schlüpfrigen Tor zu ihrer Weiblichkeit, schmierte er warmen Honig auf die Falte zwischen ihren Pobacken. Er umkreise ihren widerspenstigen Schließmuskel mit der Fingerspitze, arbeitete ihre weiblichen Säfte so weit hinein, dass sie sich heiß und geil und feucht anfühlte.

Sie versuchte erfolglos, ihren Höhepunkt zu erreichen, indem sie sich an dem Frottee rieb, und hieß daher das Eindringen seines Fingers willkommen, als er ihn langsam in ihren Anus hineingleiten ließ. Die Reibung, die er beim Eindringen verursachte, konnte sie in den tieferen Schichten ihrer Vagina spüren, und Maggie öffnete sich weiter, lud ihn tiefer in ihren Körper ein.

Sie hätte schluchzen mögen, als er sich plötzlich zurückzog und sie sich merkwürdig leer fühlte. Dann spürte sie plötzlich etwas Kaltes zwischen ihren Pobacken, und ihr wurde klar, dass er eine großzügige Menge Gleitcreme in ihre Poritze eingebracht hatte. Er rieb sie sorgfältig in ihre Haut ein, arbeitete sie bis in ihr enges kleines Loch hinein, stopfte sie damit aus. Sie keuchte, als sie die harte Plastikspitze des Dildos an ihre verbotene Öffnung drücken spürte, schrie auf, als er in sie hineinglitt.

Alexander ignorierte ihren entsetzten Ausruf und trieb das Teil immer tiefer hinein, bis sie den Gummikragen am Ende auf ihrer erhitzten Haut spürte. Maggie fühlte sich gedehnt. Sie biss sich auf die Lippe, als Alexander ihr in eine sitzende Position half und der Gegenstand sich in ihr bewegte.

«Und wenn es ganz reinrutscht?», fragte sie in plötzlicher Panik.

«Das kann es nicht», versicherte er ihr ruhig. «Mach dir keine Sorgen. Außerdem wird es heute Abend entfernt und durch das Original ersetzt. Möchtest du vielleicht sehen, wie hübsch du aussiehst?»

Er brachte ihr einen Spiegel und ließ sie ihre Beine so spreizen, dass ihre angeschwollene, unbefriedigte Scheide ins Bild kam. Der Kragen des Dildos war zwischen ihren Pobacken deutlich sichtbar. Maggie war entsetzt, als ihr aufging, dass er recht hatte, obwohl sie nicht das Wort «hübsch» benutzt hätte. «Lüstern» wäre wahrscheinlich passender.

Sie hatte das plötzliche, dringende Bedürfnis, das brennende Verlangen, welches sich zwischen ihren Beinen aufgebaut hatte, zu befriedigen. Flehend schaute sie ihn an. Er hob eine Augenbraue.

«Bitte ...?», flüsterte sie.

Er lächelte.

«Ja, Maggie, du darfst jetzt kommen.»

Sie fand ihre Klitoris mit ihrem Mittelfinger und drückte sie fest. Alexander hielt sie, als sie vor und zurück rubbelte und innerhalb von Sekunden zum Höhepunkt kam. Sie warf ihren Kopf zurück und schrie, als sie überwältigt wurde, und Alexander küsste ihr Haar. Nachher half er ihr beim Anziehen, wobei er sie mit unendlicher Zärtlichkeit behandelte.

Ein paar Minuten später kam sie ins Apartment, als Antony gerade das Mittagessen servieren wollte. Er schaute anerkennend auf die engen Jeans, die ihre Pobacken und die weiche Kurve ihres Schamhügels betonten.

«Bequem?», fragte er, als sie sich setzte, und sie errötete.

Natürlich würde er wissen, was passiert war. Alexander erzählte ihm ja alles. Der Dildo, der in ihrem Hintern steckte, erinnerte sie ununterbrochen an den bevorstehenden Abend, während sie frische Tagliatelle mit Sahnesauce aß und sie mit Mineralwasser hinunterspülte.

«Für dich keinen Wein», erklärte Antony ihr mitfühlend, nachdem er sich ein Glas eingeschenkt hatte. «Alex möchte, dass du heute Abend im Vollbesitz deiner geistigen Kräfte bist. Wein würde nur deine Wahrnehmung trüben.»

Maggie nickte pflichtschuldig und verbarg einen Schauder. Wahrnehmung von was? Schmerz? Erniedrigung?

Oder einfach nur der Demonstration der absoluten Macht, die diese beiden Männer über sie ausübten?

Das Kostüm, das sie für die abendliche Vorführung tragen sollte, war der reinste Kitsch, mit Sicherheit dafür ausgesucht, ihr stärker bewusst zu machen, wie tief sie gesunken war. Maggie fasste den winzigen schwarzen Lederbüstenhalter vorsichtig an. Er war mit superweichem Pelz gefüttert und sollte ihre Vorzüge eher betonen als sie bedecken. Ihre weichen Brüste mit den braunen Spitzen wurden davon hochgeschoben, flossen in wollüstiger Hingabe über den oberen Rand.

Es schien, als solle sie sonst nichts tragen, außer einem Paar hüfthoher schwarzer Lederstiefel mit unglaublich hohen Absätzen. Als sie sie anzog, fiel ihr auf, wie das weiche, geschmeidige Leder ihre wohlgeformten Waden liebkoste und die schlanke Länge ihrer Oberschenkel formte. Ihr nacktes, rasiertes Geschlecht wirkte entsetzlich pink im krassen Gegensatz zu dem Schwarz des Leders, das beinahe bis in ihren Schritt reichte.

Als sie sich umdrehte, sah Maggie, dass die breiten Manschetten am oberen Ende der Stiefel zu einem sanften Halbrund ausgeschnitten waren, sodass sie die Form der runden weißen Kugeln ihrer Pobacken betonten, sie perfekt zur Geltung brachten. Wenn sie ihre Füße leicht grätschte, konnte sie den pinkfarbenen Rand des Dildos sehen, der in ihrem Anus versenkt war.

«Absolut exquisit.»

Sie zuckte zusammen, als Antonys Stimme von der Tür her ertönte. Sie hatte ihn nicht ins Schlafzimmer kommen hören, und sie stellte sich ihm jetzt gegenüber, ihr Gesicht ein stummes Flehen.

«Hey! Komm her.»

Er streckte seine Arme aus, zog sie zu sich heran und murmelte Koseworte in ihr Haar. Dann drehte er sie sanft herum, sodass sie wieder in den Spiegel sah. Er trug Leder, genau wie sie. Seine schwarze Hose schmiegte sich liebevoll an seine langen, muskulösen Beine und betonte die Fülle in seinem Schritt. Das weiche Seidenhemd berührte seine breiten Schultern kaum und glühte auf seiner gebräunten Haut.

Er fasste von hinten um sie herum, nahm ihre Brüste aus ihrem unzureichenden Gewahrsam und präsentierte sie ihrem Spiegelbild. Während sie zusah, schwollen ihre Nippel, und er strich mit seinen Daumen über die harten kleinen Knöpfe, was sie zittern ließ.

Er strich mit einer Hand hinunter über ihren leicht bebenden Bauch und liebkoste ihren haarlosen Hügel. Maggie lehnte sich an ihn, als er mit seinem Finger in die Spalte zwischen ihren Schamlippen fuhr, ihre inneren Lippen so herauskitzelte, dass sie etwas zwischen ihren Beinen hervorschauten. Mit seiner anderen Hand streichelte er ihre Pospalte und drehte am Kragen des Dildos, damit er sich in ihr bewegen und lustvolle Wellen durch ihr erotisches Epizentrum schicken sollte.

Ihre Augen trafen sich im Spiegel, und er lächelte ihr zu. Maggie erwiderte das Lächeln zögerlich, presste ihre Wange an seine. Antony streichelte ihr das lange dunkle Haar aus dem Nacken.

«Ich glaube … ja, so ist's besser.»

Er drehte ihr Haar zu einem lockeren Knoten und befestigte es im Nacken mit den Haarspangen, die sie in einem Glas auf ihrem Schminktisch aufbewahrte. Ihr langer Hals mit der zarten Haut wirkte zerbrechlich vor der schweren Masse ihrer Haare, zog den Blick weiter hinab zu ihren hervorquellenden Brüsten.

«Wo … wo wirst du sein?», flüsterte sie.

«Auf der Bühne, mit dir», antwortete er überrascht.

«Ich weiß. Ich meine … welche … weißt du?»

Er lächelte, als er sah, dass sie heftig errötet war, mit pinkfarbenen Flecken auf ihren Wangen.

«Welche ergötzliche Öffnung am heutigen Abend die meine sein wird?», lachte er leise, während sie sogar noch mehr errötete. «Ich glaube … ja, ich glaube, ich soll diese kriegen.»

Er hakte langsam zwei Finger in ihre warme, feuchte Scheide und drückte sie an sich. Als er sich zurückzog, drehte sie sich in seinen Armen und legte ihre Lippen auf seinen Mund. Sie hing an ihm, während sie sich küssten, und sie umarmte ihn innig, bis er sie schließlich sanft von sich losmachte.

«Es ist so weit», flüsterte er.

Im Vorführungsraum hatte sich die Menge bereits von den Live-Sexshows, die vor einer Stunde begonnen hatten, in Rage bringen lassen. Paare kopulierten wie wild in dunklen Ecken, während die Bühne frei gemacht und das fellbedeckte Podest aufgestellt wurde.

Maggie beobachtete die Szenerie ausdruckslos und un-bemerkt aus dem hinteren, nur schwach erleuchteten Teil des Raumes. Ihre Arme und Beine fühlten sich eiskalt an, doch in ihrem Innern gärten die Emotionen. Ihre Augen streiften nervös über die riesigen Projektionsschirme, die zu beiden Seiten der Bühne aufgestellt waren. Jede ihrer Bewegungen, jeder Ausdruck würde verfolgt werden, nichts würde der Aufmerksamkeit der Menge entgehen. Im Exhibition Room aufzutreten war schlimm genug, aber hier etwas aufzuführen, in Reichweite all dieser Menschen …

Sie zitterte, und Antonys Arm legte sich um ihre Schulter. Sie war froh, dass er bei ihr war, dass er einer der Männer sein würde, die sie so öffentlich nehmen würden. Die vermischten Gerüche von Sex und Parfum lagen schwer in der Luft. Maggie wurde schwindelig, als die Menge plötzlich verstummte und die Bühne erleuchtet wurde. Merkwürdige Musik ohne erkennbare Melodie waberte in den Vorführraum, New-Age-Stimmung legte sich über jedermanns Sinne.

Als sie anfing, langsam in Richtung Bühne zu gehen, mit Antony an ihrer Seite, konnte Maggie Räucherstäbchen riechen, sie spürte die heißen Blicke von Dutzenden von Augenpaaren, die sie nicht sehen konnte, die sie aber mit Blicken verschlangen. Als sie aufsah, konnte sie Alexander auf dem fellbedeckten Podium sitzen sehen, wo er auf sie wartete. Sein blondes Haar glänzte im Scheinwerferlicht, ein Nebel von Licht umgab ihn mit einem Heiligenschein.

Auf einmal hatte sie keine Angst mehr. Alle anderen wurden ausgeblendet, es gab nur noch sie und Alexander, und sie wusste, dass sie alles tun würde, was er von ihr verlangte, weil sie ihn so stark brauchte. Er lächelte, als sie die Bühne erreichte, und bot ihr seine Hand an. Sie kletterte hinauf, und Antony ging an ihr vorbei zum hinteren Ende des Podests, wo, wie sie jetzt sah, Bruno wartete, das Gesicht im Schatten.

Sie stand vor Alexander und wartete geduldig auf seine Befehle. Er nickte ihr anerkennend zu und belohnte sie mit einem langen, innigen Kuss. Mit dem Rücken zum Publikum legte er seine Hand in ihr Kreuz und übte genug Druck darauf aus, damit sie seinen Wunsch erriet, dass sie sich ab der Taille hinunterbeugen sollte.

Das Publikum hielt den Atem an, als es den in sie eingeführten Dildo sah. Alexander streichelte die weiche, flaumige Haut und brachte sie mit einer Hand dazu, ihre

Beine so weit auseinanderzustellen, dass ihre rasierte Vulva offenbart wurde.

Maggie spürte, wie ihre Wangen vor Scham brannten, als die lauten Bekundungen von Wohlgefallen und Bewunderung ihre Ohren erreichten, und sie drehte ihr Gesicht zur Schulter. Alexanders Hand schob sich um ihre Wange herum und hob ihr Gesicht so an, dass es ins Blickfeld der Kameras kam. Aus dem Augenwinkel konnte Maggie die Bildschirme sehen. Einer zeigte sie von vorn, wo die baumelnden Brüste aus ihrer unzureichenden Halterung herausquollen, den zitternden Mund und große, beschämte Augen. Die andere zeigte ihre hervorgestreckten Pobacken mit dem Dildo, der obszön zwischen ihnen steckte.

So konnte sie zusehen, wie Alexander zufasste, den Dildo am Kragen packte und ihn langsam herauszog. Ihr Körper stieß ihn beinahe mit Bedauern ab, und Maggie schloss ihre Augen vor dem Bild ihres lüsternen Arschlochs, das sich, einsam zurückgelassen in einer liebevollen Nahaufnahme, entspannte.

«Beug dich übers Bett.»

Sie zuckte zusammen bei Alexanders schroffem Befehl und schwankte auf ihren hohen Absätzen unsicher, während sie sich beeilte, ihm zu gehorchen. Das Luftholen verursachte ihr Schmerzen, als Bruno Alexander eine lange, dünne Peitsche gab. Sie fing an zu zittern, als Antony Kissen unter ihren Bauch stopfte und so ihren Hintern anhob.

«Schsch», flüsterte er ihr ins Ohr. «Es ist noch zu früh zum Weinen.»

Der erste Hieb der Lederpeitsche auf ihrer zarten Haut nahm ihr den Atem. Das Stechen schien sich wie flüssiges Feuer auf ihrer Haut auszubreiten, die Beine hinunterzuschlängeln und sie unkontrollierbar zittern zu lassen.

Alexander schien sich Zeit zu lassen, abzuwarten, bis sie den vollen Effekt der Peitsche gespürt hatte, bevor er sie wieder hob.

Dieses Mal stöhnte sie zur Freude des Publikums, das einen kollektiven Seufzer loszulassen schien. Dann herrschte Stille, bis auf das Pfeifen der Peitsche und das scharfe Klatschen, wenn sie auf Maggies Haut landete. Sie fing an zu weinen, leise zuerst, riesige Tränen rollten über ihre Wangen auf das Fell, sodass es bald ganz durchnässt war.

Er schlug nie auf die gleiche Stelle, weshalb sich ihr gesamter Hintern innerhalb weniger Minuten anfühlte, als habe er Feuer gefangen.

«Bitte!», schrie sie laut. «Nicht mehr … ich kann nicht … Oh!»

Die Peitsche zerriss ihren Protest, ließ sie nach Luft schnappen. Aber das war wundersamerweise der letzte Schlag. Sie konnte ihr Schluchzen nicht beherrschen, als Alexander sie auf dem Podium auf die Knie zog. Er sah ihr einige Minuten mit undurchdringlichem Gesichtsausdruck zu, wie sie weinte. Maggie versuchte ihn durch ihre Tränen hindurch anzuflehen, aber sie redete wirr.

«Was, Maggie? Was willst du?»

«Ich will … ich … bitte! Tu mir nicht mehr weh!»

Er lächelte sie dann beinahe gütig an. Dann beugte er sich so vor, dass seine Lippen an ihrem Ohr waren, und sagte so, dass nur sie es hören konnte: «Es existiert überhaupt kein Gefühl ohne Schmerz. *Lieben* tut weh, Maggie. Und jetzt werde ich dich lieben – genau wie du es dir immer von mir gewünscht hast.»

Er wischte mit seinen Fingern über ihr Gesicht, leckte die Tränen von ihren Wangen. Maggie schloss ihre Augen, als er ihr Gesicht mit Küssen übersäte, mit seinen Händen über ihre Brüste fuhr und ihre zitternden Schenkel teilte. Bevor er sie berührte, wusste sie schon, dass sie nass war. Wie konnte sie von der Peitsche nicht erregt werden, wenn es Alexander war, der sie schwang?

Sie war gefügig, als er sie mit dem Gesicht nach unten auf das Podest legte. Die merkwürdige Musik umspülte sie, legte ihren Zauber auf ihre Sinne. Sie konnte die Gegenwart der Menge spüren, wusste, dass die Hitze um sie herum genauso vom Gedränge ihrer Körper kam wie von den Scheinwerfern, dennoch waren sie für sie vollkommen unwichtig geworden.

Es war jetzt Antony, der auf sie zukam und anfing, sie zu küssen, gelangweilt zuerst, dann immer leidenschaftlicher, als das Begehren zwischen ihnen entfacht wurde. Sie nahmen um sich herum überhaupt nichts mehr wahr und rollten zusammen auf dem Bett herum, seine Hände überall auf ihrer zarten Haut. In der Zeit, als sie ausgepeitscht worden war, hatte er sich ausgezogen. Er hatte einen Ständer, sein Penis drückte sich in ihren Bauch, als er auf dem Rücken lag und sie rittlings auf sich in Position brachte.

Maggie sehnte sich danach, sich auf ihn aufzuspießen, aber er hielt sie auf Abstand, als erwarte er ein Signal. Sie spürte Finger an ihrem Kinn und sah auf, wo Bruno geduldig ihre Aufmerksamkeit erwartete, seinen erigierten Schwanz nur Zentimeter von ihrem Gesicht entfernt. Die Vorhaut war zurückgezogen, die rötliche Eichel glänzte bereit. Rittlings auf Antony sitzend, fasste Maggie gierig nach Brunos Stamm und liebkoste ihn, ihre andere Hand umfasste seine schweren, haarigen Eier.

Sie schauderte, als Alexander von hinten zu ihr kam und anfing, ein kühlendes Gel auf ihre brennenden Pobacken aufzutragen und in die freigelegte Falte einzuarbeiten. Dann kam die dickere, schwerere Creme, die dazu diente, seinen Eintritt in ihren Körper zu erleichtern.

Die drei Männer bewegten sich wie von Zauberhand gelenkt im Gleichklang, sobald Alexander ihren Hintern eingeschmiert hatte. Maggie hatte das Gefühl, sie wäre irgendwo über ihnen, sähe hinab, als ob es jemand anders wäre, dem das jetzt geschehen sollte. Und dennoch kribbelte jeder Quadratzentimeter ihrer übersensibilisierten Haut in Erwartung, und die Vorfreude ließ ihre weiblichen Säfte überquellen.

Antony stützte sie, indem er zwei Hände um ihre Taille legte, als sie sich vorbeugte und ihren Mund bereitwillig für Bruno öffnete. Alexanders Hände stabilisierten ihre Hüften, während sein schlanker Schaft an die Pforte zu ihrem unteren Mund drückte. Antony drang zuerst in sie ein, sein geschwollenes Teil glitt in ihre heiße, nasse Vagina, als käme es nach Hause. Maggie stöhnte leise und schloss ihre Lippen um den kugeligen Kopf von Brunos Penis.

In diesem Augenblick führte Alexander sich langsam in ihren Hintern ein, sein Schwanz glitt, getrennt durch die dünne Membran zwischen den beiden Durchgängen, an dem von Antony entlang. Maggie spürte Antonys ekstatisches Zittern, als er unter ihr lag, und sie merkte, dass er kurz vor dem Höhepunkt stand. Das atemlose Keuchen der Menge nahm sie kaum wahr. Sie fühlte sich zum Bersten voll, während alle drei Männer in ihr stillhielten, zufrieden, in ihr sein zu können. Dann fingen sie an, sich wie ein einziger Mann zu bewegen.

Die merkwürdige Musik, die wie Walgesang klang, dröhnte in ihren Ohren, während sie an jeder verfügbaren Öffnung penetriert wurde. Ihr Kiefer schmerzte, während Bruno ihren Mund benutzte und dabei ihren Kopf in beiden Händen hielt. Antony schien ihre Hüften über seinen Schaft auf und ab zu bewegen, während Alexander in ihrem rückwärtigen Ausgang sich diesem Rhythmus anpasste. Jeder Muskel schrie vor Anspannung, ihre Nervenenden lagen bloß.

Antony kam zuerst, mit einem Knurren schoss er sein heißes Sperma in ihre Scheide, unmittelbar gefolgt von Brunos raschem Höhepunkt in ihrem Mund. Sie schluckte, als sein Saft in ihrer Kehle auftraf, genau in dem Augenblick, als Alexander seinen Samen in ihren Hintern pumpte.

Maggie wand sich, ihr eigener Orgasmus durchpulste sie mit einer Intensität, die sie überrumpelte. Und nachdem sich alle Männer zurückgezogen hatten, rollte sie sich schamlos auf den Rücken, spreizte ihre Beine weit und wichste sich wie wild, ohne auf die verschiedenen Flüssigkeiten zu achten, die aus ihr herausströmten, vermischt mit ihren eigenen Sekreten.

Die Wellen packten sie, immer und immer wieder, unaufhaltsam, ließen sie wie eine Besessene ihren Kopf von einer Seite auf die andere werfen. Aus weiter Entfernung hörte sie Applaus, spürte Alexanders Lippen auf ihrem Geschlecht, Antonys auf ihrem Mund, und dann – nichts.

Ihr war warm, sie lag eingehüllt in ein weites Baumwollnachthemd mitten auf dem Bett. Maggie öffnete die Augen und versuchte, sich zu erinnern.

«Sie kommt zu sich», flüsterte Antony, und plötzlich brach wieder alles über sie herein.

«Ww-was ist passiert?», krächzte sie, als Alexanders Arme sie umschlossen und Antony ihr zärtlich die Haare aus der Stirn strich.

«Schsch, es ist alles in Ordnung. Du warst für ein paar

Sekunden ohnmächtig, und seitdem warst du die ganze Zeit wie benommen. Erinnerst du dich nicht, dass du mit uns zusammen im Whirlpool warst?»

Vage Erinnerungsfetzen an warmes, linderndes Wasser, an starke Hände, die sie einseiften, sie abtrockneten, sie zum Fahrstuhl trugen. – Ja, sie erinnerte sich. Sie wandte ihre besorgten Augen Antony zu und war erleichtert, als er ihr zulächelte.

«Ich geh jetzt und mach uns allen was Warmes zu trinken», verkündete Antony.

Alexander zog sie enger in den warmen, sicheren Kreis seiner Arme.

«Maggie, mein Liebling – du warst großartig!»

Maggies Herz schwoll an vor Stolz, dass er zufrieden mit ihr war.

Sie setzten sich alle auf das Bett und tranken Milchkaffee. Ab und zu streichelte Alexander Maggies Wange oder streckte seine Hand über sie hinweg, um Antony zu berühren. Maggie hatte sich in ihrem ganzen Leben noch nie so glücklich, so geliebt gefühlt.

«Weißt du, Antony», brach Alexander die wohltuende Stille, «ich glaube, dass Maggie genau die richtige Person sein könnte, die wir brauchen, um das neue Unternehmen zu leiten.»

«Hmm, da könntest du recht haben.»

«Was für ein neues Unternehmen?», fragte Maggie.

«Antony denkt darüber nach, ein Hotel zu kaufen – irgendwo, wo Frauen das Wochenende verbringen können, außerhalb der Stadt. Vielleicht könnten wir es auch auf Paare ausdehnen. Was hältst du davon?»

Maggies Aufmerksamkeit war geweckt, doch trotzdem sah sie Alexander bestürzt an.

«Aber ich will nicht außerhalb der Stadt wohnen – ich

will hierbleiben, bei dir und Antony! Ich möchte ein Teil von … von dem hier sein!», schloss sie unzusammenhängend.

«Und das wirst du auch», beruhigte Alexander sie. «Falls wir etwas finden, das nahe genug liegt, damit wir drei einfach zwischen beiden Orten pendeln können.»

«Denk darüber nach, Maggie», fuhr Antony im gleichen verführerischen Ton fort. «Wir drei – als gleichberechtigte Partner.»

Maggie sah ihm bei diesem letzten Vorschlag in die Augen, und er lächelte, lud sie ein, diesen unausgesprochenen Witz zu teilen, dass sie es jemals ernsthaft mit Alexander aufnehmen könnten. Alex kicherte leise, ließ sie gewähren.

«Was meinst du, Maggie?», drängte Antony.

Vor ihrem inneren Auge sah Maggie eine Kopie vom Black Orchid Club, nur größer und toller, mit mehr Raum für Experimente. Was hatte sie denn noch zu verlieren?

«In Ordnung», stimmte sie zu.

«Das schreit nach etwas Besserem als Kaffee – ich gehe und öffne eine Flasche Champagner.»

Alexander verschwand und kam gleich darauf zurück mit drei randvoll gefüllten Gläsern auf einem Tablett. Er lümmelte sich auf die Bettdecke, schamlos nackt, sein Körper lag über ihren Beinen, als er sein Glas erhob.

«Auf das Black Orchid Hotel», brachte Antony seinen Toast aus.

Sie nippten alle an der goldenen Flüssigkeit, und Maggie verschränkte ihre freie Hand unter der Decke mit Antonys. Alexander lächelte sie an und erhob noch einmal sein Glas.

«Auf uns drei», sagte er mit einer von unausgesprochenen Gefühlen belegten Stimme.

Antony schaute auf Maggie, dann sahen sie beide Alexander an und nickten.

«Auf uns drei», wiederholten sie gehorsam im Chor.

Alexander warf unerwartet seinen goldenen Kopf zurück und lachte.